द नागा वॉरियर्स 1

अक्षत गुप्ता होटल व्यवसायियों के परिवार से संबंध रखते हैं और अब बॉलीवुड के एक स्थापित स्क्रीनराइटर, कवि और गीतकार हैं। वह एक द्विभाषी लेखक हैं और द *हिडन हिंदू* त्रयी पर कई सालों से काम करते आ रहे हैं। उनका जन्म छत्तीसगढ़ में हुआ, परवरिश मध्य प्रदेश में हुई और अब वे मुंबई में रहते हैं। आप उनसे इंस्टाग्राम पर @authorakshatgupta पर संपर्क कर सकते हैं और उन्हें akshat.gupta0204@gmail.com पर ई-मेल भेज सकते हैं।

द नागा वॉरियर्स

बैटल ऑफ़ गोकुल

खंड-1

अक्षत गुप्ता

MANJUL
मंजुल कथाकार

MANJUL

मंजुल कथाकार

मंजुल पब्लिशिंग हाउस का इम्प्रिंट

कॉरपोरेट एवं संपादकीय कार्यालय

• द्वितीय तल, उषा प्रीत कॉम्प्लेक्स, 42 मालवीय नगर, भोपाल-462 003

विक्रय एवं विपणन कार्यालय

• सी-16, सेक्टर 3, नोएडा, उत्तर प्रदेश, 201301

वेबसाइट : www.manjulindia.com

वितरण केन्द्र

अहमदाबाद, बेंगलुरू, कोच्चि, कोलकाता, चेन्नई,
हैदराबाद, मुम्बई, नई दिल्ली, पुणे

हिन्दी संस्करण मंजुल कथाकार में
मंजुल पब्लिशिंग हाउस प्राइवेट लिमिटेड द्वारा 2024 में प्रकाशित

The Naga Warriors: Battle of Gokul Vol 1 by Akshat Gupta – Hindi Edition

यह हिन्दी संस्करण 2024 में पहली बार प्रकाशित
चतुर्थ आवृत्ति 2026

ISBN 978-93-5543-489-0

मुद्रण व जिल्दसाज़ी : रेप्रो इंडिया लिमिटेड

अनुक्रम

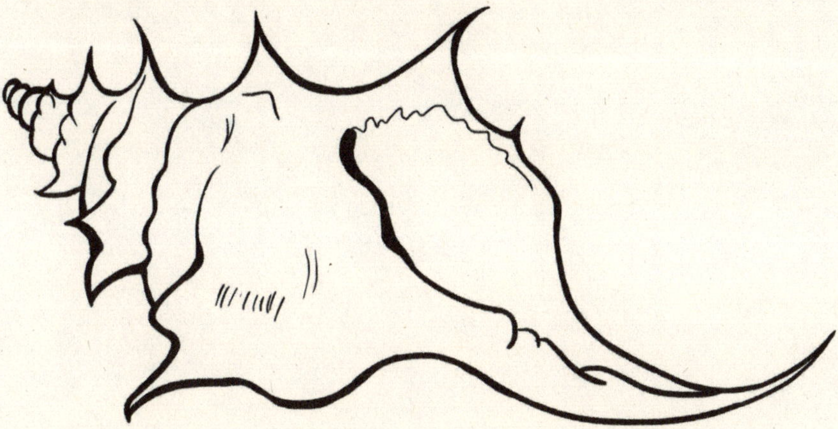

1

रहस्यमयी नागा

पाँच सौ सालों के अथक प्रयासों और असंख्य बलिदानों के बाद 22 जनवरी 2024 वह तारीख़ थी, जब मर्यादा पुरुषोत्तम भगवान राम को अयोध्या नगरी में अपनी वह सत्ता पुनः हासिल हुई, जहाँ उन्होंने आज से हज़ारों वर्ष पूर्व मानव जीवन के कल्याण के लिए रामराज्य के रूप में अद्भुत और अलौकिक शासन व्यवस्था की नींव रखी थी। यह एक ऐसा ऋण था उनके भक्तों पर, जो उनके भक्तों ने अपने भगवान के लिए बलिदान देकर और उन्हें उनका उचित स्थान देकर चुकाया था। संपूर्ण भारतवर्ष राम-मय था। पेड़-पौधे, जीव-जंतु, पशु-पक्षी, नर-नारी, साधु- ब्रह्मचारी, पर्वत-नदियाँ और हवाएँ आदि भगवान राम के आगमन का उत्सव मना रहे थे। बड़ी संख्या में भारतवासी भगवान राम की झलक मात्र पाने के लिए अयोध्या नगरी की ओर बढ़ते चले जा रहे थे, उसी क्षण अयोध्या नगरी से हज़ारों मील दूर पर्वतराज हिमालय की उस अंतहीन पर्वत श्रंखलाओं के मध्य किसी अनजान दुर्गम बर्फ़ीली घाटी में जहाँ मनुष्य जीवन का नामोनिशान संभव नहीं था, एक नागा साधु नंगे पैर बर्फ़ की पट्टिकाओं पर चला जा रहा था। शून्य से 27 डिग्री सेल्सियस नीचे हड्डियों को गला देने वाले ठंडे तापमान में उस नागा के शरीर, गले और बाजुओं पर रुद्राक्ष की माला के अतिरिक्त और कुछ नहीं था। उसकी दाढ़ी, उसके वज्र के समान सीने तक आ रही थी और उसके सिर के बाल भगवान शिव के समान जटा रूप में उसके मस्तक पर कुछ बिखरे, तो कुछ खुले हुए थे। अपने बलिष्ठ और आकर्षक शरीर पर भस्म और सूर्य की भाँति चमकते ललाट पर त्रिपुंड लगाए वह नागा, तेज़-तेज़ क़दमों से एक घाटी को पार कर जैसे ही दूसरी घाटी में कुछ दूर

आगे बढ़ा, तो उसने देखा कि बर्फ़ की परत पर कई और व्यक्तियों के पैरों के निशान भी मौजूद थे।

नागा बेहद अचंभित हुआ। इस अत्यंत दुर्गम स्थान पर अपने अलावा किसी अन्य के होने के प्रमाण उसे हैरान कर रहे थे, हालाँकि उसे इतना मालूम था कि बाहरी दुनिया के मनुष्य घूमने या किसी सांसारिक रहस्य की खोज में ऐसे दुर्गम स्थानों पर आते-जाते रहते हैं। कुछ इसी तरह सोचता हुए उसने पदचिह्नों का पीछा करना शुरू किया। जैसे ही वह कुछ दूर आगे बढ़ा, उसे मोबाइल, रिवाल्वर, ऑक्सीजन सिलेंडर, हीटर और कंपास जैसे आज के आधुनिक युग के यंत्र बिखरे पड़े मिले, जो बर्फ़ में धँसे हुए थे। नागा अब गहरी सोच में डूब चुका था। उसे आस-पास किसी अनहोनी घटना घटने की आशंका हो रही थी। नागा के क़दम बर्फ़ पर तेज़-तेज़ पड़ते हुए आगे बढ़ने लगे थे, कुछ आगे चलते ही उसे अब कई इंसानों के शव दिखने शुरू हुए, जो बर्फ़ की हल्की परत में ढके हुए थे। ठंड में अकड़ कर ऊपर की ओर मुड़ी उनकी उंगलियों के अलावा उनके शरीर के कोई भी अंग नहीं दिख रहे थे। उसे यह समझते ज़रा भी समय नहीं लगा कि पिछली रात के हिमस्खलन ने इन सभी को मौत की नींद सुला दिया है। किसी के ज़िंदा होने की उम्मीद में नागा उन सभी शवों का निरीक्षण करता हुआ एक-एक कर सभी के पास गया। उसने देखा कि बर्फ़ में दबे लोगों की संख्या दस के आस-पास थी, जिन्हें काल ने निगल लिया था। सबको अपनी रहस्यमयी निगाहों से देख कर जैसे ही उसने परमात्मा को याद करते हुए अपने सिर को आसमान की ओर उठाया कि तभी उसे एक पर्वतारोही की उंगली हिलती हुई दिखी, जो शायद अब तक ज़िंदा था। नागा ने बिना देर किए अपने हाथों से बर्फ़ को कुरेदते हुए उसे बाहर निकाला। नागा ने जब उस इंसान को बाहर निकाला, तो पाया कि वह एक अँग्रेज़ था, जिसका सफ़ेद रंग, बर्फ़ में जम जाने के कारण फीका पड़ गया था। शरीर अकड़ कर पत्थर हो चुका था। नागा ने झट से अपने कंधे पर टँगी कपड़े की पोटली में से हरे रंग का कोई गीला पदार्थ निकाला, जो जमाव बिंदु के तापमान के कारण जमा था। नागा ने अपने दोनों हाथों के बीच उस पदार्थ को मसलते हुए उसके रस को अँग्रेज़ के मुँह में गिरा दिया और तब तक उस अँग्रेज को एकटक घूरता रहा, जब तक कुछ मिनट के बाद उस अँग्रेज़ ने धीमे-धीमे अपनी पलकें झपकानी नहीं शुरू कर दीं। नागा ने देखा, अँग्रेज़ अपनी धुँधली नज़रों को साफ़ करने

के लिए अपनी पलकों को तेज़ी से झपक रहा था, तो कभी ज़ोरों से भींच कर झटके से खोल रहा था। ऐसा उसने चार-पाँच बार किया, लेकिन तभी उसकी आँखें अचानक डर के मारे तब बड़ी होती चली गईं, जब उसने अपने सामने बेहद डरावने दिखने वाले उस विशालकाय नागा साधु को घुटनों के बल बैठा हुआ देखा, जो उसके चेहरे के बिलकुल क़रीब आकर उसे अपनी रहस्यमयी आँखों से घूर रहा था। डर के मारे पर्वतारोही पूरी ताक़त से चीख उठा, लेकिन उसकी चीख उसकी हलक के अंदर ही अटक कर रह गई। ठंड और कमज़ोरी के कारण पहले से ही बेजान पड़ा वह अँग्रेज़ पर्वतारोही डर के मारे वहाँ से भागने के लिए बेचैन हो उठा, लेकिन अभी कुछ भी कर सकने के लिए वह बेहद कमज़ोर था। जब तक वह कुछ भी समझ पाता, उसने देखा कि नागा ने झटके से उसके एक पैर को अपने दाएँ हाथ से पकड़ कर उसे बर्फ़ीली घाटी में कहीं ले जाने के लिए घसीटना शुरू कर दिया था। उसकी पकड़ इतनी मज़बूत थी कि अँग्रेज़ को अपनी पिंडली की हड्डियाँ कड़कड़ाती सी महसूस हुईं। वह पर्वतारोही दरअसल नागाओं और अघोरियों के बारे में जानता था, साथ ही उसने अपने देश में बहुत सारी दंतकथाओं में सुन रखा था कि अघोरी आदमखोर होते हैं। इन्हीं सब बातों की कल्पना करके वह भय और दर्द के मारे छटपटाने लगा और अपने आप को बचाने के लिए जितनी भी शक्ति उसके अंदर शेष बची थी, उसे समेट कर अपने बाएँ पैर से उसने नागा के उस हाथ पर प्रहार किया, जिससे पकड़ कर नागा उसे खींचता चला जा रहा था। "प्लीज! लीव मी!, प्लीज हेल्प मी!...।" अँग्रेज़ पूरी ताक़त से एक बार उसकी ओर, तो एक बार आसमान की ओर देखते हुए चिल्लाया, हालाँकि उसे भली- भाँति पता था कि यहाँ उसे बचाने के लिए कोई नहीं आने वाला, फिर भी उसने पलट कर पीछे वहाँ देखा, जहाँ उसके साथी बर्फ़ में दफ़न हो चुके थे, लेकिन सिवाय बर्फ़ की चमकती चादर के उसे कुछ नहीं दिखा। इस भय से कि नागा ने उसके बाक़ी सथियों को खा लिया है, उसके हृदय की गति रुकने लगी थी। तभी उसे एहसास हुआ कि उसके घिसटे जाने की गति तेज़ हो गई है।

उसने अपनी गर्दन को मोड़ते हुए नागा की ओर देखा, जो बर्फ़ की पट्टिकाओं पर उसके एक पैर को पकड़े हुए लगभग दौड़ रहा था। नागा के कंधे और सिर पर बर्फ़ की मोटी परत जम गई थी, जिसे वह हर क्षण के अंतराल पर अपने एक हाथ से साफ़ कर रहा था। डर और ठंड के मारे

उस अँग्रेज़ को यह ज़रा भी एहसास नहीं हो पाया था कि उसके शरीर पर जमी हुई बर्फ़ की पतली परत बहुत तेज़ी से मोटी होती चली जा रही थी। आसमान से एक बार फिर बर्फ़ गिरना शुरू हो गई थी। तूफ़ानी हवाओं का शोर बढ़ने लगा था, जिसके बीच अँग्रेज़ पर्वतारोही अपने ज़िंदा रहने की उम्मीद खो चुका था। आसमान की ओर देखती हुए, उसकी आँखें आँसुओं से सजल हो उठीं। उसे अपने साथियों के साथ ही न मर पाने का अफ़सोस हो रहा था। उसने अपने दोनों हाथों को दोनों दिशाओं में फैला दिया और घिसटता हुआ आसमान की ओर एक टक देखने लगा, तभी उसकी एक आँख पर बर्फ़ का टुकड़ा आ गिरा और वह जब तक एक बार और अपना होश खोकर अपनी आँखें बंद करता, उसे एहसास हुआ कि नागा उसे घसीटता हुआ लेकर किसी अंधेरी गुफ़ा में समा गया है।

उस भयावह अंधेरी गुफ़ा में अपनी दर्दनाक मौत का ख़याल आते ही अँग्रेज़ पूरी तरह बेहोश हो गया। कुछ घंटे बाद अँग्रेज़ ने एक बार फिर अपनी आँखें खोलीं, तो वह चीख पड़ा। उसने देखा कि नागा साधु वहीं उसके सामने अपने दोनों घुटनों को अपने दोनों हाथों के गठजोड़ से मज़बूती से पकड़े उकड़ूँ बैठा हुआ था और उसकी आँखें बंद थीं। आग की एक छोटी सी लपट उन दोनों के बीच अपने पूरे आवेग से ऐसे जल रही थी, जैसे शिकार और शिकारी के बीच के फ़ासले को बाँट रही हो। अँग्रेज़ डर के मारे कभी आग की लपटों को, तो कभी उस नागा को देख रहा था। उसे महसूस हुआ कि आग ने उसे पहले कभी इतना नहीं डराया था। उसे लगा, जैसे उसके और उस नागा के बीच आग की कोई साधारण लपट नहीं, बल्कि नरक की आग है और नागा साधु उसे इसी आग में पका कर खाने वाला है। गुफ़ा के गर्म माहौल में जैसे ही उसे अपनी माँसपेशियों में थोड़ी सी ताक़त महसूस हुई, वह अपनी सारी शक्ति समेट कर उस नागा के सामने ऊँची आवाज़ में विनती के स्वर में चीखते हुए गिड़गिड़ाया...'' प्लीज!, डॉन्ट किल मी, टेक व्हाटएवर यू नीड, बट स्पेयर माइ लाइफ़...'' अँग्रेज़ यह अच्छी तरह जानता था कि नागा उसकी भाषा नहीं समझ सकता, लेकिन फिर भी वह अपने प्राणों की रक्षा के लिए लगातार चिल्लाए जा रहा था, जबकि दूसरी तरफ़ उसकी बातों पर किसी भी प्रकार की प्रतिक्रिया देना तो दूर, नागा अपनी आँखों को बंद किए हुए घुटनों के बल वैसे का वैसा बैठा रहा।

अँग्रेज़ की हताशा बढ़ती चली जा रही थी, लेकिन अपनी हताशा के बीच हैरान करने वाली एक बात, जो वह महसूस कर सकता था, वह यह थी कि उसे लगा, जैसे वह नागा उसके पास होकर भी उस क्षण वहाँ नहीं था। अँग्रेज़ की निगाहें हैरानी में उस नागा के रहस्यमयी चेहरे पर कुछ क्षण के लिए रुकीं और फिर जैसे ही वह कुछ बोलने को हुआ था, नागा ने अपनी आँखें खोल दी थीं। भभूति और त्रिपुंड के बीच उसकी लाल घूरती हुई आँखें उस अँग्रेज़ के प्राण लेने के लिए काफ़ी थीं और जिस तरह से उसने अँग्रेज़ को देखा था, अँग्रेज़ को क्षणभर के लिए अपनी आत्मा उसके वश में होती हुई महसूस हुई थी। उसे लगा, जैसे वह अचानक किसी मरीचिका में अटक गया हो। नागा झटके से उठा और अँग्रेज़ की ओर बढ़ा... बाहर तूफ़ानी हवाओं का कहर बढ़ चला था, जिसकी आहट गुफ़ा के अंदर भी महसूस हो रही थी।

नागा जैसे ही अँग्रेज़ की ओर बढ़ा, वैसे ही दोनों के बीच जलती आग के कारण नागा की परछाईं उसकी पीठ के पीछे गुफ़ा की खुरदुरी दीवार पर बनी, जो उसके क़द से बहुत बड़ी थी। अँग्रेज़ को लगा, जैसे कि वह एक पल के लिए किसी राक्षस को देख रहा था, जो उसे ज़िंदा खा जाने के लिए उसकी ओर बढ़ा था। पर्वतारोही ने चिल्लाना शुरू किया। अँग्रेज़ पर्वतारोही के एक बार फिर चिल्लाते ही नागा जहाँ था, वही ठिठक कर खड़ा हो गया और उसे एक टक देखने लगा। नागा के चेहरे पर अँग्रेज़ के गला फाड़ कर चिल्लाने का कोई प्रभाव नहीं था, क्योंकि नागा अच्छी तरह जानता था कि अँग्रेज़ चाहे जितनी भी कोशिश कर ले, जितना भी चिल्ला ले, वह न तो कहीं छुप सकता है और न ही भाग सकता है, और न ही उसे कोई बाहरी मदद मिल सकती है। नागा बेहद इत्मीनान से अँग्रेज़ के पास जाकर उसे घूरते हुए उसके पास घुटनों के बल बैठ गया। आग नागा के पीठ के पीछे जल रही थी, इसलिए अँग्रेज़ इस समय नागा की शक्ल नहीं देख सकता था, क्योंकि तूफ़ान के कारण घिर आए असमय अंधेरे ने गुफ़ा में बाहर से आ रही हल्की रौशनी को भी घुप अंधेरे में तब्दील कर दिया था। देखते ही देखते वह नागा, उस अँग्रेज़ पर्वतारोही के चेहरे के काफ़ी क़रीब आ गया था। अंधेरे में जिस तरह नागा के माथे पर लगे त्रिपुंड चमक रहे थे, वैसे ही न जाने किस प्रभाव में नागा के दाँत चमक उठे... अँग्रेज़ की आँखें डर से बड़ी होती चली गईं, फिर उसने डर के मारे में अपने भगवान

(जीसस) को याद करते हुए अपनी आँखों को ज़ोर से भींच कर बंद कर लिया और अगले ही क्षण, उसकी चीख उसके गले से खसखसाती हुई उस अंधेरी गुफ़ा में कुछ इस तरह गूँज रही थी, मानो हिरण का कोई नन्हा बच्चा, शेर के जबड़े के बीच अपने जीवन की अंतिम हिचकी ले रहा हो... अँग्रेज़ की उस भयावह चीख को बाहर बहते ज़ोर के तूफ़ान ने भी सुर देना शुरू किया। उस समय, ऐसा लग रहा था, जैसे उस गुमनाम और बेहद दुर्गम घाटी में अँग्रेज़ की खसखसाती चीख के साथ तूफ़ान भी उसी अंदाज़ में चीख रहा है। अँग्रेज़ अब ज़ोर-ज़ोर से अपनी साँसों को छोड़ता हुआ किसी असाधारण और कल्पना तक न की जा सकने वाली तकलीफ़ के लिए जैसे ख़ुद को तैयार करने लगा। उसकी आँखें भय के कारण बंद थीं। उसके चेहरे का रंग बेहद लाल हो चुका था। उस हाड़ जमा देने वाली ठंड में भी, उसके माथे पर पसीने की बूँदें चमक उठीं। उसका पूरा बदन डर के मारे काँप रहा था। तभी उसके कानों में एक बेहद जादुई सी आवाज़ आई ''व्हाट्स योर नेम?...'' उस रहस्यमयी नागा ने उससे नाम पूछा था। पहले तो अँग्रेज़ को विश्वास नहीं हुआ कि उसने अभी-अभी कुछ ऐसे शब्द सुने हैं, जो आम जीवन में पूछे जाते हैं और वह भी उसकी अपनी समझी जाने वाली भाषा में!!... हालाँकि उससे भी अधिक अँग्रेज़ को उस आवाज़ की ख़ूबसूरती और मधुरता ने आश्चर्यचकित कर दिया था, जिसमें बेहद ही आत्मीयता के भाव थे। अँग्रेज़ ने ऐसी आवाज़ पहले कभी नहीं सुनी थी। अँग्रेज़ पर्वतारोही ने धीरे-धीरे अपनी आँखें खोलीं, परंतु उसने अपनी आँखों को इतनी ज़ोर भींच लिया था कि उसे फिर से सब कुछ साफ़-साफ़ देख पाने में कुछ क्षण ज़रूर लग गए। वह उस अजीबोगरीब रहस्यमयी से दिखने वाले नागा साधु को बेहद आश्चर्य से देखता रह गया, क्योंकि जिन नागा साधुओं और अघोरियों के बारे में उसने कहानियों, किताबों और अपने देश की दंत कथाओं में सुन रखा था और जिन्हें उसने अब तक जंगली, आदमखोर और किसी हिंसक पशु के अतिरिक्त कुछ नहीं समझा था, वह नागा उसकी भाषा को इतने अच्छे से कैसे बोल रहा था। यह उसके लिए सबसे हैरान करने वाली बात थी। वह उस नागा के बारे में जानने के लिए आतुर हो उठा।

''हाउ डू यू स्पीक माय लैंग्वेज?...'' अँग्रेज़ पर्वतारोही ने उससे डरते-डरते पूछा, हालाँकि उसके पूछने के तरीक़े में अचानक ही बेचैनी

और हतप्रभता घुल गई थी। अँग्रेज़ के पूछने पर जवाब के तौर पर नागा ने कहा... ''आई एम ए नागा साधु, नॉट ऐन इलिटरेट, आई एम सेविंग योर लाइफ़, नॉट किलिंग यू, नाउ व्हाट्स योर नेम?'' नागा ने एक बार फिर अपनी दैवीय आवाज़ में पूछा, जो उस गुफ़ा के अंदर कुछ देर तक गूँजती रही।

''आई एम थॉमस स्टोन! हू आर यू?...'' अँग्रेज़ ने जवाब देने के साथ नागा से पूछा। अँग्रेज़ के अंदर अब थोड़े आत्मविश्वास का संचार हो रहा था।

''आई एम एक्जेक्टली हू आई लुक लाइक, जस्ट नॉट ए कैनिबल, डू नॉट फियर मी, गेट बैक टू द फायर, इट्स टू कोल्ड फॉर यू आउटसाइड,यू नीड हीट एंड फूड टू रिगेन योर स्ट्रैंथ एंड रिकवर...'' नागा ने अँग्रेज़ के पास से उठते हुए और जलती हुई आग पर लकड़ी के कुछ टुकड़ों को डालते हुए कहा। कुछ क्षण पहले तक जिस इंसान की उपस्थिति अँग्रेज़ पर्वतारोही को डरा रही थी, अब अचानक उसी इंसान की उपस्थिति ने उस अँग्रेज़ के अंदर विश्वास और सुरक्षा के भाव को उत्पन्न कर दिया था। अँग्रेज़ पर्वतारोही अब राहत महसूस कर रहा था। उसने नागा के कहे अनुसार ख़ुद को घसीटते हुए आग के क़रीब किया और वहीं एक छोटी से चट्टान से टिक कर बैठ गया। दोनों एक दूसरे के सामने बेहद सधे ढंग से बैठ चुके थे। आग दोनों के बीच अपनी उसी सामान्य चेतना से जलती चली जा रही थी, हालाँकि अँग्रेज़ अब भी सतर्क था। उसकी आँखें नागा की छोटी से छोटी हरकत को भी ध्यानपूर्वक देख रही थीं। थॉमस ने गुफ़ा की शांति को भंग करते हुए नागा से अचानक पूछा, ''आई थॉट यू वुड किल मी एंड...।''

''एंड ईट यू? वी डॉन्ट डू दैट...,'' थॉमस अपनी बात पूरी कर पाता उससे पहले ही नागा ने अँग्रेज़ की बातों को पूरा करते हुए कहा, साथ ही उसके होंठों पर अजीब सी सिहरन पैदा करने वाली मुस्कान तैर गई ।

''सो यू कैन सरवाइव विदआउट फ़्लैश?'' थॉमस अपने मन में अपनी सुरक्षा के बारे में पक्की राय बनाना चाहता था। वह यह जानना चाहता था कि नागा किन परिस्थितियों में उसके लिए घातक सिद्ध हो सकता है।

''वी आर नॉट एडिक्टेड टू एनीथिंग, एट टाइम वी डॉन्ट इवन नीड फूड फॉर वीक्स, दो वी कैन ईट एनीथिंग दट्स अविलेबल, ''...नागा

साधु ने अँग्रेज़ की मनोस्थिति को भाँपते हुए और एक कटोरा बढ़ाते हुए कहा।

''थैंक यू फॉर योर जेनेरोसिटी, आई वुड हैव डाइड आउट देयर, यू सेव्ड मी...,'' अँग्रेज़ ने नागा के हाथों से कटोरा लेते हुए कहा। भूख के मारे उसकी हालत ख़राब हो रही थी। उसने कटोरे में पड़े उस हरे रंग के घोल को देखा, जिसे बर्फ़ीले पानी को आग में पिघला कर किसी जड़ी-बूटी की मदद से तैयार किया गया था। अँग्रेज़ कभी कटोरे में पड़े उस घोल को तो कभी नागा को देखता, जो बड़े ही इत्मीनान से उस घोल को सुड़क-सुड़क कर पी रहा था।

''ड्रिंक इट, देयर इज़ नो पॉइज़न इन इट, इट विल स्ट्रेंगथन योर बॉडी एंड प्रोटेक्ट यू फ्रॉम कोल्ड...'' अपनी ओर खींचती सी आवाज़ में उस नागा ने अँग्रेज़ के मन के भय को दूर करते हुए कहा।

''ओके...!'' अँग्रेज़ ने धीमे से कहा और वर्षों से दाने-दाने को तरस रहे किसी अकाल या तपते रेगिस्तान में फँसे इंसान की तरह कटोरे में पड़े औषधीय घोल को एक झटके में गटक गया। अँग्रेज़ की कृतज्ञता को नागा ने सहमति में सिर हिलाकर स्वीकार किया था, हालाँकि उसने एक नज़र अँग्रेज़ को देखा और उसके बाद उसके चेहरे पर एक अजीब-सी ख़ामोशी उभरती चली गई थी। दोनों के बीच अविश्वसनीयता की जो बर्फ़ जमी थी, वह कुछ हद तक पिघल चुकी थी। कुछ देर की ख़ामोशी के बाद अँग्रेज़ ने अपने गले को खराश कर साफ़ करने का नाकाम प्रयास करते हुए, ठंड के कारण अपनी फंसी हुई आवाज़ में पूछा... यू ऑलरेडी नो माय नेम, बट लेट मी रीइंट्रोड्यूस माई सेल्फ, आई एम कम फ्रॉम सेंटरबरी, इंग्लैंड, एंड आई एम ए प्रोफ़ेशनल हाइकर, आई स्टारटेड हाइकिंग वेन आई वाज़ ऐटीन एंड डिड नॉट स्टॉप अन्टिल टुडे, वेन यू सेव्ड मी, व्हाट्स योर स्टोरी?'' थॉमस ने अपने बारे में बताते हुए बिना कोई प्रतिक्रिया जाने उस नागा से उसके बारे में पूछा था। अँग्रेज़ व्यावहारिक रूप से नागा से अब थोड़ा खुलने लगा था। अँग्रेज़ पर्वतारोही के इतना पूछते ही उस नागा ने बिना कुछ कहे, नितांत ख़ामोशी से पर्वतारोही की आँखों में देखा और अपनी आँखों को धीरे से बंद कर लिया और देखते-देखते अगले ही पल उसका व्यक्तित्व कुछ ऐसा हो गया था, जैसे वह वहाँ नहीं हो...बिलकुल भी नहीं। एक

अजीब सी ख़ामोशी हर तरफ़ फैल गई थी। बाहर तूफ़ान भी जैसे थम सा गया था। बर्फ़ की एक पतली परत गुफ़ा के मुहाने पर आकर ऐसे जम गई थी, जैसे प्रकृति से कुछ मिनटों के लिए ही सही कुछ ख़ास लम्हे चुराना चाहती हो, उन दो अलग-अलग सभ्यताओं के उन लोगों के लिए, जो उस गुफ़ा के अंदर बैठ कर इतिहास के पन्नों में एक ऐसी तारीख़ को ढूँढने वाले थे, जो इस दुनिया की सबसे पुरानी सभ्यता यानी सनातन सभ्यता के माथे पर विजयी तिलक के समान कालखंड से चमक रही थी, लेकिन उस तारीख़ तक पहुँचने से पहले अँग्रेज़ के पूछने पर कि उस गुमनाम या बेनाम से उस रहस्यमयी और दैवीय नागा की कहानी क्या है... नागा ने कुछ पल तक अपनी आँखों बंद रखने के बाद धीरे से खोला और अँग्रेज़ की ओर देखकर अँग्रेज़ी भाषा में कहना शुरू किया, जिसका मतलब कुछ ऐसा था... ''मैं एक नागा साधु हूँ और हमारे पंथ का सिर्फ़ एक ही उद्देश्य है,जब तक हमारे शरीर में नाममात्र भी प्राण शेष रहे, अपने धर्म की रक्षा करना...,'' ऐसा कहकर नागा ने जलते अलाव में लकड़ी के और टुकड़े डाल दिए।

उसकी आवाज़ उस गुफ़ा सहित उस ख़ामोश पड़े वातावरण में कुछ ऐसे गूँजने लगी थी, मानो सारी प्रकृति एक साथ मिलकर कोई कहानी सुनाने की तैयारी कर रही हो। ''नागा?..आई हैड हियर्ड स्टोरी ऑफ़ अघोरी एंड नागा बिफॉर, आई डिसाइड टू कम टू द हिमालया, बट आई सी नाउ इज़ समथिंग एल्स, सो, व्हाट इज़ ए नागा?'' नागा आगे अपनी बात बढ़ाता, उससे पहले ही थॉमस ने उस नागा से पूछा और उसकी ओर जवाब जानने की उत्सुकता के साथ देखने लगा। थॉमस की आँखें, नागा के भस्म से लिपटे शरीर और माथे की जटा और बड़ी-बड़ी दाढ़ी से ढके हुए चेहरे के पीछे के उस शख़्स की सच्चाई को ढूँढ रही थीं, जिसे वह शायद ख़ुद भी भूल गया था... या जानता था!!, कोई बता नहीं सकता। कितनी उम्र होगी इस नागा की? कहाँ से आया होगा? थॉमस के मन में ये सभी सवाल अपनी आवाज़ बुलंद कर ही रहे थे कि नागा की आवाज़ एक बार फिर गूँज उठी थी।

''नागा... क्या... है?...'' नागा ने थॉमस के वाक्य के प्रत्येक शब्द पर ज़ोर डालते हुए कहा और फिर वह एक लंबी साँस खींचकर गुफ़ा की छत की ओर देखने लगा। थॉमस ने देखा कि नागा के चेहरे पर ठीक वैसी ही सिहरन पैदा करने वाली हल्की मुस्कुराहट की आभा तैर गई थी। नागा

ने कुछ देर तक गुफ़ा की छत की ओर देखकर मुस्कुराते रहने के बाद अचानक थॉमस की ओर देखा। आग की लपटों के कारण एकदम साफ़-साफ़ दिखते उसके चेहरे पर एक अलग ही उत्साह की लहर तैर गई थी। थॉमस को महसूस हुआ, जैसे नागा के माथे का त्रिपुंड पहले की अपेक्षा ज़्यादा चमक उठा हो और उसके शरीर पर लिपटी भभूत का रंग गहरा हो चला हो। नागा के आँखों की चमक बता रही थी कि वह इस समय अपने अतीत के स्वर्णिम काल में पहुँच गया था। अचानक उसने अपने कुछ देर से स्थिर भाव को तोड़ते हुए कहा, ''नागा साधु क्या है, उससे पहले चलो, मैं तुम्हें यह बताता हूँ कि नागा साधु क्यों होते हैं !!'' और फिर उसने झटके के साथ खड़े होते हुए कहना शुरू किया। नागा उत्साह में आगे कुछ भी कह पाता, उससे पहले ही थॉमस ने उसे रोकते हुए कहा... ''बिफॉर यू स्टार्ट सेइंग... लेट मी टेल यू दैट योर वॉयस इज़ सो डिवाइन, इट साउंड्स लाइक गॉड हिम्सेल्फ इज़ स्पीकिंग...,'' फिर थॉमस को अचानक ही अपनी ग़लती का एहसास हुआ... ''ओह!!, सो सॉरी प्लीज कन्टिन्यू...,'' इतना कहकर थॉमस उस नागा को देखने लगा, जो उसकी ओर ऐसे देख रहा था, जैसे वह इस बात से पूरी तरह निश्‍चिंत हो जाना चाहता हो कि थॉमस कुछ और नहीं कहना चाहता।

''प्लीज!! कन्टिन्यू...,'' थॉमस ने नागा के भाव को समझते हुए विनती भरे स्वर में कहा। कुछ देर रुककर नागा ने मुस्कुराते कहना आरंभ किया... ''भारतवर्ष हज़ारों वर्षों से ज्ञान, ध्यान, योग और विज्ञान की भूमि रहा है। इसका चित्त सदैव शांत रहा है। संसार की समस्त पुरातन सभ्यताएँ जो कभी थीं और आज भी हैं, उन सब में सनातन सबसे पुरानी सभ्यता है। इस बात को दुनिया जानती भी है और मानती भी है। बात अगर आर्थिक स्थिति या धन-संपदा या वैभव की हो, तो सोने की चिड़िया हमें ही कहते थे। प्राचीनकाल से अब तक अपनी उदार सभ्यता, संस्कृति और जीवन शैली के कारण भारतवर्ष पूरे विश्‍व में विख्यात था। यह देश अपनी महान सभ्यता के साथ-साथ अपनी प्राकृतिक सुंदरता, अति प्राचीन और सटीक वैज्ञानिक तकनीक, उच्च गुणवता युक्त शिक्षा प्रणाली, आध्यात्म और अपने सांस्कृतिक मूल्यों के कारण पूरे विश्‍व में हमेशा ही प्रतिष्ठा पाता रहा है। अगर हम बात करें, इसकी प्राकृतिक संपदा की, तो उस क्षेत्र में भी हम आकर्षण के केंद्र में रहे हैं, जैसे बहुमूल्य मसाला, कपड़ा, मूल्यवान

और दुर्लभ रत्न... जिसने दुनिया की समस्त सभ्यताओं और संस्कृतियों को अपनी ओर आकर्षित किया...,'' नागा अँग्रेज़ी भाषा में ये सारी बातें थॉमस से कहता चला जा रहा था। थॉमस ने देखा कि अपने इतिहास की उपलब्धियों के बारे में बताते-बताते नागा के चेहरे से गर्व की रौशनी छिटक रही थी। उसके व्यक्तित्व की आभा से भारतवर्ष का संपूर्ण इतिहास जगमगा उठा था। वह अलाव के पास पूरब से पश्चिम की दिशा तक बोलते-बोलते तेज़ी से आ- जा रहा था। इस दौरान किसी-किसी बात पर वह अपनी दोनों हाथ की मुट्ठियों को ज़ोर से भींचता लेता था और उसके बाजुओं पर बँधी हुई रुद्राक्ष की माला कस जाती थी। नागा जितने उत्साह और जोश से कहता जा रहा था, थॉमस उसे उतनी ही तल्लीनता से सुन रहा था। नागा ने आगे कहना आरंभ किया... ''यहाँ की उन्नत और अत्यंत कारगर उपचार विधि, उच्चतम कारीगरी और अद्भुत शिल्पशैली से बने घरों से बसे वैभवपूर्ण और ख़ुशहाल नगर, अद्भुत और अद्वितीय दैवीय शक्तियों से सुशोभित मंदिरों के तेज, संपूर्ण विश्व सारे ब्रह्मांड सहित को अपनी ओर खींचे चले आने के लिए विवश कर रहे थे, और वे आए भी!!, लेकिन कुछ सीखने के लिए नहीं, न ही कुछ देने के लिए, आए बस लूट कर ले जाने के लिए लुटेरे बन कर!...,'' थॉमस ने देखा, नागा बोलते-बोलते अचानक गुस्से से काँपने लगा... ''इस महान भारतवर्ष ने बाहर से आने वाले प्रत्येक मनुष्य को, चाहे वह कोई भी हो, किसी भी धर्म को मानता हो, चाहे उसकी कैसी भी जीवन शैली हो, चाहे कैसा भी दिखता हो, खाता-पीता और रहता हो... अपना कुटुंब माना और गले लगा कर उसका स्वागत किया..., लेकिन इसे नहीं पता था कि जिन्हें इस देव तुल्य हृदय वाले देश ने कुटुंब मानकर गले लगाया, वे ही अपने तेज़-पैने और हिंसक नाख़ूनों से इसका कलेजा निकाल कर खा जाएँगे। इसकी सभ्यता और संस्कृति रूपी इसकी आँखों को फोड़ देंगे। मंदिर रूपी इसके सौंदर्य को क्षत-विक्षत कर देंगे, जला कर राख कर देंगे, परंतु अफ़सोस की बात यह है कि ऐसा सिर्फ़ एक बार नहीं हुआ,बल्कि अनेक बार हुआ, बार-बार हुआ!! और दुश्मन के हर घाव और नोच-खसोट को सहते-जलते इस महान भूमि के हज़ारों वर्ष बीत गए, लेकिन इसके उद्धार के लिए कोई नहीं आया। छोटी-छोटी कोशिशें होती रहीं, लेकिन वह नहीं आया, जो इसे गले लगाकर इसके आँसू पोंछ सके। मगर कहते हैं ना, उसके घर में देर है अंधेर नहीं है...,'' नागा ने उत्तेजित

होते हुए अपनी एक उंगली को ऊपर उठाकर कहा... ''हज़ारों वर्ष बीत जाने के बाद वह आया 788 ई. में दक्षिण भारत में। वर्तमान में केरल राज्य के कोच्चि शहर से थोड़ी दूर एक गाँव है, जहाँ उसने जन्म लिया...।'' इतना कहते ही नागा की आँखों में एक अद्भुत चमक तैर गई थी। उसने और उत्तेजना के साथ आगे कहना शुरू किया... ''उसकी माता का नाम था आर्यम्बा और पिता का नाम था शिवगुरु भट्ट। यह दंपती संतान की चाह में अपने अत्यंत ग़रीबी से जूझ रहे जीवन की प्रौढ़ावस्था में पहुँच चुका था, लेकिन तभी ईश्वर ने इन्हें उसके रूप में सिर्फ़ इनकी झोली में संतान स्वरूप उपहार नहीं दिया था, बल्कि संतान के रूप में ईश्वर ने इस संपूर्ण भारतवर्ष को एक ऐसा युग पुरुष दिया, जिसने आगे चलकर भारतीय सभ्यता और संस्कृति की दिशा और दशा दोनों बदल कर रख दी थी। उसके माता-पिता ने बड़े प्यार से उसका नाम रखा... शंकर... और वही शंकर, जिसके बड़े होने के साथ-साथ उसकी विलक्षण प्रतिभा से पूरा आर्यावर्त रौशन होता चला गया था। माता आर्यम्बा और पिता शिवगुरु की वह दैवीय संतान कोई और नहीं, स्वयं आदि गुरु शंकराचार्य थे...,'' थॉमस ने आग की लौ में देखा कि आदि गुरु शंकराचार्य का नाम लेते ही नागा ने अपने दोनों हाथों से अपने कानों को छुआ था और थोड़ी देर के लिए अपनी आँखें बंद कर ली थीं, फिर बाद में जब उसने झटके से अपनी आँखें खोलीं, तो उसकी दाईं आँख के कोने से आँसू की एक बूँद उसके भस्म लगे चेहरे पर लुढ़क कर उसके गालों तक आ पहुँची थी, हालाँकि इस बार थॉमस ने पहली बार उसके चेहरे पर सिहरन पैदा करने वाली मुस्कुराहट की जगह वास्तविक ख़ुशी वाली मुस्कुराहट देखी थी। नागा ने आगे कहना शुरू किया... ''शंकर ने काफ़ी कम उम्र में अपने घर को छोड़ दिया था और संन्यास की राह पर चल पड़े थे। उनकी संन्यास की शिक्षा ओंकारेश्वर में नर्मदा नदी के शांत तट पर गुरु गोविंद नाथ के पास रहते हुए पूरी हुई, फिर वे कुछ दिन हिमालय और गंगा नदी से घिरे हुए इस संसार के सबसे प्राचीन और भगवान शिव की दिव्य नगरी वाराणसी में भी रहे। कुशाग्रबुद्धि वाले आदि गुरु शंकराचार्य अद्भुत प्रतिभा से संपन्न थे और भाषा ज्ञान के प्रकांड विद्वान होने के साथ ही वे भारतवर्ष के महान दार्शनिक और असाधारण आध्यात्मिक गुरु के रूप में अत्यंत प्रसिद्ध हुए। उनके द्वारा भगवतगीता, उपनिषदों, और वेदांतसूत्रों पर लिखी हुई टीकाएँ बहुत प्रसिद्ध हैं। *उनके अद्वैतवाद के सिद्धांत ने पूरे संसार*

के मनुष्यों के सामने ईश्वर के अस्तित्व को एक नए रूप में पेश किया, उनका मानना था कि संसार में ब्रह्म ही सत्य है, जगत मिथ्या है, जीव और ब्रह्म अलग नहीं हैं। इस सिद्धांत को शांकराद्वैत भी कहा जाता है...,''यह कहकर नागा चुप हो गया था।

''व्हाट हैपन?...,'' थॉमस ने अचानक नागा को चुप होते देखकर कहा।

''दुखद बात यह है कि उस दिव्य पुरुष ने महज़ बत्तीस वर्ष की अल्पायु में ही अपने शरीर को त्याग दिया था...,''यह कहते-कहते नागा की आवाज़ भर्रा गई थी।

''ओह!! सो सॉरी...,'' कहकर थॉमस नागा की ओर देखने लगा। कुछ देर तक दोनों के बीच ख़ामोशी छाई रही थी। एक बार थॉमस को ऐसा लगा, जैसे सिर्फ़ नागा का शरीर वहाँ खड़ा है, लेकिन वह वहाँ नहीं था। थॉमस जब भी ऐसा महसूस करता था, उसके शरीर में एक अजीब-सी सिहरन तैर जाती थी। तत्काल उसने, अपने अंदर उठ रहे एक अनसुलझे भय को भगाने के लिए जानबूझ कर ऊँची आवाज़ में पूछा,

''बट व्हाट वाज़ द मोस्ट इम्पॉर्टन्ट थिंग दैट ही डिड?...,'' थॉमस, आदि गुरु शंकराचार्य द्वारा किए गए कामों के बारे में और जानना चाहता था।

''एव्रीथिंग!!...,'' नागा ने थॉमस को घूरते हुए कहा, इस बार उसकी आवाज़ में शांति थी। नागा ने लंबी साँस खींचकर छोड़ते हुए कहा... ''वह महापुरुष अपने समय से हज़ार वर्ष आगे देख सकता था और उसे पता था कि भारतवर्ष जैसी दिव्य भूमि और सनातन जैसे उदार धर्म पर एक दिन अतिवादियों की नज़र पड़ेगी और लालची आँखें इसके कोमल शरीर को नोंचने के लिए लालायित हो उठेंगी, तब उन्होंने अपने शरीर को त्यागने से पहले हिंदू साधुओं को चार भूर्ज के समान अडिग मठों के ज़रिए दस संगठनों में बाँट दिया, जो हिंदू धर्म के मुख्यालय के रूप में कार्य कर रहे थे।''

''ओह!!, ग्रेट... इट्स इंटरेस्टिंग...,'' थॉमस चौंक उठा था।

नागा ने आगे कहना शुरू किया... ''पहले मठ पूरब में 'जगन्नाथ पुरी', दूसरे पश्चिम में 'द्वारका', तीसरे उत्तर में 'बद्रीनाथ', और चौथे... दक्षिण में श्रृंगेरी मठ की उन्होंने स्थापना की। प्रत्येक मठ का नियंत्रण ज्ञान, विज्ञान, योग, नीति, सिद्धियों और अनुभवों में श्रेष्ठ ऐसे चार लोगों के

हाथों में था, जिन्हें आदि गुरु शंकराचार्य ने नियुक्त किया था, परंतु उनकी नियुक्ति में आदि गुरु सारे साधुओं के मतों और समर्थन का विशेष ख़याल रखते थे।''

''बट ह्वाइ फ़ोर मैन...?,'' थॉमस ने अचानक पूछा।

''ताकि लिए जाने वाले फ़ैसले में कोई असहमति न हो, और अगर उन चारों में से कोई एक भी किसी फ़ैसले के विरुद्ध अपना मत दे देता था, तो बात आगे तब तक नहीं बढ़ सकती थी, जब तक चारों की पूर्णरूप से सहमति न हो जाए...,'' नागा ने कहा।

''ओके, लाइक टुडे'स वीटो कंट्रीज़..., '' थॉमस ने कहा।

''हाँ...,'' नागा ने उसकी बात से सहमत होते हुए आगे कहना शुरू किया। ''वे जानते थे कि आज नहीं, तो कुछ वर्षों या शताब्दियों के पश्चात वह दिन आएगा, जब धर्म का सामना क्रूरता से अवश्य होगा। मंदिरों के दीपक को आतंक की फूँक बुझाने की कोशिश अवश्य करेगी। आक्रांता हमारे संयम, ध्यान और योग को तलवार के बल पर ललकारेंगे, और तब धर्म की रक्षा के लिए ऐसे योद्धाओं की ज़रूरत पड़ेगी, जो सिर्फ़ और सिर्फ़ धर्म के लिए लड़ सकें।''

''दैट मीन्स, दे वांटेड सोल्ज़र्स टू प्रोटेक्ट द हिंदू रीलिजन एंड कल्चर?'' थॉमस ने पूछा। थॉमस के इतना कहते ही नागा की आँखें अचानक ही थॉमस के चेहरे पर आकर ठहर गई थीं। जिस तरह से नागा उसे देख रहा था, उस क्षण थॉमस को जितना डर लगा, उतना भय उसे नागा से पहली बार मिलने पर भी नहीं लगा था।

''नहीं...!! सिर्फ़ सैनिक नहीं, बल्कि वैदिक सैनिक। ऐसे सैनिकों का संगठन, जिनके पास धर्म के अतिरिक्त कोई और विरासत न हो। जिनके एक हाथ में वेद, गीता, उपनिषद, और पुराण हों, तो दूसरे हाथ में भाला तलवार और कृपाण हों। एक ओर वे उपदेश देकर हिंदू धर्म के पुनरुत्थान की बात करें, तो दूसरी तरफ़ ज़रूरत महसूस होते ही युद्ध भूमि में उतर कर योद्धा की भाँति युद्ध कर सकें, और उन्होंने ऐसा किया... उन्होंने ऐसा ही किया...।'' नागा की आवाज़ ऊँची हो चली थी। ''उन्होंने एक ऐसे संगठन का निर्माण किया, जो साधु भी थे और सैनिक भी। जिन्हें ज्ञान देना और प्राण लेना, दोनों आता था। उन्होंने उन योद्धा साधुओं को नागा कहा और

उन्हीं में से ही एक मैं भी हूँ...'' यह कहकर नागा चुप हो गया और अलाव के पास बैठ कर उसने वहीं शेष बचे लकड़ी के छोटे-छोटे टुकड़ों को आग में फेंकते हुए कहना शुरू किया, लेकिन इस बार उसके कहने में एक अंतर यह था कि अब वह अपनी बात सिर्फ़ उस पर्वतारोही थॉमस से नहीं, बल्कि अपने आप सहित वहाँ के कण-कण से कह रहा था...।

उसने कहा, ''भारतवर्ष के विद्वानों को हर विषय में महारत हासिल थी... जैसे गणित, खगोलविज्ञान चिकित्साविज्ञान, आधुनिक विज्ञान, दर्शनशास्त्र इत्यादि। अंक प्रणाली में दशमलव की खोज भारत के प्राचीन विद्वानों ने की थी, जिसमे शून्य की अवधारणा भी शामिल थी और आगे चलकर इस खोज ने अंकगणितीय प्रणाली को समृद्ध बनाया था।''

''भारतवर्ष के प्राचीन खगोलशास्त्रियों ने हज़ारों साल पहले ही आसमान में सितारों और ग्रहों की सही दिशा और दशा दोनों बता और समझा डाली थी। आज का आधुनिक चिकित्सा विज्ञान, प्राचीन भारत का आयुर्वेद और औषधीय प्रणाली के आधार पर ही स्तंभ बन कर खड़ा है। बीतते युगों और शताब्दियों के बाद जैसे-जैसे भारत फला-फूला, विश्व पटल पर यह देश ज्ञान प्राप्ति का केंद्र बन गया।''

''नालंदा और तक्षशिला जैसे प्रतिष्ठित विश्वविद्यालयों ने दुनिया के समस्त विद्वानों और ज्ञान प्राप्ति के लिए इच्छुक विद्यार्थियों को अपनी ओर आकर्षित किया। इन विश्वविद्यालयों में दुनिया के अलग-अलग विषयों की उच्च शिक्षा दी जाती थी।''

''लेकिन कहते हैं ना, जिस तरह लाख तीव्रता के साथ चमक रहा दीपक गहरे अंधकार के साये में जीता है, ठीक उसी तरह ज्ञानोदय और समृद्धि का यह युग अब आसुरी आतंक के साये में अपनी रौशनी बिखेर रहा था। बाहरी आक्रमणकारियों ने भारतवर्ष की संस्कृति और धार्मिकता पर आक्रमण कर निर्ममतापूर्वक उसे रौंदना शुरू कर दिया। बाहरी आक्रांताओं के इस दमनकारी अभियान के सामने हिंदू जनमानस असहाय महसूस करने लगा, जिसके परिणामस्वरूप मंदिर तोड़े जाने लगे और धार्मिक ग्रंथों को नष्ट किया जाने लगा, ताकि आने वाली पीढ़ियों के लिए ज्ञान के मार्ग को अवरुद्ध किया जा सके, परंतु इसी दुर्गति काल के लिए आदिगुरु शंकराचार्य ने नागा साधुओं के रूप में वैदिक योद्धाओं की सेना तैयार की, जो हमारे

धर्म की रक्षा कर सके। नागा योद्धाओं की सेना तैयार करने के पीछे आदिगुरु शंकराचार्य का लक्ष्य और ध्येय एकदम साफ़ था... भारतवर्ष की आत्मा- अध्यात्म... और उसके मन- दर्शन... की रक्षा करना और इस देश की सांस्कृतिक विरासत और इसकी पुरातन धरोहरों की रक्षा करना। आदिगुरु शंकराचार्य ने नागाओं को बाहरी आक्रमण से उनके पवित्र धार्मिक स्थलों, धार्मिक ग्रंथों और आध्यात्मिक ज्ञान के सागर की रक्षा की ज़िम्मेदारी सौंपी थी। उन्होंने हमें विषम परिस्थितियों और ख़तरे के समय दुश्मनों का मुँह तोड़ जवाब देने के लिए तैयार किया था। आदिगुरु शंकराचार्य भारत के समस्त जनमानस को यह संदेश देना चाहते थे कि जब तक एक हाथ में शास्त्र के साथ-साथ दूसरे हाथ में शस्त्र ना हो, तब तक धर्म की रक्षा नहीं की जा सकती। अंततः बाद में आदिगुरु ने अपने इस संदेश को भारतवर्ष के कोने--कोने में फैलाने और लोगों को अपनी संस्कृति, सभ्यता और धर्म की रक्षा की ख़ातिर युद्धभूमि में उतरने के लिए प्रेरित करने के उद्देश्य से नागा साधुओं को भेजा। आदिगुरु शंकराचार्य की मृत्यु 820 ई में केदारनाथ में ज़रूर हुई थी, लेकिन आक्रमणकारियों से अपने धार्मिक मूल्यों की रक्षा के लिए हमारी लड़ाई अब भी जारी है और हमें लड़ते रहने की ज़रूरत आज भी है...,'' यह कहकर नागा गुफ़ा से बाहर निकलने वाले रास्ते की ओर देखने लगा। वह समय का अंदाज़ा लगाना चाहता था। वह बिना उस अँग्रेज़ पर्वतारोही की ओर देखे, गुफ़ा की दीवारों पर अपने हाथ को फिरा कर बाहर के मौसम और ठंड का जायज़ा लेने लगा। ''विच एरा आर यू लिविंग इन, साधु? यू आर नो सोल्जर एंड देयर इज़ नो वॉर गोइंग ऑन, इट्स फ़ेब्ररी 2024,'' थॉमस ने चिढ़ते हुए थोड़ा खीजकर कर कहा था। नागा उसकी बात सुनकर उसकी ओर मुड़ा और उसकी आँखों में देखते हुए कहा... ''नो इट इज़ स्टिल ऑन...।'' यह कहकर नागा अपनी अगली बात कहने के लिए कुछ पल चुप हुआ और फिर उसने कहा... ''अभी जो शांति दिख रही है, वह इसलिए है, क्योंकि हम युद्ध लड़ रहे हैं। एक ऐसा युद्ध, जो छह सौ पचास साल पहले शुरू हुआ था और जो अब भी जारी है...।'' नागा ने बड़े ही रहस्यमयी ढंग से अपनी दाढ़ी पर हाथ फिराकर थॉमस की आँखों में घूरते हुए कहा। ''स्टील अ... ऑन? व्हाट डू यू मीन? व... व... विच वॉर आर यू टॉकिंग अबाउट...?''

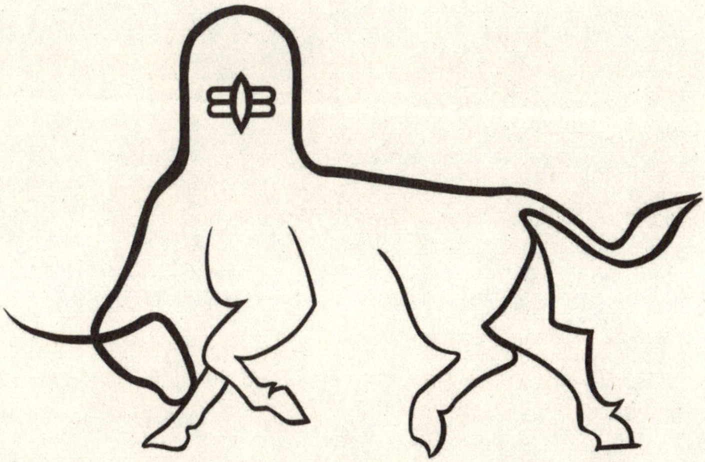

2

आक्रमण

थॉमस की आवाज़ भय और ठंड के मारे कंपकंपाहट लिए ऊँची हो चली थी। नागा ने थॉमस की आँखों में देखकर बिना रुके कहना शुरू किया... ''भारतवर्ष की वह अद्भुत और अलौकिक दुनिया, जो सदियों से इसके देवी-देवताओं की दैवीय प्रेरणाओं और आशीर्वाद से उनकी छत्र-छाया में फल-फूल रही थी, उसे मुगलों और मंगोलों ने आक्रमण कर अपनी रक्त की प्यासी तलवार और लूटमार से क्षत-विक्षत और लहूलुहान कर दिया। कहते हैं, उन विधर्मियों को सोने की चमक यहाँ तक खींच लाई थी, परंतु यहाँ आने के बाद उन्होंने अपनी कुंठित सांप्रदायिक विचारधारा और विश्वास, जिसे वे धर्म कहते थे, यहाँ के रहने वाले लोगों के ऊपर थोप दिया और यह सब संभव हो पाया यहाँ के राजाओं के लालच और स्वार्थ से लिप्त आपसी रंजिशों के कारण, जिससे उन दुष्ट लुटेरों को इस पवित्र भूमि पर अपने कलंकित क़दमों को रखने का अवसर मिल गया। उन्होंने जिस निर्दयता से क़त्लेआम किए, लूटमार मचाई और आतंक फैलाया, वैसा भारतवासियों ने पहले कभी नहीं देखा था। यहाँ के भोले-भाले लोग यह समझने लगे थे कि इससे बुरा भगवान उन्हें कुछ और नहीं दिखा सकता... लेकिन वे नहीं जानते थे कि क्रूरता और आतंक की पराकाष्ठा तो अभी बाक़ी थी, जिसकी कल्पना भारत में रह रहे किसी प्राणी ने भी नहीं की थी और उस क्रूर, निर्दयी रक्तपिशाच का नाम था *'अहमद शाह अब्दाली'...।*

''यह उस समय की बात है, जब मुगल साम्राज्य भारत के मध्य और उत्तर में पतन की ओर अग्रसर था और मराठा साम्राज्य अपने शूरवीर योद्धाओं की मदद से शक्ति का प्रमुख केंद्र बनकर उभर रहा था। 'हर-हर

महादेव' के उनके सिंह की भाँति गर्जन से दिल्ली की मुगलिया सल्तनत थर्रा उठी थी। तब मुसलमानों के प्रमुख उलेमा शाह वलीउल्लाह ने किसी ग़ैर मुस्लिम के सत्ता में आने की संभावना के भय से अफ़ग़ान बादशाह अहमद शाह अब्दाली दुर्रानी को चिट्ठी लिखी कि 'अगर तुम भारत नहीं आए और मराठाओं से हमारी रक्षा नहीं की, तो इतिहास तुम्हें कायर कहेगा और तुम्हारी आने वाली नस्लें कभी अज़ान नहीं सुन पाएँगी!!' अहमद शाह अब्दाली का नाम इतिहास के पन्नों में अपने वक़्त के सबसे क्रूर और निर्दयी आक्रमणकारी के रूप में आज भी दर्ज है।''

''इस तरह से उस उलेमा ने कुल नौ चिट्ठियाँ उस असुर को लिखी थीं, जिनका असर यह हुआ कि... वलीउल्लाह की उन चिट्ठियों ने उस असुर को भारत में अपनी बर्बर सभ्यता की सुरक्षा के बहाने इस पावन भूमि को रक्तरंजित करने का उद्देश्य दे दिया। कहते हैं वह राक्षस, विशाल और बलिष्ठ काया का स्वामी था, जिसकी आँखें किसी आदमखोर पशु की भाँति हमेशा लाल रहती थीं और उसका 'ऑरा' ऐसा था, मानो कोई पर्वत देह सहित अपने पैरों पर खड़ा होकर चल रहा हो। आतंक और क्रूरता का प्रतीक वह राक्षस हरे रंग के इस्लामी झंडे के तले अपनी विकराल आसुरी सेना के साथ भारत क़ी ओर बढ़ चला। उसकी सेना उस समय के सबसे आधुनिक हथियारों से लैस थी। महीनों तक रास्ते में पड़ने वाले सभी हिंदू गाँवों और नगरों को तबाह करता हुआ वह रक्त पिशाच पेशावर यानी आज के पाकिस्तान पहुँचा, फिर वहाँ कुछ दिन तक डेरा जमाए रखने के बाद, वह 1748 में सिंधु नदी को पार करके लाहौर पहुँचा और उसे अपने क़ब्ज़े में ले लिया...।''

नागा साधु लगातार कहता जा रहा था, जिसे थॉमस बेहद ध्यान से सुन रहा था। उसने आगे कहना शुरू किया.. '' वह 1749 का वर्ष था। सर्दी के मौसम में हर शाम शीतलहर के कारण सर्द हो चली थी। उस दिन भी शाम का वक़्त था। सूरज पश्चिम दिशा में अपने अंतिम पड़ाव तक पहुँच चुका था, जिसकी अंतिम छटा से आसमान हल्का गुलाबी और केसरिया रंग में आ चुका था। उसी समय मध्य भारत में विंध्याचल पर्वतमाला के हरे-भरे पठारी क्षेत्र में ऊँचाई से घुड़सवारों का एक दल घाटी की तलहटी में बसे एक गाँव को देख रहा था। विंध्याचल के ये क्षेत्र घाटियों और छोटी-छोटी पर्वत श्रंखलाओं से घिरे हुए थे। उस शाम के धुँधलके को चीर-कर

गाँव से आती असंख्य दीयों की टिमटिमाहट साफ़-साफ़ दिखाई दे रही थी, जिसकी ख़ूबसूरती उल्लेखनीय थी। उस रोज़, उस ख़ूबसूरत और मनोहर से दिखने वाले गाँव में उत्सव का माहौल था, क्योंकि उस दिन दीपावली का महापर्व था, जो सनातन परंपरा में सबसे महत्त्वपूर्ण स्थान रखता है और जिसे आशाओं और महत्त्वाकांक्षाओं का महापर्व भी कहा जाता है। गाँव वालों ने संपूर्ण गाँव को दीयों से सजाया था। घर की महिलाएँ और कन्याएँ पूजा की तैयारी कर रही थीं। उन्होंने अपने-अपने घर के बाहर द्वार के पास सुख और समृद्धि की प्रतीक रंगोली बनाई थी। उनके द्वारा बनाई गई रंगोली कलाकृति के क्षेत्र में एक उत्कृष्ट उदाहरण स्वरूप थी। दीपावली के महापर्व के अवसर पर गाँव के पुरुषों ने अपने आप को धोती-कुर्ते और महिलाओं ने अपने आप को सुंदर साड़ी और बहुमूल्य हीरे-मोती से जड़े सोने के आभूषणों से सजाया था। ऐसा लग रहा था, जैसे स्वर्ग से देवी-देवता स्वयं उस गाँव में भ्रमण करने के लिए उतर आए हों। महिलाओं के गले में चमकते आभूषण और उनकी कलाइयों में खनकती चूड़ियाँ वातावरण में एक आलौकिक छटा बिखेर रही थीं। उनके हाथों में सोने और चाँदी के कंगन खनक रहे थे, तो उनके सिर बाँस की कंघियों से सजे थे, जिसे उन्होंने बेहद ख़ूबसूरती से अपने बालों में गूँथ रखा था। सभी के चेहरे पर दिव्य मुस्कान थी। उत्सव के कारण उन सभी का मनोभाव रह-रह कर हर्ष के रूप में उन सभी के मुख पर छलक उठता था। उनकी खिलखिलाती हँसी उनके पहने हुए गहनों से भी अधिक मनमोहक थी। अपने घरों को दीपों और रंगोलियों से सजाने के बाद गाँव के सभी स्त्री-पुरुष मंगल गीत गाते हुए, गाँव के उस मंदिर की ओर चल पड़े थे, जो उनकी आस्था और सामूहिक पहचान का प्रतीक था। वह दिव्य मंदिर, गाँव के बीचों-बीच स्थित था, जिसकी भव्यता गाँव की समृद्धि और सांस्कृतिक संपन्नता का प्रतिबिंब थी। हिंदू संस्कृति में, उन दिनों, मंदिर केवल ध्यान के केंद्र और आस्था के प्रतीक नहीं होते थे, बल्कि मंदिर आशा के प्रतीक भी हुआ करते थे। मंदिरों की ख्याति एक ऐसे स्थान के रूप में भी हुआ करती थी, जहाँ बच्चे अपने समय के इतिहास, संस्कृति, धार्मिक विश्वासों के साथ-साथ विज्ञान और देवी-देवताओं के महत्त्व के बारे में भी सीखते थे। मंदिरों के बारे में कहा जाता था कि वहाँ भगवान स्वयं नवविवाहित जोड़ों को आशीर्वाद देने के लिए पृथ्वी पर आते हैं।''

''मंदिर अपने रीति-रिवाजों को मानने,बताने और उन्हें करने के साथ-साथ उन्हें सँजोए रखने का भी एक पवित्र स्थल हुआ करता था, जिसके प्रभाव से नकारात्मक शक्तियाँ समाज से कोसों दूर रहती थीं, जहाँ अपने-अपने आराध्य और ऊर्जा के स्रोत के प्रतीकों के श्री चरणों में जीवन में ख़ुशहाली की कामना लिए, उपहार के रूप में फूल और प्रसाद अर्पित किए जाते थे। मंदिर एक ऐसी जगह थी या है, जिसे तीर्थ *(जहाँ इंसान अपने अंदर के मैं को पहचानने और उसके अर्थ को समझने जाता है)* के रूप में जाना जाता था और जिसे आज भी समाज में सबसे पवित्र और ऊँचा स्थान प्राप्त है। मंदिरों का मुख्य उद्देश्य धर्म *(नैतिक जीवन के गुण)* और मोक्ष *(आत्म-साक्षात्कार और आत्म-ज्ञान)* की समझ को भक्ति और योग के माध्यम से बढ़ाना है...,'' यह कहते हुए नागा ने थॉमस की ओर देखा, उसकी आँखें बंद थीं, लेकिन जैसे ही नागा ने अपनी बातें कहनी बंद कीं, थॉमस ने अपनी आँखें खोल दीं। कुछ पल के लिए वह बेहद डर गया था, क्योंकि जिस तरह से वह नागा उसे देख रहा था, थॉमस को लगा, जैसे वह किसी ख़ास मौक़े का इंतज़ार कर रहा हो। थॉमस ने अपने आप को सँभालते और अपने डर को छुपाते हुए थोड़ा कड़क कर कहा...'व्हाट हैपन...?''

''कुछ नहीं...,'' नागा ने कुछ सोचते हुए कहा।

''दैन प्लीज कन्टिन्यू... आई वॉन्ट टू नो एव्रीथिंग अबाउट हिस्ट्री ऑफ़ इंडिया दैट टाइम...,'' थॉमस ने अपनी आँखों को बड़ी करते हुए कहा।

''यह सिर्फ़ उस समय का इतिहास नहीं है...,'' नागा की भौंहें तन गई थीं। नागा के इतना कहते ही थॉमस जैसे ही कुछ कहने को हुआ, लेकिन नागा ने बिना उसकी ओर देखे हुए कहना शुरू किया...''गाँव के लोग मंदिर के आँगन में इकट्ठा हो गए थे। भक्ति रस से सराबोर गाँव वालों के अंदर तीव्र आस्था का संचार हो रहा था। उनकी आँखों में अपने आराध्य के प्रति समर्पण की दिव्य ज्योति जल रही थी। वे वहाँ पर अपने आराध्य के समक्ष, अपनी ख़ुशहाली से भरे जीवन के लिए अपना आभार व्यक्त करने और आने वाले वर्षों के लिए आशीर्वाद माँगने आए थे।''

''गाँव के सभी छोटे-बड़े, बच्चे और बूढ़े मंदिर की दीवारों पर लिखी भारतीय सभ्यता और संस्कृति की अलौकिक कहानियों को पढ़ कर अंदर ही अंदर गर्व की अनुभूति कर रहे थे, जबकि कुछ इन दीवारों पर

उकेरी गई अद्भुत नक़्क़ाशियों को देखकर उसकी प्रशंसा करते नहीं थकते थे। मंदिर की दीवारों पर जिस सूक्ष्मता से कारीगरों ने शिल्पकारी की थी, उसने देखने वालों को हैरान कर दिया था। मंदिर के अंदर जलते हवनकुंड में आहुति के लिए पड़ते धूप और फूलों की ख़ुशबू से हवा सुगंधित हो उठी थी। भक्ति और मंत्रों से वातावरण गूँज रहा था। मंदिर की दीवारों पर हमारे आराध्य देवी-देवताओं की मूर्तियाँ लगी थीं। प्रभु श्रीराम जहाँ अपने शक्तिशाली धनुष के साथ खड़े थे, तो वहीं माता सीता उनके पास दृढ़ता से खड़ी थीं,जबकि पवनसुत हनुमान उनके सामने नीचे बैठे स्वयं को अपने स्वामी के श्रीचरणों में समर्पित किए हुए थे। सब कुछ एकदम वास्तविक लग रहा था।''

''मंदिर के गर्भगृह में दूसरी ओर भगवान श्रीकृष्ण की मनमोहक छवि में सबको अपनी ओर आकर्षित करती हुई मूर्ति थी। यशोदानंदन के चेहरे पर मंत्रमुग्ध हँसी और अनंत प्रेम का भाव था। इसके अलावा वहाँ नारी शक्ति और जगत जननी माँ दुर्गा की मूर्ति थी, जिनके दस हाथ थे और वे अपने वाहन शेर पर बैठी थीं। उनके प्रत्येक हाथ मानवीय व्यवहार की विशेषताओं का प्रतिनिधित्व करते थे, जो इस संसार में रह रहे हर व्यक्ति के अंदर अवश्य होनी चाहिए। देवी दुर्गा के दस हाथों में से, एक में तलवार,दूसरे में त्रिशूल, तीसरे में गदा, चौथे में चक्र, पाँचवें में धनुष और तीर, छठे में शंख, सातवें में कमल, आठवें में वज्र, नौवें में साँप और दसवें में अग्नि थी। यह उनके भक्तों सहित सभी दिशाओं, अर्थात आठों कोणों, आकाश और पृथ्वी को सुरक्षित करने का प्रतीक था। ठीक उसी तरह मंदिर में देवी काली की मूर्ति के गले में राक्षसों के सैकड़ों सिरों की माला थी। उनका रंग काला था और आँखें लाल थीं, उनकी जीभ उनके मुँह से बाहर निकली हुई थी और उनके शरीर पर रक्त लगा हुआ था। उनके चार हाथ थे, जिनमें क्रमशः, एक में तलवार, एक में राक्षस का कटा हुआ सिर, राक्षस के सिर से टपकते हुए रक्त इकट्ठा करने के लिए एक कटोरा, जिसे वासी या खप्पर कहा जाता है और एक में भगवान शिव का त्रिशूल था। मंदिर में एक और मूर्ति थी, स्वर्णधागे से कढ़ाई की गई लाल साड़ी पहने हुए कमल पर बैठी माँ महालक्ष्मी की मूर्ति, जो अपने अनंत सौंदर्य का वास्तविक अर्थ दिखाते हुए अलौकिक दिव्य चेतना को प्रदर्शित कर रही थी। माँ लक्ष्मी की मूर्ति को गाँव वालों ने बहुमूल्य गहनों और रत्नों से सजा रखा था। माँ लक्ष्मी की

मूर्ति की सजावट गाँववालों की देवी माँ के प्रति श्रद्धा को भी दर्शा रही थी। उनके चारों हाथों में क्रमशः... धन और समृद्धि, सोने, सिक्के और एक कमल था। मंदिर के अंदर विद्यमान भगवानों की सभी मूर्तियाँ सोने की बनी हुई थीं और उन्हें बहुमूल्य और अत्यंत दुर्लभ रत्नों से सजाया गया था।''

''मंदिर के गर्भगृह में धीरे-धीरे भक्तों की टोली जुटनी शुरू हो गई थी, जबकि इधर पहाड़ के शिखर से गाँव में होते उत्सव को एकटक निहार रहे घुड़सवारों के दल के पीछे धीरे-धीरे एक बेहद विकराल सेना इकट्ठी होनी शुरू हुई, जो उस क्षण घट रहे उस काल खंड के लिए अप्रत्याशित घटना थी। कुछ घुड़सवारों का दल, एक बड़े सैनिक खेमे में ठीक उसी तरह बदल गया था, जैसे किसी सनातनी अनुयायी के आँगन में तुलसी के चबूतरे पर जल रहे इकलौते दीये के ऊपर अनंत आसमान में अचानक ही काले बादलों का झुंड ख़ामोशी से आ धमकता है।''

''मंदिर के प्रांगण में, बच्चों का एक दल दीपावली के महापर्व से अलग अपने ही किसी उत्सव में खोया हुआ था। अबोध बालक भक्ति रस में डूबे हुए खेल-खेल में भी मंदिर के प्रांगण में पड़े हुए पत्थरों के छोटे बड़े टुकड़ों से एक छोटे से मंदिर के ढाँचे का निर्माण कर रहे थे। उनके चेहरे की ख़ुशी, उनके मन का उत्साह, उमंग और उनकी पुलकन से भरी बातचीत और ठहाकों से मंदिर का वातावरण गूँज रहा था। तभी कुछ और बच्चों का दूसरा दल भी वहाँ आ गया और अब दोनों दलों में पत्थर के टुकड़ों से बने मंदिरों में... 'किसका मंदिर कितना ऊँचा है' जैसी प्रतिस्पर्धा शुरू हो गई। दो समूह अपनी-अपनी जीत के लिए ऊँचे से ऊँचे मंदिर का निर्माण करना चाहते थे कि तभी पहले वाले दल में एक छोटे बच्चे द्वारा जल्दबाजी में रखे गए एक छोटे से पत्थर के कारण, पत्थरों से बने मंदिर का ढाँचा गिर गया, जिसके कारण दूसरा दल बिना किसी नतीजे के आसानी से मिली जीत की ख़ुशी में शोर मचाने लगा, जबकि वह छोटा बच्चा, जिसकी अनजाने में हुई ग़लती के कारण उसका दल हार गया था, निराश होकर रोने लगा। वह बच्चा अपने दल से अलग हटकर रो रहा था। निराशा में उसके आँसू उसकी आँखों से बहकर उसके गालों तक आ गए थे।''

''उस छोटे से बच्चे का पिता, जो अपनी पत्नी और अपनी छोटी सी बेटी के साथ मंदिर में प्रवेश करने ही वाला था कि अपने बेटे को रोते देख

उसके पास भाग कर आया। अपने घुटनों पर बैठते हुए और अपने बेटे के आँसुओं को पोंछते हुए उससे धीरे से पूछा... 'क्या हुआ मेरे बच्चे? क्यूँ रो रहे हो?'

'मेली ग़लती के कारण मंदिर गिल दया बाबा...,' लड़के ने रोते-रोते तोतली ज़बान में अपने पिता से कहा। लड़के का पिता जवाब में कुछ कह पाता कि उससे पहले लड़के ने सुबकते हुए कहा... 'मेरा मंदिल सबसे ऊँचा और सबसे अच्छा था, बाबा!, लेकिन मैं हार गया,'...लड़के की बात सुनकर पिता मुस्कुराया और उसने अपने बच्चे के माथे को चूम कर बड़े प्यार से समझाते हुए कहना शुरू किया... 'जानते हो श्रीमद भगवत गीता में भगवान श्रीकृष्ण क्या कहते हैं?'

'तौन भदवान थरितृष्ण बाबा, जिनते हाथ में बाथुली है...?' लड़के ने हाथ से मंदिर की ओर इशारा करते हुए पूछा।

'हाँ बिलकुल वही भगवान श्रीकृष्ण...,' पिता ने स्नेह से मुस्कुराते हुए लड़के की बातों का जवाब दिया और फिर आगे कहना शुरू किया 'भगवान कहते हैं, अगर आप सच्चे मन से और पूरी मेहनत से कोई काम करते हैं और अपनी सर्वश्रेष्ठ कोशिश करते हैं, तो शांत मन से उसके परिणाम को भगवान के ऊपर छोड़कर हट जाना चाहिए या किसी दूसरे अच्छे काम में लग जाना चाहिए, फिर आपके द्वारा किए हुए काम का जो भी परिणाम होगा, उसे भगवान स्वयं तय करेंगे और मेरा विश्वास करना बेटे, भगवान जो भी परिणाम तय करेंगे, वह सर्वश्रेष्ठ होगा, क्योंकि भगवान आपके द्वारा किए गए छोटे-से छोटे कर्मों के फल भी अवश्य देते हैं...,' यह कहकर उस लड़के के पिता ने लड़के की आँखों में देखा। बच्चे को अपने पिता की बात थोड़ी-बहुत समझ आ गई थी, लेकिन लड़का उसकी बात पूरी तरह समझ जाए, इसलिए पिता ने कहा...'वे ईश्वर ही हैं, जो इस संसार में शांति और स्थिरता बनाए रखते हैं। वे अपने भक्तों को हर समय परीक्षा की स्थिति में रखते हैं। वे देखना चाहते हैं कि जो काम तुमने शुरू किया है, उस काम में एक छोटी सी ग़लती हो जाने के बाद भी या उस काम में असफल हो जाने के बाद भी, तुम उस काम को करते हो या उसे छोड़ कर हट जाते हो... और मैं तुम्हें कहूँगा कि तुम्हें एक बार फिर कोशिश करनी चाहिए और यह तब तक तुम्हें करते रहना चाहिए, जब तक तुम उसे अच्छे से पूरा नहीं कर

लेते... तो अब तुम्हारे क्या विचार हैं...?' लड़के के पिता ने लड़के के गाल पर हाथ रखते हुए कहा।

'मैं अपना मंदिल जलूल बनाऊँदा...,' यह कहकर वह छोटा बच्चा मंदिर के ढाँचे को वापस बनाने के लिए पत्थर का टुकड़ा चुनने चल पड़ा, लेकिन जैसे ही कुछ क़दम आगे बढ़ा, उसके पिता की आवाज़ एक बार फिर आई...' श्याम!...'

'आ बाबा...,' लड़के ने झट से पीछे मुड़ते हुए अपने पिता की ओर देखा।

'' 'भगवान को पूरा भरोसा है, तुम अपना काम ज़रूर पूरा करोगे...,' आदमी ने मुस्कुराकर कहा। लड़का भी मुस्कुराता हुआ जैसे ही आगे बढ़ा कि अचानक ही मंदिर का प्रांगण काँप उठा। पत्थरों के वे छोटे- छोटे ढाँचे जो अन्य बच्चों ने बनाए थे, वे एक-एक कर गिरने लगे। कुछ क्षण पहले तक हर ओर फैले दैवीय वातावरण में अचानक ही एक डर का विष घुल गया। उस छोटे से बच्चे के पिता ने दौड़ कर झट से अपने बेटे के हाथ को ज़ोर से पकड़ लिया। मंदिर में उपस्थित बाक़ी माता-पिता भी अपने बच्चों की ओर भागे। गाँव का हर परिवार, जो मंदिर में उपस्थित था, अपने-अपने लोगों के साथ जमा हो चुका था, तभी मंदिर के बाहर अचानक ही चीख-पुकार मचती हुई सुनाई दी...महिलाओं की दिल दहला देने वाली चीखें और निर्मम क़त्लेआम के रक्त से सने हृदयविदारक दृश्य इस बात की गवाही दे रहे थे कि निर्दयी आक्रमणकारी गाँव में प्रवेश कर चुके थे।''

''ऊँचे-ऊँचे घोड़ों पर सवार दानवी शरीर वाले उन दुष्टों के हाथों में रक्त की प्यासी नंगी तलवारें थीं। कंधे से लेकर छाती तक उनका शरीर चमड़े और लोहे के रक्षा कवचों से ढका हुआ था। उनकी कपटी और दुष्ट लाल आँखें अंधकार में भी चमक रही थीं। उनके सिर पर काले रंग की पगड़ी थी, जिससे उनका आधा चेहरा ढका हुआ था। उन राक्षसों को देख कर ऐसा प्रतीत हो रहा था कि वे सभी रक्त के प्यासे थे। उन रक्तपिशाचों को गाँव वाले अफ़ग़ानी लुटेरों के रूप में पहचानते थे। गाँव वाले कुछ समझ पाते, उससे पहले ही आक्रमणकारी उनके बीच घुस आए और दीपावली महापर्व के अवसर पर घरों के बाहर रखे गए दीयों से उन असुरों ने निर्दोष गाँव वालों के घरों में आग लगानी शुरू कर दी। घास-फूस से बनी

छतें धू-धू कर जल उठीं। हर ओर भाग-दौड़, चीख-पुकार मची हुई थी। दीपावली का वह प्रकाश पर्व अंधकार के साये में जा खड़ा हुआ था। देखते ही देखते दीपों और जगमगाते तारों सा रौशन होता वह महान उत्सव, पीड़ा और यातना के काले गहरे समंदर में बदल चुका था। इंसानी अंतर्मन को दैवीय अनुभूति का एहसास देने वाला घाटियों में बसा वह स्वर्ग सा सुंदर गाँव नरक की आग में जल रहा था।''

''उन क्रूर राक्षसों ने निर्दोष पुरुषों को निर्दयता से काटना शुरू कर दिया। आतंकी साँय-साँय कर हवा के वेग से धड़ों से उन निहत्थों की गर्दनों को उतार रहे थे। अपने आप को क्रूरता से काटे जाने से पहले उन निर्दोषों की दया की गुहारें गर्दन कटने की कच्च-कच्च की दर्दनाक आवाज़ और हड्डियों के कटने और टूटने की कड़कड़ाहट के बीच कहीं दब कर रह गई थीं। कटती गर्दन और कट कर ज़मीन पर गिरती लाशों से रक्त की धारा बह निकली थी, जो गाँव की सड़कों के गड्ढों में भरने लगी। गाँव के वातावरण में हर ओर फैली फूलों और धूपों की दैवीय सुगंध में रक्त की गंध घुलने लगी थी। बच्चों की हृदय विदारक और आत्मा को जर्जर कर देने वाली कान के पर्दे फाड़ डालने वाली चीखें हवा में हर ओर गूँज रही थीं। उनके मासूम चेहरों पर भय व्याप्त था। दीपावली के पवित्र अवसर पर गाँव की महिलाओं द्वारा पहने गए वस्त्र अब धूल और रक्त से सने थे, जिन्हें जिहादी दानवों ने एक-एक करके उतारना शुरू कर दिया। महिलाएँ बहुत रोईं-छटपटाईं, चीखीं, गिड़गिड़ाईं, उन इस्लामी 'शांतिदूतों' के पैर पर अपना माथा रगड़ कर रहम की भीख तक माँगी, लेकिन उन अफ़ग़ानी नरभक्षियों की आँखें निर्लज्जता से मानवता को तार-तार करती रहीं। उनकी आँखों में क्रूरता और वासना का ज्वार उमड़ रहा था। वे उन महिलाओं और उनकी मासूम बच्चियों के कपड़े एक-एक कर नोंचते समय अपनी वहशी मुस्कुराहट के साथ अल्लाह का शुक्रिया अदा कर रहे थे, जबकि मासूम बच्चियाँ और महिलाएँ अपनी अस्मिता को बचाने के लिए जिस तकलीफ़देह करुणा के साथ भगवान को मदद के लिए पुकार रही थीं, उनकी चीखों को सुनकर भगवान भी थर्रा उठा होंगे। वहीं कट कर गिरे हुए उनके पुरुषों की आत्माएँ भागकर मंदिर में भगवान के सामने महिलाओं और बच्चियों की अस्मिता को बचाने के लिए मदद की गुहार लगा रही होंगी, लेकिन उनकी मदद करने वाला वहाँ कोई नहीं था। आलम यह था कि गाँव वालों के शरीर

को कुछ इस तरह काटा गया था कि लाशों के अंगों में से यह पहचानना मुश्किल हो रहा था कि सामने कट कर गिरा हुआ अंग किस व्यक्ति का है...,'' यह कहकर नागा चुप हो गया। उसने देखा थॉमस की आँखों से आँसू बहकर उसके गाल तक आ गए हैं। नागा ने आह से भारी हुई एक लंबी साँस खींचकर थॉमस से कहा... ''तुम्हें सुनकर इतनी तकलीफ़ हो रही है, तो सोचो, जिन पर यह बीती होगी, उन्हें कैसा अनुभव हुआ होगा!!''

थॉमस अपने सिर को झुकाकर ज़मीन की ओर एकटक देखने लगा। तभी नागा की आवाज़ उसके कानों तक आई। नागा अपनी कहानी में आगे बढ़ चला था। उसने आगे कहा... ''कुछ ही समय में, गाँव के सभी पुरुष मारे गए, बच्चों को बंधक बना लिया गया, जबकि महिलाएँ और कन्याएँ निर्वस्त्र खड़ी थीं। उनके आस-पास खड़े अफ़ग़ान सैनिक उन डरी-सहमी महिलाओं और कन्याओं में से एक-एक को किसी आवारा और बाँटे जाने योग्य पशु की भाँति अपने लिए चुन रहे थे, जबकि तकलीफ़ और अपनी दुनिया लुट जाने के कारण सुन्न सी खड़ी महिलाएँ ख़ुद को ख़त्म करने के लिए आस-पास गिरे हथियारों पर अपनी हताशा और शर्म में डूबी हुई आँखें गड़ाए हुए थीं। अफ़ग़ान सैनिक अश्लील भाषा में उन्हें अपमानित कर रहे थे। कुछ घटनाएँ तो ऐसी हैं, जिन्हें सुनकर आम इंसान का इंसानियत से भरोसा उठ जाएगा...,'' यह कहकर नागा ने अपनी आँखों से बह निकले आँसुओं को पोंछ लिया था।

नागा के इतना कहते ही थॉमस ने उस घटना के बारे में जानने के भाव से उसकी ओर देखा, तब नागा ने कहा... ''जब अफ़ग़ान सैनिक नग्न खड़ी माताओं के सामने उनकी बेटियों के साथ बलात्कार करने लगे, तब उन माताओं ने अपने हाथों से अपनी दोनों आँखों को फोड़ लिया था और अंधी हो गई थीं...।'' इतना सुनते ही थॉमस जैसे अवाक रह गया था, जबकि नागा की आवाज़ भर्रा गई थी। कुछ देर बाद नागा ने अपने सिर को झुकाए सामने जल रही आग को लगातार देख रहे थॉमस से कहना शुरू किया... ''अभी यह सब चल ही रहा था कि तभी एक प्रौढ़ उम्र की महिला सैनिकों के घेरे को तोड़कर सामने जल रहे अपने घर की ओर दौड़ी। दो अफ़ग़ान सैनिकों ने उसका पीछा किया।''

''यह सोचते हुए कि वह भाग रही है, लेकिन जब तक वे अपने पाप युक्त गंदे हाथों से उसके शरीर को छु पाते, वह आग में कूद गई।

उसने ख़ुद का बलात्कार होने से पहले मौत को चुना था। उस जलती हुई महिला की चीख को सुनकर अफ़ग़ान सैनिक पेट पकड़ कर हँस रहे थे। स्थिति ऐसी थी कि वहाँ नग्न अवस्था में खड़ी शेष महिलाओं को उस क्षण, दर्द में तड़प-तड़प कर आग में जलती वह महिला अपने आप से अधिक सौभाग्यशाली लग रही थी, जबकि आग में जलती उस महिला की तकलीफ़ उन्हें अच्छे से पता थी, फिर ज़्यादातर महिलाओं ने उस महिला की तरह अफ़ग़ान सैनिकों के घेरे से बाहर जाने की बहुत कोशिश की, लेकिन उनका भाग्य उस महिला जैसा नहीं था। उन्हें मौत से पहले एक अविश्वसनीय, दर्दनाक और लज्जाजनक प्रक्रिया से गुज़रना जो था। उसके बाद इस नरक जैसी यातना के बीच ही कुछ अफ़ग़ान सैनिकों ने मंदिर में धावा बोल दिया। अब समय आ गया था कि देवी-देवताओं से उनके सोने, रत्नों और सिल्क के कपड़ों को छीन लिया जाए। कुछ समय पहले तक, आस्था में सराबोर दिव्य मूर्तियाँ अब अपवित्र हो चुकी थीं और बिना पोशाक खड़ी थीं, लेकिन आक्रमणकारियों की धर्म भ्रष्टता की भूख अभी तक शांत नहीं हुई थी। वे एक के बाद एक मूर्तियों को तोड़ने लगे। पहले, उन्होंने देवी-देवताओं की मूर्तियों को उनके स्थान से अलग कर डाला और उन मूर्तियों को ज़मीन पर पटक-पटक कर कई टुकड़ों में तोड़ दिया और उन पर तब-तक पैर मारते रहे, जब तक उनके सारे अंग जैसे हाथ-पैर और गर्दन टूट कर चूर-चूर नहीं हो गए। एक सैनिक ने तो भगवान राम की मूर्ति से धनुष छीन लिया और उसे भी पटक कर तोड़ते हुए पत्थरों में तब्दील कर दिया। आक्रमणकारियों ने भगवान श्री कृष्ण की मूर्ति के साथ भी वही किया...,'' यह कहकर नागा ने गुफ़ा के मुहाने की ओर देखा, जहाँ बर्फ़ की पतली परत पिघल चुकी थी या फिर किसी बर्फ़ीले जानवर ने उसे कुरेद कर हटा दिया था। नागा ने देखा कि आसमान अब बेहद साफ़ था। शायद पूर्णमासी की रात थी, क्योंकि चाँद की दूधिया रौशनी में सारा हिमखंड नहाया हुआ था और ऐसा लग रहा था, जैसे यह जगह पृथ्वी नहीं, बल्कि सफ़ेद दूध का क्षीरसागर हो। बर्फ़ की परत पर छिटकती चाँद की दूधिया छटा को देखकर नागा जैसे कहीं खो गया था। थॉमस की निगाहें भी बाहर की ख़ूबसूरती को देख रही थीं, तभी नागा ने कहा... ''जो युद्ध तब शुरू हुआ था, अब भी जारी है। मंदिरों को अब भी तोड़ा जाता है । प्राचीन भारत का वह हिस्सा, जिसे अब पाकिस्तान और बांग्लादेश कहा जाता है, वहाँ आज भी मंदिरों को तोड़ा

जाता है, हिंदुओं पर अत्याचार किया जाता है। वहाँ आज भी छोटी-छोटी बच्चियों का दुष्कर्म कर ज़बरदस्ती उनका धर्म परिवर्तन किया जाता है...,'' यह कहकर नागा एक बार फिर रुका और फिर उसने कहा... ''और यह सब तब तक नहीं रुक सकता, जब तक हम उसे वापस नहीं ले लेते।'' यह कहकर नागा ख़ामोश हो गया।

थॉमस भी बेहद ख़ामोश था, लेकिन उसका मन बेचैन था। वह कहानी में आगे जानने के लिए बेचैन हो उठा। वह नागा से आगे कहने के लिए कहता, उससे पहले ही नागा ने अपनी कहानी आगे बढ़ाते हुए कहना शुरू किया ... ''अफ़ग़ान के आक्रांता अब गाँव के शिव मंदिर पहुँच चुके थे। उन आक्रांताओं के दल का मुखिया दुष्टता की हद को पार करता हुआ, शिवलिंग के सामने स्थित नंदी की मूर्ति पर बैठ गया। उस दुष्ट की दाईं आँख बाईं आँख से छोटी थी। उसने हरे और काले रंग के कपड़े पहन रखे थे। बिना मूँछों की उसकी बड़ी सी दाढ़ी उसके गले तक आ रही थीं। नंदी पर बैठा हुआ वह दुष्ट हिंदू भगवानों का अत्यंत घृणित और ओछे शब्दों में उपहास करता हुआ गालियाँ बक रहा था।''

''उसके सैनिक बचे हुए हिंदू पुरुषों और महिलाओं को बालों से पकड़े हुए उसके पीछे खड़े थे, तभी उन सैनिकों में से एक सैनिक शिव की मूर्ति की ओर तेज़ी से दौड़ कर भागा और अपनी तलवार के एक ही झटके से उसने शिव की मूर्ति को दो भागों में खंडित कर दिया, फिर उसने मंदिर के पुजारी के सामने भगवान की खंडित मूर्तियों पर तरल अपशिष्ट पदार्थ कर दिया। इससे पहले पुजारी को उन्होंने बुरी तरह प्रताड़ित किया था। पुजारी उन दुष्टों के सामने हाथ जोड़कर गिड़गिड़ाते हुए ऐसा करने से मना करता रहा और अपने काँपते स्वर में भगवान से बड़बड़ाते हुए क्षमा माँगता रहा, लेकिन तभी उन दुष्टों का सरदार, जो नंदी की मूर्ति पर बैठा हुआ था, ज़ोर से चिल्लाते हुए बोला,

'मेरा नाम मुजीब है, जिसका मतलब होता है ख़ुदा!!...आज से मैं तुम्हारा ख़ुदा हूँ। मेरे आगे घुटनों पर झुको...।' ऐसा कहकर सरदार ज़ोर से हँसा, उसके हँसते ही उसके गुर्गे भी असुरों की भाँति ज़ोर से हँसे। मंदिर का पुजारी अपने भगवान का अपमान और नहीं देख सकता था, उसने उन आक्रांताओं के आगे घुटनों पर आने से साफ़ मना कर दिया और क्रोध में

चिल्लाते हुए उन दुष्टों से कहा... 'अपने उस ख़ुदा को याद करो पापियों, क्योंकि जिस तरह से तुमने हमारे निर्दोष गाँव वालों का संहार किया है, जिस तरह से तुमने हमारी बहन-बेटियों को प्रताड़ित किया है, जिस तरह से तुमने हमारे भगवानों की पवित्र मूर्तियों को खंडित किया है...उसका पूरा हिसाब होगा! वह आएगा और तुम्हें इस रात की पूरी क़ीमत चुकानी होगी...यह वचन है मेरा तुम दुष्टों को कि वह तुम्हारे पापों का हिसाब करने अवश्य आएगा...,' इतना कहकर पुजारी अपने क्रोधित नेत्रों से उन दुष्टों को घूरता हुआ आक्रोश से काँप रहा था। मुजीब अपने धीरे-धीरे क़दमों से चलता हुआ उस पुजारी के पास गया और उससे अपनी टूटी-फूटी हिंदी में पूछा... 'कौन आएगा, हमसे हमारा हिसाब करने?'

" 'हमारा शंभू आएगा और तुमसे इस रात की क़ीमत माँगेगा, तब तुम्हारे पास अपने प्राण देने के अतिरिक्त और कोई दूसरी क़ीमत नहीं होगी उसे देने के लिए...,' यह कहते-कहते पुजारी के चेहरे पर उन आक्रांताओं के प्रति तिरस्कार से भरी हँसी तैर गई थी। इतना सुनते ही मुजीब ने एक झटके में पुजारी के सिर को धड़ से अलग कर दिया। उस छोटे लड़के के सामने उसके पिता का दो हिस्सों में कटा शरीर पड़ा हुआ था और वह चुपचाप ये सब देख रहा था। उसकी आँखें पथरा गई थीं, क्योंकि उसके दोनों पालनहारों *(भगवान शिव और उसके पिता)*, जिनमें उसकी श्रद्धा थी, उसके सामने खंडित पड़े थे, लेकिन उसकी आत्मा अब भी विश्वास कर रही थी कि उसका भगवान अवश्य आएगा।"

"अंततः उन राक्षसों ने स्वर्ग से सुंदर उस गाँव को तहस-नहस करने और क़त्लेआम को अंजाम देने के बाद मंदिर को आग के हवाले कर दिया था और मंदिर की मूर्तियों में जड़े सभी बहुमूल्य रत्नों और गहनों को लेकर चले गए। वह पवित्र मंदिर, जो कुछ ही घंटे पहले मंत्रों की गूँज से गुंजायमान हो रहा था, अब आग की लपटों के बीच धधक कर जल रहा था। उसकी पवित्रता तिरस्कृत हो रही थी। वह गाँव, जो कुछ घंटे पहले तक उत्सव की किसी ख़ुशनुमा तसवीर जैसा था, अब भीषण हिंसा और विनाश का भयावह दृश्य बन चुका था। वह गाँव नरसंहार का एक डरावना नज़ारा था,जो शांत रात को भयानक विनाश और निराशा के भयानक परिदृश्य में बदल चुका था...," नागा ने आगे कहा... "बच्चे सुन्नत के बाद धर्मपरिवर्तन के लिए

ले जाए गए *(धर्म परिवर्तन)* और महिलाएँ ज़बरदस्ती शारीरिक संबंध बना कर बच्चे पैदा करने के लिए ले जाई गईं, ताकि आने वाले समय के लिए उन्हें रक्तपिशाचों की सेना में जोड़ा जा सके।''

''यह प्रक्रिया वर्षों तक जारी रही, फिर आया 1757 का वह वर्ष, जब अब्दाली के रक्त से सने पैरों ने काशी और मथुरा में हिंदुओं का भीषण नरसंहार किया और उनके रक्त से वहाँ के पवित्र मंदिरों को रंग दिया। अपनी पवित्र किताब का अनुसरण करते हुए वे आतंकी अपने मंसूबों को थोपने और अपने अंदर के राक्षस को तृप्त करने के लिए जो करते थे, मुझे नहीं लगता कि दुनिया का और कोई दूसरा धर्म ऐसा करने की इज़ाज़त देता होगा...''

''लाइक व्हाट...?'' नागा के कुछ कहने से पहले ही थॉमस ने पूछा।

''वे पुरुषों से उनकी महिलाओं और बच्चों को अलग करते थे, फिर पुरुषों को उनके परिवार के सामने एक-एक कर काट देते थे या उन्हें ज़िंदा जला देते थे, जब उनका मन उससे भी नहीं भरता था, तो वे उन्हें ज़िंदा ही ज़मीन में दफ़न कर देते थे।''

''क्रूरता का वह भयावह दृश्य कुछ ऐसा था, जिसके बारे में सोच कर गुज़रा वक़्त भी रो पड़ता होगा। प्रत्येक हिंदू लड़की और महिला को उनके घर से बाहर खींच कर लाया जाता था और फिर उनके बच्चों के सामने उनके कपड़े उतारे जाते थे और खुलेआम उनका बलात्कार किया जाता था। दरअसल, उनकी मंशा सिर्फ़ मासूम लोगों को तकलीफ़ पहुँचाने की नहीं थी, बल्कि उनकी आत्मा को पूरी तरह से तार-तार करने की थी। उनके सामने देवताओं की मूर्तियों को खंडित किया जाता था, ताकि उनका अपने भगवानों से विश्वास उठ जाए...यह प्रक्रिया अनवरत जारी रही ... तब तक, जब तक दो नागा साधु उस नरक में भटकते हुए नहीं पहुँचे थे।''

''उनके शरीर पर भस्म लिपटी हुई थी और भस्म *(जले हुए शव की पवित्र राख के अवशेष)* का वह धूसर रंग अन्य रंगों के मुक़ाबले बेहद प्रभावशाली था। भगवान शिव के समान अपने सिर की जटाओं को उन्होंने भूरे रंग के रुद्राक्ष के मनके से सजाया था। उनकी काजल लगी बड़ी-बड़ी उग्र और गहरी आँखें भक्ति-भाव से ओत-प्रोत थीं। उनकी कमर के आगे हवा में लटकती हुई कपड़े की गठरी, मोह माया में लिप्त इस संसार से अलग

वैराग्य और धैर्य की प्रतीक थी। उन्होंने दूर से काशी नगरी से उठते आग के धुएँ को देखा था, इसलिए आए थे, जहाँ उनका स्वागत भयानक दृश्य और दिल दहला देने वाली अकल्पनीय परिस्थिति ने किया था। वे पवित्र स्थलों की ओर भाग कर गए, ताकि हालात का सही-सही पता लगा सकें, लेकिन वहाँ कुछ भी नहीं था, सिवाय बर्बरता से भरे दृश्य के। उन्होंने देखा कि मंदिर के झंडे टूटे-फटे ज़मीन पर पड़े थे, मंदिर में भगवान की मूर्तियाँ खंडित थीं, आग में जल कर खंडहर बन चुके घर अत्याचार के बारे में चीख-चीख कर बता रहे थे। टूटे मंदिर प्रताड़ित होकर रुँधे गले से आप बीती सुना रहे थे।''

''काशी की सड़कें वहाँ के पुरुषों की क्षत-विक्षत लाशों से पटी पड़ी थीं। रक्त से भीगी सड़कों का रंग लाल हो चुका था। काशी जैसी पवित्र नगरी के उस वीभत्स दृश्य ने नागा साधुओं की आत्मा को झकझोर कर रख दिया था। उनकी आँखों से आँसू की बूँदें छलक उठीं।

'' 'हे शिव!!, ये सब कैसे हुआ? ह... ह..., हमें क्या करना चाहिए...?' एक नागा ने दुख में काँपती आवाज़ में दूसरे नागा से पूछा। दूसरा नागा हतप्रभ ऐसे खड़ा था,जैसे जड़ हो गया हो। उसकी आँखों से आँसू की धारा बह निकली थी...और उसने एकटक उस जनसंहार को देखते हुए कहा... 'हमें तुरंत मठ के लिए निकलना चाहिए...' और फिर अचानक जब उसकी चेतना लौटी, तब उसने वहीं सड़क पर गिरे और रक्त से सने हुए दो भगवा झंडों में से एक झंडे को उठाकर अपने माथे पर लपेट कर बाँध लिया और दूसरे झंडे को अपनी लाठी में बाँध कर आसमान में उठाने के साथ ही... 'हर-हर महादेव...' कहता हुआ ज़ोर से चिल्लाया, फिर दोनों नागा साधु तेज़ी से मठ के लिए निकल गए।''

''मठ...?'' थॉमस के मुँह से अचानक ही यह शब्द निकल आया था। उसके चेहरे पर मठ के बारे में जानने की उत्सुकता उभर आई थी।

''हाँ, मठ!!...,'' नागा ने गंभीरता से कहना शुरू किया। उसने कहा ''मठ, आदि शंकराचार्य द्वारा स्थापित धार्मिक शिक्षा और आध्यात्मिक मार्गदर्शन का केंद्र था। चूँकि उज्जैन और मथुरा में भी कुछ अन्य नागा साधुओं ने ऐसे ही भयावह दृश्य देखे थे, इसलिए वे भी अपनी आँखों देखी बताने के लिए मठ की ओर बढ़ रहे थे। विभिन्न दिशाओं से मठ की ओर जाते हुए नागाओं ने पर्वत श्रृंखलाओं, नदियों-पठारों और कई गाँवों को

पार किया। वे बिना रुके, बिना थके, बिना खाए-पिए नौ दिन तक लगातार चलते रहे, ताकि मठ पहुँच सकें और मार्गदर्शक की खोज कर सकें। वे सभी नागा मठ पहुँचने में लगने वाले तय समय से पहले ही पहुँच चुके थे और जैसे ही वे मठ के पास पहुँचे, लाख थकावट के बाद भी उनकी गति तेज़ हो गई। मठ पहुँचने के साथ ही सारे नागाओं ने मिलकर जिस शख़्स को अपनी पूरी ताक़त से पुकारा वे थे... मठाधीश!!''

''नागाओं की गर्जना सुनकर मठाधीश आश्रम से बाहर निकले। उन्होंने देखा कि सारे नागा साधु हाँफते हुए, थके-हारे उनके सामने खड़े थे, लेकिन थकावट से कई गुना ज़्यादा क्रोध की लौ उनकी आँखों में धधक रही थी। मठाधीश बूढ़े थे, जिनकी आँखों में शांति और चेहरे पर झुर्रियाँ थीं। वे झुर्रियाँ उनकी बुद्धिमत्ता, उम्र और अनुभव की गहराई को दर्शाती थीं। उनकी लंबी सफ़ेद जटाएँ उनके पैरों तक आ रही थीं, जो उनके चेहरे की भूरी त्वचा से बिलकुल भी मेल नहीं खाती थीं, हालाँकि उनका भी संपूर्ण शरीर धूसर रंग की भस्म से लिपटा हुआ था।''

''मठ तक पहुँचने की पिछले नौ दिनों की यात्रा के दौरान नागा साधुओं ने उजाड़ नगरों के भयावह दृश्य अपनी आँखों से देखे थे। इससे उनका अंतर्मन हिल गया था। अनगिनत मनुष्यों के नरसंहार और साधु-संतों को मौत के घाट उतारने का जो जघन्य अपराध हुआ था, उसने उनके कलेजे को छलनी-छलनी कर दिया था। यात्रा के दौरान वे यह भली-भाँति पता लगा चुके थे कि ये सब अफ़ग़ानी लुटेरे अहमद शाह की आसुरी सेना ने किया था। इसके अलावा, जो कुछ भी उन्हें पता था, नागा साधुओं ने सारा का सारा मठाधीश को कह सुनाया। सब कुछ सुनने के बाद भी मठाधीश के चेहरे की गंभीरता जस की तस बनी हुई थी, जबकि नागा साधु अफ़ग़ानी आक्रांताओं पर किसी तूफ़ान की तरह कहर बनकर टूट पड़ने को आतुर थे, हालाँकि मठ के अंदर तत्काल उनकी संख्या बीस-तीस से ज़्यादा नहीं थी। मठाधीश ने एक नज़र वहाँ उपस्थित नागा साधुओं की ओर डाली और फिर मेघ सी गर्जना करती हुई अपनी भारी-भरकम आवाज़ में कहा...'शांति!!,' मठाधीश के इतना कहते ही वहाँ सब कुछ ऐसे ठहर गया था, जैसे मठाधीश की आँखों के भाव ठहरे हुए थे। उन्होंने अपनी गहरी और पहेली सी न समझ आने वाली नज़रों से उन नागा साधुओं की आँखों

में एक-एक कर देखा और कुछ क्षण पश्चात मठाधीश के देखने मात्र से ही सामने खड़े सारे नागा जैसे भावहीन हो गए। उनके चेहरे की उत्तेजना और क्रोध न जाने कहाँ ग़ायब हो गया। उन सभी नागाओं के चेहरे पर कुछ इस प्रकार की शून्यता थी, मानो उन्हें किसी सम्मोहन ने जकड़ लिया हो...।''

''वाहट!! हीपनोटाइज़्ड...?'' थॉमस अचानक जैसे चीख उठा था।

''हाँ सम्मोहन!!...,'' मठाधीश ने उन नागाओं को ठीक उसी तरह सम्मोहित कर दिया था, जैसे कोई चिकित्सक किसी रोगी का ऑपरेशन करने से पहले उसे नशे का इंजेक्शन देकर बेसुध कर देता है...।'' नागा ने इतना कहकर अपनी कहानी आगे जारी रखते हुए कहना शुरू किया... ''मठाधीश के सम्मोहन के प्रभाव में सारे नागा बेसुध होकर शून्य में चले गए। उसके बाद वे चुपचाप मठाधीश के कहे अनुसार ज़मीन पर बैठ गए। उन सभी की आँखें अब भी खुली थीं, लेकिन उनकी साँसें धीमी हो चली थीं। मठाधीश अब भी उनकी आँखों में देख रहे थे। कुछ क्षण पश्चात मठाधीश ने उनसे कहा... 'अब तुम लोग गहरी निंद्रा में चले जाओ और तब तक मत उठना, जब तक 'हर-हर महादेव' का जयकारा ना सुन लो।' मठाधीश ने जैसे ही यह कहा, थके हारे नागा साधु ज़मीन पर लेटते हुए गहरी निंद्रा में सो गए।''

''नागा साधुओं ने अफ़ग़ानी आक्रांताओं की क्रूरता और क़त्लेआम की जो ख़बर दी थी, उसने मठाधीश को भी अंदर तक झकझोर दिया था। वे बेचैन हो उठे और उन्होंने मठ में पहले से उपस्थित अन्य नागा साधुओं को तत्काल आदेश देते हुए कहा... 'आज से ठीक इक्कीस दिन के बाद, शुक्ल पक्ष की रात को सभी नागा साधु और साध्वी गोकुल में एकत्रित होंगे। यह मेरा आदेश है।' इतना कहने के बाद मठाधीश ने उन नागा साधुओं की ओर देखा, जो उनके आदेश को पूरा करने के लिए अत्यंत सक्रिय हो गए थे। तभी मठाधीश ने अपने कक्ष की ओर कुछ क़दम आगे बढ़ाने के साथ बोला,' *अजा और शंभू को ढूँढो...!' ''*

''अजा एंड शंभू?... हू आर दे...?'' थॉमस ने पूछा। पर्वतारोही के इतना पूछते ही उस रहस्यमयी नागा ने थॉमस की ओर कुछ देर तक देखा और फिर कहीं ऐसे खो गया, जैसे गुफ़ा से उठकर वह ख़ुद किसी कालखंड में पहुँच गया हो, फिर जब कुछ देर बाद पर्वतारोही के दोबारा पूछने पर

उसकी चेतना लौटी, तब उसके चेहरे पर एक चिर–परिचित मुस्कुराहट तैर गई और उसने अत्यंत सम्मान के साथ कहना शुरू किया...

3

अजा और शंभूजी

''जिन्होंने उन दोनों को देखा था, वे भली-भाँति जानते थे कि अजा, शंभूजी का अभिन्न अंग था। दोनों मिलकर धर्म और शक्ति का अद्भुत मिश्रण थे। अगर शंभूजी आग थे, तो अजा उनकी लौ था। अगर शंभूजी बारिश थे, तो अजा उनकी गर्जना था। अगर अजा प्रकाश था, तो शंभूजी उसके स्रोत थे। अगर शंभूजी तलवार थे, तो अजा उसकी धार था...सच्चे मायनों में अजा, शंभूजी की प्रतिमूर्ति था...,'' यह कहते-कहते नागा की आवाज़ और मधुर होती जा रही थी, जिसके प्रत्येक शब्द के साथ उसकी ख़ुशी बढ़ती चली जा रही थी... उसने अपने दोनों घुटनों को अपनी बाँहों में जकड़ते हुए कहीं खोए हुए से अपने कोमल स्वर में कहना शुरू किया... ''जितना प्रेरणादायक उन दोनों का जीवन था, उतना ही असाधारण उनका युद्ध कौशल था, लेकिन वे दोनों कहाँ थे, इसका पता फिलहाल किसी के पास नहीं था, इसलिए मठाधीश का आदेश पाते ही अगली सुबह कुछ नागा, अजा और शंभूजी को खोजने के लिए यात्रा पर निकल पड़े। उन्हें केवल इतना पता था कि अजा और शंभूजी दक्षिण की ओर यात्रा कर रहे थे। मठ से विदा होने से पहले मठाधीश ने असमंजस में फँसे नागा साधुओं को समझाते हुए कहा... 'जो तुम्हें सबसे प्रिय है अपने उन आराध्य भगवान शिव के प्रतीकों की तलाश करो, मंदिरों और घरों की दीवारों पर,पेड़ों की छालों पर, नदियों और घाटों के किनारे, गुफ़ाओं में...सर्पों के फनों पर। ये चिह्न ही तुम्हारी मार्गदर्शिका होंगे और तुम्हें अजा और शंभूजी के पास ले जाएँगे।' अजा और शंभूजी को ढूँढने वाले नागाओं को अब अजा और शंभू को कैसे ढूँढना है, यह पता था। उन्होंने एक बार फिर अपनी यात्रा शुरू करने के साथ ही पर्वतों की चढ़ाई की, नदियों को पार किया, कई

शहरों से होकर गुज़रे, अजा और शंभूजी की खोज में ख़तरनाक जंगलों से होकर निकले... और आख़िरकार, लगातार दस दिनों तक खाक छानने और मठाधीश के बताए रास्ते को अपनाने के बाद उन सभी नागाओं में से दो नागाओं *दीनानाथ और अधिराज...* ने अजा के चेहरे को पहचाना। दीनानाथ अपनी उम्र की प्रौढ़ावस्था में था और अधिराज उससे कम उम्र का नागा था। वह हमेशा अपने पास एक शंख लिए होता था, जो उसकी कमर में बँधा होता था। दोनों एक विशाल झील के किनारे पहुँचे, जिसका नाम मेहँदी कुंड था, जो इतना ऊँचा था कि ऐसा लगता था कि झरने का जल आसमान से गिर रहा हो...,'' नागा ने यह कहते हुए थॉमस की ओर देखा, जिसे देखकर ऐसा प्रतीत हो रहा था कि कहीं रुक गया था और नागा की बातों को सुन नहीं रहा था।

''क्या हुआ?'' नागा ने पूछा। थॉमस ने उसकी ओर देखा और कुछ जानने की उत्सुकता से पूछा... ''शंख? व्हाट इज़ दैट...?'' थॉमस के पूछने पर नागा पहले तो मुस्कुराया और फिर समझाते हुए बोला... ''शंख समुद्री घोंघे का ऊपरी कवच होता है, जिसका हिंदू परंपरा में आध्यात्मिक महत्त्व है। ऐसी मान्यता है कि ज़ोर से फूँकने पर इससे निकलने वाली ध्वनि में नकारात्मकता को दूर करने की शक्ति होती है।''

''ओह!!, दैट्स वेरी इंटरेस्टिंग...,'' यह कहते हुए थॉमस ने रोमांच में अपनी जिज्ञासा को दर्शाया। नागा ने आगे कहना शुरू किया... ''दीनानाथ और अधिराज झरने के नीचे किनारे पर खड़े हो गए और सोचने लगे कि आगे कैसे बढ़ा जाए। उन्होंने उस विशाल झरने के शिखर तक पहुँचने में लगने वाली अपनी शक्ति का अनुमान लगाया, जो कार्य असंभव सा लग रहा था। उन्होंने अपनी सारी चेतना को एकजुट करके झरने की ऊपरी चोटी को ग़ौर से देखा, जहाँ से पानी अपने पूरे वेग से नीचे गिर रहा था। इसी दौरान उनकी नज़रें एक आदमी पर पड़ीं, जो झरने की उफ़ान मारती लहरों के बीच एक चट्टान पर शांति से बैठा हुआ ध्यान में लीन था। सूरज की मद्धिम किरणें उसकी नंगी पीठ पर पड़ रही थीं, जिसके कारण उसकी पीठ सुनहरे रंग की भाँति चमक रही थी। उसकी परछाईं पानी में भी बन रही थी। उस इंसान की शारीरिक बनावट से उसकी आंतरिक ताक़त का अनुमान लगाया जा सकता था। उसकी भुजाएँ कसी हुईं और बलिष्ठ थीं। उसकी

मज़बूत लोहे जैसी कलाई और संपूर्ण भुजाओं से गहरी मोटी नसें दिख रही थीं। उसके हाथों में तेज़ लंबे नाख़ून थे। सुनहरे रंग में चमकते अपने अत्यंत ताक़तवर शरीर पर उसने जनेऊ के अलावा और कुछ नहीं पहन रखा था।'' *(सफ़ेद धागों का पवित्र संग्रह जिसे जनेऊ, या यज्ञोपवीत कहा जाता है)*

''जनेऊ!!, आध्यात्मिकता और त्याग का ऐसा प्रतीक होता है...जो किसी गुरु द्वारा अपने शिष्य को तब दिया जाता है, जब शिष्य ने अपने आप को पूर्ण रूप से गुरु के चरणों में समर्पित कर दिया हो और गुरु ने उसको स्वीकार लिया हो...।''

''उसके गले और कलाइयों में रुद्राक्ष की माला बँधी हुई थी। उसकी किसी वज्र के समान चौड़ी और मज़बूत छाती पर भस्म के धूसर रंग का लेप लगा हुआ था। उसके सिर पर लंबी और उलझी हुई जटाओं का जत्था था, जिसे उसने बेतरतीब तरीक़े से बाँध रखा था, जो उसके त्याग और आध्यात्मिक मार्ग का प्रतीक भी था। उसके माथे पर भगवान शिव के समान भस्म का सफ़ेद त्रिपुंड था, जिसके बीचों-बीच चंदन का लाल रंग का लंबा तिलक लगा हुआ था...'' इतना कहकर जैसे ही नागा आगे कुछ कहने को हुआ, एक बार फिर उस अँग्रेज़ पर्वतारोही थॉमस की आवाज़ उस भयानक गुफ़ा में गूँज उठी... ''त्रिपुंड!! तिलक?... व्हाट दैट सिग्नफाइ...?'' सब कुछ जान लेने की इच्छा रखने वाले उस पर्वतारोही ने नागा से पूछा और जल्दी से जल्दी उसके जवाब के इंतज़ार में उसकी ओर बेसब्री से देखने लगा। नागा ने उस अँग्रेज़ पर्वतारोही की कुछ जानने की किसी बच्चे जैसी उत्सुकता देखकर मुस्कुराते हुए कहा... ''त्रिपुंड, भगवान शिव की शैव परंपरा का एक आध्यात्मिक प्रतीक है, जो तीन क्षैतिज रेखाओं के बीच, लाल चंदन के सीधे खींचे गए तिलक से बना होता है। ये क्षैतिज रेखाएँ भस्म या चंदन से बनाई जाती हैं, और आमतौर पर माथे पर खींची जाती हैं। माना जाता है, जो भी इस प्रतीक को अपने माथे पर धारण करता है, वह सभी पापों से मुक्त हो जाता है, चाहे उसने किसी अन्य धार्मिक मत का पालन किया हो या उनमें पहले से विश्वास करता रहा हो। ये तीनों रेखाएँ मनुष्य की तीन इच्छाओं का प्रतिनिधित्व करती हैं...पहली- क्रिया शक्ति *(काम करने की शक्ति)*, दूसरी- इच्छा शक्ति *(इच्छा की शक्ति)* और तीसरी-ज्ञान शक्ति *(ज्ञान की शक्ति)।''*

''ये तीनों रेखाएँ, जीवन के उन तीन स्तरों को भी विभाजित करती हैं, जो भगवान ने बनाए हैं: *सृष्टि, पालन और संहार*। उस तीनों क्षैतिज रेखाओं के बीच में लाल रंग का तिलक, इस ब्रह्मांड में जितनी भी ऊर्जा और पदार्थ हैं, उनकी एकजुटता का प्रतिनिधित्व करता है, जिसका अर्थ है कि मानव जीवन को इस तीनों स्तरों से गुज़रना ही पड़ता है...,'' नागा ने इतना कहकर थॉमस की ओर देखा, जो नागा के साथ कहानी में आगे बढ़ने को तैयार बैठा था और उस आदमी के बारे में जानने को आतुर था, जो अत्यंत ऊँचाई से गिरते उस दुर्गम झरने के बीचों-बीच ध्यानमग्न बैठा था।

नागा ने आगे कहना शुरू किया... ''झरने का पानी उसके चारों ओर गिरता और बूँदों में बँटकर सूरज की रौशनी के पड़ने से प्रिज़्म की भाँति सात रंगों में चमकता और हवा में उड़ जाता था, जिससे उस ध्यानमग्न नागा के चारों ओर एक अद्भुत दृश्य उत्पन्न हो रहा था। झरने के पानी के तेज़ रफ़्तार से गिरने के कारण पानी की बूँदें उसके शरीर के आस-पास एक रहस्यमयी धुँध बना रही थीं। झरने के गिरते पानी के शोर और सूर्य के शांत प्रकाश के बीच,वह उम्मीद और शांति के किसी देवदूत की तरह ध्यान कर रहा था। चेहरे पर अद्भुत शांति और होंठों पर मुस्कान लिए उसकी आँखें बंद थीं। उसे देखकर ऐसा प्रतीत हो रहा था, जैसे वह पहले से ही सब जानता हो। पूरे वेग से गिरते उस झरने के बीच, उस मनमोहक घाटी में पड़ती सूर्य की किरणों से नहाया हुआ ध्यान करता हुआ वह नागा, भगवान शिव का ही स्वरूप लग रहा था। झरने की भव्य ऊँचाई के नीचे खड़े होकर उस कभी न भूल सकने वाले दृश्य को देख कर दीनानाथ और अधिराज की आँखें आश्चर्य से बड़ी होती चली गई थीं, फिर उन्होंने, पानी के बीच शिला पर बैठे हुए ध्यान में डूबे हुए उस नागा को देखा और उसे देखते ही उन दोनों की आँखों में भक्ति से भरे भाव उमड़ पड़े। उनकी आँखों में आँसू और होंठों पर आत्मसंतुष्टि की मुस्कान थी... उनका अंतर्मन पूरे विश्वास के साथ इस बात की गवाही दे रहा था कि इस अलौकिक जगह पर अब उनकी खोज समाप्त हो रही थी। जनेऊ धारण किए हुए और माथे पर त्रिपुंड और तिलक लगाए, ध्यान में बैठा वह नागा साधु कोई और नहीं...बल्कि *अजा* था।''

'अजा' सोने की तरह चमकता हुआ,
चाँदी की तरह शांत,
लोहे की तरह कठोर,
और तलवार की तरह तेज़।
गरुड़ की दृष्टि,
बैल की ताक़त।
चिता की तरह जलता हुआ,
फिर भी पवित्र आग की राख की तरह शांत।
त्रिशूल और त्रिनेत्र का संतुलन।
आँखें बंद हों, तो अडिग ऐसा, जैसे मानो कोई पर्वत हो,
लेकिन, जब उसकी आँखें खुलती हैं, तो वह भूकंप की तरह अस्थिर होता है।
उसे प्यार से देखोगे, तो तुम उसके अंदर के एक मासूम बच्चे को देखोगे और गुस्से से देखोगे, तो तुम उसके भीतर के शेर को जगाओगे...

उस रहस्यमयी नागा ने थॉमस के सामने अपनी कहानी जारी रखी... ''दीनानाथ और अधिराज अभी अजा तक पहुँचने का तरीक़ा सोच ही रहे थे कि तभी एक बेहद ख़ूबसूरत मोर उनके सामने से उड़ा। उस मोर का अपने पंख को फैला कर उड़ना उस क्षण प्रकृति में घट रही सबसे ख़ूबसूरत घटनाओं में से एक था। अपनी संपूर्ण हरियाली को समेटे उस पर्वत की चोटी से गिरते उस दूधिया रंग के विशाल झरने के बीचों-बीच उड़ता वह मोर और चट्टान पर बैठा वह शिव स्वरूप नागा मानो ईश्वर द्वारा इस संसार में रचे गए तीन भावों...सौंदर्य, शांति और शक्ति का मिश्रण था...जिसे एक साथ देखकर वे नागा बेहद रोमांचित हो उठे थे। कुछ क्षण पश्चात नागाओं ने ग़ौर किया कि मोर सामने स्थित एक छोटे से पहाड़ की चोटी पर स्थित मंदिर के प्रांगण से उड़ा था और फिर सर्वप्रथम दीनानाथ की नज़रें मोर से होती हुईं मंदिर के गर्भगृह से पहले मंडप में टँगे एक बड़े से घंटे पर गईं, जो हर मंदिर के अंदर होता ही है। फिर क्या था, मोर के इस दिव्य संकेत को स्वीकार करते हुए दीनानाथ और अधिराज जल्दी से पहाड़ पर चढ़ गए

और पहुँचने के साथ ही उन्होंने लंबी साँस खींचते हुए मंदिर के उस बड़े से घंटे को दोनों हाथों से पकड़कर लगातार ज़ोर से बजाना शुरू कर दिया। घंटे को बजाने के साथ-साथ ही दीनानाथ 'हर हर महादेव!' के मंत्र को ज़ोर-ज़ोर से चिल्ला भी रहा था, जबकि अधिराज लगातार शंख फूँक रहा था, जिससे 'ॐ' की पवित्र ध्वनि उत्पन्न हो रही थी। मंदिर की घंटियों की गूँज और शंख की दैवीय ध्वनि से वहाँ का वातावरण गूँज उठा। कुछ क्षण पहले तक उस वातावरण के सौंदर्य में बसी एक दैवीय शांति में अचानक ही युद्ध की रणभेरी गूँज उठी थी।''

'' 'हर हर महादेव' की शक्तिशाली जाप, शंख की तीव्र ध्वनि और घंटों की गूँजती सी आवाज़ एक प्रभावशाली संगीत की दैवीय धुन बना रहे थे, जो आशा, साहस और विश्वास की भावना से ओत-प्रोत थी और जो झरने की ध्वनि की ताल में मिलकर पहाड़ों की दीवारों से गुज़रकर जब अजा तक पहुँचीं, तब उसकी आँखें खुल गईं।''

''गहरे भूरे रंग की वे आँखें, जिनमें एक दिव्य तेज था... उसने आवाज़ की दिशा में फिराईं। दोनों नागा मंदिर की घंटी बजाना बंद कर चुपचाप खड़े थे। अजा उठकर खड़ा हुआ और उसने अपने पूरे शरीर को खींचते हुए एक अगड़ाई ली। सूर्यास्त के समय उसके शरीर पर पड़ने वाली पानी की हर बूँद चमक रही थी। उसने कोई पल गँवाए बिना और किसी हिचकिचाहट के बिना पत्थर से पानी में सीधी छलांग लगा दी। अजा के इस साहस ने अधिराज को हैरान कर दिया था। वह उस जगह पर पानी में कुछ देर देखता रह गया, जहाँ से पानी के अंदर अजा ग़ायब हुआ था। कुछ मिनटों तक अजा का कोई अता-पता नहीं था। दोनों नागा साधु भाग कर झील के किनारे आए। अजा के कहीं न दिखाई पड़ने की चिंता में उनके हृदय की गति तेज़ हो चली थी। जब तक उनकी चिंता बेचैनी में तब्दील होती, अजा उन्हें शांत पानी की सतह पर दिख गया। उसके खुले बालों से पानी की धार कुछ यूँ बह रही थी, जैसे शिव की जटा से गंगा बह रही हो और जिस तरह से अजा ने अपनी भीगी हुई जटाओं को अपने सिर पर बाँधा था, उसकी एक लट उसके माथे पर घूम कर चाँद जैसी आकृति बना रही थी। अधिराज को अजा के साहस ने तो अचंभित किया ही था, उसका व्यक्तित्व भी उसे प्रभावित कर रहा था। उस समय अजा, अधिराज को

भगवान शिव के समान प्रतीत हो रहा था। उसे एक क्षण लगा, जैसे भगवान शिव स्वयं कैलाश पर्वत से उतर आए हों।''

''ख़ैर अजा, बब्बर शेर की भाँति धीरे-धीरे चलता हुआ उन दोनों के पास आया। उसके आने के साथ ही दोनों नागा साधुओं ने उसके सामने अपना सिर झुकाकर श्रद्धापूर्वक उसका अभिवादन किया। अजा ने भी प्रति उत्तर में उन दोनों को नमन किया। उसकी गहरी भूरी आँखें उन दोनों नागाओं के चेहरे के भाव को पढ़ रही थीं। जैसे यह जानना चाहती हों कि वे यहाँ क्यूँ आए हैं ...? अजा, दीनानाथ को जानता था, लेकिन अधिराज को नहीं, जो अपने दाएँ हाथ में शंख लिए, उसके व्यक्तित्व को अवाक देख रहा था। अजा की नज़रें अधिराज के चेहरे पर उमड़ रही चिंता की लकीरों को साफ़-साफ़ पढ़ चुकी थीं। अजा कुछ कह पाता, उससे पहले ही दीनानाथ ने कहा... 'हमें गोकुल के लिए निकलना होगा अभी! मठाधीश का आदेश है।' दीनानाथ आगे कुछ कह पाता, उससे पहले ही अजा ने अपने भारी आवाज़ में पूछा... 'शंभूजी?' ''

'' 'दूसरे नागा साधु उन्हें ढूँढ रहे हैं,' अधिराज ने अपनी कमर में बँधी पेटी से शंख को बाँधते हुए उत्तर दिया। उसके बाद दीनानाथ ने अजा से सारी घटना कह सुनाई, और साथ ही यह भी कहा कि मठाधीश ने सारे नागा साधु और साध्वियों को शुक्ल पक्ष की रात को गोकुल में उपस्थित होने के लिए कहा है, जिसे सुनने के बाद अजा ने झुकते हुए उस जगह की ज़मीन को छू कर प्रणाम किया और उनके साथ चल पड़ा। अजा के चेहरे पर शून्यता उभर आई थी, जबकि उसकी आँखों में रोष साफ़-साफ़ दिख रहा था।''

''इधर, दूसरे नागा साधुओं का जत्था शंभूजी की खोज में पुराने शहर महेश्वर पहुँचा, जो मध्यप्रदेश में नर्मदा नदी के उत्तर तट पर स्थित है और जो मेहँदी कुंड के पचास किलोमीटर दक्षिण में स्थित था। इस पुराने शहर की परिधि में एक गुरुकुल था, जहाँ दूर-दूर से बच्चे शिक्षा प्राप्त करने आते थे। गुरुकुल, बच्चों को शिक्षा देने की भारतवर्ष की सबसे प्राचीन और प्रसिद्ध प्रणाली थी। गुरुकुल के अंदर बाँस, मिट्टी और खरपतवार से बनी अनेक झोंपड़ियाँ होती थीं, जिनमें रहकर बच्चे पढ़ाई करते थे। गुरुकुल घने जंगल के बीचों-बीच स्थित होता था, जिसके आस-पास प्रकृति की मनोहारी सुंदरता बसी होती थी। गुरुकुल के विशाल खुले आँगन के बीचों-

बीच एक बड़ा पेड़ होता था, जहाँ बच्चे सुबह की प्रार्थना के लिए इकट्ठा होते थे। आँगन में एक हवनकुंड भी होता था, जहाँ प्रत्येक सांस्कृतिक कार्यक्रमों के लिए हवन कुंड को अग्नि से प्रज्वलित किया जाता था। कक्षाएँ छोटी-छोटी झोंपड़ियों के अंदर या पेड़ों की छाया के नीचे आयोजित की जाती थीं। गुरुकुल शिक्षा प्राप्त करने की ऐसी पद्धति थी, जिसमें हर छात्र, चाहे वह किसी भी जाति या परिवेश से आता हो... एक समान था। गुरुकुल अनुशासन और भक्ति का प्रतीक था, जहाँ शिक्षा के समापन पर हर छात्र को अपने गुरु को गुरुदक्षिणा देनी होती थी, जिसके उपरांत गुरुकुल में शिक्षा प्राप्त कर रहे शिष्य की शिक्षा पूर्ण मानी जाती थी, जिसके बाद वे गुरुकुल में प्राप्त शिक्षा के माध्यम से बेहतर समाज के निर्माण में अपना योगदान देते थे। अन्य दिनों की तरह उस दिन भी गुरुकुल का माहौल बेहद शांतिपूर्ण था, लेकिन तब-तक, जब-तक कि पचास साल के अधेड़ उम्र के एक नागा साधु ने उस गुरुकुल में क़दम नहीं रखा था। वह नागा साधु, दबे पाँव गुरुकुल में घूम रहा था। उसके मुँहासे भरे चेहरे पर गंभीरता झलक रही थी, लेकिन उसकी आँखों में एक शरारत थी, जो उसके चुलबुले स्वभाव को प्रदर्शित कर रही थी। बाहर से कठोर दिखने वाली उस शख़्सियत के अंदर ठीक उसी तरह उसकी नरम आत्मा बसती थी...जैसे कठोर अखरोट के अंदर छुपी मीठी गिरी होती है।''

''वह अपनी अस्वाभाविक चाल में ठीक उसी तरह चल रहा था, जैसे भगवान शिव के ग्यारहवें रुद्र हनुमानजी चलते हैं। उसने गुरुकुल के परिसर में हल्के-हल्के क़दमों से चलते हुए पूरे गुरुकुल का निरीक्षण किया। वह गुरुकुल के अंदर कुछ इस तरह व्यवहार कर रहा था, जैसे किसी के साथ छुप्पन- छुपायी का खेल-खेल रहा हो।''

''नागा साधु, सधे क़दमों से चलते-चलते एक छोटे से झोंपड़े के पास से गुज़रा और जैसे ही वहाँ से आगे बढ़ने को हुआ कि अचानक एक झोंपड़ी को देखकर ठिठक गया... अंदर झाँक कर देखा, तो कुटिया के अंदर लड़के और लड़कियाँ अपने अध्यापक के आने का इंतज़ार कर रहे थे। लड़कियाँ रंगीन लहंगे और प्यारी सी छोटी-छोटी कमीजों में थीं, जबकि लड़के धोती और कुर्ते पहने थे। उनके चेहरों पर उत्साह और इंतज़ार के भाव थे, लेकिन वे सब के सब शांत मुद्रा में बैठे थे, तभी अचानक उत्साह और ऊर्जा के मिले-जुले हवा के झोंके की तरह उस नागा ने कक्षा में प्रवेश किया।''

''उसकी आँखों में एक चमक थी और वह अपने चेहरे पर एक भोली सी मुस्कुराहट लिए अपनी पलकों को लगातार झपकता हुआ उन छोटे-छोटे बच्चों को देख रहा था। बच्चे भी उस नागा को आश्चर्य से देख रहे थे... नागा ने देखा, कक्षा की दीवार पर टँगी काले रंग की पट्टिका ब्लैक बोर्ड पर हिंदी वर्णमाला के कुछ शब्द लिखे हुए थे...

वे शब्द कुछ इस प्रकार थे...

क से क़लम, क के लिए क़लम,
ख से खरबूजा, ख के लिए खरबूजा,
ग से गधा, ग के लिए गधा,
घ से घोड़ा, घ के लिए घोड़ा...

जिसे पढ़कर उस बूढ़े नागा ने एक पल के लिए कुछ सोचा और फिर दूसरे पल गिलहरी की तरह फुदकते हुए वहीं पास पड़े चूने से बने चॉक-पेंसिल को उठाया और उन अक्षरों को मिटाते हुए *ब्लैक-बोर्ड* पर लिखना शुरू किया।

क से- काली माँ...,
ख से- खड्ग ...,
ग से- गदा...,
घ से- घुसपैठिए...,

ये लिखने के बाद वह बूढ़ा नागा हाथ में चॉक-पेंसिल लिए हुए बच्चों की ओर झटके से मुड़ा, उसने देखा कि बच्चे अब भी चुपचाप बैठे थे,लेकिन उनकी आँखों में उत्साह और आश्चर्य का स्थान एक अनकहे डर ने ले लिया था। अभी तक अपने व्यक्तित्व में रहस्य की आभा घोले घूमते हुए नागा ने अचानक ही अपने हाव-भाव में एक अपनत्व की मिठास घोलते हुए बच्चों से मुस्कुराकर कहा... 'डरो मत,मैं कोई भूत या लुटेरा नहीं हूँ, बल्कि मैं तुम्हारा नया शिक्षक हूँ, जो आज तुम्हें नई और कुछ ज़रूरी चीज़ पढ़ाने आया है...,' बूढ़े नागा की आवाज़ बेहद भारी थी, उसके बोलने के

अंदाज़ में एक विश्वास और साहस का भाव था, जिसने जल्द ही वहाँ के वातावरण को हल्का कर दिया। बच्चों के मन से डर की भावना धीरे-धीरे समाप्त होने लगी थी। बच्चों की आँखों में आत्मविश्वास की चमक देखकर नागा ने बच्चों से पूछा... 'तो आज का पाठ शुरू करें...?' नागा के पूछने पर ज़्यादातर बच्चों ने कुछ नहीं कहा, बल्कि जस का तस चुपचाप बैठे रहे। नागा ने एक बार फिर बच्चों की ओर देखा और अपने उसी चिर-परिचित मज़ाक़िया अंदाज़ में कहा, 'आज जो नया पाठ तुम सीखने वाले हो, उसे मैंने बोर्ड पर लिख दिया है, तुम्हें बस इतना करना है कि जब मैं उसका पाठ करूँ तो उसे मेरे पीछे-पीछे दोहराना है...।' इस बात को नागा ने उत्साह से कहा, परंतु बच्चों ने इस बार भी कोई प्रतिक्रिया नहीं दी। बूढ़ा नागा कुछ देर तक गंभीरता से बच्चों की आँखों में ग़ौर से देखता रहा और फिर आचानक ज़ोर से चिल्लाते हुए बोला... 'क से... काली माँ'।''

''फिर देवी काली की नक़ल करते हुए आँखें बड़ी करके और अपनी जीभ को निकाल कर वह खड़ा हो गया। इस बार बच्चे अपनी उत्सुकता को नहीं रोक सके और उनकी चुप्पी हँसी में बदल गई और वे सब के सब खिलखिला कर हँस पड़े। बूढ़ा नागा भी उन बच्चों की खिलखिलाहट में शामिल होते हुए उनके साथ जुड़ गया और उनसे उन्हीं शब्दों को दोहराने के लिए कहा।''

''*क से काली माँ* के बाद, उसने तलवार की नक़ल करते अपने हाथों को हवा में माँ काली की अर्द्धचंद्राकार तलवार की तरह आकार बनाते हुए लहराया और ज़ोर से चिल्लाया...'*ख से खड्ग ।*' बच्चों ने उत्साहित होकर उसकी नक़ल की और उन्होंने कुछ ऐसा स्वांग किया, जैसे अपनी तलवार को हवा में उछाल दिया हो। इससे बच्चों के चेहरे पर अभूतपूर्व हँसी की लहर दौड़ गई।''

''अब नागा.. क, ख, ग.. वर्णमाला के 'ग' पर था, जहाँ उसने ज़ोर से 'ग' से 'गदा' चिल्लाते हुए अपने गालों को फुला लिया, अपनी जाँघों की चौड़ाई बढ़ाई, और परम बलशाली भगवान हनुमान के आकार की नक़ल की और गदा को अपने कंधों पर रखकर कहा, 'जय सिया राम...' उस नागा की खिलखिलाहट, बच्चों में हँसी की लहर उत्पन्न कर रही थी। बच्चों की ठहाकेदार हँसी पूरी कक्षा में गूँज रही थी। उन्होंने हँसते-हँसते

अपनी तुतलाती जब़ान में एक साथ ज़ोर से चिल्लाते हुए कहा...'*जय छिली लाम...।*' उसके बाद नागा अपने द्वारा बोर्ड पर लिखे गए अगले हर एक शब्द की नक़ल करता चला गया और हर नक़ल के साथ गुरुकुल में स्थित उस झोंपड़ी से बच्चों का शोर बाहर निकल कर आस-पास पूरे वातावरण में गूँजने लगा। तभी बूढ़े नागा ने महसूस किया कि बच्चे कक्षा के दरवाज़े की ओर देखकर अचानक ऐसे शांत और गंभीर हो गए थे, जैसे उन्हें बोलना ही न आता हो। उसने भी पलट कर दरवाज़े की ओर देखा, तो पाया कि गुरुकुल का एक शिक्षक दरवाज़े के पास खड़े होकर कभी उसे, तो कभी बच्चों की ओर देख रहा था। उस शिक्षक की आँखों में हल्के गुस्से के साथ-साथ हैरानी के भाव भी थे। नागा ने उसे ऊपर से नीचे की ओर देखा, उस शिक्षक की उम्र यही कोई पैंतीस से चालीस साल के बीच होगी। माथे पर चंदन का लेप, सिर पर शिखा (चोटी)...चेहरे पर चमक, शरीर पर जनेऊ, कमर के नीचे धोती और पैरों में खड़ाऊ थी और जो उसे लगातार घूर रहा था। गुरुकुल के उस शिक्षक का नाम था... *ध्रुव।* जो शोर सुनकर तेज़ी से कक्षा के अंदर आया था और जिसे देखकर बच्चे अचानक शांत हो गए थे। ध्रुव ने अपनी कक्षा में एक नागा साधु को देखा, जो अपने होंठों पर मंद-मंद मुस्कुराहट लिए उसे घूर रहा था। ध्रुव ने देखा, उस नागा की उम्र यही कोई पचास साल के आस-पास होगी और जिसके माथे पर त्रिपुंड और पूरे चेहरे पर भभूत के धूसर रंग का लेप लगा था, जिसके बीच उसकी बड़ी-बड़ी और रहस्यों से भरी आँखें एक-टक उसे देख रही थीं। नागा के सिर पर गंदे बालों का जंजाल था, जो अब जटाओं की शक्ल ले चुका था, और जिसे नागा ने भगवान शिव के समान ही अपने मस्तक पर लंबवत लपेट कर बाँध रखा था। नागा ने अपने ऊपरी शरीर पर कुछ भी नहीं पहना था, जबकि उसने कमर के नीचे शायद बाघ की चमड़ी को लपेटे हुआ था, ऐसा ध्रुव ने अनुमान लगाया। ध्रुव ने देखा, जिस तरह से नागा की दाढ़ी-मूँछ बेहिसाब बढ़ी हुई थी, कुछ वैसा ही हाल उसके पैने और नुकीले नाख़ूनों का भी था, हालाँकि ध्रुव के लिए ग़ौर करने योग्य बात यह थी कि आमतौर पर इंसानों के नाख़ून इतने नुकीले नहीं होते, जितने उस नागा के थे। शायद वह नागा अपने नाख़ूनों का इस्तेमाल बख़ूबी करता आया था।''

''ध्रुव, नागा साधुओं के बारे में अच्छी तरह से जानता था, इसलिए उसने सबसे पहले यह जानने की कोशिश की कि यहाँ क्या चल रहा है।

ध्रुव ने बच्चों की ओर देखा। बच्चे उस बूढ़े नागा को देख कर अपने मुँह को ढक कर अपनी हँसी रोकने की कोशिश कर रहे थे। कुछ क्षण पहले तक उनके चेहरे पर छाई हँसी, एक छोटे से विराम के बाद एक बार फिर दिखाई पड़ने लगी थी। नागा साधु अब भी ध्रुव को देखकर मंद-मंद मुस्कुरा रहा था और साथ ही बच्चे भी मुस्कुरा रहे थे, जो ध्रुव के व्यक्तित्व को चिढ़ाने जैसी बात थी। उसकी भौंहें तन गईं और उसने गुस्से में उस नागा से पूछा... 'तुम कौन हो?, और यहाँ कक्षा में बच्चों के साथ क्या कर रहे हो...?' इससे पहले कि वह नागा कुछ कह पाता, ध्रुव की नज़र पीछे बोर्ड पर लिखे उन शब्दों पर पड़ी, जिन्हें शंभूजी ने पुराने अक्षरों को मिटा कर लिखा था।''

''उसे देखते ही ध्रुव ने धीमी गुर्राहट के साथ चीखते हुए बूढ़े नागा से पूछा... 'ये... ये अजीब शब्द!!, तुमने लिखे हैं? हद है!, तुम एक साधु हो और तुम्हें अच्छी तरह से पता है कि ऐसे शब्द न तो हमारे पाठ्यक्रम में शामिल हैं और न ही ऐसे शब्द बच्चों को पढ़ाना उचित है...,' इतना कहकर ध्रुव उस नागा को घूरने लगा। ध्रुव की बात सुनकर नागा साधु ने मंद-मंद मुस्कुराकर अपनी भारी और गंभीर आवाज़ में कहा... 'मैं तो बस एक शिव भक्त हूँ और मैंने वही किया, जो सही है।'''

''नागा इसके आगे कुछ कहता, उससे पहले ही ध्रुव ने क्रोध में चीखते हुए कहा... 'सही और ग़लत क्या है, यह मैं तय करूँगा, एक शिक्षक होने के नाते मेरा यही कर्तव्य है...,' इतना कहकर ध्रुव बोर्ड पर लिखे शब्दों को जैसे ही मिटाने के लिए आगे बढ़ा, तभी उसके कानों में बूढ़े नागा की आवाज़ आई.. 'तुम्हारा नाम ध्रुव है न ...?' यह सुनकर ध्रुव जहाँ तक आगे बढ़ा था, वहीं रुक गया। उसे अपने कानों पर विश्वास नहीं हुआ, वह इस बात से हैरान था कि वह नागा, जिसे वह आज पहली बार मिला है, वह उसे कैसे जानता है...! ध्रुव की छवि गुरुकुल के अंदर एक कड़े शिक्षक की थी, जिसे अपने बनाए नियमों और कार्यप्रणाली में किसी का बेवजह दख़ल पसंद नहीं था। इस समय, वह नागा के मुँह से अपना नाम सुनकर हैरान ज़रूर था, लेकिन उसने अपनी हैरानी और नागा की असलियत जानने की जिज्ञासा को छुपाते हुए कहा... 'हम यहाँ बच्चों को शांति का पाठ सिखाते हैं और उनके बौद्धिक विकास को बढ़ाने का कार्य करते है और उन्हें उनकी उम्र और समझ के हिसाब से शिक्षा देते हैं। हम उन्हें यहाँ वेद और शास्त्रों की शिक्षा देते हैं, युद्ध और शस्त्र की नहीं...!!'

इतना कहकर ध्रुव उस नागा की ओर देखकर उसके जवाब का इंतज़ार करने लगा, जबकि ध्रुव की बात सुनकर नागा इस बार थोड़ा ज़ोर से हँसा और बोला... 'मैं आपके विचारों की कद्र करता हूँ। एक शिक्षक के तौर पर आपके विचार काफ़ी उच्च हैं, लेकिन कुछ बातों को समझने के लिए आपकी उम्र काफ़ी छोटी मालूम पड़ती है। आपकी उम्र कितनी है...?' बूढ़े नागा ने काफ़ी विनम्रता और बेबाकी से ध्रुव की आँखों में देखते हुए पूछा। नागा के प्रश्न को सुनकर ध्रुव अंदर तक झेंप गया था। उसके अंदर गुस्से की एक लहर दौड़ गई, लेकिन बूढ़े नागा की उम्र और बच्चों के कारण उसने अपनी भावनाओं पर क़ाबू रखते हुए नागा की बातों का जवाब दिया... 'मेरी उम्र छत्तीस वर्ष है, लेकिन अध्यापक के तौर पर मैंने अपनी उम्र का काफ़ी बड़ा हिस्सा शिक्षा के क्षेत्र को समर्पित किया है। इस क्षेत्र में मेरा अनुभव आपकी कल्पना से कहीं ज़्यादा है।'''

''ध्रुव की बात सुनकर बूढ़े नागा ने संतुष्टि भरी आह भरते हुए कहा... 'मुझे तुम्हारी इस बात पर कोई संदेह नहीं है कि तुम्हें काफ़ी अनुभव है, परंतु तुम्हारे इरादे मुझे सही दिशा में नहीं लगते...।' अपनी बात को बेबाकी से कहकर उस नागा ने ध्रुव की आँखों में झाँका, जबकि अपने ऊपर लगे आरोप को ध्रुव बर्दाश्त नहीं कर पाया और फट पड़ते हुए वह बोला... 'और मुझे आपके इरादे बस शांति भंग करने वाले लगते हैं...।' इतना कहकर ध्रुव झटके के साथ बोर्ड के पास जा खड़ा हुआ, जहाँ उस नागा ने बोर्ड पर क, ख, ग, घ वर्णों के पहले से लिखे गए अर्थ को मिटाकर दूसरे अर्थ लिख दिए थे और कुछ देर पहले बच्चों को नक़ल करके बता रहा था...ध्रुव बोर्ड पर लिखे शब्दों को मिटाने ही वाला था कि तभी उस बूढ़े नागा ने अपनी आवाज़ को ऊँची करते हुए कहा, 'वाह!!.. कितने ख़ूबसूरत भाव का ज़िक्र किया है तुमने शांति!!... शांति तो अनमोल है, ध्रुव...।' नागा ने उत्तेजना में अपने भाव को महसूस करते हुए कहा और अपनी आँखों को बंद कर कुछ पल के लिए जैसे कहीं खो गया। ध्रुव और सभी बच्चे, उस नागा को हैरानी से देख रहे थे। ध्रुव को समझ नहीं आ रहा था कि नागा उसकी बातों का सच में समर्थन कर रहा है या मज़ाक़ उड़ा रहा है, जबकि नागा को अपनी आँखें बंद किए दोनों हाथ उठाकर यूँ ही मुस्कुराते देखकर बच्चे हँस रहे थे। बच्चों से प्रेम करने वाले ध्रुव को बच्चों की हँसी खलने लगी थी। उसने चिढ़ते हुए जैसे ही कुछ बोलना चाहा

कि बूढ़ा नागा बोल उठा... 'परंतु इन बच्चों को यह सीखने की अत्यंत आवश्यकता है ध्रुव कि उस शांति की रक्षा कैसे करनी है, उसे कैसे बनाए रखना है...?' इतना कहकर नागा उन बच्चों की ओर देखकर मुस्कुराया। बच्चों के चेहरे की मुस्कुराहट देखकर ऐसा लग रहा था, जैसे उन्हें नागा की बातें अच्छी लग लग रही थीं। कक्षा में बन रही परिस्थितियों ने ध्रुव को और चिढ़ा दिया था।''

'' 'यह आप ही क्यों नहीं बता देते कि शांति को कैसे बनाए रखें। क्या इस तरह से बच्चों के सामने नौटंकी करके शांति स्थापित...' ध्रुव आवेश में जैसे ही आगे कुछ और कह पाता, नागा बोल पड़ा... 'नहीं!! अपने धर्म, अपनी संस्कृति, अपने समृद्ध ग्रंथों, वेदों, पुराणों, उपनिषदों और मंदिरों की रक्षा करके...।' इतना कहकर नागा चुप हो गया और कुछ क्षण बाद उस कक्षा के शांत माहौल में उसकी आवाज़ गूँज उठी थी '... और उसकी रक्षा सिर्फ़ एक ही तरीक़े से हो सकती है, यानी शस्त्र उठाकर।' कुछ देर पहले तक किसी बच्चे की तरह हरकतें करने वाला वह बूढ़ा नागा अचानक ही बेहद खूँखार और डरावना हो चला था। उसकी आँखों में ख़ून उतर आया था। कुछ पल पहले तक उसे देखकर हँस रहे बच्चे अचानक ही सहम गए थे। ध्रुव भी सहम गया था, लेकिन फिर अगले ही पल उसने अपने आप को सामान्य कर लिया, जबकि बच्चों को सहमा देखकर, नागा ने अपने चेहरे पर उमड़े भाव को समेट कर गंभीर स्वर में कहा, 'परंतु उससे पहले इन्हें शस्त्रों के बारे में जानना और समझना अत्यंत आवश्यक है...।' ''

'' 'रक्षा?, वह भी इतने छोटे-छोटे बच्चों को हथियारों के नाम सिखाकर? और वैसे भी रक्षा करनी किससे है...?' ध्रुव ने खीजते होते हुए कहा।''

'' 'उनसे, जो हमें और हमारे धर्म को दफ़नाने आते हैं, जो हमें और हमारी संस्कृति और हमारी परंपराओं को उखाड़ फेंकने आते हैं, उनसे...!!'' नागा ने ध्रुव के क़रीब आते हुए कहा।''

'' 'बंद करो ये बेतुकी बातें, तुम्हें बच्चों के सामने ऐसी पागलों जैसी बातें करते हुए शर्म नहीं आती...,' ध्रुव ने बूढ़े नागा को डाँटते हुए कहा। फिर उसने अपनी बात को जारी रखते हुए नागा से कहना शुरू किया ...'मैं यह तो नहीं जानता कि तुम किस काल्पनिक ख़तरे के बारे में बात कर रहे

हो, लेकिन मैं इतना जानता हूँ कि तुम अपनी इन बेतुकी बातों से आने वाली पीढ़ियों को अंधकार में ज़रूर धकेल देना चाहते हो और साथ ही मैं यह भी जानता हूँ कि तुम जैसे असामाजिक तत्वों से समाज को सावधान रहने की आवश्यकता है, क्योंकि तुम जैसे लोग ही दुनिया में अराजकता और हिंसा लाते हैं और काल्पनिक ख़तरे पैदा करते हैं।'

'अपनी वाकपटुता से समाज में खाई पैदा करते करते हैं। धर्म के आधार पर समाज में भेदभाव उत्पन्न करते हैं। अगर हम जैसे लोग, तुम जैसे दुष्टों के रास्ते में दीवार बनकर न खड़े हों, तो तुम जैसे लोग सारी मानवता को ख़त्म करके ही दम लें...,' ध्रुव ने एक साँस में उस नागा के ऊपर अपनी सारी भड़ास निकाल दी थी, फिर उसने तत्काल अपने आप को सामान्य करने की नाकाम कोशिश करते हुए कहा...' सुरक्षा की कोई ज़रूरत नहीं है, क्योंकि बाहर ऐसा कोई संकट नहीं है, जिसका तुम ज़िक्र कर रहे हो, बस तुमसे हाथ जोड़ कर इतनी सी विनती है कि इन बच्चों को बहकाकर और आतंक से परिचित कराकर इनकी मासूमियत को मत मारो...' यह कहते हुए ध्रुव उस नागा के साथ कक्षा के बाहर निकल आया।''

''अब तक ध्रुव की बातों को चुपचाप सुन रहे, उस नागा ने ध्रुव की आँखों में देखते हुए गंभीरता से अपने एक-एक शब्द पर ज़ोर डालते हुए कहा... 'मृत मासूमियत, मृत बच्चों से बेहतर है। आँखें बंद कर लेने से, तुम अपने लिए सिर्फ़ अंधेरा ही पैदा कर सकते हो, लेकिन इससे दिन, रात में नहीं बदल जाएगा। तुम भले ही इस बात को नकार सकते हो कि कहीं कोई ख़तरा नहीं है, लेकिन सच्चाई तो यह है कि इन्हें हथियार और उसके इस्तेमाल करने का ज्ञान प्राप्त करना अत्यंत आवश्यक है, ताकि ज़रूरत पड़ने पर वे ख़ुद का बचाव कर सकें और तुम्हारी समझ के लिए मैं बस तुम्हें इतना बताना चाहता हूँ कि युद्ध के नाम पर डराने और युद्ध के नाम पर शस्त्र का प्रशिक्षण देने में रात और दिन का फ़र्क़ है...।' यह कहते-कहते वह नागा ध्रुव के काफ़ी क़रीब आ चुका था, उसकी आँखें क्रोध से लाल हो चुकी थीं, परंतु फिर भी उसने अपने शब्दों को मर्यादा और गंभीरता की सीमा में रखते हुए कहा... 'सैकड़ों सालों से हमारे धर्म पर ख़तरा बना हुआ है। इस बात को तुम भी भली-भाँति जानते हो और उसे बचा कर रखना हमारी कितनी बड़ी ज़िम्मेदारी है, इसका ज्ञान भी तुम्हें अवश्य होगा। तुम

तो एक शिक्षक हो, क्या तुम नहीं जानते...? हमारा धर्म, ज्ञान का अनंत ख़ज़ाना है, जिसके अंदर संपूर्ण मानवता को एक उचित दिशा प्रदान करने की प्रबल क्षमता है और इसकी ज़रूरत भी है। मैं यह नहीं कहता कि सिर्फ़ शस्त्रों की शिक्षा ही आवश्यक है, लेकिन शास्त्र के साथ-साथ शस्त्र शिक्षा की समाज को अत्यंत आवश्यकता है, जिससे समाज संतुलित होगा...।' इतना कहकर उस बूढ़े नागा ने ध्रुव से अपनी नज़रों को फेर लिया और एक लंबी साँस खींचकर उन बच्चों की ओर देखा, जो उसकी ओर बेहद ही अर्थपूर्ण नज़रों से देख रहे थे।''

''कुछ देर तक बच्चों को देखते रहने के बाद नागा बेहद स्नेह से ध्रुव को देखकर बोला...'अंधों की तरह व्यवहार मत करो। एक अंधा आदमी चाह कर भी कभी सच नहीं देख सकता और न कोई दूरदर्शी इंसान तैयार कर सकता है, जिसे तुम समझना नहीं चाहते, उसके प्रति बेवकूफ़ और अंधे मत बनो। हम भी हिंसा नहीं चाहते, लेकिन इसका मतलब यह नहीं कि हम अपने ऊपर आने वाले ख़तरे के प्रति पहले से सतर्क न रहें...,' यह कहते-कहते नागा ने ध्रुव के दाएँ हाथ को अपने हाथ में लेते हुए कहा... 'सारी बात सिर्फ़ हमारे समाज और उनके मूल्यों को सही तरीक़े से सँभाल कर रखने और उसे सुरक्षित रखने की है, ध्रुव। तुम अपने शिष्यों को अपने अतीत के बारे में अवश्य पढ़ाओ, लेकिन अगर तुम उन्हें, उनके भविष्य के लिए तैयार नहीं करोगे, तो याद रखना, उस अतीत को सँभाल कर रखने वाला कोई भविष्य नहीं होगा...।' यह कहते हुए नागा ने कक्षा से झाँक-झाँक कर उसे देख रहे बच्चों की ओर करुणा से देखकर कहा... 'एक काम करते हैं। तुम इन्हें वह शिक्षा दो, जो इनके अंदर मनुष्यता को बढ़ावा दे, जो सभ्य समाज का निर्माण करे और मुझे इन्हें वह शिक्षा देने दो कि जब इनके द्वारा निर्मित सभ्य समाज पर ख़तरा महसूस हो, तो वे उसकी रक्षा कर सकें यानी शस्त्र की शिक्षा... क्योंकि शस्त्र (हथियार) उतना ही महत्त्वपूर्ण है, जितना कि शास्त्र (ज्ञान)... तुम उन्हें, उनके अतीत के बारे में बताओ, जो कि एक शिक्षक होने के नाते तुम्हारा परम कर्तव्य है और मैं उन्हें वर्तमान के हथियार और युद्ध कला के बारे में सिखाऊँगा...,' यह कहकर उस बूढ़े नागा ने बड़ी ही उम्मीद और आत्मविश्वास के साथ पहले ध्रुव और फिर बच्चों की ओर देखा और फिर झटके के साथ ध्रुव की ओर मुड़ते हुए कहा... 'हम दोनों साथ मिलकर इनका भविष्य सुरक्षित कर सकते

हैं...।' इतना कहकर बूढ़ा नागा अपने होंठों पर एक अजीब सी मुस्कुराहट लिए चुप हो गया।''

''ध्रुव ने देखा कि नागा की आँखों में एक अनोखी चमक तैर गई थी। उसके अंदर एक आत्मविश्वास का संचार हो रहा था। उसके चेहरे पर एक दिव्य मुस्कान थी, जो ध्रुव को बेहद आश्चर्यचकित कर रही थी। कुछ पल तक ध्रुव, नागा को एकटक देखता रहा और फिर बेहद ही गंभीरता से पूछा... 'तुम कौन हो...?'

'ध्रुव के पूछते ही नागा के चेहरे पर फैली दिव्य मुस्कुराहट अचानक एक अप्रत्याशित गर्व में बदल गई और उसने उत्तेजित होते हुए अपने हाथों को हवा में लहराते हुए कहा...'हम परशुराम के वंशज हैं!!, और हम में सिर्फ़ मैं नहीं आता, हम सब आते हैं...।' नागा ने ध्रुव और बच्चों की तरफ़ इशारा करते हुए यह सब कहा।

ध्रुव आगे कुछ कहता, उससे पहले ही नागा ने ध्रुव के बेहद क़रीब आते हुए और उसकी आँखों में देखते हुए कहा... 'वैसे तुम्हें किस बात से डर है, जबकि तुम तो भली-भाँति जानते होगे कि हमारे ग्रंथों, पुराणों में कितने महान युद्धों का उल्लेख है या तुम यह नहीं जानते कि कितनी बार मानवता की रक्षा के लिए महापुरुषों को हथियार उठाना पड़ा था, धर्म और संस्कृति की रक्षा के लिए कितनी भीषण लड़ाइयाँ लड़ी गई थीं...नागा जिस तरह से अपनी बात कह रहा था, इस बार ध्रुव के चेहरे पर भय दिख गया था, वह एक क़दम पीछे हट गया...तब नागा ने बेहद रहस्यमयी ढंग से कहा... 'कहीं तुम इसलिए तो नहीं डर रहे कि अगर तुमने परशुराम की तरह फरसा उठा लिया, तो कभी रख नहीं पाओगे...।' यह कहते-कहते उस बूढ़े नागा के चेहरे पर क्रूरतापूर्ण हँसी तैर गई थी। उस जगह का माहौल बेहद ही अस्थिर और तनावग्रस्त हो चला था। बच्चे एकटक दोनों को देख रहे थे। ध्रुव के चेहरे पर अचानक ही पसीने की बूँद उभर आई थी, तभी उस बोझिल माहौल को चीरती हुई एक आवाज़ गुरुकुल के प्रांगण में गूँज उठी ...'शंभूजी!!' ''

''इतना सुनते ही बूढ़े नागा ने आवाज़ की दिशा में देखा ।

ध्रुव ने देखा कि दो और नागा गुरुकुल के प्रांगण से होते हुए कक्षा की ओर चले आ रहे थे।

'बम-बम भोले'...कहते हुए, पास आकर उन दोनों नागाओं ने झुककर उस बूढ़े नागा यानी शंभूजी का अभिवादन किया।

'बम-बम भोले, सब ठीक है...?' बदले में शंभूजी ने भी अभिवादन करते हुए उन दोनों नागाओं से पूछा। ध्रुव ने देखा कि शंभूजी के चेहरे पर ऐसे कोई भाव नहीं थे, जिसे देख कर यह अनुमान भी लगाया जा सके कि कुछ देर पहले ही उन दोनों के बीच इतनी ज़ोरदार बहस हो रही थी, हालाँकि उन नागाओं की ओर से शंभूजी के प्रति दर्शाए गए सम्मान को देखकर ध्रुव प्रभावित ज़रूर हुआ था, जबकि उन दोनों नागाओं की चुप्पी और उनकी आँखों में उमड़ रही चिंता की रेखाओं ने शंभूजी को यह अच्छी तरह समझा दिया था कि मामला कुछ ठीक नहीं है। तभी उन दोनों नागाओं ने शंभूजी से बस इतना कहा,... 'हमें तुरंत गोकुल के लिए प्रस्थान करना होगा। मठाधीश का आदेश है और उन्हीं के आदेशानुसार अजा और अन्य सभी नागा साधु भी *शुक्ल पक्ष* की रात को गोकुल में एकत्रित हो रहे हैं।' ''

''ध्रुव ने उनकी बातचीत सुन ली थी, लेकिन उसने बीच में दख़ल देना उचित नहीं समझा, इसलिए उसने बिना कोई प्रतिक्रिया दिए कक्षा में जाकर चुपचाप गीले कपड़े का एक टुकड़ा उठाया और शंभूजी द्वारा बोर्ड पर लिखे गए शब्दों को मिटाना शुरू कर दिया। उसने जैसे ही बोर्ड से *घुसपैठिये आक्रमणकारी* शब्द मिटाए, तभी शंभू जी ने कहा...'सिर्फ़ बोर्ड पर लिखे शब्द को मिटाने से आक्रमणकारी ग़ायब नहीं हो जाएँगे, असल ज़िंदगी में उन्हें मिटाने के लिए तुम्हें भी हथियार उठाने की ज़रूरत है... जब समय मिले, तब अवश्य सोचना...!' यह कहते हुए शंभूजी ने बच्चों की ओर देखा और अपनी जीभ बाहर निकालने के साथ-साथ डराने वाली आवाज़ निकाली। जवाब में, कक्षा में 'क' से काली माँ' का नारा गूँज उठा, फिर शंभूजी ने हनुमानजी की नक़ल करते हुए, बच्चों को 'ग से गदा' का नारा लगाने के लिए प्रेरित किया। बच्चे 'ग' से गदा' कहने के बाद 'साधु बाबा, साधु बाबा'... कहकर चिल्लाने लगे। तब शंभूजी ने बच्चों को संबोधित करते हुए कहा... 'यह कभी मत भूलो कि असुरों ने जब हमारे भगवानों से युद्ध ठाना था, तब हमारे देवताओं को भी हथियारों की ज़रूरत पड़ी थी और हम सब उन्हीं देवताओं की संतान हैं। हम कैसे सोच सकते हैं कि हमें असुरों से लड़ने के लिए हथियारों की आवश्यकता नहीं होगी...?' यह एक

संदेश था, जो शंभूजी ने छात्रों और फिर ध्रुव की ओर देखते हुए दिया था और फिर एक उत्साह और जिज्ञासा उन बच्चों के साथ उस कक्षा में छोड़कर वह अपने दोनों नागा साथियों के साथ चल पड़े थे।''

'' 'अजा कहाँ है?' शंभूजी ने नागा साधुओं से चलते-चलते पूछा।

'अजा गोकुल पहुँच रहा है, इसकी ख़बर हमें मिल चुकी है...' यह सुनकर शंभू जी मुस्कुराए। अजा से दोबारा मिलने की ख़बर ने उन्हें भावुक कर दिया था।''

''उधर, अजा के क़दम गोकुल की ओर बढ़ते हुए अपनी अत्यंत कठिन यात्रा को पूरा करने के काफ़ी क़रीब थे, जबकि इधर शंभूजी भी दूसरी ओर गोकुल से अपनी दूरी को काफ़ी कम कर चुके थे... नदी, पर्वत, गाँवों, घाटियों और गुफ़ाओं से गुज़रते हुए शंभूजी, जितना संभव हो सके, इन इलाक़ों में रहने वाले अन्य नागाओं को गोकुल में होने वाली गुप्त सभा के बारे में बताते चले जा रहे थे। इस तरह नागाओं की एक अच्छी- ख़ासी संख्या गोकुल की ओर चल पड़ी थी।''

''गोकुल की ओर बढ़ती नागाओं की इस भीड़ में दो नागा ऐसे थे, जिनकी आत्मा एक दूसरे में विलीन थी...अजा और शंभूजी। वैसे तो नागा किसी रिश्ते को नहीं मानते, लेकिन प्रेम की अनुभूति उन्हें भी होती है... चाहे वह गुरु और उसके सबसे प्रिय शिष्य के रूप में हीं क्यूँ न हो। कोई नहीं जानता था कि अजा का जन्म कहाँ हुआ था,सिवाय इसके कि वह छोटी उम्र में ही अनाथ हो गया था, लेकिन यह बात सभी जानते थे कि शंभूजी ने उसे सबसे शक्तिशाली नागा योद्धा बनाने के लिए प्रशिक्षित करने की ज़िम्मेदारी ली थी और शंभूजी ने उसे सिर्फ़ एक योद्धा ही नहीं, बल्कि मनुष्य रूप में जीता-जागता ब्रह्मास्त्र बना डाला था। अजा को गोकुल में पहुँचने की जल्दी थी। उसकी आँखें रास्ते में दिख रहे हर नागा में अपने गुरु शंभूजी को ही तलाश कर रही थीं। उसे रास्ते में कहीं भी कोई नागा दिखता, जो ज़रा सा भी शंभूजी की तरह लगता, तो वह दौड़ कर उसके पास जाता और उसकी पहचान पूछता था। हर-बार उसे निराशा ही हाथ लग रही थी, परंतु इस उम्मीद के साथ कि गोकुल में उसकी भेंट शंभूजी से ज़रूर होनी है, उसने अपने क़दम और तेज़-तेज़ बढ़ाने शुरू कर दिए।''

4

बेवफ़ा राजा

''अफ़ग़ानी मानते थे कि उस वक़्त जब ताक़त और क्रूरता की बात आती थी, तो अब्दाली के बाद सिर्फ़ एक नाम ही सुनाई पड़ता था और वह नाम था सरदार ख़ान। उसके बारे में ऐसी अफ़वाह थी कि उसमें दस घोड़ों की ताक़त थी और वह अपने दुश्मनों पर सौ भूखे मगरमच्छों की क्रूरता से हमला करता था। वह ऐसा सेनापति था, जिसके युद्ध कौशल और नीतियों ने अफ़ग़ान बादशाह अब्दाली के साम्राज्य के सूरज को कुछ इस तरह से रौशन किया था कि जिसकी आग उगलती तापिश के सामने बड़े-बड़े साम्राज्य जलकर राख हो चुके थे... कहते हैं, उस रोज़ भी बेहद गर्मी पड़ रही थी, आसमान से सूरज आग उगल रहा था, जब अहमद शाह अब्दाली के सेनापति सरदार ख़ान ने तूफ़ान की भाँति अब्दाली के प्रमुख रणनीतिकारों में शुमार जुगल किशोर के बड़े और भव्य तंबू में प्रवेश किया। सरदार ख़ान बेहद लंबा और ऊँचे क़द का बलिष्ठ इंसान था। उसका शरीर विशाल था और चेहरे पर जख़्म के निशान थे। उसकी सुर्ख़ लाल आँखें, जिसे काजल की गहरी लकीरें इतनी डरावनी बनाती थीं कि उसके सामने खड़े किसी भी इंसान की रीढ़ में सिहरन पैदा हो जाए...। वह अक्सर अपने सिर पर एक बड़ी सी अफ़ग़ानी पगड़ी बाँधता था, जो उसके ऊँचे क़द और उसके ऊँचे पद में एक ख़ास क़िस्म के रुतबे को जोड़ देती थी। उसका पहनावा भी बेहद भव्य था, जबकि उसके मुक़ाबले जुगल किशोर शारीरिक रूप से उसके सामने कहीं नहीं टिकता था, हालाँकि एक रणनीतिकार के रूप में, उसकी आँखों में अफ़ग़ान सल्तनत की ओर से उसे मिली हुई शक्ति और ऊपर वाले से उसे प्राप्त बुद्धिमत्ता की एक ख़ास क़िस्म की चमक हमेशा बनी रहती थी। सही मायने में, हर वक़्त अपने होंठों पर कुटिलता की एक हल्की

सी मुस्कान लिए जुगल किशोर एक सैन्य रणनीतिकार से ज़्यादा *'शतरंज का मास्टर'* मालूम पड़ता था।''

''उस दिन, सरदार ख़ान और जुगल किशोर उस विशाल तंबू के अंदर विजयगढ़ और हरिपुर नामक दो बड़े हिंदू राज्यों को उखाड़ फेंकने की अपनी योजना बनाने के लिए जमा हुए थे, जहाँ उनके सामने एक बड़ी सी मेज़ पर सैनिकों, जानवरों और तोपखाने को दर्शाती हुई पत्थरों की छोटी-छोटी मूर्तियों से बना हुआ एक विशाल नक़्शा फैला था, जिसे कुछ देर तक घूरते रहने के बाद सरदार ख़ान ने उत्तेजित होते हुए जुगल किशोर से कहा... 'हमें इस युद्ध को जीतने के लिए ...8000 आदमी, 500 घोड़े, 50 सैनिक, 50 तोपें और कम से कम 250 ऊँट चाहिए...जुगल!' इतना कहकर सरदार ख़ान एक ठसक के साथ वहीं पड़ी आराम कुर्सी पर फैल कर बैठ गया। उसकी बातें और उसके बैठने के अंदाज़ को देखते हुए जुगल किशोर ने उसे घूरते हुए बड़ी ही सहजता से मुस्कुराकर कर कहा... 'जुगल...किशोर...जी!'

...इतना कहकर वह सरदार ख़ान की आँखों में एकटक देखने लगा था, जबकि उसके होंठों पर अब भी एक मुस्कुराहट तैर रही थी।

'क्या?'...सरदार ख़ान ने असमंजस में पूछा, उसे जुगल किशोर के कहने का मतलब समझ नहीं आया था...

'कहना क्या चाहते हो...,' सरदार ख़ान अपनी बात को पूरा कर पाता, उससे पहले ही जुगल किशोर ने उसी सहजता से एक बार फिर कहा... 'जुगल किशोर... जी...!' उसने इस बार जी पर ज़्यादा जोर दिया था। इस बार सरदार ख़ान को उसकी बात समझ आ गई थी, लेकिन उसने किसी तरह अहं को शांत रखते हुए कहा, हालाँकि उसके हाव-भाव से उसके स्वाभिमान पर लगी चोट साफ़-साफ़ ज़ाहिर हो रही थी। उसने गुस्से में काँपती हुई गंभीर आवाज़ में अपनी बात को दोहराते हुए कहा ...

'मुझे जंग के मैदान में कम से कम... 8000 आदमी, 500 घोड़े, पचास तोपें और 250 ऊँट चाहिए होंगे... जुगल किशोर... जी...!!' उसने गुस्से में दाँत पीसते हुए जुगल किशोर बोलने के बाद जी पर ज़्यादा ज़ोर दिया था। सरदार ख़ान के इतना कहते ही जुगल ने बड़े आराम से सरदार ख़ान के सामने रखी चाँदी की बड़ी-सी कुर्सी, जो सरदार ख़ान की कुर्सी

से थोड़ी ऊँची थी, उस पर बैठते हुए कहा...'4000 आदमी, 200 घोड़े, 20 तोपें और 100 ऊँट... इससे ज़्यादा तुम्हें कुछ नहीं मिल सकता...'

'लेकिन यह मेरी माँग का आधा भी नहीं है...!' सरदार ख़ान ने गुस्से में कहा।''

'' 'कमाल है सरदार ख़ान, जिस तरह की सेना तुमने माँगी है, ऐसी सेना की माँग तो हमारे भंडार को ही ख़त्म कर देगी और जितनी बड़ी सेना तुम चाहते हो, उससे मुझे समझ नहीं आ रहा कि तुम दो छोटे राज्यों पर हमला करने जा रहे हो या ख़ुद अहमद शाह अब्दाली के ख़िलाफ़ युद्ध लड़ने...?' इतना कहकर जुगल कुटिलतापूर्वक मुस्कुराया। जुगल की बातें सुनकर, सरदार ख़ान गुस्से से काँप उठा और झटके के साथ कुर्सी से उठते हुए बोला...'मैं आपको याद दिला दूँ कि विजयगढ़ और हरिपुर की सेनाएँ मिलकर उससे भी कई ज़्यादा गुना बड़ी सेना हो जाती है, जितने की मुझे ज़रूरत है...।' इतना कहकर उसने जुगल को घूरा।

'तुम इतने विश्वास के साथ कैसे कह सकते हो कि युद्ध के दौरान उनकी सेनाएँ एक साथ लड़ेंगी...?' जुगल ने उसी मुस्कुराहट के साथ सरदार ख़ान की बुद्धि पर सवाल उठाते हुए पूछा।

'हमारे ख़बरी हर कहीं हैं। उन्होंने ही हमें यह ख़बर दी है और वैसे भी हमें, उन्हें ग़लती से ऐसा कोई मौक़ा नहीं देना चाहिए, जिससे वे हमारे ऊपर हावी हो जाएँ...' यह कहते-कहते सरदार की गहरी काली डरावनी-सी आँखें सिकुड़ कर छोटी हो गई थीं और उसने आगे कहा... 'हमें बड़ी संख्या में ऐसे योद्धाओं की ज़रूरत पड़ेगी, जो क्रूरतापूर्वक उन काफ़िरों की सेना ...कहते-कहते अचानक सरदार ख़ान रुक गया और फिर अपने शब्दों को सही करते हुए कहा... 'मतलब उनकी सेना पर हमले कर सकें...और युद्ध जीत सकें और ऐसा तभी...,' सरदार ख़ान अपनी बात अभी पूरी कर पाता, उससे पहले ही जुगल ने अपनी उसी सहजता से कहा...

'तुम इस युद्ध का जो परिणाम चाहे सोच लो, लेकिन मैंने जितना कहा है, उससे एक सैनिक भी तुम्हें ज़्यादा नहीं मिलेगा...' यह कहकर इस बार जुगल थोड़ा गंभीर हुआ। उसके चेहरे की मुस्कुराहट ग़ायब हो गई थी।

'मैं तुम्हारी!!, माफ़ करना, आपकी बात से इत्तेफ़ाक़ नहीं रखता। मैं समझता हूँ कि इस युद्ध को जीतने का सिर्फ़ एक ही तरीक़ा है, यानी एक

बहुत बड़ी सेना को लेकर उन पर आक्रमण करना और उन्हें बुरी तरह कुचल देना, जिससे उनका मनोबल तो टूटेगा ही... साथ ही इस पूरे हिंदुस्तान का कोई राजा या उसकी सेना दोबारा हमसे जंग करने की हिम्मत नहीं करेगी...!' सरदार की आँखें गुस्से में लाल हो चुकी थीं और वह तंबू के अंदर इधर से उधर गुस्से में घूम रहा था।

'तुम्हारा सुझाव बुरा नहीं है, लेकिन इसके और भी कई तरीक़े हैं...' जुगल सामने मेज़ पर चाँदी की तश्तरी में रखे पान के एक बीड़े को अपने मुँह में दबाते हुए बड़ी ही रहस्यमयी ढंग से बोला।''

'' 'उफ़्फ़ ये तुम्हारे, गुप्त तरीक़े!! जहन्नुम में क्यूँ नहीं जल जाते!' सरदार चिल्लाया। उसका धैर्य कम होता जा रहा था। उसने तेज़ आवाज़ में कहा...'अभी जो ज़रूरी है, हमें वह करना चाहिए। यह समय किसी गंदे से और दो कौड़ी के गुप्त तरीक़े को लागू करने का नहीं है...।' सरदार के इतना कहते ही जुगल किशोर ने उससे कुछ इस तरह अपना मुँह फेर लिया था, जैसे सरदार वहाँ हो ही नहीं।

'कुछ बोलते क्यूँ नहीं...' सरदार ने जुगल को घूरते हुए कहा और जैसे ही उसकी ओर आगे बढ़ा, जुगल ने वहीं पास खड़े सैनिक को इशारा किया, जो जुगल का इशारा पाते ही उसके और सरदार के बीच दीवार बनकर खड़ा हो गया। सरदार, जुगल को खा जाने वाली नज़रों से घूर रहा था।''

'' 'अच्छा होगा अगर तुम अपने इस गुस्से को युद्ध के लिए बचा कर रखो और हाँ, जिस सेना की माँग तुमने की है, अगर वह सेना, मैं इस मामूली से सिपाही को सौंप दूँ, तो यह भी हरिपुर और विजयगढ़ सहित पाँच और राज्य हमें जीत कर दे सकता है, फिर तुम्हारे सरदार ख़ान होने का क्या मलतब ...वैसे भी, मैंने जिस सरदार ख़ान के बारे में सुन रखा था, वह तो तुम मुझे कहीं से नज़र नहीं आते, बल्कि मेरे सामने तो एक डरा हुआ सरदार ख़ान दिख रहा है, जो सैनिकों के दम पर युद्ध जीतने की बात कर रहा है, फिर उस सरदार ख़ान का क्या, जिसके नाम के आगे उसके दुश्मन भी महान लगाते हैं...' जुगल ने सरदार ख़ान को ताना मारते हुए कहा और फिर उसने आगे कहा...'तुम्हारी समझ के लिए बता दूँ कि युद्ध जीतने के लिए बनाई जाने वाली रणनीति, भ्रम फैलाने के लिए नहीं, बल्कि युद्ध जीतने के लिए

ही बनाई जाती है, और कभी-कभी युद्ध ताक़त से नहीं, बल्कि रणनीति से भी जीते जाते हैं...।' जुगल पान की पीक को वहीं चाँदी के पीकदान में थूकते हुए बोला, जिसे एक सिपाही लिए खड़ा था।

'रणनीति कायर बनाते हैं, योद्धा नहीं...' सरदार ने गुर्राते हुए कहा। जुगल के हाथों अपने अपमान से उसका चेहरा गुस्से से लाल हो गया था।''

'' 'यह तुम्हारी अपनी समझ हो सकती है, लेकिन जिस रणनीति को तुम कायरता कह रहे हो, उसी में फँस कर तुम्हारे जैसे नासमझ योद्धा कीड़े-मकौड़ों की तरह मारे जाते हैं...।' जुगल ने सरदार को घूरते हुए कहा और अपनी कुर्सी से उठ खड़ा हुआ और फिर कुछ सोचते हुए शांत भाव से कहा...'युद्ध एक कठिन पहेली मात्र है सरदार, इसे बस सुलझाने की देर होती है, जो इसे सुलझा गया, समझो वह जीत गया।' यह कहकर जुगल चुप हो गया।

'ख़ुदा करे, जो तुम करना चाहते हो, वह काम कर जाए, नहीं तो, अगर यह लड़ाई ग़लती से भी हम हारे, तो तुम्हारे साथ क्या होगा, उसकी कल्पना तुमने कभी सपने में भी नहीं की होगी...,' सरदार ने जुगल को चेतावनी देते हुए कहा और जैसे ही अपनी कुर्सी से उठकर तंबू से बाहर जाने के लिए मुड़ा, तभी जुगल की आवाज़ उसके कानों तक आई..., इसकी चिंता करने की ज़रूरत ज़्यादा तुम्हें है सरदार ख़ान, क्योंकि मैं जो करना चाहता हूँ, शायद ख़ुदा भी कुछ वैसा ही चाहता है, और मेरे ख़याल से ख़ुदा सिर्फ़ इतना चाहता है कि जीत मेरी हो, सिर्फ़ मेरी...!!, चाहे तुम युद्ध में दुश्मन का सिर काट आओ, तब भी या तुम युद्ध में ख़ुद अपना सिर कटा कर आओ, तब भी...।'' यह सुनकर सरदार ने अपनी ख़ूनी नज़रों से पलट कर जुगल की ओर देखा। जुगल किशोर अपने दोनों हाथों को पीछे की ओर मोड़कर खड़ा था और सरदार को कुटिलता से मुस्कुराते हुए देख रहा था, फिर कुछ क्षण बाद उसने एक ज़ोर का ठहाका मार कर हँसते हुए कहा... 'अरे यह तो मज़ाक़ था। मैंने सोचा यहाँ तंबू के अंदर का वातावरण कुछ ज़्यादा ही गर्म हो गया है, इसलिए इसे कुछ ठंडा किया जाए। मुझे पूरी उम्मीद है कि जीत उसी की होगी, जो युद्ध में अपना पराक्रम दिखाएगा। अब तुम जाओ और युद्ध की तैयारी करो...।' इतना कहकर जुगल एक बार फिर मुस्कुराया, जबकि कुछ सोचकर सरदार खान तंबू से बाहर निकल गया।

उसकी आँखों में जुगल किशोर के प्रति नफ़रत और उससे अपनी हार की निराशा साफ़-साफ़ झलक रही थी। तंबू से बाहर निकलते समय उसने तंबू के दरवाज़े पर लगे पर्दे को मारे क्रोध के ज़ोरों से खींचा था, जिसके कारण पूरे तंबू में एक कंपकंपाहट दौड़ गई थी, जबकि तंबू के अंदर कुछ देर तक जुगल अपने चेहरे पर एक मुस्कुराहट लिए जस का तस खड़ा रहा। कुछ देर तक यूँ ही खड़ा रहने के बाद जुगल ने पीछे मुड़ते हुए अपने सहायक को पत्र लिखना शुरू करने का निर्देश दिया।''

''जुगल किशोर के तंबू के बाहर से अफ़ग़ान सैनिकों के हमले में बेरहमी से ध्वस्त नगरों के भयानक दृश्य दिख रहे थे। सरदार ख़ान, अपने सीने में जल रहे अपमान की आग को समेटे तेज़-तेज़ क़दमों से चलता हुआ उन अफ़ग़ान सैनिकों के बीच गया, जिनके सामने अनेक हिंदू पुरुष रस्सियों में बँधे गुलामों की तरह घुटनों पर बैठे थे, जबकि कुछ को खंभों के सहारे लटकाकर बाँधा गया था। सभी हिंदू पुरुष बुरी तरह घायल थे। अफ़ग़ान सैनिक, उन पर थूककर, शरीर से तरल अपशिष्ट पदार्थ विसर्जित करके या बुरी तरह मार-पीट कर उन्हें प्रताड़ित कर रहे थे। शिविर में स्थित अन्य तंबुओं से अनेक महिलाओं के चीखने की आवाज़ें आ रही थीं, तो साथ ही कई अन्य महिलाओं को ज़बरदस्ती घसीटते हुए तंबुओं की ओर ले जाया जा रहा था। उनकी पीड़ा से भरी चीखें हवा को चीरती हुई मालूम पड़ रही थीं। अपमान और कष्ट में जल रहीं, उन महिलाओं का चेहरा सूख कर पीला पड़ चुका था। हृदय को जलाकर राख कर देने वाला यह दृश्य उस तनावग्रस्त, लेकिन आरामदायक बातचीत से बिलकुल अलग था, जो उस भव्य तंबू के भीतर जुगल किशोर और सरदार ख़ान के बीच हुई थी।''

''इधर, विजयगढ़ राज्य का आसमान रात के अंधेरे में, रौशनी के असंख्य दीपों की टिमटिमाहट से जगमगा उठा था। रौशनी के ये हज़ारों टिमटिमाते दीए उनकी सनातन परंपरा और संस्कृति की भव्यता और सुंदरता को दर्शा रहे थे। ख़ूबसूरत भवनों, साफ़-सुथरी सड़कों, हरे-भरे वनों-उपवनों, नदियों-झरनों और उपजाऊ भूमि का राज्य था विजयगढ़!, जिसका भव्य किला जितना मज़बूत था, उतनी ही उसकी जड़ें अपनी परंपरा, संस्कृति और विरासत से जुड़ी थीं। कहते हैं इस राज्य के लोगों को ऊपर वाले ने सुंदरता के रूप में एक अद्भुत वरदान दिया था। इस राज्य की महिलाएँ और पुरुष अत्यंत रूपवान होते थे, जिनकी ख़ूबसूरती राज्य की मनमोहक

प्राकृतिक सुंदरता से समान रूप से मेल खाती थी और उसी मनोहारी सुंदरता को अपने विशाल क़िले के भव्य परकोटे में खड़े होकर विजयगढ़ के महान राजा मनोहर निहार रहे थे। एक ऐसा राजा, जिसकी जान अपनी प्रजा में बसी हुई थी। पिछले चालीस वर्षों से विजयगढ़ की सत्ता पर विराजमान, राजा मनोहर के केश अब बर्फ़ की तरह सफ़ेद हो चुके थे। उनकी आँखों और होंठों के आस-पास की झुर्रियाँ उनकी उम्र का मानो अब सही-सही पता देने लगी थीं, हालाँकि उनका शरीर अब भी बेहद मज़बूत था, जो यह बताने के लिए काफ़ी था कि वे एक पारंगत योद्धा थे। उनके व्यक्तित्व में एक अलग क़िस्म की शांति और धैर्य की आभा झलकती थी और ये ख़ास गुण, उनके स्वभाव में भी भली-भाँति घुले हुए थे। उनकी प्रजा उन्हें प्रेमपूर्वक 'महाराजा' के उपनाम ने पुकारती थी, शायद इसलिए, क्योंकि उन्होंने अपना पूरा जीवन राज्य की भलाई और प्रजा की ख़ुशहाली के लिए प्रयास करते हुए बिताया था। उन्हें बुद्धिमान और परंपरा के प्रति गहरा सम्मान रखने वाले दयालु शासक के रूप में जाना जाता था। 'महाराजा' मनोहर की आँखें अपनी प्रजा को इस तरह ख़ुश देखकर आंतरिक प्रसन्नता से चमक रही थीं कि तभी पीछे से किसी की आवाज़ आई... 'महाराजा' हरिपुर के राजा वेदांत आ रहे हैं...।'

''बूढ़े मंत्री ने आकर मनोहर को सूचित किया था। जब तक मनोहर मंत्री की बात पर कोई प्रतिक्रिया दे पाते, 'नमस्कार महाराजा के अभिवादन के साथ हरिपुर के युवा राजा वेदांत वहाँ पहुँच चुके थे। मनोहर के विपरीत, वेदांत की त्वचा में जवानी की चमक थी और उनकी आँखें बेहद जीवंत और आनंद से भरी हुई थीं। शरीर से दुबले-पतले होने के कारण हरिपुर के राजा वेदांत के व्यक्तित्व में बाज जैसी चंचलता और चतुरता नज़र आती थी। उनके तीखे चेहरे और गहरे काले बाल, उनके शानदार सफ़ेद परिधान के साथ बिलकुल भी मेल नहीं खाते थे। उन्हें देखकर ऐसा लगता था, मानो सर्कस का कोई जोकर किसी राज्य का राजा होने का अभिनय कर रहा हो...।''

'' ख़ैर वेदांत को, अपने पिता की असमय मृत्यु हो जाने के कारण बहुत कम उम्र में ही राज्य की सत्ता हासिल हो गई थी और अपने आप को अपने पिता से बेहतर साबित करने में लगे राजा वेदांत अपनी महत्वाकांक्षी शासन शैली के लिए दूर-दूर तक प्रसिद्ध हो गए थे। इस क्षण एक बूढ़ा

महाराजा और एक युवा राजा, दोनों ही एक-दूसरे के सामने बैठे थे। इस वक़्त मनोहर के चेहरे पर चिंता झलक रही थी और वे चुपचाप बैठे थे कि तभी कब से इधर-उधर अपनी गर्दन को तेज़ी से नचा-नचा सब कुछ आश्चर्य से देखते राजा वेदांत ने कहा... 'मुझे अपने भव्य और सुंदर राज्य में आमंत्रित करने के लिए आपका तहे दिल से धन्यवाद, महाराजा मनोहर।' वेदांत की नज़रें किले के नीचे चल रहे भव्य उत्सव पर टिकी हुई थीं।''

'' 'सुंदरता राज्य में नहीं, बल्कि वहाँ के लोगों में होती है'...मनोहर ने कहा, फिर आगे साँस खींचकर वे ख़ुद भी उत्सव को निहारने लगे। लोग कितने ख़ुश थे। राज्य की महिलाएँ और पुरुष खुले मन से मेले में घूमते हुए अपनी पसंद की चीज़ें खा-पी रहे थे और तमाशा देख रहे थे। महाराजा मनोहर के चेहरे पर अचानक ही एक मुस्कुराहट तैर गई थी। उन्होंने कहा...'अच्छा राजा वह होता है, जो हर पल अपनी प्रजा की भलाई और उसकी ख़ुशियों के बारे में सोचे, लेकिन!! अच्छी प्रजा वह है,जो बुरे समय में अपने राजा के साथ मज़बूती से खड़ी रहे...।' इतना कहकर कुछ क्षण के लिए चुप रहने के बाद उन्होंने कहा... 'और जो प्रजा अपने राजा के साथ मुश्किल में खड़ी रहती है, उसके लिए इसी दुनिया में स्वर्ग है...।' यह कहते हुए मनोहर की नज़रें उन्हें ग़ौर से देख रहे राजा वेदांत के चेहरे पर ठहर गई थीं।''

'' 'मैं समझ सकता हूँ। आपका राज्य आपके लिए स्वर्ग से कम नहीं है और आप इस पर आने वाले किसी भी ख़तरे को बर्दाश्त नहीं कर सकते...,' यह कहकर वेदांत चुप हो गए, जबकि मनोहर के चेहरे पर पहले से मौजूद चिंता की लकीरें अचानक ही गहरी हो चली थीं। राजा वेदांत के कथन के बाद, दोनों राजाओं के बीच कुछ देर तक ख़ामोशी छाई रही। दोनों ही बिना कहे अपनी-अपनी चिंताएँ एक दूसरे को समझा गए थे। बाहर चल रहे उत्सव को देखते हुए दोनों कुछ देर चुप रहे। उनके आस-पास एक अजीब सी चुभने वाली ख़ामोशी छा गई थी।

'दुश्मन कभी भी आक्रमण कर सकता है, हमारा काम है बस तैयार रहना...' वेदांत ने आख़िरकार, ख़ामोशी को तोड़ते हुए कहा। मनोहर ने एक नज़र वेदांत की ओर देखा और बिना कुछ कहे एक बार फिर बाहर देखने लगे...। 'हर राजा को बलिदानों का बोझ तो उठाना ही पड़ता है...,' वेदांत

ने कहा। वेदांत चाहते थे कि मनोहर के दिल में क्या चल रहा है, वे स्वयं कहें, परंतु एक बार फिर महाराजा मनोहर ने सिर्फ़ अपने सिर को हिला कर वेदांत की बात पर अपनी सहमति ज़ाहिर की और चुपचाप बाहर देखते रहे, लेकिन उनके अंदर वेदांत की कही बात, वर्षों में जो कुछ भी उन्होंने अपने राज्य के लिए खोया था, उसके सारांश के रूप में लगातार गूँजने लगी। हर *राजा को बलिदानों का बोझ तो उठाना ही पड़ता है,* 'लेकिन फिर भी एक संदेह अब भी है कि क्या ये बलिदान जीत सुनिश्चित कर पाएँगे...' वेदांत ने एक बार फिर कोशिश की।''

'' 'नहीं!!, लेकिन आने वाली पीढ़ियाँ हमें इसलिए याद करेंगी कि हमने अपने मान-सम्मान के लिए अपने प्राणों की आहुति देना स्वीकार किया, लेकिन दुश्मन के डर से कायरों की तरह पीठ दिखाकर नहीं भागे...,' मनोहर अचानक बोल पड़े। बोलते समय उनकी आँखों में गर्व का ज्वार उठ रहा था। उनकी बातचीत चल ही रही थी कि तभी उनका संदेशवाहक बेहद डरा हुआ दौड़ते हुए उनके पास आया... 'म...हा...राज!!' हमें अभी-अभी ख़बर मिली है कि सरदार ख़ान की सेनाएँ हमारी ओर बढ़ रही हैं। वे तीन दिन में हम पर हमला कर देंगी। संदेशवाहक की बात सुनकर मनोहर एक पल के लिए मानो हक्के-बक्के रह गए। उनका ठहरा हुआ व्यक्तित्व कुछ ऐसे स्तब्ध हो गया, जैसे समुद्र में सुनामी उठने से पहले समुद्र के गहरे पानी की ऊपरी सतह और अधिक शांत हो जाती है।''

'' 'ठीक है...,' मनोहर ने संदेशवाहक की ओर बिना देखे कहा और कुछ पल के लिए अपनी आँखें बंद कर लीं, घुटने पर टिकी उनकी हथेलियों को उनका पैर लगातार झटके देने लगा था, तभी झटके से वेदांत अपनी कुर्सी से उठ खड़े हुए और राजा मनोहर की ओर हाथ बढ़ाते हुए कहा, 'मुझे आज भी अच्छी तरह से याद है कि कैसे आपकी प्रजा ने मेरे राज्य हरिपुर में पड़े अकाल के बुरे दौर में आधे पेट खाकर अपना अनाज हमारे लोगों को देकर हमारी पूरी प्रजा को भूखे मरने से बचा लिया था। हम आपके आभारी हैं महाराजा, सच में आप और आपकी प्रजा महान हैं। हम और हमारी प्रजा आपकी ताउम्र आभारी रहेगी...।' वेदांत इसके आगे कुछ बोलते, उससे पहले ही मनोहर ने खड़े होते हुए अपने चेहरे पर मुस्कुराहट लाकर कहा, 'एक मित्र राज्य का अपने दूसरे मित्र राज्य के प्रति

एक कर्तव्य होता है, जो हमने निभाया था और वैसे भी ऐसी 'अनगिनत' घटनाएँ हैं, जब आपके पिता ने ज़रूरत के समय हमारा साथ दिया था, फिर भला हम संकट के समय कैसे चूक जाते और यही तो कारण है कि हमारी मित्रता जैसा उदाहरण कहीं और देखने को नहीं मिलता। इतिहास गवाह है कि हरिपुर और विजयगढ़ की युगल सेना एक साथ लड़ती हुई कभी किसी युद्ध में पराजित नहीं हुई... और एक बार फिर समय का पहिया घूमता हुआ वहीं आ खड़ा हुआ है, जब दुश्मन ने हमें ललकारा है। वक़्त है फिर से, इस संकट में, दोनों राज्य एक साथ आकर दुश्मन को मुँहतोड़ जवाब दें...।' यह कहते हुए महाराजा का पूरा व्यक्तित्व जोश से भर गया। उन्होंने आगे कहा...'हम में से किसी को तो उस अफ़ग़ान आक्रमणकारी अहमदशाह अब्दाली के आगे चुनौती बनकर खड़ा होना ही होगा। अब जब वह ख़ुद ही विजयगढ़ की ओर बढ़ चला है, तो हम भी तैयार हैं उसकी चुनौती को स्वीकार करने के लिए... अन्यथा वह पलक झपकते ही सभी हिंदू राज्यों को मिटा देगा। मुझे यक़ीन है कि हम एक साथ मिलकर सरदार ख़ान के नेतृत्व वाली उसकी सेना को हराने में सक्षम होंगे...,' यह कहते-कहते मनोहर ने वेदांत के दाएँ हाथ को अपने दोनों हाथों में भर लिया।''

'' 'मुझे यह अच्छी तरह पता है महाराजा कि मेरे पिता विजयगढ़ की रक्षा में, विजयगढ़ की ओर से हर बार लड़े थे...,' वेदांत ने भी मनोहर के दाएँ हाथ को अपने दोनों हाथों से पकड़ते हुए कहा। उनकी नज़रें मनोहर की आँखों में लगातार देख रही थीं। अपनी बात कहते हुए लगातार हँसते रहने वाले वेदांत अचानक गंभीर होते हुए बोले... 'आप चिंता मत कीजिए महाराजा, इस बार हम दोनों मिलकर ऐसा युद्ध करेंगे कि कोई भी बाहरी आक्रांता दुबारा हिंद की सरज़मीं पर क़दम रखने की हिम्मत नहीं करेगा। आप युद्ध की तैयारी कीजिए, हम आपके साथ हैं...।' वेदांत ने भरोसे से कहा।

'तुम बिलकुल अपने पिता की तरह बात करते हो। मैं तुम्हें बता नहीं सकता कि इस मुश्किल घड़ी में तुम्हारे ये शब्द मुझे कितनी ताक़त दे रहे हैं...,' मनोहर, वेदांत के भरोसे से गद्गद् हो चुके थे। उन्होंने कहा...'विजयगढ़ तुम्हें कभी नहीं भूलेगा।'

'ये आप कैसी बात कर रहे हैं महाराजा। यही तो समय है मित्रता साबित करने का...।' वेदांत ने मनोहर के सामने गर्मजोशी से अपनी बातें

रखीं... 'अब कृपया मुझे हरिपुर वापस जाने की अनुमति दें, ताकि मैं अपने दुश्मन के स्वागत के लिए अपनी सेना तैयार कर सकूँ। महज़ तीन दिन ही बचे हैं...' वेदांत के इतना कहते ही मनोहर के चेहरे पर प्रेम से भरी हुई मुस्कुराहट तैर गई और उन्होंने गले लगा कर वेदांत को विदा किया। विजयगढ़ के महाराजा के मन में अब सिर्फ़ अपनी प्रजा की रक्षा का ख़याल आ रहा था। उन्होंने वहीं पास में खड़े अपने सलाहकार को बिजली सी कड़कती हुई आवाज़ में आदेश दिया... ''अफ़ग़ान तीन दिन में विजयगढ़ आ रहे हैं। युद्ध के लिए सेना तैयार करो। विजयगढ़ और हरिपुर एक बार फिर साथ मिलकर लड़ेंगे..., इतना कहने के साथ ही उन बूढ़ी हड्डियों में तलवार की भाँति चमक कौंध गई। विजयगढ़ की हवा में ख़ुशी और जश्न के माहौल के बावजूद किले की दीवारों के भीतर युद्ध की योजना बनाई जाने लगी थी, गठबंधन बनाए जा रहे थे और जान को दाँव पर लगाने की तैयारियों का दौर शुरू हो चला था।''

''इधर, हरिपुर का दरबार लगा हुआ था। राजा वेदांत अपने सिंहासन पर विराजमान थे। उनकी मंत्रीपरिषद् के सभी मंत्रीगण और सेनापति कृष्णा के साथ, सेना के अन्य उच्च अधिकारी भी दरबार में बैठे हुए थे। कुछ देर तक सभा में उपस्थित सभी लोग अपने राजा वेदांत को देखते रहे। वे अपने सिर के ताज़ को ठीक करने में व्यस्त थे, जो शायद उनके कंधे के पीछे लटक रहे चोगे में न जाने कैसे फँस गया था, हालाँकि चोगा भारतीय परंपरा का हिस्सा कभी नहीं रहा, लेकिन वेदांत रोम और ग्रीस के राजाओं को अक्सर पढ़ते रहते थे और वे उनके रहन-सहन और पोशाक से काफ़ी आकर्षित भी रहते थे। ख़ैर, कुछ देर तक अपने चोगे से संघर्ष करने के बाद, जब राजा वेदांत अपने सिर के ताज़ को ठीक करने में सफल हुए, तो उन्होंने सेनापति कृष्णा को सभा को संबोधित करने का आदेश दिया, जो कब से कुछ कहने के लिए बेहद आतुर थे। पूरी सभा को एक नज़र को निहारते रहने के बाद सेनापति कृष्णा ने पूरे आत्मविश्वास के साथ कहना शुरू किया... 'प्राप्त जानकारी के अनुसार, विजयगढ़ की ओर बढ़ रही सरदार ख़ान की सेना में 4000 सैनिक, 200 घोड़े, 20 तोपें और 100 ऊँट हैं, लेकिन जो उन्हें पता नहीं है कि इस युद्ध में हरिपुर की ओर से 2700 सैनिक, 100 हाथी, 150 घोड़े और 10 चल तोपें शामिल होने वाली हैं,

जो विजयगढ़ की ओर से लड़ने वाले 3000 सैनिकों, 50 हाथियों, 50 घोड़ों और दस तोपों के साथ मिलकर दुश्मन पर कितना भारी पड़ने वाले हैं...।' कृष्णा के इतना कहते ही पूरी सभा में जोश की लहर दौड़ गई, जबकि अपनी बात ख़त्म करने के बाद कृष्णा ने अपने राजा वेदांत की ओर देखा, जो किसी उधेड़-बुन में फँसे हुए उसे ही देख रहे थे। सेनापति कृष्णा की आँखें आत्मविश्वास से भरी हुई थीं ...उन्होंने अब अपने राजा वेदांत को संबोधित करते हुए कहना शुरू किया...'महाराज, हरिपुर और विजयगढ़ के सभी योद्धा एक साथ मिलकर लड़ने के लिए तैयार हैं। अगर हम विजयगढ़ के साथ मिलकर लड़ेंगे, तो हमारी जीत निश्चित है...आपकी अनुमति मिलते ही हम उस आक्रांता सरदार ख़ान को घुटनों पर ला देंगे और वचन है मेरा आपको, उस पापी का कटा हुआ सिर आपके चरणों में होगा और यह हिंदुस्तान की धरती से उन आक्रमणकारियों के लिए एक चेतावनी होगी कि वे फिर कभी हमारी भूमि पर क़दम न रखें...।' कृष्णा के इतना कहते ही सारे सभागण एक साथ चिल्ला उठे... 'महाराज वेदांत की जय'... 'सेनापति कृष्णा की जय'... 'भारत भूमि की जय'...। इन जयकारों के बीच सेनापति कृष्णा का उत्साह अपने चरम पर था। सभा में संचारित हो रहे जोश और जयकारे के कारण सेनापति कृष्णा को अपनी शक्ति दोगुनी मालूम पड़ रही थी। सारे मंत्री परिषद का उत्साह देखकर कृष्णा को युद्ध में सरदार ख़ान की हार तय लगने लगी, तभी वेदांत शांतिपूर्वक अपने सिंहासन से उठ खड़े हुए।''

''अपने राजा को सिंहासन से उठते देखकर सभागण भी खड़े हो गए। सभी अपने राजा को सुनने के लिए एकदम ख़ामोश हो गए थे। कुछ पल तक सभी सभागणों को देखने के बाद राजा वेदांत ने सभा को संबोधित करते हुए कहा, 'हरिपुर, विजयगढ़ के साथ युद्ध में भाग नहीं लेगा...।' वेदांत के इतना कहते ही पूरी सभा में एक आश्चर्यजनक ख़ामोशी फैल गई, वहाँ उपस्थित किसी भी आदमी को वेदांत के इस फ़ैसले का बिलकुल भी अनुमान नहीं था, न ही भरोसा था। वहाँ उपस्थित कोई भी शख़्स एक पल के लिए भी अपने राजा की बातों पर विश्वास नहीं कर पाया, तभी अपने राजा को अवाक सा देख रहे सेनापति कृष्णा ने वेदांत से पूछा... 'लेकिन क्यों, महाराज?' ''

''कृष्णा के इतना पूछते ही वेदांत ने अपना हाथ बढ़ाया और कृष्णा की ओर एक संधि पत्र बढ़ा दिया, जिसे कृष्णा ने तत्काल वेदांत के हाथों से लेकर पढ़ना शुरू किया। उन्हें नहीं पता था कि यह कैसा पत्र है, लेकिन जब उन्होंने पत्र पढ़ना शुरू किया, तो पाया कि पत्र में एक आकर्षक प्रस्ताव दिया गया था, जिसमें लिखा गया था... 'राजा वेदांत, मैं हरिपुर की ओर कृतज्ञता और मित्रता का हाथ बढ़ाता हूँ। राजा मनोहर की हार तो निश्चित ही है, लेकिन देखने वाली बात यह होगी कि तुम क्या निर्णय करते हो। तुम अपने सभी सैनिकों के साथ एक मृत राजा की सहायता करना चाहते हो या अफ़ग़ान सेना से हाथ मिलाना चाहते हो। बदले में, मैं वादा करता हूँ कि अफ़ग़ान तुम्हारे राज्य पर कभी हाथ नहीं डालेंगे। कृपया इस पत्र को हमारे समझौते का लिखित आश्वासन समझा जाए। मैं तुम्हारे उत्तर की प्रतीक्षा करूँगा...।' पत्र पढ़ते ही कृष्णा हताश होकर आहत भरे शब्दों में बोले... 'महाराज, यह एक जाल हो सकता है। हम इन पर भरोसा नहीं कर सकते। इस वक़्त अगर आपके पिताश्री राजा होते, तो वे अफ़ग़ानों के साथ कभी समझौता नहीं करते...।' अपने हर एक शब्द पर ज़ोर डालते हुए कृष्णा ने वेदांत को समझाने की कोशिश की और अपनी बात कहकर अपने राजा को बड़ी ही उम्मीद से देखने लगे, लेकिन कृष्णा की बातों को सुनकर बिना कोई देरी किए वेदांत ने कहना शुरू किया। इस दौरान वे ज़ोर-ज़ोर से बोल रहा थे, ताकि वहाँ उपस्थित सभी लोग सुन सकें...

'एक राजा के रूप में, मेरे लोगों का जीवन पहले आता है...।' इतना कहते ही राजा वेदांत की आँखों में एक विशेष प्रकार की चमक तैर गई। उन्होंने सिंहासन से कुछ क़दम आगे चलते हुए अपने सभागणों के कुछ क़रीब आकर कहा... 'मेरे लोगों की सुरक्षा और मेरे राज्य को बचाने के लिए जो भी करना पड़े, मैं करूँगा। मेरे पिता ने मुझे, मेरे राज्य और राज्य के लोगों के हितों को सुरक्षित करने का दायित्व सौंपा था... और जैसा कि आप सभी जानते हैं कि वे बड़े ही दूरदर्शी और न्यायप्रिय राजा थे...और अगर मैं क़ाबिल नहीं होता, तो वे कभी राज्य की बागडोर मुझे नहीं सौंपते...।' इतना कहते ही वेदांत के होंठों पर एक विशेष प्रकार के अभिमान से घुली हुई मुस्कान तैर गई और अपनी चाल में थोड़ी ऐंठन लाते हुए सिंहासन के मंच पर दाएँ से बाएँ टहलते हुए उन्होंने कहा... 'लेकिन उन्हें विश्वास था कि मैं जो भी फ़ैसले लूँगा, वे सही होंगे और राज्य के

हित में होंगे, इसलिए आप लोग भी मेरा विश्वास कीजिए, विजयगढ़ की ओर से न लड़ने का हमारा फ़ैसला एकदम उचित और हरिपुर के भविष्य को सुरक्षित करने वाला है...।' ''

''वेदांत ने जैसे ही अपनी बातों को ख़त्म किया, गहरी चिंता में डूबे सेनापति कृष्णा ने विनती के भाव से कहा... 'लेकिन महाराज...,' कृष्णा ने वेदांत को एक बार फिर समझाने की कोशिश की, लेकिन वह आगे कुछ बोल पाते, उससे पहले ही वेदांत ने कड़े शब्दों में कृष्णा से कहा... 'मैं इस विषय पर आपकी कोई सलाह नहीं लेना चाहता। यह कोई चर्चा का विषय नहीं है, जिस पर सभा बैठाई जाए और सलाह- मशविरा किया जाए,बल्कि यह एक निर्णय है, जो मैंने ले लिया है। इसलिए अब अपने दिमाग़ में इस विषय पर मंथन बंद कीजिए और राज्य की सुरक्षा के कड़े-बंदोबस्त कीजिए...।' यह कहकर वेदांत आगे बढ़ गए, पूरी सभा और वेदांत के सलाहकार ख़ुशी-ख़ुशी अपने राजा के क़दम-से-क़दम मिलाकर चलने के लिए बढ़े ही थे कि वेदांत ने रुककर कृष्णा की ओर घूमते हुए कहा... 'वैसे, इस उम्र में भी आपके जोश और राज्य के प्रति समर्पण को देखकर बेहद ख़ुशी होती है। मुझे पूरा भरोसा है कृष्णा कि आपके संरक्षण में राज्य एकदम सुरक्षित रहेगा...,' वेदांत की बातें सुनकर कृष्णा ने कृतज्ञता में अपनी गर्दन को अपने राजा के सामने झुका दिया, लेकिन उनके चेहरे पर राजा मनोहर की मदद न कर पाने की निराशा और अपराध-बोध की भावना साफ़-साफ़ झलक रही थी।''

''उसके बाद वेदांत ने तुरंत एक ख़ाली संधिपत्र और क़लम की माँग की और ख़ुद बैठ कर सलाहकारों से राय-मशविरा करके अपनी क़लम को काली स्याही में डुबोते हुए अफ़ग़ानी साम्राज्य के संरक्षकों को एक पत्र लिखा,...'मैं आपके अति-ताक़तवर और ऊँचे पद पर बैठे बेहद बुद्धिमान सरदार से गठबंधन की पेशकश पाकर बहुत सम्मानित महसूस कर रहा हूँ। मैं आपकी पेशकश स्वीकार करता हूँ और आपको आश्वासन देता हूँ कि इस गठबंधन से आपको बहुत फ़ायदा होगा। हरिपुर से आप संतुष्ट होंगे, जबकि विजयगढ़ पूरी तरह से आपका होगा...।' संधिपत्र पर शब्दों के रूप में अपने भावों को व्यक्त करते हुए वेदांत जितने ख़ुश थे, उनके सेनापति उन शब्दों को पढ़ कर उतने ही दुखी थे। कृष्णा के चेहरे पर निराशा और अपराध बोध के भाव बने हुए थे। वह आत्मग्लानि और हीनता के कारण अपने आप में

घुलते चले जा रहे थे। अपने राजा की ओर से अपने सबसे बड़े मित्र राज्य के प्रति ऐसी अवहेलना और ऐसा विश्वासघात उसके अंतर्मन को तार-तार कर रहे थे।''

''इधर, विजयगढ़ साम्राज्य के अंतिम तीन दिन बड़े तनाव में बीते। उस दिन आसमान, डूबते सूरज की रौशनी में लाल रंग से रंगा हुआ था, जब महराजा मनोहर युद्ध भूमि में अपनी सेना में सबसे आगे खड़े थे, जो साहस और वीरता के अद्भुत चित्र की तरह प्रतीत हो रहा था। पीछे पैदल और घुड़सवार सेना की लंबी कतारें थीं, जिनके एक साथ पड़ते क़दमताल से ज़मीन काँप रही थी। ऐसा लग रहा था, जैसे वे अपने दुश्मन को ललकार रहे हों, साथ ही राजसी लड़ाकों से सजे शाही हाथियों का झुंड विजयगढ़ के अभिमान की तरह युद्ध भूमि में मस्तक उठाए खड़ा था। अलग-अलग उम्र के पुरुष सैनिक, जिनके चेहरे दृढ़ संकल्प से सख़्त थे, अपने हथियारों को पकड़े खड़े थे और दुश्मन का बेसब्री से इंतज़ार कर रहे थे। उनके हाथों में सजी तलवारें हों, तीर-धनुष हों या ख़ंजर हों, सब रक्त के प्यासे थे। युद्ध के इस विकट समय में, वे सैनिक अपनी मातृभूमि की रक्षा में दुश्मनों के प्राण लेने या फिर अपना प्राणदान देने के लिए, किले की भाँति युद्ध भूमि में अडिग खड़े थे। अपने सैनिकों के अंदर धधक रही वीरता की ज्वाला ने महराजा मनोहर के अंदर गर्व की भावना भर दी थी। उनका दिल पिंजरे में बंद पक्षी की तरह पिंजरा तोड़ कर बाहर आने की कुलबुलाहट जैसा धड़क रहा था। इस क्षण, उनके चेहरे पर शांति और एक महान योद्धा सा तेज था। उनकी आँखें जो आमतौर पर हमेशा मुस्कुराती हुईं और आतिथ्य को स्वीकारतीं और आदर-सम्मान देने वाली होती थीं, इस क्षण एक सैनिक की तरह युद्ध की ज्वाला में सुलगती हुई डरावनी लगने लगी थीं। उन्हें देखकर लग रहा था कि वे आगे के युद्ध के लिए पूरी तरह तैयार थे। हर तरफ़ बेहद डरावनी ख़ामोशी की गूँज सुनाई पड़ रही थी। हवा के वेग से फड़फड़ाती विजयगढ़ साम्राज्य की पताका अपने जाँबाज़ सैनिकों की बहादुरी के क़िस्से सुनाने को आतुर थी।''

'' 'हरिपुर की सेना को यहाँ पहुँचने और हमारे साथ शामिल होने में और कितना समय लगेगा...?' महाराजा ने अपने सेनापति से पूछा। महाराजा की बात सुनकर न जाने क्यों विजयगढ़ के सेनापति ने अपना सिर झुका लिया। अपने सेनापति को सिर झुकाते हुए देखकर मनोहर ने

पूछा... 'क्या हरिपुर की सेना आ चुकी है, लेकिन मुझे उनके सेनापति कृष्णा तो कहीं नहीं दिख रहे हैं।' महाराजा को सिर उठाकर अपनी सेना के अंदर हरिपुर की सेना को ढूँढते देख और उनके सेनापति कृष्णा के बारे में पूछते देखकर सेनापति को बर्दाश्त नहीं हुआ और उन्होंने निराशा में अपने सिर को झुकाए हुए ही महाराजा को जवाब दिया... 'वे नहीं आ रहे हैं, महाराजा!!' सेनापति के मुँह से ये एक-एक शब्द खौलते तेज़ाब की भाँति महाराजा के कानों में पड़े, हालाँकि ये सुनकर पहले तो मनोहर को विश्वास नहीं हुआ, लेकिन जब उन्होंने सेनापति के चेहरे पर हताशा के वास्तविक भाव देखे, तो उनके विश्वास को गहरा झटका लगा। कुछ देर पहले तक चेहरे पर मौजूद गर्व की रौशनी जैसे अचानक ही घोर अंधेरे में बुझते दीए के तले जा खड़ी हुई थी। एक झटके में उन्हें जैसे सब ख़त्म होता नज़र आ रहा था। उन्होंने कुछ ज़्यादा तो नहीं कहा, लेकिन एक शब्द जो बस यूँ ही निराशा से फफक कर उनके होंठों तक आ गया था... 'विश्वासघात!!..' यह कहने के साथ ही उनकी आँखों से अचानक आँसू की कुछ बूँदें उनके गालों तक लुढ़कती हुई आ पहुँची थीं। उन्होंने पीछे मुड़ कर अपने सैनिकों की ओर देखा। महराजा को सैनिकों के रूप में किसी के परिवारजन खड़े दिख रहे थे, जो अपने राजा के स्वाभिमान के लिए अपना सब कुछ छोड़ कर उनके पीछे खड़े थे।''

''हरिपुर!, उनका सबसे भरोसेमंद सहयोगी उनसे मुँह मोड़ चुका था। इस विश्वासघात से अंदर तक टूट चुके महाराजा को बस अब अपने लोगों को बचाना था, क्योंकि उन्हें पता था कि अगर वे अब भी युद्ध के लिए आगे बढ़ते हैं, तो वे उनके लोगों के लिए किसी आत्महत्या से कम नहीं होगा, इसलिए अपनी निराशा को छुपाते हुए उन्होंने अपने दूत को आवाज़ दी। उनकी आवाज़ स्थिर और गंभीर थी, फिर भी उसमें कहीं-न-कहीं एक बेचैनी ज़रूर घुली हुई थी।

'मेरे लिए एक ख़ाली सफ़ेद काग़ज़ और स्याही लाओ... ,' उन्होंने आदेश दिया। सेवक जितना जल्दी हो सके, काग़ज़ और स्याही लेकर हाज़िर था। सेनापति सहित सैनिकों को समझ नहीं आ रहा था कि कुछ देर पहले तक युद्ध के लिए बेसब्र महाराजा को अचानक संधिपत्र की आवश्यकता क्यूँ पड़ रही है। दरअसल, महाराजा ने अपने लोगों को बचाने के लिए सरदार ख़ान को एक संधि पत्र लिखने का फ़ैसला किया था, जिसके लिए उन्होंने

ख़ून की जगह स्याही और युद्ध की जगह शब्दों को चुना। तलवारबाज़ी के कारण वर्षों से कठोर हो चुकी उनकी उंगलियों ने पहली बार क़लम को थामा था और सरदार ख़ान को उन्होंने अपने हाथों से संदेश लिखना शुरू किया। उनकी ओर से लिखे जा रहे प्रत्येक शब्द में जैसे उनके राज्य की तक़दीर का फ़ैसला होने वाला था। इस संदेश के ज़रिए उन्होंने अपने लोगों को बचाने का अंतिम प्रयास किया, हालाँकि उनके अंदर भी उनके उसूलों और उनके स्वाभिमान की लड़ाई जारी थी, लेकिन फिर भी वे अपने दिल से लिए गए फ़ैसले पर अडिग थे। महाराजा मनोहर को अच्छे से पता था कि उनके डर और भय के कोई मायने नहीं हैं, लेकिन उनकी एक ग़लती से उनकी भोली-भाली प्रजा का सर्वनाश हो जाएगा। उन्हें बस अपनी प्रजा की सुरक्षा की चिंता थी। जितना जल्दी हो सकता था, महाराजा ने अपने दो दूतों को पत्र के साथ सरदार ख़ान के पास भेजा। दूत महाराजा मनोहर के संधि प्रस्ताव के साथ सरदार ख़ान के शिविर की ओर बढ़ चले थे।''

''इधर, अजा और शंभूजी, अभी भी अलग-अलग राह पर थे, हालाँकि वे अब गोकुल से महज़ एक दिन की यात्रा दूरी पर थे, लेकिन प्रत्येक क़दम के साथ अजा का इंतज़ार छोटा होता जा रहा था - महीनों हो गए थे, जब वह गोकुल छोड़ कर गया था और उसी समय उसकी मुलाक़ात शंभूजी से हुई थी। उसके बाद से उसने शंभूजी को अब तक नहीं देखा था। शुक्ल-पक्ष की पूर्णमासी की पावन रात अब आने वाली थी और उस दिन शुक्ल पक्ष की चौदहवीं तिथि थी, जब गोकुल की सड़कें नागा साधुओं और साध्वियों से भरने लगी थीं। हर तरफ़ जैसे नागा और भगवाधारी साधुओं का मेला लगा था। एक से बढ़कर एक सिद्ध साधु और महापुरुष गोकुल में जमा हुए थे। गोकुल के निवासी शुक्ल पक्ष में गोकुल में जमा होने वाले साधुओं और महात्माओं की सेवा के लिए विशेष व्यवस्था करते थे। उनके भोजन और रात्रि विश्राम के लिए पूरे शहर में शिविर लगाने के साथ-साथ गोकुल के निवासी अगले दिन पूर्णिमा को होने वाली भव्य पूजा की तैयारी में उत्साह से जुटे हुए थे और नागा साधुओं का सम्मान और कृतज्ञता के साथ स्वागत कर रहे थे। एक ओर गोकुल में उमड़ा जनसैलाब भक्ति मार्ग का सूचक था, तो दूसरी तरफ़ अपनी शक्ति के मद में चूर सरदार ख़ान, विजयगढ़ के क़िले से कुछ ही दूरी पर स्थित अपने शिविर में अपनी सेना के साथ विजयगढ़ पर आक्रमण की तैयारी कर रहा था, तभी विजयगढ़ के दो

दूत अपने महाराजा मनोहर का संदेश लेकर सरदार ख़ान के तंबू में पहुँचे। दो अजनबी सैनिकों को तंबू के पास आते देखकर कुछ अफ़ग़ान सैनिकों ने उन्हें पकड़ लिया, लेकिन जब उन्होंने बताया कि वे विजयगढ़ के सैनिक हैं और महाराजा मनोहर की ओर से सरदार ख़ान के लिए एक ज़रूरी संदेश लेकर आए हैं, तो उन अफ़ग़ान सैनिकों ने अपने कुछ साथियों की निगरानी में उन दोनों संदेशवाहकों को शिविर के बाहर ही छोड़कर, सरदार के पास जाने का फ़ैसला किया। विजयगढ़ के संदेशवाहक शिविर के प्रवेश द्वार के बाहर चुपचाप खड़े थे, लेकिन शिविर के अंदर स्थित तंबुओं से, उनके कानों तक साफ़-साफ़ किसी महिला और पुरुष की पीड़ा से चिल्लाने की आवाज़ें आ रही थीं। उन्होंने सुना, कोई कह रहा था, 'पढ़!!, ला इलाहा इल्लल्लाह...पढ़, नहीं तो अभी तो तेरी बेटी का क़त्ल किया है, तेरी बीवी को काट कर कुत्तों के सामने डाल दूँगा...पढ़, नहीं तो...' एक ज़ोर की फटाक की आवाज़ के साथ एक बार फिर किसी आदमी के दर्द में चिल्लाने की आवाज़ उन सैनिकों के कानों तक आई।

'...कहाँ है तेरा भगवान, शंकर, कृष्णा, वह बंदर ...इतने सारे हैं कि नाम तक याद नहीं आते... नक़ली भगवान बना रखे हैं हरामख़ोरों ने, इसलिए मैं कहता हूँ..पढ़ ले... ला इलाहा इल्लल्लाह... नहीं तो तेरी एक अकेली बीवी हमारे दस मर्दों को झेल नहीं पाएगी...हा, हा, हा, हा,...' ये सब सुन-सुन कर जैसे उन हिंदू संदेशवाहकों के कानों से ख़ून आने लगा था। उनका कलेजा बैठा जा रहा था, तभी उन्हें वे सैनिक आते दिखे, जिन्होंने उन्हें पकड़ा था। पास आते ही उन अफ़ग़ान सैनिकों ने उन दोनों संदेशवाहकों को अंदर जाने को कहा। कुछ ही मिनट में दोनों संदेशवाहक सरदार के भव्य तंबू के अंदर थे। उन्होंने देखा, तंबू के अंदर एक बेहद आलीशान लकड़ी का राजसी पलंग लगा था, जिसके सामने चाँदी की मेज़ लगी थी, जिस पर खाने-पीने की ढेर सारी चीज़ें थीं और एक तरफ़ तंबू की दीवार के सहारे सरदार ख़ान द्वारा पहना जाने वाला का लबादा लटक रहा था, तो दूसरी तरफ़ भेड़िये की कटी हुए गर्दन टँगी हुई थी, जबकि सरदार ख़ान अपने बड़े से सिंहासन पर बैठा तंबू के कोने में कहीं देख रहा था। सैनिकों की नज़र जब उस ओर गई, तो उन्होंने देखा एक बेहद ख़ूबसूरत महिला, चिराग की रौशनी में, अस्त-व्यस्त स्थिति में एकदम नग्न बैठी थी और वहीं पर मृत पड़े हुए अपने पति को एक-टक देख रही थी, जिसका

बेरहमी से गला काटा गया था। सैनिकों को यह पहचानने में एक क्षण का वक़्त भी नहीं लगा कि वह एक हिंदू महिला थी, क्योंकि उसके माथे का फैला हुआ सिंदूर अब भी चमक रहा था।

'कहो, क्या काम है...?' तंबू के अंदर धीमे-धीमे जल रहे उस चिराग की रौशनी में सरदार ख़ान ने उन संदेशवाहकों को देखकर नफ़रत से घूरते हुए पूछा। संदेशवाहक भी उतनी ही नफ़रत से जल रहे थे। उन्होंने बिना कुछ कहे अपने द्वारा लाए गए संदेश पत्र को सरदार ख़ान की ओर बढ़ा दिया, जिसे सरदार ख़ान ने जानने की इच्छा के साथ झपटते हुए उनके हाथों से छीन लिया था। सरदार ख़ान ने मनोहर द्वारा भेजे गए संधि पत्र को पढ़ा और पढ़ते ही एक कुटिल मुस्कुराहट साथ कुछ देर तक उस संधि पत्र को उलट-पलट कर देखता रहा। कुछ क्षण तक यूँ ही मुस्कुराते रहने के बाद वह विजयगढ़ से संधि के लिए अपनी शर्तों पर चर्चा करने के लिए तैयार हो गया। विजयगढ़ के दोनों सैनिक इस संदेश के साथ अपने राजा के पास लौट गए कि महाराजा के संधि समझौते के लिए सरदार ख़ान मान गया है और महाराजा से मिलना चाहता है।''

''जिस रात मनोहर को अपने सैनिकों द्वारा, सरदार ख़ान की ओर से बातचीत के लिए आमंत्रण पहुँचा था, उसकी अगली सुबह ही महाराजा मनोहर सरदार ख़ान के तंबू में पहुँचे चुके थे। उस दिन मौसम साफ़ नहीं था, आसमान में काले बादलों की घटाएँ तेज़ी से उभरतीं और फिर न जाने कहाँ ग़ायब हो जातीं, लेकिन तेज़ हवाओं का चलना जारी था, जिससे धूल भरी आँधी हर तरफ़ छा गई थी । तेज़ हवाओं के चलने के कारण तंबू अचानक एक सरसराहट के साथ काँपने लगता था।

जैसा कि पत्र में महाराजा ने सरदार से वादा किया था कि सैनिकों का एक छोटा सा दल ही मनोहर के साथ आएगा, ठीक वैसा ही एक दल मनोहर के साथ सरदार ख़ान के तंबू में आया था, इस विश्वास और भरोसे के साथ कि विजयगढ़ और अफ़ग़ान सल्तनत के बीच युद्धविराम का समझौता हो सकता है।

कुछ घंटों पहले तक एक-दूसरे को युद्ध भूमि में ललकारने वाले महाराजा और सरदार ख़ान अब एक-दूसरे के सामने एक तंबू में बैठे थे, हालाँकि उनके बीच तनाव अब भी बना हुआ था। दोनों की नज़रें एक-दूसरे

को ऐसे घूर रही थीं, जैसे एक दूसरे पर विश्वास करना चाह रही हों, लेकिन कर नहीं पा रही हों, तभी शिविर के अंदर दोनों के बीच छाई हुई ख़ामोशी को कुछ देर बाद महाराजा ने ही भंग करते हुए कहना शुरू किया... 'सरदार ख़ान! मेरे द्वारा भेजे गए पत्र का जवाब देने के लिए आपका बहुत-बहुत धन्यवाद। यह आपके बड़प्पन का ही नतीजा है कि हम युद्ध भूमि में न होकर, इस शिविर में एक- दूसरे के आमने-सामने बैठे हैं। आप एक जाँबाज़ और बहादुर योद्धा तो हैं ही, साथ ही आप एक अच्छे रणनीतिकार भी हैं, जो उचित फ़ैसले लेना जानता है...।' महाराजा ने सरदार ख़ान को ख़ुश करने के लिए अपनी बातों पर ज़ोर देकर कहा और चुप हो गए, जबकि महाराजा की बात सुनकर, सरदार कुछ इस तरह मुस्कुरा उठा था, जैसे वह कब से कुछ ऐसा ही सुनना चाहता हो, सरदार ख़ान की मुस्कुराहट ने तंबू के अंदर के माहौल को थोड़ा हल्का किया, जिससे महाराजा मनोहर को भी थोड़ा आत्मबल मिला और उन्होंने बात को बढ़ाते हुए आगे कहा... 'मैं अच्छी तरह जानता हूँ कि युद्ध की परिस्थिति में मैं युद्ध हार जाऊँगा.. लेकिन उस युद्ध में आपके हज़ारों लोग भी मारे जाएँगे, जो मैं नहीं चाहता और जो मैं चाहता हूँ सेनापति कि आइए हम अपने लोगों के प्रति ज़िम्मेदार और रहमदिल बनें, जो अपनी जान को हमारे एक आदेश पर कुर्बान करने के लिए हर-पल तैयार रहते हैं...।' यह कहकर मनोहर, सरदार ख़ान के जवाब का इंतज़ार करने लगे। कुछ देर सरदार ख़ान मनोहर की बातों को सुनकर मुस्कुराता रहा और फिर उसने कहा...'सैनिक का मतलब ही होता है, क़ौम और अपने बादशाह के स्वाभिमान का रक्षक! जिसके दो ही काम होते हैं, मरना और मारना। मुझे इसकी कोई परवाह नहीं कि कौन जिएगा और कौन मरेगा। मुझे परवाह है तो बस अपनी क़ौम और बादशाह की जीत की। यह युद्ध है!, और युद्ध, बातों और जज़्बातों से नहीं, बल्कि तलवार की धार और जंग-ए-मैदान में घोड़ों की रफ़्तार से जीता जाता है...' सरदार ने कड़े शब्दों में अपने मन के भाव को प्रदर्शित करते हुए जवाब दिया था। सरदार के जवाब को सुनकर मनोहर एक झटके में सरदार खान के इरादे को भाँप गए। वे कुछ पल तक कुछ सोचते रहे।

महाराजा मनोहर के दिल और दिमाग़ के बीच एक अलग ही युद्ध चल रहा था। कुछ पल सोचने के बाद, वे बुझे मन से अपने आसन से उठे और सरदार ख़ान के सामने घुटनों के बल बैठ गए और अपने दोनों हाथों

से अपनी तलवार को भेंट करते हुए उन्होंने सरदार से विनती के स्वर में कहा... 'मेरे राज्य के लोग ही मेरे परिवार हैं और ये तलवार मेरी इज़्ज़त!' आप मुझे बस इतना बता दीजिए कि मेरे सभी आदमियों और बच्चों की जान के बदले में आपको क्या चाहिए...' मनोहर ने लगभग गिड़गिड़ाते हुए कहा। अपने सामने घुटनों के बल बैठ कर अपनी तलवार सौंपते मनोहर को सरदार ख़ान बड़ी ही तरस भरी हीन नज़रों से कुछ देर देखता रहा और फिर उसने शांतिपूर्वक राजा मनोहर की तलवार ले ली। कुछ देर तक तलवार की धार पर अपनी उंगलियों को फिराते हुए झटके से अपने सैनिकों को इशारा किया कि वे महाराजा की बाँहों को दोनों तरफ़ से आकर पकड़ लें। सरदार का आदेश पाते ही दो अफ़ग़ान सैनिकों ने आकर मनोहर को दोनों तरफ़ से पकड़ लिया। राजा ने अपने आप को छुड़ाने की बहुत कोशिश की, लेकिन हट्टे-कट्टे अफ़ग़ान सैनिकों ने लगातार मुक्के मारकर बूढ़े मनोहर को घुटनों के बल बैठ कर समर्पण करने पर मजबूर कर दिया। महाराजा अब चोटिल थे। उनकी आँखें अफ़सोस में डूबी जा रही थीं। मनोहर को न जाने क्यों इस पल किसी पर क्रोध नहीं आ रहा था। उन्हें बस अपनी प्रजा की याद आ रही थी। तभी उनके कानों में एक अफ़ग़ान सैनिक की कड़कती-सी आवाज़ आई...'अपना सिर झुकाओ...!' मनोहर ने चुपचाप अपने सिर को झुका लिया। उनकी आँखों से आँसू की धारा बह निकली। उनके कानों में उस क्षण वेदांत के एक-एक शब्द गूँज रहे थे... *'आप चिंता मत कीजिए महाराजा, इस बार हम दोनों मिलकर ऐसा युद्ध करेंगे कि कोई भी बाहरी आक्रांता दोबारा हिंद की सरज़मी पर क़दम रखने की हिम्मत नहीं करेगा, आप युद्ध की तैयारी कीजिए, हम आपके साथ हैं...।' "*

"तभी उनके कानों में एक बार फिर कड़कती-सी आवाज़ पहुँची, 'अपने सिर को ज़मीन से सटाओ...,' मनोहर ने अपने सिर को ज़मीन से लगाया। उनका अंतर्मन, उस क्षण इस बात को स्वीकार कर रहा था कि क्यों बार-बार हज़ारों वर्षों से भारत की सभ्यता और संस्कृति बाहरी आक्रांताओं के ख़ून से सने पैरों तले रौंदी जाती रही हैं, क्यों हिंदू स्त्रियों को ये आतंकी सरे बाज़ार बेचते हैं और उनके पुरुषों के सामने उनका बलात्कार करते हैं। क्यों निर्दोष इंसान इन पापियों के हाथों मारा जाता है! क्योंकि हमारी सभ्यता और संस्कृति ने बार-बार, हर बार न जाने कितने विभीषणों और जयचंदों को जन्म दिया है। मनोहर अपने जीवन के आख़िरी समय में सोच रहे थे

कि इतिहास यह कहेगा कि हम पर मुस्लिम आक्रांताओं ने राज किया, क्योंकि वे महान लड़ाके थे, नहीं!! बल्कि इसलिए क्योंकि हमारे देश में गद्दारों की कमी नहीं थी...। तभी एक ज़ोरदार आवाज़ उस तंबू में गूँज उठी थी, 'बिस्मिल्लाह, अल्लाहु अकबर *(अल्लाह के नाम पर, अल्लाह सबसे बड़ा है)*... ' और फिर सरदार ख़ान ने एक झटके में मनोहर के सिर को धड़ से अलग करने के लिए तलवार चला दी थी, हालाँकि मनोहर ने ख़ुद को छुड़ाने के लिए बहुत संघर्ष किया, लेकिन सरदार ख़ान उनकी गर्दन पर तब-तक तलवार चलाता रहा था, जब तक की मनोहर का सिर उसके शरीर से पूरी तरह अलग नहीं हो गया। उसके बाद, सरदार ख़ान ने उनके बालों से पकड़ कर उनका सिर उठाया और उसे अपने चेहरे के क़रीब लाते हुए कहा, 'तुमने ऐसा क्यों सोचा कि मैं जो चाहता हूँ, उससे कम पर मैं राज़ी हो जाऊँगा...।' फिर उसने अपने सैनिकों को आदेश दिया कि वे बाहर इंतज़ार कर रहे मनोहर के बाक़ी आदमियों को भी मार डालें... दूर आसमान में पूर्णमासी के एक रोज़ पहले का चाँद अपनी पूरी सुंदरता के साथ चमक रहा था। शीतल हवाएँ बह रही थीं कि तभी उन हवाओं में एक क्रूरता से भरी हुई गूँज बड़ी तेज़ी से आकर घुली... 'विजयगढ़ पर आक्रमण शुरू करो, कल दोपहर से पहले हमें किला फ़तह कर लेना है...।' सरदार ख़ान ने पूरी ताकत से चिल्लाते हुए अपने सेनापतियों को आदेश दिया और राजा मनोहर का सिर लेकर तंबू से बाहर निकल गया।''

5

वनराज

''जब अजा ने उस विशाल झरने से गोकुल तक की यात्रा आरंभ की और शंभूजी महेश्वर से गोकुल की यात्रा पर निकले, तब वे अनेक छोटे-छोटे गाँवों से होते हुए गुज़रे, जहाँ उन्होंने अनेक नागा साधुओं को गोकुल में शुक्ल पक्ष की रात को होने वाली बैठक की जानकारी दी। शंभूजी के क़दम तेज़ी से गोकुल की ओर बढ़ते चले जा रहे थे, गोकुल अब ज़्यादा दूर भी नहीं था। पिछले कई दिनों की तरह आज भी शंभूजी की गोकुल के लिए यात्रा जारी थी, वे एक गाँव से गुज़र रहे थे कि उन्होंने देखा, ख़राब मौसम की मार झेलते-झेलते लगभग जर्जर हो चुकी एक झोंपड़ी को गाँव के कुछ लोग घेर कर खड़े हैं। उन सब के बीच एक और आदमी है, जो झोंपड़ी को निहार रहा था, लेकिन यहाँ बात कुछ ऐसी थी कि वह आदमी, जिसकी उम्र यही कोई चालीस वर्ष के क़रीब होगी, चेहरा गोल था, गाल गुलाबी थे, आँखें नम थीं, नाक बटन जैसी थी और जिसके होंठों पर एक शरारती मुस्कान हमेशा चिपकी हुई थी... झोंपड़ी को निहार रहा था और गाँव वाले उसे घूर रहे थे। उस थुलथुले आदमी की आँखें झोंपड़ी की छत पर लिपटे एक ज़हरीले और फुफकारते साँप पर टिकी हुई थीं। शंभूजी ने देखा, उसके आस-पास के लोग साँप को देखकर डरे-सहमे खड़े हैं और वह आदमी निडर और शांत होकर खड़ा था। वहाँ क्या चल रहा था, इस बात को जानने की जिज्ञासा शंभूजी अपने मन में दबा नहीं पाए और वहाँ जो कुछ भी हो रहा था, उसे खड़े होकर देखने लगे। कुछ देर तक खड़े रहने के बाद शंभूजी ने देखा, वह अजीबोगरीब मोटा सा आदमी धीरे-धीरे सरकता हुआ, साँप के क़रीब पहुँचा और धीरे से अपना दाहिना हाथ बढ़ाया... कुछ देर पहले

तक क्रोध में फुफकारता हुआ साँप उसे देखकर शांतिपूर्वक जस का तस पड़ा रहा। अचानक ही उसके गोल-मटोल चेहरे पर एक चंचल मुस्कान उभर आई और उसने उत्साहित होते हुए कहा... 'ठीक है, ठीक है, वासुकि देव, अब छत से उतरने का समय हो गया है, इस बारे में आप कुछ कहना चाहेंगे?' उसका व्यवहार उस तनावपूर्ण स्थिति के बिलकुल विपरीत था। उसका हँसमुख लहज़ा अजीब तरह से साँत्वना देने वाला था।

शंभूजी को, उस आदमी का इस तरह से किसी जंगली और ज़हरीले साँप से किया गया व्यवहार बेहद आश्चर्यचकित कर रहा था। उससे अधिक आश्चर्यजनक बात उनके लिए यह थी कि उस साँप ने भी कोई विरोध नहीं किया। ऐसा लग रहा था, जैसे साँप को उसकी बात समझ आ रही हो। शंभूजी ने महसूस किया कि वह इंसान वास्तव में एक आकर्षक व्यक्तित्व वाला इंसान था, जहाँ उसके आकर्षण में घुली हुई उसकी चंचलता उसके व्यक्तित्व को और मज़ाक़िया बना रही थी। कुछ देर तक वह मोटा आदमी उस साँप को प्यार से पुचकारते हुए अपने पास बुलाता रहा और किसी छोटे बच्चे की भाँति उसका विश्वास जीतने की कोशिश करता रहा, लेकिन वहाँ उपस्थित भीड़ सहित शंभूजी के लिए भी तब आश्चर्य की सीमा नहीं रही, जब उन लोगों ने देखा... साँप धीरे-धीरे उसकी ओर सरकने लगा था, जिसे देखकर, वहाँ जमा हुई भीड़ डर के मारे पीछे हटने लगी, अब उन्हें अपने लिए नहीं, बल्कि उस मोटे से चंचल आदमी के लिए बुरा और डर दोनों ही महसूस हो रहा था। वहाँ उपस्थित बच्चों ने डर के मारे अपनी हथेलियों से अपनी आँखें ढक ली थीं और महिलाओं ने डर के मारे अपने होंठों को दाँतों में दबा लिया था, परंतु उस परिस्थिति में भी वह आदमी एकदम शांत रहा और अपना हाथ वैसे ही आगे बढ़ाए रखा। ऐसा लग रहा था, जैसे वह साँप को अपने हाथों से चढ़ते हुए, अपने आप को चारों ओर से लपेट लेने के लिए आमंत्रित कर रहा हो और साँप ने वैसा किया भी। साँप ने उसके दाहिने हाथ पर चढ़ते हुए, उसके दाहिने हाथ से लेकर उसकी गर्दन के पार होते हुए, उसके बाएँ हाथ तक को लपेट लिया था। इस नज़ारे को देख रहे लोगों के दिल की धड़कनें डर के मारे बढ़ गई थीं। वहाँ उपस्थित सभी लोगों के साथ-साथ शंभूजी भी सोच रहे थे कि क्या होगा, अगर साँप, उस आदमी को डस ले तो, जब साँप ने उसकी गर्दन सहित उसके चेहरे तक को लपेटा हुआ था! तभी लोगों ने देखा उस आदमी ने अपने बाएँ हाथ में लिए

हुए एक बड़े से झोले को खोला और अपने होंठों पर एक प्यारी मुस्कान लिए हुए, साँप की आँखों में देखा, जो उसके चेहरे के ठीक सामने फन फैलाए उसे देख रहा था। वहाँ उपस्थित सभी लोग तब अवाक से रह गए थे, आश्चर्य से उनकी आँखें बड़ी होती चली गई थीं, जब उन्होंने देखा कि साँप चुप-चाप उसका इशारा पाते ही झोले में समा गया था।

इस दृश्य को देखकर, गाँव वालों में कुछ पल के लिए सन्नाटा छा गया था। यह सन्नाटा उस हैरतभरे कारनामे पर विश्वास करने के लिए था, जो उस आदमी ने किया था। जब तक वह आदमी उस झोले के मुँह को बाँधता, जिसमें साँप था, तब तक गाँव वाले उसे आश्चर्य से देखते रहे, लेकिन जैसे ही उसने अपनी प्यारी सी मुस्कुराहट के साथ गाँव वालों की ओर देखा, वहाँ उपस्थित भीड़ उसकी हिम्मत और कारनामे की सराहना करती हुई चिल्ला उठी। वहाँ का पूरा वातावरण तालियों की गड़गड़ाहट से गूँज उठा। सभी गाँव वालों के चेहरे पर साँप के भय से दूर होने ही ख़ुशी की लहर दौड़ गई थी। उस आदमी ने किसी महान योद्धा की भाँति अपने हाथ को हवा में लहराकर गाँव वालों के अभिवादन को स्वीकार किया और फिर ख़ुद ही ज़ोर-ज़ोर से हँसने लगा। उसकी हँसी के साथ उसका पूरा व्यक्तित्व एक सहजता धारण करता हुआ गाँव वालों के साथ जा मिला था। कुछ देर बाद वह उस झोले को लेकर गाँव के बाहरी इलाक़े की ओर चल पड़ा। भीड़ भी उसके पीछे-पीछे चल रही थी। शंभूजी उस आदमी को और जानना चाहते थे, इसलिए वे भीड़ से कुछ दूर हट कर गाँव वालों के साथ-साथ ही चलने लगे। कुछ दूर आगे चलने पर उन्होंने देखा, उस आदमी का इंतज़ार एक विशालकाय मादा हाथी और उसका प्यारा सा बच्चा कर रहे थे। मादा हाथी की पीठ पर दोनों तरफ़ ठीक उसी तरह के झोले लटके हुए थे, जिस तरह के झोले में उसने साँप को कैद कर रखा था और अभी अपने हाथ में पकड़े हुए था। शंभूजी ने देखा, उस आदमी को देखकर हाथी का वह छोटा सा बच्चा उत्साह में कूदने लगा। वह मोटा आदमी भी दौड़ता हुआ गया और उसे गोलू नाम से संबोधित करते हुए, उसके माथे को चूमने लगा। उसके प्यार करते ही, हाथी के उस छोटे से बच्चे ने अपने छोटी सी प्यारी सूँड को ऊपर उठाकर तुरही बजाते हुए, अपना सिर हिलाया और ज़ोर-ज़ोर से अपना कान फड़फड़ाने लगा। हाथी का वह छोटा-सा बच्चा कुछ ऐसे व्यवहार कर रहा था, जैसे उसकी गोद में आना चाहता हो। वह लगातार

उसके ऊपर कूदने की कोशिश कर रहा था। उस आदमी ने गोलू को गले लगाया और उसे कुछ देर तक दुलारता-पुचकारता रहा, तभी गाँव वालों की भीड़ उसका पीछा करती हुई उसके पास पहुँच गई थी। उसी भीड़ से एक छोटा सा लड़का दौड़ता हुआ उसके पास गया और पास जाकर रुक गया। उस लड़के की आँखों में कुछ जानने की जिज्ञासा चमक रही थी। उस बच्चे ने उस मोटे से आदमी से पूछा, 'तुम इस साँप को कहाँ ले जा रहे हो?'

'मैं...,' कहकर वह आदमी पहले धीरे से हँसा और फिर उस बच्चे के गाल को सहलाते हुए प्यार से बोला... 'मैं इसे घर ले जा रहा हूँ, छोटे...'

'अपने घर...!!' लड़के ने आश्चर्य से पूछा।

'नहीं!, इसके घर वापस जंगल में, इसकी सही जगह पर...,' उस छोटे से लड़के को जवाब देता हुआ वह आदमी उठ खड़ा हुआ और एक झटके के साथ मादा हाथी की सूँड को पकड़ कर उसके सहारे हाथी की पीठ पर जा बैठा और हाथी की पीठ को थपथपाते हुए उसने उस हथिनी से कुछ इस स्वाभाविकता से पूछा, जैसे वह हथिनी उसकी बातों का जवाब जानती हो, उसने पूछा... 'क्या तुम जानती हो, दुलारी, हम कहाँ जा रहे हैं...?' और उस दृश्य को देख रहे लोगों के लिए आश्चर्य की सीमा तब और नहीं रही, जब उस हाथिनी ने अपना सिर हाँ में हिलाया। उस मादा हाथी का नाम उसने दुलारी रखा था, ठीक उसी तरह जैसे उस अजीबोगरीब शख़्स ने उसके बच्चे का नाम गोलू रखा था। उसके द्वारा रखे गए जानवरों के नाम, उसके व्यक्तित्व को भली-भाँति दर्शाते थे। उस आदमी को लेकर जैसे ही दुलारी आगे बढ़ी, शंभूजी सहित बाक़ी गाँव वाले अपने-अपने होंठों पर एक ख़ास अनुभव की प्यारी सी मुस्कान लिए अपने-अपने रास्ते की ओर चल पड़े। वह आदमी दुलारी पर सवार होकर कुछ दूर आगे बढ़ा ही था कि न जाने कहाँ से एक सुंदर नीलकंठ पक्षी *(भारतीय रोलर)* फड़फड़ाता हुआ नीचे आया और उसके कंधे पर बैठ गया।

नीलकंठ!!... एक ऐसा सुंदर पक्षी, जिसका नाम शिव के अनेक नामों में से एक के नाम पर रखा गया है - संस्कृत शब्द 'नील', जिसका अर्थ नीला है, और 'कंठ', जिसका अर्थ होता है 'गला'- इस पक्षी के पूरे शरीर पर कई रंगों का ख़ूबसूरत मिश्रण होता है, साथ ही उसके सिर पर फ़ीरोज़ी रंग की मुकुट जैसी एक सुंदर बनावट होती है। उसके पंख गहरे चमकीले नीले

रंग के ख़ूबसूरत संग्रह जैसे होते हैं। इसका चमकीला नीला गला, भूरे शरीर के मुक़ाबले बिलकुल अलग दिखता है। इसकी मोटी, थोड़ी घुमावदार चोंच फीके पीले रंग की होती है और यह पक्षी अपनी पैनी, गहरी और सतर्क आँखों से हमेशा अपने आस-पास घटने वाली गतिविधियों पर बारीकी से ध्यान लगाए रहता है...

जैसे ही नीलकंठ पक्षी उसके कंधे पर आकर बैठा, वह आदमी अपने हाथों से उसके पंखों को सहलाने लगा। वह दृश्य अत्यंत मनोहारी था, ऐसा लग रहा था, जैसे उस क्षण प्रकृति भी एक ख़ूबसूरत तसवीर तैयार करने में लगी थी, क्योंकि नीले आसमान में डूबते लाल सूरज के नीचे, हाथी पर बैठे एक आदमी की परछाई चलती चली जा रही थी, जिसके आगे हाथी का बच्चा अपनी सूँड को उठाकर कूदता-फाँदता चल रहा था और हाथी पर बैठे उस आदमी के सिर के ऊपर एक चिड़िया उड़ रही थी। उस आदमी का जानवरों के प्रति अपार स्नेह और उसके चंचल व हँसमुख स्वभाव को देखकर, उसके दयालु व्यक्तित्व के प्रति आकर्षित हुए बिना रह पाना असंभव था। उसके और उसके आस-पास के जीवों के बीच का ताल-मेल उस अद्भुत और दैविक दुनिया की एक जीवंत तसवीर पेश करता था, जिसमें वह रहता था और जिसे देखकर सभी गाँव वाले मंत्रमुग्ध हो गए थे। गाँव से बाहर, उसके पीछे-पीछे चल रहे बच्चे उसे देखकर अचानक चिल्लाने लगे और उससे पूछने लगे... 'बाबा! आप कौन हैं...?' बच्चों की आवाज़ सुनकर उसने नीचे देखा और उन्हें देखकर मुस्कुराते हुए बोला... 'मैं वन का मित्र हूँ और सभी लोग मुझे वनराज कहकर बुलाते हैं,' उसने बिना पीछे देखे हँसते हुए उत्तर दिया और बच्चों की ओर हाथ हिलाया। बच्चे उसके पीछे जयकारे लगाते दौड़ रहे थे और साथ ही साथ उत्साह में ताली बजा रहे थे।''

''कुछ ही घंटों में रात होने वाली थी, इसलिए वनराज ने दुलारी को अपने क़दम तेज़ी से बढ़ाने के संकेत दिए और उसके मस्तक पर हाथ फेरते हुए झूठी खिसियाहट में दुलारी को छेड़ते हुए बोला... 'तुम अपने गोलू को शिष्टाचार क्यूँ नहीं सिखाती?'

फिर अपने कपड़ों की ओर देखते हुए वह बोला, 'देखो, इसने मेरे कपड़ों के साथ क्या किया!... उस बदमाश ने इन्हें ख़राब कर दिया...'

उसने प्यार भरी शिकायत के साथ दुलारी के कान में ज़ोर से चिल्लाते हुए अपनी बात पूरी की।

चलते-चलते कुछ वक़्त बीत चुका था। वनराज को ज़ोरों की प्यास लग आई थी। शाम ढलने को थी कि तभी उसे एक झरना दिखा। वनराज ने दुलारी की पीठ से तेज़ी से उतरते हुए उसे वहीं उसके बच्चे के साथ पास में चरने के लिए छोड़ दिया और कुप्पी *(पानी भरने वाला बर्तन)* लेकर झरने की ओर बढ़ा। वहाँ पहुँच कर जैसे ही वह पानी भरने के लिए झुका कि दूर से आती खर-खर की आवाज़ ने उसका ध्यान खींचा।

पानी में देखती उसकी आँखें अपने दोनों पैरों के बीच से होती हुई पीछे की ओर मुड़ गईं। वह अपने दोनों पैरों के बीच से एक साथ तेज़ी से क़दम बढ़ा कर चलते चले जा रहे नागा साधुओं के विशाल समूह को देख रहा था, जिनका भस्म में सना हुआ शरीर शाम के धुँधलके में भूतिया लग रहा था। वनराज ने देखा, इतने सारे नागा बिना इधर-उधर देखे बड़ी तेज़ी से बढ़ते चले जा रहे थे, जैसे उन्हें कहीं पहुँचने की जल्दी हो। अचानक एक साथ इतने नागा साधुओं को देखकर वनराज को आश्चर्य भी हुआ और उसकी जिज्ञासा भी जगी, क्योंकि अभी कुंभ मेले या किसी अन्य महत्त्वपूर्ण धार्मिक आयोजन के शुरू होने में काफ़ी समय था। कुप्पी में जितना पानी आया था, उसे ही लेकर वनराज उत्सुकता से उनके पीछे चल दिया।

दुलारी और गोलू भी चुपचाप वनराज के पीछे-पीछे चल पड़े। वनराज उनकी इस यात्रा के कारण को जानने के लिए एक झाड़ी के पीछे छुपकर उनकी बातों को सुनने का प्रयास करने लगा... नागा साधु आपस में जो कुछ कह रहे थे, उनमें से वनराज बस कुछ शब्द ही सुन पाया, जैसे... *'शुक्ल पक्ष... महत्त्वपूर्ण बैठक... गोकुल...।'* 'गोकुल' सुनते ही वनराज की आँखों में उत्साह की लहर दौड़ गई। उसे पता था कि उसे ज़्यादा गहराई से नागा साधुओं के इस तरह जमा होने के कारण का पता लगाना ही होगा। अभी वह सोच ही रहा था कि अपने काम को कैसे अंजाम दे कि तभी दुलारी के पैरों के नीचे आकर दबे पत्तों की सरसराहट ने नागाओं का ध्यान खींचा और किसी ख़तरे की आहट पाकर नागा साधु रुक गए। अब वनराज के पास उनके सामने जाने के अलावा और कोई चारा नहीं बचा था। डर के

मारे उसकी हालत ख़राब हो रही थी, क्योंकि वह नागा साधुओं की हिंसक और युद्धक प्रवृत्ति से भली-भाँति परिचित था।

ख़ैर, वह उनकी नज़र में और अधिक दोषी सबित न हो और वे उसे अपना दुश्मन मान बैठें, उससे पहले ही वनराज ने उनके सामने जाने का निर्णय किया।''

''वह बाहर निकल कर उनके सामने जा पाता, उससे पहले ही एक नागा ने उसे झाड़ी के पीछे छुपा हुआ देख लिया। उस नागा साधु का नाम नारायण था। वह वनराज की ओर बढ़ा। नारायण बेहद लंबे-चौड़ी और बलिष्ठ काया वाला नागा था, उसकी ऊँचाई क़रीब सात फ़ीट थी। उलझे बाल, खुरदुरा चेहरा, जो उसकी सालों की सख़्ती और अनुशासन को दर्शा रहा था, जबकि वनराज का दोस्ताना चेहरा उसके बिलकुल विपरीत था। अपनी ओर नारायण को आते देख वनराज, झाड़ी की ओट से झट से निकल कर उसके सामने खड़ा हो गया। उसके चेहरे पर उन नागाओं के प्रति ईमानदारी और सम्मान की भावना झलक रही थी, लेकिन अंदर ही अंदर हृदय की गति आज के ज़माने की रेलगाड़ी जितनी तेज़ हो चली थी। बहुत ज़्यादा कोशिश करने के बाद भी वनराज अपने डर को अपनी प्यारी सी मुस्कुराहट की ओट में छुपा नहीं पा रहा था।

'तुम कौन हो और यहाँ क्या कर रहे हो...?' नारायण ने उसके पास जाते हुए, उसे देखकर गुस्से में पूछा। नारायण के इतना कहते ही वनराज का डर अब उसके चंचल व्यक्तित्व पर हावी हो गया।

'नमस्ते! साधु बाबा, मैं एक घुमक्कड हूँ, जिससे आपको कोई ख़तरा नहीं है...,' वनराज ने सौम्यता के साथ अपने सिर को उस नागा के सामने झुकाते हुए कहा और फिर उसने बड़े ही आत्मविश्वास से पीछे खड़े नागाओं की ओर देखकर कहा... 'यह जंगल ही मेरा घर है...।' उसकी बात सुनकर नारायण ने अपने पीछे खड़े नागा साधुओं की ओर देखा और अपनी एक भौंह ऊपर उठाते हुए कहा, 'लेकिन क्या तुम जानते हो कि छुपकर किसी का पीछा करना और उनकी बातें सुनना शिष्टता के ख़िलाफ़ है...।'

'मुझे बहुत खेद है...बाबा! मेरा इरादा न तो आप लोगों का पीछा करने का था और न ही आप लोगों को दुख पहुँचाने का। मैंने तो हमेशा नागा साधुओं की जीवनशैली और उनका अपनी संस्कृति के प्रति समर्पण

का आदर किया है। मैं तो आप लोगों के जीवन जीने के तौर-तरीक़ों से हमेशा आकर्षित रहा हूँ...।' वनराज ने बड़े ही अपनेपन से उन नागाओं को अपने दिल की बात कह सुनाई।

'फिर हमारा पीछा क्यों कर रहे थे... भीड़ में खड़े एक बूढ़े नागा साधु ने अपनी आवाज़ पर ज़रा ज़ोर देते हुए पूछा।

'मैं तो बस यह जानना चाहता था कि क्या...,' ऐसा कहकर वनराज चुप हो गया। वह बोलना तो चाहता था, लेकिन नागा बुरा न मान जाए, इस ख़याल से ही उसके बाक़ी शब्द उसके अंदर ही घुट कर रह गए थे।

'क्या...! क्या...?' नारायण की आँखें क्रोध से भर आईं।

'गोकुल में कोई मेला है? और अगर हाँ, तो क्या मैं आपकी यात्रा में शामिल हो सकता हूँ...? नारायण के डाँटते हुए पूछने के कारण वनराज अपनी बाक़ी बात एक साँस में बोल गया। उसके दोनों हाथ जुड़े हुए थे। वनराज के इतना कहते ही नागा साधुओं की निगाहें वनराज का मूल्यांकन करती हुईं कुछ देर तक उसे घूरती रहीं, फिर उस बूढ़े नागा साधु ने उसकी ओर तिरस्कारपूर्ण ढंग से इशारा करते हुए कहा... 'तुम हम में से नहीं हो, इसलिए हम तुम्हें कुछ नहीं बता सकते। चले जाओ यहाँ से।' उस बूढ़े नागा ने अपनी कर्कश आवाज़ में वनराज को निर्देश दिया। वनराज ने नागा साधुओं की ओर देखा और आख़िरी बार कोशिश करते हुए और अत्यंत विनम्रता से कहा... 'मैं आपके बहुत काम आऊँगा, मुझे अपने साथ ले चलिए। मैं बस आप सभी की सेवा करना चाहता हूँ और आपका आशीर्वाद पाना चाहता हूँ...।' वनराज ने इतना कहा और चुप हो गया, क्योंकि वह अब अपनी किसी भी बात से नागाओं को और नाराज़ नहीं करना चाहता था। वनराज नागाओं के जवाब का इंतज़ार करने लगा और फिर कुछ याद आते ही जल्दबाजी में बोला... 'मैं आपके पैर भी दबा दूँगा...,' वनराज के इतना कहते ही, इस बार नारायण ने अपना सिर हिलाकर उसे और कुछ बोलने से मना किया। वनराज ने देखा पीछे खड़े बाक़ी नागा उसे एक-टक घूर रहे थे। वनराज को इस बात का एहसास हो चुका था कि और कुछ बोलने का कोई फ़ायदा नहीं होने वाला। अंततः निराश होकर वनराज ने उनकी बातों से सहमत होते हुए अपना सिर झुका लिया, हालाँकि वह स्वतंत्र इच्छा वाला व्यक्ति था और भले ही वह किसी भी इंसान से मुश्किल

से ही मिलता-जुलता था, लेकिन नागाओं की ओर से अस्वीकृत किया जाना उसे दुख पहुँचा गया था।

नागा साधुओं का समूह वनराज को जंगल में छोड़कर गोकुल की ओर बढ़ चला। चाँद की दूधिया रौशनी आसमान में फैल चुकी थी। मंद-मंद बहती हवा और झरने के कल-कल बहते नीर के बीच प्रकृति अपने ख़ास सुर में गाती हुई रात का स्वागत कर ही थी, जबकि वनराज के कानों में उस बूढ़े नागा साधु के शब्द गूँज रहे थे *'तुम हम में से नहीं हो'*... यह बात उसके अंदर तक, ख़ुद को साबित करने की इच्छा जगा रही थी। वनराज पहले से यह बात जानता था कि *'वह उन में से नहीं था'*... लेकिन गोकुल का जो भी रहस्य नागा साधु अपने साथ लेकर गए थे, वह उसे जानने के लिए बेचैन हो उठा और कुछ घंटों के बाद, वनराज का चंचल मन अपनी जिज्ञासा को रोक नहीं सका। उसने दुलारी की पीठ पर एक बार और सवार होते हुए उसके कान में कहा... 'दुलारी, जाकर देखने में कोई नुक़सान है क्या...?' इतना कहते ही एक रहस्यमयी मुस्कुराहट उसके होंठों पर तैर गई, फिर उसने दुलारी के मस्तक पर हाथ फेरते हुए उसे गोकुल की ओर जाने वाले रास्ते की ओर मोड़कर कहा... 'दुलारी, अब तुम्हें पता चल गया है कि तुम्हें कहाँ जाना है...' दुलारी गोकुल की ओर चल पड़ी थी और उनके पीछे-पीछे नन्हा गोलू भी नारायण और अन्य नागा साधुओं के जाने वाले रास्ते की दिशा में कूदता-फाँदता चल पड़ा था, जबकि नीलकंठ दूर आसमान में उड़ता हुआ नागा साधुओं पर निगाहें बनाए हुए वनराज को सूचित कर रहा था।

6
गोकुल

''वाज़ गोकुल ए स्पेशल प्लेस...?'' थॉमस ने गुफ़ा में उस रहस्यमयी नागा से पूछा, जो रात के पहले पहर से उसे एक रोमांचित करने वाली कहानी के सफ़र पर ले चला था।

''गोकुल अभी भी एक विशेष स्थान है और तब तक ऐसा ही रहेगा, जब तक कि यह धरती ख़त्म नहीं हो जाती...,'' नागा ने गंभीरता से थॉमस की बातों का जवाब दिया।

''व्हाट्स सो स्पेशल अबाउट दिस प्लेस गोकुल...?' थॉमस के अंदर नागा के जवाब ने गोकुल के बारे में जानने की दिलचस्पी बढ़ा दी थी। थॉमस के गोकुल के बारे में जानने की उत्सुकता को देखकर नागा ने कहा...''गोकुल सिर्फ़ किसी जगह का नाम नहीं है, बल्कि यहाँ भगवान स्वयं आए थे। उन्होंने यहाँ जन्म तो नहीं लिया, लेकिन वे वहीं खेले थे,पले-बढ़े थे, इसलिए यह जगह सिर्फ़ एक जगह नहीं है, बल्कि मोक्ष का द्वार है...कहते हैं भगवान आज भी वहाँ हैं...।'' ऐसा कहते-कहते नागा जैसे कहीं खो गया था।

''व्हाट आर यू टॉकिंग अबाउट...?'' थॉमस ने हैरान होते हुए पूछा, जिसके जवाब में नागा ने कहा... ''इसका जवाब मैं, तुम्हें उस महान कहानी के ज़रिए दूँगा, जो अपने आप में भारतवर्ष का इतिहास है और एक गौरव गाथा है उस महापुरुष की, जिसने इस दुनिया को खुले शब्दों में कहा था कि 'मैं ही भगवान हूँ'...।'' फिर नागा ने अचानक ही नतमस्तक होकर चिल्लाते हुए कहा, *''सब जन्म मुझ ही से पाते हैं, फिर लौट मुझ ही में आते हैं...,''* इतना कहते उसने बिना रुके आगे कहना शुरू किया, उसके

शांत व्यक्तित्व में अचानक ही एक उत्तेजना की लहर दौड़ गई, जिससे वह अँग्रेज़ पर्वतारोही ज़रा सा असहज हुआ, परंतु फिर वह नागा की बातों को ध्यानपूर्वक सुनता रहा। नागा कह रहा था... ''आज से पाँच हज़ार साल पहले की बात है। गोकुल में कंस नाम का एक क्रूर राजा राज करता था। उसका शासन अत्याचारों और यातनाओं से भरा हुआ था, क्योंकि उसने अपनी प्रजा पर भारी कर लगाया हुआ था और अक्सर अपने लोगों को अपनी क्रूर सनक का शिकार बनाता था। निर्दोषों को दोषियों की जगह पर सज़ा देना उसका मुख्य पेशा था। अराजकता हर तरफ़ फैल गई थी। कोई भी धर्मात्मा पुरुष उसके राज्य में एक पल भी नहीं ठहर सकता था, लेकिन, कंस को यह नहीं पता था कि उसके आतंक के शासन का अंत होना तय है। एक दिन भविष्यवाणी हुई कि उसकी अपनी सगी बहन का आठवाँ पुत्र कंस के अंत का कारण होगा। वह बच्चा कोई और नहीं, बल्कि भगवान कृष्ण थे, जो विष्णु के दिव्य अवतार थे। उस भविष्यवाणी के बाद, कृष्ण के माता-पिता, देवकी और वासुदेव को कंस ने जेल की कोठरी में बंद कर दिया। उसके बाद चला क्रूरता का ऐसा खेल, जिसका कोई दूसरा उदाहरण आज तक कहीं देखने को नहीं मिलता है।''

''व्हाट हैपन्ड...?'' थॉमस ने स्तब्धता से पूछा, क्योंकि उसने देखा, बोलते-बोलते नागा की आँखों से आँसू की धारा बह निकली।

''क्या हुआ था...?'' नागा ने उसकी बातों को दोहराते हुए कहा, फिर कुछ पल चुप रहने के बाद उसने थॉमस को घूरते हुए और अपने आँसूओं को पोंछते हुए कहा... ''हुआ नहीं था, बल्कि किया गया था...'', हर बार जब देवकी बच्चे को जन्म देती, तो कंस निर्दयतापूर्वक उस नवजन्मे बच्चे को ले जाता और उसका जीवन समाप्त कर देता, हालाँकि जब कृष्ण का जन्म हुआ, तो एक दैवीय हस्तक्षेप हुआ। चमत्कारिक रूप से, जेल के दरवाज़े खुल गए, और वासुदेव नवजात कृष्ण को सुरक्षित तरीक़े से उफ़नती यमुना नदी के पार गोकुल गाँव ले जाने में सफल हो गए।

वहाँ उनके मित्र नंदजी अपनी पत्नी यशोदा के साथ रहते थे और संयोग की बात यह थी कि उसी रात माता यशोदा ने भी एक बच्ची को जन्म दिया था। वासुदेव ने कृष्ण को यशोदा की नवजात बच्ची के साथ बदल दिया, और बिना किसी संदेह के जेल में वापस आ गए। बाद में जब कंस उस बच्ची को मारने आया, तो वह चमत्कारी रूप से हवा में उड़

गई और माया-जाल (*डिलूशन*) के रूप में प्रकट हुई और कंस को यह बताकर अदृश्य हो गई कि उसकी मृत्यु एक अटल सत्य है, जिसे कोई नहीं टाल सकता। उधर, कृष्ण गोकुल में एक ग्वाले के रूप में बड़े हुए और अपनी शरारतों, अद्भुत आकर्षण और दैवीय कारनामों से संपूर्ण मथुरा नगरी में अपनी पहचान बनाने में सफल रहे। जैसे-जैसे वे बड़े होते गए, उनकी असाधारण शक्तियाँ जनमानस के सामने आती गईं। कृपा और धार्मिकता के अवतार के रूप में उनकी ख्याति दूर-दूर तक फैलती गई, लोग उन्हें भगवान मानने लगे, लेकिन जब कंस को कृष्ण के अस्तित्व का पता चला, तब उसने भविष्यवाणी के अनुसार, श्री कृष्ण को ख़त्म करने के लिए राक्षसों और मायावी असुरों को भेजना शुरू किया, लेकिन कृष्ण ने बड़ी ही बहादुरी और निडरता से प्रत्येक चुनौती का सामना किया।

कंस द्वारा भेजे गए राक्षसों में... *पूतना, तृणावर्त और केशी...* जैसे राक्षसों को कृष्ण ने मौत के घाट उतार दिया, और अंततः वह दिन भी आ ही गया, जब कंस के पापों का हिसाब किया जाना था। कृष्ण जब बड़े हुए तब, उन्होंने कंस का डटकर सामना किया और अपनी दिव्य शक्ति और चतुराई से, कृष्ण ने कंस को परास्त कर उसे उसके सिंहासन से हटा दिया। भविष्यवाणी सच हो गई थी, और गोकुल कंस के अत्याचारी शासन से मुक्त हो गया था। और कुछ इस तरह, कृष्ण का जन्म और कंस पर उनकी विजय अहम पौराणिक घटना बन गई।

यह घटना सारी मानवता के लिए आशा और ईश्वरीय न्याय का ऐसा प्रतीक है, जहाँ इस बात का विश्वास लोग आज भी करते हैं कि जब कभी भी पृथ्वी पर पाप बढ़ेगा, तो भगवान आएँगे और अपने पराक्रम से अत्याचार पर विजय प्राप्त करेंगे और मानवता की रक्षा कर धर्म की स्थापना करेंगे। इस तरह कृष्ण की विरासत क़ायम रही और प्रेम, नैतिकता और भक्ति पर दी हुई उनकी शिक्षाएँ आज भी अनगिनत आत्माओं को प्रेरित करती हैं...।'' यह कहकर नागा चुप हो गया था, उसने देखा थॉमस उसे एकटक देख रहा था। नागा ने कुछ क्षण चुप रहने के बाद अपनी बात को आगे बढ़ाते हुए कहा...

''1750 के दशक में भी यह दिव्य गाथा गोकुल के रग-रग में बसी हुई थी।

उस समय के गोकुल के ज़्यादातर घर मिट्टी और फूस के बने हुए थे, जिनकी दीवारें अक्सर कृष्ण के बचपन के दृश्यों को दर्शाती हुई रंगीन चित्रों से सजी होती थीं। गोकुल के लोग क़बीले की तरह एक दूसरे के आस-पास बसे हुए थे। आलम यह था कि जो कोई भी गोकुल के उन संकरे रास्तों पर चलता, उसे गोकुल के घरों में पकते हुए तरह-तरह के पकवानों और पूजा की धूप की ख़ुशबू एक साथ मिलकर स्वाद और धर्म के अनोखे एहसास में लपेट लेती थी। वहाँ के लोगों के लिए मोक्ष का रास्ता, ईश्वर की स्तुति के साथ-साथ स्वाद से भी होकर गुज़रता था, परंतु ऐसा नहीं था कि गोकुल में सिर्फ़ घास-फूस और मिट्टी के ही घर थे, बल्कि वह गाँव, भव्य हवेलियों और अत्यंत सुंदर और अद्भुत मंदिरों का ख़ज़ाना भी था। रास्ते में पड़ने वाला हर अगला मंदिर पहले देखे गए मंदिर से अधिक मनोहर और मन तृप्त करने वाला होता था। मंदिरों को बेहद ख़ूबसूरती से सजाया गया होता था। मंदिरों की विशेषता उनके ऊँचे कपाट होती थी, जिन पर दुर्लभ नक़्क़ाशी द्वारा शिल्पकला का अद्भुत नमूना पेश किया गया होता था। मंदिर में बज रही घंटियों की मधुर ध्वनि, पूजा में पढ़े जा रहे मंत्रों की आवाज़ के साथ मिलकर एक दैवीय माहौल तैयार करती थी और भक्ति गीतों की भावपूर्ण धुनें, रोज़मर्रा की ज़िंदगी का हिस्सा होती थीं। यमुना नदी के किनारे बसे उपजाऊ भूमि के कारण यह बड़ा गाँव सुख-समृद्धि से भरपूर था, जिसके कारण खेती और पशुपालन वहाँ का मुख्य पेशा था, इसलिए पालतू पशुओं का झुंड हर जगह दिखाई देना वहाँ की आम बात थी। 1750 के दशक में गोकुल का दैनिक जीवन स्वाभाविक रूप से प्रकृति पर निर्भर था और उससे जुड़ा हुआ था। एक छोटे शहर समान गाँव होने के बावजूद जिस तरह से गोकुल ने प्रकृति की सुंदरता के बीच ख़ुद को ढाला था, उससे ऐसा लगता था, मानो जैसे कृष्ण अब भी वहाँ रहते हों। गोकुल, हर महीने, हर वर्ष अपने यहाँ आने वाले तीर्थ यात्रियों और उनके द्वारा अलग-अलग लाई गई अपनी परंपरा, अपनी बोली और संस्कृति से बिना जुड़े नहीं रह पाया, या यूँ कहें, तो उन लोगों ने गोकुल को बेहद प्रभावित किया। गोकुल में यूँ तो हर त्योहार मनाया जाता रहा है, परंतु भगवान कृष्ण से संबंधित त्योहार बड़े ही उत्साह से मनाए जाते थे, हैं और रहेंगे, जैसे होली और कृष्ण जन्म दिवस के दिन गोकुल रौशनी, रंगों और हर्षोल्लास के एक ख़ूबसूरत और अद्भुत पर्व में बदल जाता था। ऐसा लगता था, जैसे उस दिन पूरा स्वर्ग लोक गोकुल

की ख़ुशियों में शामिल होने के लिए धरती पर उतर आया हो...।'' यह कहते-कहते नागा की आँखें रोमांच से चमक उठी थीं, ऐसा लग रहा था, जैसे वह अपनी आँखों देखी सुना रहा था। थॉमस के चेहरे पर एक अनचाही मुस्कुराहट तैर गई थी।

फिर नागा ने कहा, ''1750 के दशक में गोकुल में आम जन-जीवन, साधारण और बेहद सरल होने के बावजूद आध्यात्मिकता और आपसी भाईचारे की भावना से गहराई से जुड़ा हुआ था। गोकुलवासियों का आपसी प्रेम अलौकिक था, अद्वितीय था। वे अपने रोज़मर्रा के दैनिक कामों के बीच, शांति और सुकून को भी बराबर का स्थान देते थे। गाँव वासियों का ईश्वर में अटूट विश्वास था, लेकिन उस दिन अचानक गोकुल का वातावरण बदल गया, जिस दिन उसकी सड़कों और घास के मैदानों में एक हाहाकार गूँज उठा था...'' इतना कहकर नागा साधु अचानक ही चुप हो गया। थॉमस के अंतर्मन में भी एक हलचल पैदा हो गई थी, फिर नागा साधु ने थॉमस को घूरते हुए कहना शुरू किया... ''उस ढलती शाम की गोधूलि बेला में गाँववासियों ने गोकुल की हर एक दिशा से अस्त- व्यस्त आकृतियों को गाँव में प्रवेश करते देखा। पहले तो गाँववासी आकृतियों को पहचान नहीं पाए, लेकिन जैसे-जैसे आकृतियाँ क़रीब आती गईं, उनकी पहचान स्पष्ट होती गई। नागा साधुओं का जनसैलाब अपने शरीर पर भस्म मले हुए,अपने अतरंगी और स्वतंत्र व्यक्तित्व के साथ अपनी विकराल जटाओं और रुद्राक्ष की मालाओं से सजे हुए, गोकुल के मैदानी इलाक़े में भरने लगा था। असमय इतने सारे नागा साधुओं का गोकुल में जमा होना, गोकुल वासियों को हैरान भी कर रहा था और इस बात की सूचना दे रहा था कि कुछ बहुत बड़ा होने वाला है।

उन्होंने देखा, वर्षों की तपस्या से उलझे उनके जटा-जूट उनके सिर के पीछे लटक रहे थे या फिर जिसे ,उन्होंने भगवान शिव की तरह अपने सिर पर बाँध रखा था। उनका हर क़दम वर्षों के समर्पण, त्याग और अटूट विश्वास का प्रमाण था। उनके ठीक पीछे, चमकीले भगवा वस्त्र पहनी हुई साध्वियाँ चल रहीं थीं, जिनके माथे पर पवित्र तिलक लगे हुए थे। उन दिव्य साध्वियों के साथ भक्ति और अध्यात्म की एक धारा गोकुल में बह चली थी, जो उनकी आध्यात्मिक यात्रा को दर्शाता था, हालाँकि उन्हें नागा साधुओं की तरह अपने धर्म और अपनी संस्कृति पर आने वाले ख़तरे का

सामना करने के लिए युद्ध नीति के तहत प्रशिक्षित नहीं किया गया था, लेकिन बावजूद इसके धर्म और ईश्वर के प्रति उनकी प्रतिबद्धता उतनी ही गहरी थी, जितनी की पुरुष नागा साधुओं की थी। इन सब के बीच... अजा ने इतने महीने बाद अपने नंगे पैर को गोकुल के कोमल घास पर रखा था।'' अजा का नाम लेते ही नागा की आँखों में गर्व की आभा छलक उठी थी, जिसे पर्वतारोही भली-भाँति महसूस कर पा रहा था।

''अपनी कठिन यात्रा के बाद गोकुल की पवित्र भूमि का शीतल स्पर्श उसे आनंदित कर रहा था। आसमान में, डूबते सूरज की सुनहरी छटा छाई हुई थी, जिससे पेड़ों और घरों की लंबी-लंबी परछाइयाँ बन रही थीं। इस शांत वातावरण में, अजा के मन में बेचैनी और उत्सुकता का संचार हो रहा था, उसकी आँखें वहाँ उपस्थित हर एक नागा में बस एक ही पहचान को ढूँढ रही थीं, और वे थे... शंभूजी।

इतनी लंबी यात्रा की थकान न जाने कहाँ ग़ायब हो गई थी। अधिराज और दीनानाथ भी शंभूजी को ही ढूँढ रहे थे कि तभी अजा की निगाहें एक आकृति पर जाकर ठहर गईं, एक पुराने बरगद के पेड़ के नीचे एक नागा साधु ध्यान लगाए बैठा था, जो कोई और नहीं, बल्कि उसके पूज्य गुरु, शंभू जी ही थे।

'शंभूजी...!' अचानक ही अजा के होंठों से ये शब्द छिटक कर हवा में जैसे घुल गए थे। अजा ने मुस्कुराते हुए शंभूजी की ओर ऐसे देखा था, जैसे कोई बेटा, विदेश से लंबी यात्रा से लौटने के बाद अपने पिता की ओर देखता है। अजा के पास आने के आभास से शंभूजी ने भी अपनी आँखें ऐसे खोल दीं, जैसे वे अपनी आँखें बंद कर ध्यान में अजा का ही स्मरण कर रहे थे और जैसे उन्हें पता चल गया हो कि अजा उनके क़रीब आ चुका है। अजा को देखकर शंभूजी के चेहरे पर वात्सल्य से सराबोर एक प्यारी सी मुस्कान तैर गई थी। शंभूजी का मन उसे देखकर द्रवित हो उठा था। वे अपने पसंदीदा शिष्य को देखकर अपने मन के भाव को छुपा नहीं पाए और उनकी पलकें ख़ुशी से भीग उठी थीं।

'अजा...!' कहते हुए उन्होंने राहत और तृप्ति भरी लंबी साँस छोड़ी और झट से खड़े हो गए , जबकि अजा अपने झटकते हुए क़दमों से उनके पास पहुँच कर उनसे आशीर्वाद लेने के लिए उनके पैर छूने झुका ही था

कि शंभूजी ने बीच में ही उसे रोककर गले से लगा लिया। एक दूसरे से भावपूर्ण मिलन के बाद दोनों जब अलग हुए, तो उन दोनों के बीच एक गहरी ख़ामोशी छा गई थी। अजा और शंभूजी के चेहरों पर एक ख़ास क़िस्म का तनाव स्पष्ट दिख रहा था।

'तुमने सुना?' शंभूजी ने फुसफुसाती हुई सी धीमी आवाज़ में कुछ इस तरह कहा था, मानो अगर आवाज़ थोड़ी भी ऊँची हुई, तो उनके अंतर्मन का द्वंद बाहर भी दिखने लगेगा। उनके द्वारा पूछे जाने पर अजा ने 'हाँ'...में अपना सिर हिलाया। उसकी आँखें स्थिर थीं। अफ़ग़ान सैनिकों और उनकी कही न जा सकने वाली क्रूरताओं की आहटें कुछ इस तरह भारतवर्ष की आत्मा में बस चली थीं कि जीवन देने वाली इन हवाओं को भी अपने फेफड़े में भरने में लोगों को तकलीफ़ महसूस हो रही थी, क्योंकि दूर से आती हुई ये हवाएँ अपने साथ उन निर्दोष लोगों की दर्दनाक मौतों की चीखें और पीड़ा में डूबी हुई कराहटें भी लेकर आती थीं। वे राक्षस बिना वजह, किसी मानसिक रोग की तरह थोपे गए अपने धर्म को न मानने के कारण लोगों को मौत दे रहे थे। शंभूजी ने अपने शिष्य की आँखों में गहराई से देखा, चिंता की एक तीखी लहर उनके मन में घर कर गई थी...

'लगता है, धर्म और मानवता के लिए युद्ध करने का समय आ गया है...' शंभूजी ने कहा, जिसके जवाब में अजा ने कुछ नहीं कहा और अपनी आँखों में आँसू लिए आसमान में धीरे-धीरे ऊपर उठ रहे पूर्णिमा के चाँद को देखता रहा। उसके चेहरे पर तो एक शून्यता थी, लेकिन उसकी आँखों में एक अनजानी सी लौ सुलग उठी थी।

कुछ देर तक दोनों चुपचाप यूँ ही बैठे रहे। अब और कुछ कहने की ज़रूरत नहीं थी, क्योंकि शंभूजी,जो भाव अजा की आँखों में देख सकते थे, वही भाव अजा, शंभूजी की निगाहों में देख सकता था। उन दोनों को इस बात का भली-भाँति एहसास था कि इस तूफ़ान को रोकना, अजा के जीवन का मुख्य उद्देश्य था और अजा को इस महासंग्राम के लिए तैयार करना शंभूजी का। अजा ने अपने गुरु के कंधे पर आश्वासन भरा हाथ रखते हुए कहा... 'आपके द्वारा दी गईं शिक्षाएँ ही मेरा सहारा रही हैं, शंभूजी, और आप जानते हैं, मैं किसी भी परिस्थिति के लिए तैयार हूँ...,' अजा के इतना कहते ही बूढ़े नागा शंभूजी ने अपने शिष्य की ओर कुछ ऐसे

स्नेहपूर्वक देखा, मानो उन्होंने मौन रहकर उत्तर दिया हो, 'तुम मेरी आत्मा हो अजा, मुझे तुम पर पूरा भरोसा है'...दोनों के बीच एक चुप्पी ज़रूर थी, लेकिन उन दोनों की मनोभूमि में एक अनकहे युद्ध की शुरुआत हो चुकी थी। उन्हें अच्छे से पता था कि सामने आने वाली चुनौती कितनी कठिन है...युद्ध का भार उन पर दबाव बनाने लगा था, फिर भी, उनके मन में किसी भी प्रकार की कोई उलझन नहीं थी। उन्हें अपना कर्तव्य और अपना लक्ष्य दोनों अच्छे से पता था और ऐसा तब होता है, जब इंसान के मन में दृढ़ निश्चय हो और उसे अपने भाग्य पर पूर्ण विश्वास हो...और ऐसा ही विश्वास अजा और शंभूजी दोनों के अंतर्मन को था। नियति को सब मालूम था कि गोकुल की दुनिया बदलने वाली थी, लेकिन अजा और शंभूजी के साथ उनके तमाम नागा रक्षकों की भावना भी दृढ़ थी। उन्हें आने वाली किसी भी परिस्थिति के वास्ते लिए जाने वाले किसी भी फ़ैसले को लेकर अपने कर्तव्य के प्रति कोई संदेह नहीं था।

1700 के दशक में गोकुल में मंदिरों की संख्या 1,000 से अधिक थी, जो मुख्यतः पूजा स्थल के रूप में विद्यमान थे, लेकिन साथ ही वे शिक्षा और संस्कृति के केंद्र के रूप में भी विख्यात थे, जहाँ प्राचीन शास्त्रों और ग्रंथों को पढ़ाया जाता था। गोकुल के सबसे प्रमुख मंदिरों में गोकुलनाथ मंदिर, राजा ठाकुर मंदिर और मदन मोहन मंदिर का नाम आता है। मंदिर सिर्फ़ अध्यात्म और शिक्षा के केंद्र नहीं थे, बल्कि मंदिर कला की शिक्षा और उसके प्रदर्शन के भी मुख्य केंद्र थे, जहाँ संगीत, नृत्य और नाटक के प्रदर्शन होते रहते थे। ये मंदिर समय की मार और विभिन्न आक्रमणों के बावजूद, आज भी अपनी पहचान और अपने इतिहास को समेटे खड़े हैं। ये मंदिर उस काल की धार्मिक उन्नति और स्थापत्य कला की गवाही देते हैं... और शुक्ल पक्ष की उस रात में भी इन मंदिरों का हर पत्थर, उसकी हर नक़्क़ाशी, एक बीते युग की कहानी की तरह ही लग रहे थे, जिससे वातावरण में भक्ति और श्रद्धा की गहरी भावना भर गई थी...।'' नागा आगे कुछ कहता, उससे पहले ही थॉमस ने नागा से पूछा...,

''शुक्ल पक्ष! व्हाट डज़ दैट मीन...?'' थॉमस के पूछने पर नागा ने कहना शुरू किया, ''शुक्ल पक्ष..!, यह हमारी हिंदू परंपरा से लिया गया शब्द है। दरअसल, हिंदू धर्म में चंद्र मास को दो हिस्सों में बाँटा गया है, जहाँ पहले पंद्रह दिन में हर रात चंद्रमा पूरा आकार लेता हुआ चमकता

जाता है, तब उसे शुक्ल पक्ष या उज्ज्वल पक्ष के रूप में जानते हैं और दूसरे पंद्रह दिन में, जब चंद्रमा घटता है, तो उसे कृष्ण पक्ष या अंधेरा पक्ष के रूप में जाना जाता है...। '' यह कहकर नागा ने थॉमस को देखा, उसे शायद नागा की बात समझ आ चुकी थी, परंतु कुछ क्षण तक सोचने के बाद उसने पूछा...

''बट ह्वाइ इज़ द फर्स्ट डे ऑफ़ शुक्ल पक्ष सो इम्पॉर्टेन्ट...?'' थॉमस ने उत्सुकता से पूछा।

नागा ने थॉमस को समझाते हुए कहा, ''शुक्ल पक्ष का वह पहला दिन, जिस दिन आप चाँद को मुश्किल से देख पाते हैं, उसे *प्रतिपदा (हिंदू पंचाग की पहली तिथि को प्रतिपदा कहते हैं)*...के नाम से जाना जाता है। उस दिन, हम चंद्र दर्शन करते हैं और चंद्र देव से प्रार्थना करते हैं, उनका आशीर्वाद माँगते हैं। ऐसा माना जाता है कि चंद्र देव हमारे जीवन में समृद्धि सफलता और मन की शांति देते हैं। चंद्र दर्शन करना हमारे लिए ईश्वर से जुड़ने और हमारे जीवन में घटने वाली सारी अच्छी घटनाओं के लिए आभार व्यक्त करने का एक तरीक़ा है। साथ ही, ज्योतिष में, चंद्रमा हमारी भावनाओं से जुड़ा हुआ है, इसलिए यह हमारी भावनाओं को संतुलित रखने में मदद करता है। चंद्रमा को पृथ्वी का एक चक्कर पूरा करने में उनतीस दिन लगते हैं, जहाँ पृथ्वी के चारों ओर चक्कर लगाते हुए चंद्रमा का गुरुत्वाकर्षण इतना मज़बूत होता है कि यह पृथ्वी पर समुद्रों की लहरों पर भी प्रभाव डालता है। जब आसमान में पूरा चाँद होता है, तो लहरें तेज़ होती हैं, उन्हें ज्वार और जब आसमान में चाँद घटता जाता है, तो लहरें भी छोटी होती जाती हैं, जिन्हें भाटा कहा जाता है। ये ज्वार-भाटा विभिन्न मौसमों के दौरान मौसम की स्थिति के अनुसार अपना प्रभाव डालते हैं। ये कई समुद्री प्रजातियों और यहाँ तक कि ज़मीन पर रहने वाले जानवरों के जीवन चक्र को भी प्रभावित करते हैं, इसलिए कृष्ण पक्ष की रात को बैठकर ध्यान करना चाहिए, क्योंकि उस रात चंद्रमा का खिंचाव सबसे अधिक होता है और ध्यान में बैठने और रीढ़ को सीधा रखने से महत्त्वपूर्ण आध्यात्मिक विकास होता है। ऐसा करने वाला व्यक्ति आत्मज्ञान को भी प्राप्त कर सकता है। इस दिन साधु-साध्वियाँ विशेष अनुष्ठानों के लिए जमा होते हैं और प्रार्थनाएँ करते हैं। वे मंत्रों का जाप करते हैं और देवताओं से आशीर्वाद माँगते हैं। यह एक शक्तिशाली समय होता है, ख़ासकर भगवान

शिव के आशीर्वाद के तहत, जिनके लिए इनमें से कई साधु अपना जीवन समर्पित करते हैं...।''

'बट ह्वाइ लॉर्ड शिवा?' अँग्रेज़ ने एक बार फिर नागा से, अपने मन में उठ रहे द्वंद को प्रश्न के रूप में पूछा।

तब नागा ने गंभीरता से कहा, ''क्योंकि शुक्ल पक्ष, भगवान शिव से जुड़ा हुआ है। भगवान शिव, ब्रह्मांड को नियंत्रित करने वाले और बुराई का सर्वनाश करने वाले हैं। हमारी हिंदू परंपरा में *प्रतिपदा* का विशेष महत्त्व है। ऐसा माना जाता है कि इस दिन भगवान शिव और देवी पार्वती ने सृजन, विनाश और पुनर्जन्म का अपना दिव्य नृत्य शुरू किया था। भगवान शिव को समय और परिवर्तन का देवता माना जाता है। चंद्रमा का चक्र और उसकी स्थिति, भगवान शिव द्वारा नियंत्रित... जीवन, मृत्यु और पुनर्जन्म के चक्रों का प्रतीक हैं। अर्धचंद्र जब ऊपर चढ़ जाता है और उसकी कोमल चमक जब बहती नदी को चाँदी की तरह चमक प्रदान करती है, तब इस रात की ऊर्जा, शिव के आशीर्वाद के साथ मिलकर, *महान परिवर्तन* और *पुनर्स्थापन* कर सकती है। भगवान के कई उपासक उनका आशीर्वाद पाने के लिए उस दिन उपवास और पूजा भी करते हैं...।''

''सो बैसिक्ली, इट्स ए ट्रेडिशन ऑफ़ फास्टइंग एंड प्रेयर्स...,'' थॉमस ने नागा साधु की बात से सहमत होते हुए कहा। शायद उसे अपना जवाब मिल गया था, लेकिन थॉमस नागा की बात को जिस तरह समझा था, उससे अब नागा सहमत नहीं था, इसलिए उसने उस पर्वतारोही को एक बार फिर समझाते हुए कहा... ''बात सिर्फ़ प्रार्थना और उपवास की नहीं है, थॉमस!!, यह हमारे आस-पास के ब्रह्मांड की सुंदरता और अद्भुत बनावट की सराहना करने जैसा है। याद रखो, चंद्रमा के प्रत्येक चरण का अपना आकर्षण और महत्त्व है, ठीक वैसे ही जैसे हमारे जीवन के हर चरण का होता है...,'' नागा के इतना कहते ही, उसके शब्द की तरह वह रात भी अचानक ही जीवंत हो उठी थी। थॉमस की नज़रें एक बार फिर चमकीले सफ़ेद पहाड़ों पर पड़ीं, जो अब नरम चाँदी की रौशनी में नहाए हुए थे। उसे चाँद, भगवान शिव और इस संस्कृति में समाए हुए गहन ज्ञान के लिए एक नया सम्मान महसूस हुआ...। उसने एक लंबी साँस छोड़कर नागा से कहा... ''व्हॉट हैपन्ड आफ़्टर दैट...?''

नागा की आँखें भी बाहर के नज़ारे को देख रही थीं। थॉमस के पूछने पर उसने एक पल के लिए उसकी ओर देखा, मुस्कुराया और कहना शुरू किया, ''तो उसके बाद हुआ यह कि उस रात गोकुल में वापस आकर, परिस्थितियों की जाँच-परख करने के बाद अजा ने शंभूजी से कहा... 'शंभूजी, आपकी अनुमति हो, तो मैं ध्यान के लिए एकांतवास में जाकर आज रात के अनुष्ठान की तैयारी करना चाहता हूँ...।'

अजा के इतना कहते ही शंभूजी ने सहमति में सिर हिलाया और कहा, 'अवश्य जाओ...,' अजा को सहमति देते समय शंभूजी की आँखें गर्व से चमक उठी थीं। उन्होंने आगे कहा... 'बेटा, शुक्ल पक्ष की ऊर्जा का उपयोग करो और भगवान शिव को अपनी आत्मा का मार्गदर्शन करने दो।'

'अवश्य शंभूजी...,' अजा ने कहा और कंधे पर धनुष-बाण लिए हुए वह वहाँ से अनुष्ठान के लिए निकल गया। गोकुल में नागा साधुओं की उपस्थिति और किसी अनहोनी की हल्की गूँज के बीच, जिस क्षण अजा ख़ुद को आने वाली शुक्ल पक्ष की पवित्र रात्रि के लिए तैयार कर रहा था, उसी क्षण गोकुल में एक और पवित्र समारोह चल रहा था, जहाँ ज़मीन में एक बड़ा गड्ढा खोदा गया था, जिसके चारों ओर बहुत से लोग इकट्ठे हुए थे। उनके चेहरे पवित्र अग्नि की गर्म, काँपती लपटों से जगमगा रहे थे। नागा साधुओं के नेता, मठाधीश...बीच में मंच पर बैठे थे और उनके चारों ओर नागा साधु पालथी मार के बैठे थे। उन सब का ध्यान हवन पर था। मठाधीश की आँखें भीड़ को देख रही थीं और कुछ देखते रहने के बाद उनकी गहरी, भारी और अर्थपूर्ण आवाज़ चारों दिशाओं में गूँज उठी, जहाँ उन्होंने वहाँ उपस्थित उन तमाम नागा साधुओं से पूछा, जो गोकुल में ख़ुद के बुलाए जाने का कारण जानना चाहते थे। 'हमारे पंथ की स्थापना क्यों हुई थी, इस उद्देश्य को पहले से कहीं ज़्यादा, आज जानने और समझने की ज़रूरत है...' अपनी बात को पूरी गर्मजोशी से कहकर मठाधीश कुछ पल के लिए ख़ामोश हो गए थे। कुछ पल तक चारों ओर एक गहरी ख़ामोशी छा गई थी। सारे नागा साधु और साध्वी मठाधीश की ओर देख रहे थे।

'हम केवल तपस्वी नहीं हैं, बल्कि हम धर्म के रक्षक भी हैं। शंकराचार्य द्वारा निर्मित एक ऐसी शिव की सेना, जो हमेशा से यह जानती है कि वह रात आएगी, जब धर्म की रक्षा के लिए हमें असुरों के सामने युद्ध करने के

लिए उतरना होगा और युद्ध करना होगा, जान देनी होगी और जान लेनी भी होगी...,' इतना कहकर मठाधीश कुछ पल तक रुके और कहा... 'और वह समय आ गया है,जहाँ हमें इस कठिन समय में एक महान योद्धा के साथ-साथ एक ऐसे बुद्धिमान व्यक्ति की आवश्यकता है, जिसमें वीरता, साहस, आत्मविश्वास के साथ-साथ दूरदर्शिता भी हो, इसलिए, मैंने अजा को अपना नेता चुनने का फ़ैसला किया है। उसे आप सभी अपना भरोसा, अपना अटूट विश्वास दीजिए, और समर्थन भी ,क्योंकि हमारे सामने चुनौती बहुत बड़ी है...।' इतना कहकर मठाधीश चुप हो गए और सभी नागा साधुओं और साध्वियों की ओर देखने लगे। विशालकाय शरीर के स्वामी नारायण ने बिना एक पल गँवाए, अजा के समर्थन में अपना पहला हाथ उठाया था। अजा का नाम पुकारते ही अजा ने सभा के केंद्र में क़दम रखा। उसके कंधों पर अब नेतृत्व का भार आ पड़ा था, जो उसके चेहरे की चमक में साफ़-साफ़ दिख रहा था। उसकी आँखें पहले के मुक़ाबले और ज़्यादा चमक उठी थीं। सभी नागा साधु और साध्वी हाथ उठाकर अपने नेता का समर्थन कर रहे थे और साथ ही साथ उसका आत्मविश्वास भी बढ़ा रहे थे। अजा के नेता चुने जाने के बाद, उसके नेतृत्व को लेकर उत्साहित नागा साधुओं के समूह को अजा संबोधित करता कि तभी अचानक सभा में घोड़े की टापें सुनाई देने लगीं। सभी नागा साधु आवाज़ की ओर मुड़े, एक क्षण उन्हें लगा, जैसे दुश्मन ने आक्रमण कर दिया है। कई नागा युद्ध करने की स्थिति में भी आ चुके थे कि तभी उन्होंने देखा, एक आदमी ख़ून से सने हुए कपड़े में अपने घोड़े के लगाम को किसी भी तरह से पकड़े , और घोड़े को भगाता हुआ सभा की ओर दौड़ता चला आ रहा है। घोड़े पर बैठे उस अजनबी की स्थिति ऐसी थी कि वह घोड़े की पीठ पर लटका हुआ था और उससे कभी भी गिर सकता था। मठाधीश सहित सभी नागा साधु धीरे-धीरे नज़दीक आती उस आकृति को और बड़ी होती हुई देख रहे थे। शंभूजी की पैनी निगाहें भी उस आकृति को घूर रही थीं, जो उनकी सभा के समीप आती जा रही थी। अचानक शंभूजी की आँखें आश्चर्य से फैलती चली गईं, जैसे वे घोड़े पर बैठे आदमी को पहचान गए हों। शंभूजी झटके से खड़े हो गए और नागा साधुओं की ओर देखकर ज़ोर से चिल्लाए... 'रास्ता बनाओ!'

इधर, घोड़ा जैसे-जैसे मैदान में घुसता जा रहा था, उसकी चाल बढ़ती जा रही थी और साथ ही उस पर सवार की ताक़त हर क़दम के साथ कम होती जा रही थी। घोड़ा आख़िरकार जब रुका, तब उस पर सवार की गर्दन झुक गई, घोड़े की लगाम पर उसकी पकड़ ढीली पड़ गई। वह मूर्छित होकर घोड़े से गिरता, उससे पहले ही उसे मज़बूत बाँहों ने पकड़ लिया था।

'ध्रुव...!' शंभूजी की आवाज़ में आश्चर्य और चिंता में डूबी हुई घबराहट थी। वह ध्रुव था, जिसकी नज़रें धीरे-धीरे धुँधली होती जा रही थीं। उसने अपनी खोती हुई सी फुसफुसाती आवाज़ में कुछ कहा था, जिसे मुश्किल से शंभूजी सुन सके थे।

ध्रुव ने बहुत कोशिश करके अपने मुँह को शंभूजी के कान के पास ले जाकर कहा... 'वे... वे गोकुल आ रहे हैं,' ध्रुव एक-एक शब्द बोलने के लिए जैसे संघर्ष कर रहा था, या यूँ कहें तो इस वक़्त उसके द्वारा बोले जा रहे प्रत्येक शब्द उसकी बची हुई शक्ति को ख़त्म कर रहे थे, पूरी तरह से होश खोने से पहले उसने अपनी आख़िरी कोशिश करते हुए कहा... 'वे किसी को नहीं छोड़ेंगे... वे... हर एक को मार देंगे... अ..अ...आप सभी के पास...केवल दो रातें हैं ...वे...वे...आ रहे...हैं।'

'कौन...? कौन आ रहे हैं...?' अजा ने आगे बढ़ते हुए ध्रुव से पूछा था।

ध्रुव ने अभी भी शंभूजी की ओर ही देखते हुए कहा, 'अफ़ग़ान सेना...।' "

7

बदला और एहसास

"मूर्छित होने के बाद जब ध्रुव की आँखें खुलीं, तो उसने अपने आप को मद्धिम रौशनी वाली झोंपड़ी के अंदर लेटा पाया। उसके आस-पास कुछ नागा साध्वियाँ खड़ी थीं, जो उसे जल्द-से-जल्द स्वस्थ करने के लिए पूरे जी-जान से उसकी सेवा कर रही थीं। ध्रुव की नज़रें अब भी धुंधली थीं, वह यह याद करने की कोशिश कर रहा रहा कि वह यहाँ क्यों है! वह कुछ सोच पाता, उससे पहले ध्रुव को महसूस हुआ कि वह अब थोड़ा बहुत हिल-डुल सकता था, साथ ही उसकी ताक़त भी पहले के मुक़ाबले कुछ लौटी थी, तभी उसकी नज़र अपने घावों पर गई। उसने देखा, साध्वियों ने उसकी फटी हुई माँसपेशियों को सावधानीपूर्वक सिल दिया था, और वह काम इतनी सफ़ाई से किया गया था कि ध्रुव को भी आश्चर्य हुआ, क्योंकि उसने बस इतना जाना था कि नागा एक लड़ाका समुदाय है, फिर इतनी अच्छी शल्यचिकित्सा *(सर्जरी)* यहाँ कौन जानता है... ध्रुव के मन में उठ रहे सवाल तो वजिब थे, लेकिन उनका जवाब जो वह नहीं जानता था, वह यह था कि महिला साध्वियों को वर्षों से पवित्र जड़ी बूटियों और औषधियों के इस्तेमाल का अच्छे से पता होता था और इसके अलावा वे पारंपरिक उपचार के तरीक़े भी जानती थीं, जिसका इस्तेमाल वे ऐसी किसी भी संघर्ष की घड़ी में तब करती थीं,जब कहीं कोई नागा साधु घायल हो जाता था।

ख़ैर, बीतते वक़्त के साथ साध्वियों द्वारा किए गए इलाज के चमत्कारी प्रभाव अब दिखने लगे थे। ध्रुव का घाव तेज़ी से भर रहा था और साथ ही साथ उसके घावों का दर्द भी कम हो गया था। ध्रुव ने महसूस किया, जहाँ औषधीय लेप लगाए गए थे, वहाँ उसे एक अद्भुत ठंडक का

एहसास हो रहा था, हालाँकि उसके शरीर पर लगे एक-एक ज़ख़्म ये बताने के लिए काफ़ी थे कि वह किन ख़तरों से जूझ कर आया था... ध्रुव अपने कमरे में लेटा हुआ अपनी ज़िंदगी में बीते, पिछले चार दिन और उनमें घटित घटनाओं को याद कर बेहद हताश हो गया था। उसकी आँखें भर आई थीं, तभी अजा और शंभूजी उस झोंपड़े में पहुँचे, जहाँ ध्रुव ज़ख़्मी हालत में निराश लेटा हुआ था। उसने सबसे पहले अपने आँसुओं को छुपाने के लिए अपने सिर को दूसरी दिशा में मोड़ लिया, फिर कुछ क्षण के बाद ख़ुद को सामान्य दिखाते हुए उसने पलट कर अजा और शंभूजी की ओर देखा, उसने पहली बार अजा को देखा था और देखता ही रह गया था। अजा की शख़्सियत ध्रुव के लिए अविस्मरणीय थी। उसने उस जैसा बलिष्ठ इंसान अपनी ज़िंदगी में पहली बार देखा था। अजा, ध्रुव को घूरता हुआ झोंपड़े के दरवाज़े के पास खड़ा था, उसकी आँखें गहरी चिंता से भरी हुई थीं, जबकि शंभूजी उसके बगल में आकर बैठ गए थे। ध्रुव ने देखा दोनों नागा साधुओं का चेहरा प्रातः काल की पूजा से प्राप्त पवित्र भस्म से लिपटा हुआ था, परंतु भस्म में लिपटी उन आँखों में ध्रुव के लिए आत्मीयता के भाव थे, जिसे वह भस्म भी छुपा नहीं पाई थी और उन दोनों नागाओ के भीतर छुपी गहरी सहानुभूति और करुणा को उजागर कर रहा था। वह जिस तरह और जिस रूप में वहाँ उपस्थित थे, उसे देख कर ऐसा प्रतीत होता था कि उनका इस सांसारिक मोह माया से कोई लेना-देना नहीं था। कुछ पल यूँ ही बैठे रहने के बाद शंभूजी ने ध्रुव की हथेलियों को अपने हाथ में स्नेह से लेते हुए कहा... 'ध्रुव, मुझे सब कुछ बताओ, क्या हुआ था तुम्हारे साथ...।' शंभूजी ने पूछा तो था, लेकिन साथ ही उनके माथे पर चिंता की लकीरें गहरी होती चली गई थीं। शंभूजी के पूछने पर ध्रुव ने उनकी ओर देखा और फिर अपनी गर्दन को दूसरी ओर मोड़ के सुबक-सुबक कर रोने लगा। उसके मन में इस वक़्त वही सारी बातें गूँज रही थीं, जब उसके और शंभूजी के बीच गुरुकुल के अंदर ज़ोरदार बहस हुई थी और वह शंभूजी को मूर्ख साबित करने पर तुला हुआ था, लेकिन आज उसका मन इस बात की गवाही दे रहा था कि वह ग़लत था...। ध्रुव के मन में क्या चल रहा था, यह शंभूजी भाँप गए थे, फिर उन्होंने ध्रुव को समझाते हुए कहा... 'चुप हो जाओ ध्रुव, बीती हुई बातों पर सज्जन पुरुष पश्चताप नहीं करते। अब समय है भविष्य को सुरक्षित करने का, इसलिए इस वक़्त तुम्हारा वह सब बताना

अत्यंत आवश्यक है, जो तुमने झेला है...।' शंभूजी के इतना कहते ही ध्रुव उनकी ओर मुड़ा और बिना समय गँवाए कहना शुरू किया, हालाँकि अब भी उसकी आवाज़ काफ़ी धीमी थी, जिसे सुन पाने के लिए शंभूजी को उसकी ओर झुकना पड़ा। ध्रुव ने गहरी साँस ली और शंभूजी की आँखों में देख कर कहना शुरू किया... 'आपके गुरुकुल से जाने के एक दिन बाद, अब्दाली की एक छोटी टुकड़ी महेश्वर से होकर गुज़र रही थी। मैं बच्चों को पढ़ाने में तल्लीन था और मेरे छात्र भी शांतमन से पढ़ाई कर रहे थे कि तभी गाँव में शोर-गुल मचना आरंभ हुआ। ज़्यादातर महिलाओं और बच्चियों के चिल्लाने की आवाज़ आ रही थी। वैसी करुण चीख-पुकार मैंने कभी नहीं सुनी थी। मैं डर गया और यह पता लगाने के लिए कि क्या हो रहा है, मैं गाँव की ओर भाग कर गया। गाँव में पहुँचते ही मैंने एक ऐसा भयवाह दृश्य देखा, जिसकी मैं कल्पना तक नहीं कर सकता था। अफ़ग़ान सैनिक निर्दोष लोगों की हत्याएँ कर रहे थे। कड़ी धूप में चमकती उनकी नंगी तलवारें असहाय लोगों की गर्दन को धड़ से अलग करती जा रही थीं। उस हृदय विदारक दृश्य के बीचों-बीच एक युवा अफ़ग़ान नेता सबसे आगे खड़ा था और उन सभी आक्रमणकारियों को लोगों का क़त्ल करने का आदेश दे रहा था। उसने गहरे भूरे रंग के चमड़े के कपड़े पहन रखे थे। उसके सिर पर बड़ी सी पगड़ी थी, जिसके आगे चिड़िया के पंख का एक फर था। उस पर शाही निशान बना हुआ था। मुझे समझ आ गया कि वे ही उस अफ़ग़ानी राक्षसों के दल का सूबेदार था।'

'नगर में असंख्य निर्दोष हिंदू पुरुषों की हत्या और लूटपाट तथा हिंदू महिलाओं और बच्चियों के साथ बलात्कार करने और उन्हें जानवरों की तरह बंदी बनाने के बाद, उसने अपनी तलवार को तानते हुए अपना हाथ उठाया और सैनिकों को उस ओर बढ़ने का आदेश दिया, जिस ओर गुरुकुल था। उस राक्षस का चेहरा मैं कभी नहीं भूल सकता। उस पिशाच के कुरूप चेहरे पर गालों की हड्डियाँ बाहर निकली हुई थीं। उसका जबड़ा, उसकी जंगली काली दाढ़ी और उसके अस्त-व्यस्त बालों के पीछे छुपा हुआ था। वह इंसान, निर्दयता और भयावहता का डरावना मिश्रण था। उसके एक आदेश पर उसके आतंकी एक बार फिर निर्दोष हिंदुओं पर हमला करने के लिए तैयार थे। अब वे गुरुकुल की ओर बढ़ रहे थे, मैं डर गया और अपने छात्रों के प्राणों की रक्षा के लिए गुरुकुल की ओर भागना शुरू किया। मेरे

मन में बुरे-बुरे ख़याल आ रहे थे। मेरा पूरा अस्तित्व जैसे थम सा गया था। मैं अपने छात्रों को उनकी तरफ़ बढ़ रहे ख़तरे से बचाने के लिए भागता चला जा रहा था, मुझे जल्द से जल्द गुरुकुल पहुँचना था कि तभी अचानक, मेरी पीठ में तेज़, जलन वाला दर्द उठा और एक क्रूर हँसी मेरे पीछे गूँज उठी। एक अफ़ग़ानी आक्रांता मेरे पीछे घोड़े पर सवार होकर दौड़ रहा था, उसने मेरी पीठ पर अपनी तलवार से हमला कर दिया था। मैं ज़मीन पर गिर पड़ा और मारे दर्द के बेहोश हो गया, लेकिन मैं अपनी उस मूर्छित अवस्था में भी अपने बच्चों की दर्दनाक चीखें सुन सकता था, उनकी मदद की पुकार को सुन सकता था, उन छोटे-छोटे बच्चों को बेरहमी से मारते उन असुरों की हँसी को सुन सकता था...।'

यह कहते-कहते ध्रुव ज़ोर-ज़ोर से रोने लगा। उसके अंतर्मन की तकलीफ़ अजा और शंभूजी दोनों तक पहुँच रही थी, जिसके कारण उन दोनों की आँखें भी भीग उठीं। ध्रुव, शंभूजी के बार-बार चुप कराने पर भी फूट-फूट कर रोते हुए कहता जा रहा था... 'मैं अब भी उन्हें दया और मदद के लिए पुकारते हुए सुन सकता हूँ, बाबा।' यह कहते-कहते ध्रुव की साँसे रोते-रोते उखड़ने लगीं। उसका हृदय, असहनीय रूप से उठ रहे दर्द के कारण भारी होता जा रहा था। झोंपड़ी में करुणा और तकलीफ़ से भरी भावुकता की धारा बह चली थी। वहाँ का माहौल बोझिल होता जा रहा था। ध्रुव के इलाज के लिए उपस्थित साध्वियाँ भी वहाँ आ गई थीं और उनका भी हृदय, ध्रुव की बातें सुनकर पीड़ा और करुणा से भारी होता जा रहा था। आँचल से अपने आँसुओं को पोंछती हुई साध्वियाँ शंभूजी और अजा के चेहरे पर उठ रही क्रोध की अग्नि को साफ़-साफ़ देख सकती थीं। ध्रुव ने आगे बोलने के लिए एक गहरी साँस ली और कहा... 'जब मैंने अपनी आँखें खोलीं, तो मैंने ख़ुद को एक चटाई पर लेटा हुआ पाया, मैं नहीं जानता, मैं कहाँ था, लेकिन मेरी पीठ साफ़-सुथरी पट्टियों में लिपटी हुई थी। उपचार के लिए लगाई गई जड़ी-बूटियाँ मेरे घावों पर चुभ रही थीं। एक वैद्य मेरे पास बैठा हुआ बर्तन में औषधि के मिश्रण को घोल रहा था, ताकि मुझे पिला सके, उस वैद्य के चेहरे पर दुख और कष्ट की गहरी छाया साफ़-साफ़ झलक रही थी। मेरे होश आते ही सबसे पहले ताक़त जुटाकर, मैंने उस वैद्य से अपने छात्रों, गुरुकुल और गाँव वालों के बारे में

पूछा। मैं उनके बारे में जानना चाहता था, लेकिन वह वैद्य, मेरी ओर अपनी करुणामयी आँखों से देखता रहा और चुप रहा।'

'मेरे मन में रह-रह कर बुरे ख़याल आ रहे थे, क्योंकि शायद मैं अब भी अपनी बेहोशी के दौरान सुनाई पड़ रही अपने छात्रों की चीखों को सच नहीं मानना चाहता था...,' ऐसा कहते-कहते ध्रुव और ज़ोर से फूट-फूट कर रोने लगा। उसकी रुलाई सुन कर धीरे-धीरे और नागा साधु भी वहाँ जमा होने लगे थे, जबकि अजा, शंभूजी और साध्वियों की आँखों से आँसू की धारा लगातार बहती जा रही थी...।

ध्रुव ने किसी तरह अपनी भावनाओं पर क़ाबू करते हुए आगे कहा... 'मेरा मन सब कुछ जानने के लिए व्याकुल हो उठा, लेकिन मैं अच्छी तरह जानता था कि मुझे वस्तुस्थिति के बारे में ख़ुद ही पता करने की ज़रूरत थी, इसलिए जब मेरे आस-पास कोई नहीं था, तब मैं झोंपड़ी की दीवार के सहारे किसी तरह अपने पैरों पर खड़ा हुआ, और गुरुकुल की ओर चल पड़ा। गुरुकुल की ओर बढ़ते मेरे एक- एक क़दम मेरे कष्टों की शारीरिक और भावनात्मक रूप से अग्नि परीक्षा ले रहे थे। हृदय में उठ रहे कुछ बुरा घटे होने के ख़याल को मैं किसी भी तरह दबा नहीं पा रहा था। मेरी आँखों से आँसू नहीं थमते थे। जब मैं किसी भी तरह अपने गुरुकुल पहुँचा और जो देखा, उससे मेरा हृदय तार-तार हो गया, मैं कल्पना भी नहीं कर सकता था कि विद्या के उस मंदिर में कुछ ऐसा भी घट सकता है। एक ही क्षण में मेरे हृदय के हज़ारों टुकड़े हो गए थे, बाबा...,' यह कहकर ध्रुव ने शंभूजी को देखा। रो-रो कर उसकी आँखें लाल हो चुकी थीं। उस क्षण ध्रुव हृदय में उठ रही भावनात्मक पीड़ा के कारण तकलीफ़ से काँप रहा था। कुछ क्षण तक रोते रहने के बाद, ध्रुव ने अचानक ज़ोर-ज़ोर से कहना शुरू किया... 'गुरुकुल के प्रांगण में भयानक सन्नाटा था। मेरे प्रिय छात्रों के शव हर जगह बिखरे पड़े थे। उनमें से किसी के हाथ नहीं थे, तो किसी के पैर नहीं थे, तो किसी की आँखें निकाल ली गई थीं...।' ध्रुव रोते-रोते ये सब कहता जा रहा रहा था, उसने आगे कहा... 'एक ब...ब च्चे को उन मजहबी असुरों ने बीच से फाड़ डाला था, जिसका एक भाग तो वहाँ था, लेकिन उस बच्चे के दूसरे भाग को वे असुर खा गए थे, क्योंकि मैंने गुरुकुल के प्रांगण में पत्थरों के बीच बुझी हुई राख को देखा था, जहाँ बिना माँस के

जली हुई कुछ इंसानी हड्डियाँ बिखरी पड़ी थीं...।' यह सुनकर नागा साधु और साध्वियाँ अवाक रह गए थे, तो कितनों के चक्कर आने के कारण उल्टियाँ होने लगी थीं।''

'' 'उनकी क्या ग़लती थी बाबा, उन मासूमों ने कौन से पाप किए थे, जो उन्हें ऐसी सज़ा मिली थी...?' ध्रुव ने शंभूजी से पूछा, शंभूजी अब भी चुप थे, तब ध्रुव ने मारे क्रोध के ज़ोर-ज़ोर से कहना शुरू किया, 'सही मायनों में ये ऊपर वाले को धिक्कार था, क्या ग़लती की थी उन मासूम बच्चों ने, उन महिलाओं ने, उस गाँव ने, जो उन्हें इतना निर्मम अंत मिला...।' यह कहते-कहते ध्रुव की आवाज़ और तेज़ हो गई थी, फिर उसने अचानक सुबकते हुए कहा...' चाहे मैं जितना भी इन सभी चीज़ों के लिए भगवान को दोषी मान लूँ, लेकिन सच तो यह है कि मैंने ही अपने लोगों को निराश किया था, जिसका बोझ मेरे ऊपर अब भी है और मरते दम तक रहेगा। मैं यह अब भी सोच रहा हूँ बाबा इस संसार में मेरे होने का क्या उद्देश्य है? क्या अर्थ है...?' यह कहते हुए ध्रुव ने पहले शंभूजी, फिर अजा और फिर बाक़ियों की ओर देखा और कहा... 'ऐसा मैं गुरुकुल के प्रांगण में ज़मीन पर अपने शिष्यों के शवों के ढेर के बीच लेटा हुआ सोच रहा था और मेरे आँसू मेरी आँखों से बह कर वहाँ की मिट्टी में मिलते जा रहे थे। मैं रोते-रोते निश्चित तौर पर उस रात अपनी जान दे देता, लेकिन तभी दुख की एक चिंगारी मेरे भीतर जल उठी और आपके कहे हुए शब्द मेरे दिमाग़ में तूफ़ान खड़ा करने लगे, जो आपने गुरुकुल को छोड़ने से पहले कहे थे...बोर्ड पर लिखे 'आक्रमणकारी' शब्द को मिटा देने से यह ग़ायब नहीं हो जाएगा, असल ज़िंदगी में भी उन्हें मिटाने के लिए आपको हथियार उठाने की ज़रूरत पड़ती है ...भूल गए...?' इतना कहकर ध्रुव ने अजीब सी लाचार सी शक्ल बनाते हुए शंभूजी से पूछा।

'नहीं भूला...,' शंभूजी ध्रुव की ओर एकटक देखते हुए बस इतना ही कह पाए थे, जिसके बाद ध्रुव ने कहा... 'उसके बाद आपने कहा था कि जब असुरों ने पृथ्वी लोक में मानवता पर आक्रमण किया था, तब हमारे देवताओं को भी हथियारों की जरूरत पड़ी थी। हम सब, उन्हीं देवताओं की संतान हैं, हम यह कैसे सोच सकते हैं कि हमें हथियारों की ज़रूरत नहीं होगी? इस बारे में अवश्य सोचना, जब तुम्हारे पास समय हो... आपकी उन बातों ने मुझे जीने का नया उद्देश्य दे दिया था बाबा। मुझे अब पता था

कि मैं क्या करने वाला हूँ। मैंने एक कुल्हाड़ी उठाई और उन लोगों को ढूँढ कर मारने के लिए निकल पड़ा। मेरा लक्ष्य था वह सूबेदार, जिसके एक आदेश ने सारे गाँव को जला कर राख दिया था। उन असुरों को ढूँढना कोई मुश्किल काम नहीं था, मुझे बस उनके द्वारा फैलाए गए मौत और विनाश के रास्ते पर चलते रहना था, क्योंकि वे राक्षस जहाँ से गुज़रे थे, वहाँ उन्होंने सिर्फ़ क़त्लेआम किया था, गाँव के गाँव उजाड़ दिए थे। हर जगह निर्दोष हिंदू पुरुषों की लाशों का अंबार लगा दिया था, जिसे देख कर मेरे अंदर धधक रही प्रतिशोध की अग्नि दोगुनी हो चली थी...।' ध्रुव ने जैसे ही आगे कुछ कहना चाहा, शंभूजी ने जिज्ञासा से पूछा... 'तुमने यह सब कैसे किया, तुम घायल थे और वैसे भी महेश्वर से गोकुल के बीच एक लंबी यात्रा है...।' शंभूजी दुखी भी थे और आश्चर्यचकित भी। शंभूजी के पूछने पर उसने आगे कहना शुरू किया... 'अपने छात्रों की हत्या का प्रतिशोध मुझे शक्ति दे रहा था बाबा, इसलिए मुझे अपनी तकलीफ़ों की परवाह नहीं थी। मुझे उस अफ़ग़ानी सूबेदार के अंत के अलावा और कुछ नहीं सूझ रहा था, लेकिन जब मैं आक्रमणकारियों की खोज में विजयगढ़ पहुँचा, तो मैंने देखा, सरदार ख़ान के लोग विजयगढ़ को बर्बाद कर चुके थे। उन्होंने उतने ख़ुशहाल साम्राज्य को कुछ ही घंटों में मलबे के ढेर में बदल दिया था। उन्होंने विजयगढ़ के किले को आग के हवाले कर दिया था, जहाँ उनके सैनिकों की लाशें लटकी हुई जल रही थीं। विजयगढ़ साम्राज्य मिट चुका था...वैसी भीषण तबाही मैंने पहले कभी नहीं देखी थी। उस क्षण मुझे यह समझ आया मेरे द्वारा हथियार उठाया जाना कोई प्रतिशोध नहीं है, बल्कि ज़रूरत है... मैंने सरदार ख़ान के शिविर से कुछ दूर पहले तक अफ़ग़ान सैनिकों का पीछा किया। वहाँ पहुँच कर मैंने देखा, उसका शिविर एक बड़े से गाँव जितना बड़ा था। जहाँ तक नज़र जाती थी, उसका शिविर हर आकार के काले तंबू , सैनिकों और जानवरों से अटा पड़ा था, जो किसी अंधेरी खाई जैसा मालूम पड़ता था। यह अंधेरी खाई पवित्रता, समृद्धि और संस्कृति से ओत-प्रोत भारतवर्ष की महान भूमि को ठीक वैसे ही निगलती चली जा रही थी, जैसे कैंसर, कोशिकाओं के समूह को निगलते-निगलते धीरे-धीरे पूरे शरीर को निगल जाता है। मैंने देखा, शिविर में मुझसे कुछ दूरी पर जश्न का माहौल था। एक विशाल धधकती आग के पास खड़े एक विशाल खंभे पर राजा मनोहर का बिना सिर का शरीर टँगा हुआ था।

अंगवस्त्रों सहित उनके शरीर के अंगों और गरिमा को छिन्न-भिन्न दिया गया था। इस भयावह दृश्य को देखकर मेरे शरीर में सदमे की लहर दौड़ गई थी, तभी पास से कुछ सैनिकों को गुज़रते देख, मैं जल्दी से तंबू के पीछे छुप गया। संयोगवश वहाँ से मैं सरदार ख़ान और उसके साथियों की बात सुन सकता था। मैंने सुना, सरदार ख़ान अपने सूबेदारों से गुस्से में कह रहा था... 'मैं मुतमइन नहीं हूँ और जब तक मैं मुतमइन नहीं हो जाता, मैं चैन से नहीं बैठूँगा...।' ''

'' 'यह कहकर सरदार ख़ान एक पल को चुप हुआ और उसने सूबेदार से कहा, 'जिस तरह से हमने विजयगढ़ को फ़तह किया है, ठीक वैसे ही हमें हरिपुर पर भी विजय प्राप्त करनी है...।' इतना कहकर सरदार ख़ान फिर चुप हो गया, तब उसके सूबेदार ने अपने सरदार को ख़ुश करने के लिए झूठे उत्साह और चापलूसी भरे भाव से कहा... 'हुज़ूर, हमारे सैनिक दिन-प्रतिदिन हर एक जीत के साथ ख़ून के प्यासे होते जा रहे हैं, अगर आप उन्हें आदेश देंगे, तो वे कुछ भी करने से नहीं रुकेंगे।' सूबेदार की बात सुनकर ऐसा महसूस हुआ, जैसे सरदार थोड़ा बहुत अवश्य ख़ुश हुआ था, इसलिए उसे ख़ुश देख कर तब वहीं खड़े एक अन्य सूबेदार ने कहा... 'हुज़ूर, मेरा एक सुझाव है अगर आप कहें, तो फ़रमाऊँ...?' सरदार ख़ान से संकेत मिलने के बाद उस सूबेदार ने कहा... 'जब हमारी सेना, हरिपुर पर हमला करने की तैयारी कर ही रही है, तो रास्ते में ही गोकुल नामक एक गाँव है और मैंने सुना है कि वहाँ के मंदिरों में काफ़ी धन-दौलत है, अगर आपकी इजाज़त हो, तो हम हरिपुर पहुँचने से पहले उन मंदिरों को लूट लें, तो हमारे पास अच्छा-ख़ासा धन इकट्ठा हो जाएगा और ऐसा करना हमारे लिए कोई बड़ी बात नहीं होगी, साथ ही हरिपुर पर आक्रमण से पहले ये हमारे सैनिकों के हौसले को बढ़ाने वाला क़दम होगा...।' इतना कहकर सूबेदार चुप हो गया।''

''ध्रुव कहता चला जा रहा था, 'चूँकि मैं देख नहीं सकता था, इसलिए यह तो नहीं बता सकता कि उस बात पर सरदार ख़ान की क्या प्रतिक्रिया थी, लेकिन कुछ देर तक तंबू में ख़ामोशी छाई रही और उसके बाद सरदार ख़ान की ज़ोरदार आवाज़ तंबू के अंदर गूँज उठी थी...। 'गोकुल से हम कितने सोने की उम्मीद कर सकते हैं?' सरदार ख़ान ने पूछा।

" 'हुज़ूर! साधारण सी गिनती है, जितने ज़्यादा मंदिर, उतने ज़्यादा भक्त ! जितने अधिक भक्त , मंदिर के अंदर उतना ही अधिक स्वर्ण भंडार भी होगा, कम से कम 200 किलो सोना और अनगिनत क़ीमती पत्थरों के साथ-साथ दिनभर मज़दूरी कराने के लिए वहाँ के पुरुष मिल जाएँगे और हमारे सैनिकों के वास्ते रात में मन बहलाने के लिए उनकी महिलाएँ भी आसानी से मिल जाएँगी...।' इतना कहकर सूबेदार चुप हो गया। सरदार कुछ पल तक चुप रहा, हालाँकि वह सूबेदार की बातों से सहमत लग रहा था। अचानक उसने उस सूबेदार को आदेश दिया, 'फिर हम पहले गोकुल पर आक्रमण करेंगे और ये ज़िम्मेदारी मैं तुम्हें सौंपता हूँ। तीन दिन में मुझे जीत की ख़बर देना।' इस आदेश के बाद सरदार ज़ोर से दरिंदगी से लिप्त हँसी, हँसा, और देखते ही देखते शिविर में सैनिकों की हलचल बढ़ गई ...।' इतना कहकर ध्रुव कुछ क्षणों के लिए चुप हुआ और कृतज्ञता भरी नज़रों से शंभूजी की ओर देखकर बोला... 'मैंने उस दिन गुरुकुल में आपके और उन दो नागा साधुओं के बीच की बातचीत सुन ली थी और मैं जानता था कि आप सहित सैकड़ों नागा साधु इस समय गोकुल में एकत्रित हो रहे हैं, चूँकि, अब मैं अफ़ग़ानों की गोकुल पर आक्रमण करने की योजना को जानता था, जिससे आप लोग अनजान थे, इसलिए मैंने तय किया कि अफ़ग़ानों की योजना को सूचित करने के लिए आप लोगों तक मुझे जल्दी-से जल्दी पहुँचना ही होगा। मैं वहाँ से निकलने की सोच ही रहा था कि तभी मैंने देखा, वह युवा अफ़ग़ान सूबेदार, जिसने मेरे छात्रों को मारने का आदेश दिया था, अपने तंबू से बाहर आया। उसे शांत और अपनी शक्ति में मगन देखकर मेरे मन में धधक रही प्रतिशोध की ज्वाला एक बार फिर भड़क उठी। मैं बिना एक क्षण भी गँवाए उसकी हत्या कर देना चाहता था, लेकिन अब मेरे ऊपर आप लोगों को अफ़ग़ानों के आक्रमण से सचेत करने का दायित्व भी था, इसलिए मेरा जीवित रहना ज़रूरी था, परंतु मैं उसे यूँ जीवित छोड़कर वहाँ से नहीं निकल सकता था, इसलिए जैसे ही वह अपने तंबू से कुछ दूर गया, मैं उसके तंबू में घुस गया और छुप कर सही मौक़े का इंतज़ार करने लगा, जब मैं उसके ऊपर आक्रमण कर सकता था। मुझे उसके तंबू में एक मेज़ पर एक ख़ंजर पड़ा मिला। उसका निरीक्षण करने पर मैंने पाया कि वह एक तेज़ धार वाला ख़ंजर था, जिससे मैं अपने लक्ष्य को अंजाम दे सकता था।' "

“ ‘सच कहूँ, तो मैं अपने जीवन में यह कभी नहीं सोच सकता था कि मैं किसी दिन किसी की हत्या करूँगा। मैं एक अनुशासित शिक्षक ज़रूर था, लेकिन कभी निर्दयी नहीं हो सकता था। मैंने हमेशा अनुशासन के लिए नियम बनाए, लेकिन मैंने कभी अपने छात्रों को किसी भी बात के लिए डाँटा नहीं, और सज़ा देने की बात तो मैं सपने में भी नहीं सोच सकता था, हालाँकि अब मैं अफ़ग़ानों के लिए ऐसा बिलकुल भी नहीं सोच सकता। उन आततायियों का वध करने के लिए किसी कारण की ज़रूरत नहीं थी। तंबू में छुपा मैं सूबेदार को मौत देने की योजना बना रहा था। मैं उसके गहरी नींद में सो जाने का इंतज़ार करने लगा। इंतज़ार करते हुए जब कुछ वक़्त बीत गया, तब वह सूबेदार आया, मगर जब वह तंबू में दाख़िल हुआ, तब वह आराम करने के विचार में नहीं था। मुझे तंबू के बाहर से अफ़ग़ानी सैनिकों द्वारा इस्लामी जयघोष अल्लाहु अकबर के नारे साफ़-साफ़ सुनाई पड़ रहे थे। साथ ही उन हिंदू महिला और पुरुषों की चीखें भी सुनाई पड़ रही थीं, जिन्हें अफ़ग़ानी आक्रांता विजयगढ़ को खाक में मिलाने के बाद अपने साथ लेकर आए थे।’ ”

“ ‘विजयगढ़ की सबसे सुंदर स्त्रियों को लेकर आओ...,’ तंबू के अंदर, बेचैनी में घूमते हुए उस युवा सूबेदार ने अपने एक सैनिक को आदेश दिया था। यह आवाज़ मेरे कानों तक भी आई थी। उस घड़ी मैंने फ़ैसला किया कि अगर मैंने कुछ नहीं किया, तो मैं यूँ ही छुपा हुआ बेमौत मारा जाऊँगा और मेरे प्राण गँवाने का कोई उद्देश्य नहीं रह जाएगा। ऊपर से मुझे गोकुल भी पहुँचना था। कुछ पल के बाद आक्रमण के लिए उठाए जाने वाले अपने पहले क़दम के लिए मैं तैयार था, और जैसे ही मुझे मौक़ा मिला, मैंने कूदते हुए उसके ऊपर हमला किया और ख़ंजर उसकी गर्दन पर रख दिया। उस समय, न जाने मुझे क्यूँ ऐसा लग रहा था, जैसे मेरी यात्रा यहीं समाप्त होने वाली है और मैं गोकुल पहुँचने में सफल नहीं हो पाऊँगा, लेकिन जो भी हो, मैं अपने प्रतिशोध को पूरा करने के इस अवसर को नहीं छोड़ सकता था। ख़ुद को छुड़ाने के लिए उसने मुझे धक्का दिया, जिस कारण मेरे घाव के टाँके खुल गए और ख़ून बहने लगा। मैं दर्द के मारे तड़प रहा था। आख़िरकार, किसी तरह मैं ख़ुद का बचाव करते हुए एक ज़ोरदार संघर्ष के बाद उसकी छाती पर बैठ कर उसका गला काटने में सफल हो गया। तब तक मेरे शरीर से भी बहुत सारा ख़ून बह चुका था, लेकिन न जाने

वहाँ से किस अंदरूनी ताक़त के बल पर मैं निकलकर तंबू के पीछे गया, जहाँ पूरी तरह से अंधेरा था। वहाँ मुझे घोड़ों के पैरों की आवाज़ सुनाई दे रही थी, जो अंधेरे मैदान में बँधे थे। वे मुझ से कुछ दूरी पर ही थे, इसलिए मैं रेंगकर उनकी ओर गया। मेरा बहुत अधिक ख़ून बह चुका था और मेरी आंतरिक चेतना खोने वाली थी। मैं बेहोश होने ही वाला था कि तभी मुझे अपनी आंतरिक शक्ति का एहसास हुआ और मैं घोड़े पर एक झटके के साथ बैठ कर शिविर से बाहर की ओर चल पड़ा, हालाँकि वहाँ से बाहर निकलते समय मैंने अफ़ग़ान सैनिकों का शोर सुन था, जो उस युवा अफ़ग़ान सूबेदार के ख़ूनी का पता लगाने के लिए पूरे शिविर में इधर से उधर भाग रहे थे। उसके बाद वहाँ क्या हुआ होगा, मैं नहीं जानता। मुझे अगर कुछ याद है, तो बस इतना कि मैं अपने शरीर से रिसती रक्त की बूँदों के बीच पागलों की तरह अपने घोड़े को भगाते हुए गोकुल की ओर बढ़ता चला जा रहा था। गहरे घाव की वजह से मेरे शरीर की रग-रग में पीड़ा थी और मेरी चेतना खोती जा रही थी, लेकिन अंततः रातभर चलते रहने के बाद मुझे मध्यरात्रि के चाँद के उजालों के बीच गोकुल की सीमा दिखाई दे गई, जिसे देखने के बाद मेरे दिल की धड़कनें तेज़ हो गईं, थकान से नहीं, बल्कि जल्द पहुँचने की इच्छा से। मैंने घोड़े को और तेज़ दौड़ाना आरंभ किया। मेरे आस-पास जो कुछ भी घट रहा था, उसका मुझे कोई आभास नहीं था। दृश्य धुँधला था, लेकिन मैंने अपने होश खोने से पहले नागा साधुओं को अपनी ओर मुड़ते हुए देखा था।' इतना कहकर ध्रुव ने शंभूजी की आँखों में देखा, और कहा... 'जब भी धर्म युद्ध का आरंभ हो, आप मुझसे एक वादा कीजिए कि आप मुझे सबसे पहली पंक्ति में रखेंगे...।' यह कहते हुए ध्रुव की आँखों में दृढ़ संकल्प की भावना तैर गई थी। शंभूजी ने उसके कंधे पर साँत्वना भरा हाथ रखा और कहा..., 'ध्रुव, तुम्हारे शरीर को ठीक होने की ज़रूरत है, तुम आराम करो...,' इतना कहकर शंभूजी उठ खड़े हुए थे।''

8

युद्ध के देवता

''प्रातः काल के तीन बज रहे थे, हर रात की तरह आज भी गोकुल शांत था। गाँव वाले गहरी नींद में सो रहे थे। नदी की बहती धारा में पड़ती चाँद की दूधिया रौशनी एक अद्भुत छटा बिखेर रही थी, ऐसा लग रहा था कि नदी के पानी में चमकते हुए मोती बह रहे हों। ध्रुव की चेतावनी के बाद से एक दिन बीत चुका था, और गोकुल अब भी ख़तरे में था। नागा साधुओं का दल नदी किनारे जमा था। कुछ स्थानीय लोग, सुरक्षित दूरी से श्रद्धा और जिज्ञासा के साथ उन नागा योद्धाओं को देख रहे थे। घंटियों से आता मधुर स्वर, उस दिव्य शांति के बीच एक ईश्वरीय धुन उत्पन्न कर रहा था। यह भस्म आरती का समय था, जो भगवान शिव को समर्पित था और जीवन की नश्वरता की याद दिलाता था। अनुष्ठान का नेतृत्व करते हुए, मठाधीश और अजा ने नदी की शांत धारा में क़दम रखा। शंभूजी, हमेशा की तरह उनके साथ खड़े थे और दूसरे नागा साधुओं का नेतृत्व कर रहे थे। ये पल अधिराज के लिए गर्व करने वाला पल था, जब उसने अपनी कमर में लटके शंख को बजाना शुरू किया और बजते शंख की लय में नारायण ने अपनी भारी आवाज़ में महामृत्युंजय मंत्र पढ़ना शुरू किया, जिसकी दैविक ध्वनि से पृथ्वी, आकाश और वायु तीनों गुंजायमान हो उठे थे।

ॐ त्र्यम्बकं यजामहे सुगन्धिं पुष्टिवर्द्धनम्।
उर्वारुकमिव बन्धनान्मृत्योर्मुक्षीय मामृतात्।।

अर्थात- (हम भगवान शिव की पूजा करते हैं, जिनके तीन नेत्र हैं, जो सुगंधित हैं और हमारा पोषण करते हैं। जैसे फल शाखा

के बंधन से मुक्त हो जाता है, वैसे ही हम भी मृत्यु और नश्वरता से मुक्त हो जाएँ।)

इसके बाद मठाधीश ने अजा को पवित्र स्नान कराया और यमुना स्तोत्र का पाठ करते हुए, अजा को नागा साधुओं का नेता चुना गया।

यमुने च यमुने च यमुने च विचरत्ति यत्र कुत्रापि साआनन्दम्।
तत्र तत्र सुखं ब्रौयात् यमुना तव जलम् साक्षाद् अ मृतम्।।

अर्थात – (यमुना के तट पर जहाँ भी कोई विचरण करता है,जहाँ भी कोई उसके जल में स्नान करता है, उसे सच्चा अनुभव होता है, यमुना का जल प्रत्यक्षतः अमृत है।)

पूजा के बाद सभी नागा साधुओं ने जल से बाहर निकलते हुए अजा के चारों ओर खड़े होकर पूजा पद्धति के अनुसार उसे भस्म *(चिता की राख)* से नहलाया। शंभूजी ने अजा के माथे पर त्रिपुंड खींचा, जबकि बाक़ी सभी नागा मंत्र उच्चारण कर रहे थे। अधिराज शंख बजा रहा था, चारों और 'हर हर महादेव!' मंत्र की ध्वनि गूँज उठी थी। भस्म आरती हो जाने के बाद, अजा आगे बढ़ा... सभी नागा दल का नेता चुने जाने पर उसका खुले दिल से स्वागत कर रहे थे और उसे देखते हुए उन सब की आँखों में एक गर्व और विश्वास की छाया उभर आई थी। मठाधीश सहित सारे नागा साधु अजा को सुनने के लिए, उसे चारों ओर से घेर कर खड़े हो गए, और अब अजा भी उन सभी योद्धा साधुओं को संबोधित करने के लिए तैयार था। जब उसने कहना शुरू किया, तो उसकी आवाज़ में जैसे, आत्मा और परमात्मा, ज्ञान और विज्ञान, जीवन और मृत्यु के रहस्यों जैसी गहराई प्रतीत हो रही थी। उसने कहा... 'आदिगुरु शंकर ने हमारे पंथ का निर्माण केवल एक साधारण नागा साधु के रूप में जीवन जीने के लिए नहीं किया था, बल्कि उस दिव्य अंत को स्वीकार करने के उद्देश्य से सदैव तैयार रहने के लिए किया था, जो धर्म की रक्षा करते-करते युद्धभूमि में मिला हो, और सही मायनों में हम नागा साधुओं के होने का एक मात्र उद्देश्य ही यही है...,' इतना कहकर अजा ने नागा साधुओं की ओर देखा, जिनकी कुछ क्षण पहले तक शांत

और आध्यात्मिक मनःस्थिति और काया देखते-देखते एक योद्धा के रूप में बदल गई थी। अजा ने आगे कहना शुरू किया... 'हम अपने शरीर पर राख लगाते हैं, इसलिए ताकि हम स्वयं या अन्य जो कोई भी हमें कभी भी देखे, तो यह कभी न भूले कि अंततः हम यही होंगे- जल कर बची हुई राख!, राख, जो हमारे जलने के बाद हमसे प्राप्त होती है और हम उसी राख को अपने शरीर पर लगाते हैं, ताकि धर्म की रक्षा के लिए प्रेरित हो सकें। यदि बार-बार, हर बार हमें धर्म की रक्षा करते हुए मृत्यु मिले और उसके बाद भी अगर हमें मानव शरीर मिले, तो हमारी उस शंकर से बस एक ही विनती है कि हे शंकर, हम हर बार अपने धर्म के रक्षक होना चाहते हैं, क्योंकि हम मानव जीवन का अनुभव करने वाले आध्यात्मिक योद्धा हैं...।' अजा ने इस बात को पूरे उत्साह के साथ कहा, जिसे सुनकर वहाँ उपस्थित नागा साधुओं की भुजाएँ फड़क उठीं।

उसने आगे कहा, 'साधारण लोगों की तरह, हम कपड़े और आभूषण नहीं पहनते, हम धर्म के दुश्मनों के लिए मृत्यु हैं और हम उन्हें भस्म करने के बाद, उन्हें राख में परिवर्तित कर उसे गहने के रूप में पहनते हैं...।' अजा ने अपनी मुट्ठी में राख को उठाते हुए कहा... 'यह पवित्र राख, जीवन के अस्थायित्व का प्रतीक है, जो शवों की चिता में जलकर अभी-अभी बनी है, जिसमें गाय के घी की कुछ बूँदें मिलाई गई थीं। नागा साधुओं के लिए यह राख एक ढाल, एक सुरक्षा कवच और जीवन की सच्चाई के क़रीब रहने जैसा है...।' इतना कहकर अजा ने उस राख को अपने शरीर पर मलना शुरू किया। शंभूजी ने भी अजा की तरह राख को हाथ में लेकर अपने शरीर पर मलने की प्रक्रिया का आरंभ किया। सभी नागा साधु... *ॐ नमः शिवाय (मैं शिव को नमन करता हूँ)*... के पवित्र मंत्र के जाप के साथ उस प्रक्रिया को दोहरा रहे थे। भोर की वह बेला नागा साधुओं द्वारा की जाने वाली उस अद्भुत प्रक्रिया का गवाह बन रही थी, फिर बारी-बारी से मठाधीश, नारायण और अधिराज ने भी भस्म को मंत्र पढ़ने के साथ ही अपने शरीर पर लगाया। वहाँ जो भी थोड़े बहुत गोकुलवासी जमा थे...उन्होंने देखा, नागा साधु जादुई रूप से अपने-आप को परिवर्तित करते जा रहे थे। उनका शरीर भस्म के लेप के बाद चाँदी की तरह चमकने लगा था, ऐसा लग रहा था, जैसे उनकी आत्माएँ दिव्य शक्ति के साथ विलीन होती जा रही थीं। पूरा वातावरण एक ख़ास क़िस्म की दैवीय ऊर्जा से भर गया था।''

"वहाँ उपस्थित नागा साधुओं ने अपने शरीर पर आख़िरी बार राख का लेप लगाया और आख़िरी बार मंत्र पढ़ने के बाद चुप हो गए। उनके चुप होते ही पूरे वातावरण में एक चुप्पी छा गई थी और वह चुप्पी कुछ ऐसी थी, मानो एकता, उद्देश्य और आने वाले युद्ध के बारे में बिना शब्द के बात की जा रही हो। सवेरा होने को था और सूर्य की पहली किरण आसमान को छेद कर धरती पर आने को बेचैन थी, तभी अजा एक बार फिर सिंह की भाँति गर्जना करते हुए बोल उठा... 'आज, हमें, हमारे पहले हमले का सामना करना है, लेकिन याद रखें, जब तक हमारी दिव्यता हमारे साथ है, हमारी एकता और हमारा उद्देश्य हमें पता है...जब तक हम शंकर के दास हैं, तब तक कोई भी शक्ति हमें रोक नहीं सकती। जब तक आप उसके साथ खड़े हैं, जो आपके पास है, तब तक आप मर नहीं सकते, क्योंकि आपका विश्वास आपकी रक्षा करेगा। आप तब तक मरते नहीं हैं, जब तक आपका विश्वास और लक्ष्य जीवित है, क्योंकि बिना लक्ष्य को प्राप्त किए आत्मा कभी आपको मरने नहीं देती और जब तक आत्मा जीवित है, तब तक आप काल को प्राप्त नहीं हो सकते। यही बात आप सभी को अमर और अजेय बनाएगी...।' यह कहता हुआ अजा, गगनभेदी स्वर में चिल्ला उठा... '*हर, हर, हर महादेव...!!*'

सभी नागा एक साथ उसके पीछे चिल्ला उठे थे... '*हर-हर महादेव...।*'

उसके बाद अजा ने कहा ... 'अब जो होने वाला है, वह कोई युद्ध नहीं है, बल्कि एक दिव्य उत्सव है, जिसमें युद्ध के अनेक पवित्र कार्यक्रम होने वाले हैं... और उन सभी कार्यक्रमों में हमें पूरे जोश और पूरे पराक्रम से भाग लेना है और ऐसा उत्सव मनाना है कि जब तक यह संसार रहे...यह दिन याद रहे...।' इतना कहकर अजा थोड़े पल के लिए रुका और फिर हुंकार भरते हुए उसने पूरे जोश के साथ कहा...' तो फिर आनंद मनाओ, क्योंकि ऐसा हमारे आदिगुरु और आदियोगी दोनों चाहते हैं। हम धर्म युद्ध लड़ने जा रहे हैं, तो हमें काल-कुंड तो जलाना ही होगा...,' अजा के ऐसा कहते ही सभी नागा साधुओं ने अपने दोनों हाथों को ऊपर उठाकर पूरे जोश से उसके इस प्रस्ताव का स्वागत किया। आकाश में अभी भी अंधेरा था, लेकिन गोकुल में यमुना के किनारे आग की एक बड़ी सी लपट अपने पूरे आवेग से धधक रही थी और जिसके चारों ओर नागा साधु उत्साह और

रोमांच में एकत्रित होकर एक साथ, एकताल में नृत्य कर रहे थे और एक साथ गगनभेदी स्वर से मंत्रों का उच्चारण करते हुए भभूत फेंक रहे थे। उस दृश्य को देखकर ऐसा लग रहा था, जैसे स्वयं नरक की लपटें धरती से उठ रही हों। नागा साधुओं का आग की लपटों के चारों ओर मंत्र गाते हुए तांडव करना एक बेहद ही विकराल और दिव्य दृश्य उत्पन्न कर रहा था, जिसे पूरी प्रकृति आनंद से निहार रही थी, जबकि दो क्रूर आँखें उस दृश्य को आश्चर्य से देख रही थीं... दो अफ़ग़ान जासूस, फ़रीद और तारिक नदी के दूसरी तरफ़ झाड़ियों में छुप कर उन नागा साधुओं को देख रहे थे। वे नागा साधुओं को स्पष्ट रूप से देख तो सकते थे, लेकिन वे उनके उतने नज़दीक नहीं थे कि उनकी बात सुन सकें, तभी अफ़ग़ान सैनिक फ़रीद, जिसने किसी युद्ध में अपना एक हाथ खो दिया था, उसने कुटिलता और मज़ाक़ उड़ाने वाली हँसी के साथ नागा साधुओं की ओर देखते हुए कहा... 'उन बद-दिमाग़ों को देख रहे हो तारिक!, कैसे राख से खेल रहे हैं!, इन मूर्खों को पता नहीं, कल हम उनकी सिर कटी लाशों के साथ खेलने वाले हैं।' यह कहकर फ़रीद एक वहशी हँसी-हँसा और उसके बाद बोला... 'कल जो इन नंगे, आवारा, बंजारों की हालत होने वाली है, उसे सोचकर ही मुझे अभी से हँसी आ रही है... जो इन नंगों के साथ होगा, इतिहास उसे नंगी मौत के नाम से जानेगा...,' यह कहकर तारिक हँसते-हँसते वहीं झाड़ी में लोट गया, जिसके कारण उसके भारी शरीर और बड़े से पेट के साथ-साथ वहाँ की ज़मीन भी कँपकँपा उठी थी।

'लेकिन अगर उनकी क़िस्मत ठीक रही और इन बद-दिमाग़ों में से किसी ने भी इन्हें यह समझा दिया कि चलो यहाँ से चलते हैं और वे हमारे आक्रमण से पहले ही इस गाँव से अगर चले गए, तो शायद बच सकते हैं...,' तारिक ने हँसते-हँसते कहा ।

'और अगर नहीं गए तो...? फ़रीद ने कहा।

'तो क्या!! हमारे कामदारों के पास कल ख़ून से सनी हुई तलवारों को धोने का काम होगा, वैसे भी मुफ़्त का सोना और महिलाएँ पाकर सब के सब आलसी हो गए हैं...,' तारिक ने कहा।

'वैसे क्या लगता है कितना समय लगने वाला है कल अफ़ग़ान सैनिकों को यहाँ...? फ़रीद ने पूछा।

'वही कुछ आधे घंटे...,' तारिक ने कहा और फिर उसने पूरे गाँव को एक नज़र देखकर आहें भरते हुए कहा, 'ज़रा देखो तो कैसे यह गाँव कुँवारी कन्या की तरह सेज सजाकर हमारी अफ़ग़ान फ़ौज पर सब कुछ लुटा देने के लिए इंतज़ार कर रहा है...।' उसने शैतानी मुस्कान के साथ कहा और हवस भरी एक लंबी साँस खींचने के बाद आगे बोला... 'यहाँ के बुतख़ानों में, जिन्हें ये काफ़िर मंदिर कहकर बुलाते हैं, अथाह दौलत का भंडार है, वो सब कुछ कल हमारे पास होगा...।'

'फूल जैसी नाजुक महिलाओं को भूल रहे हो मियाँ, सुना है, यहाँ की महिलाएँ शाकाहारी होती हैं ...,' फ़रीद ने तारिक को छेड़ते हुए कहा और कुछ क्षण तक चुप रहने के बाद उसने फिर कहा... 'सुना है यहाँ की महिलाएँ रात-दिन अगरबत्तियों और फूलों के बीच रहती हैं, तब तो उनके शरीर से भी फूलों-सी सुगंध आती होगी ना मियाँ, या अल्लाह ये सुबह कब होगी...।' यह कहते हुए फ़रीद ने अपने दोनों पैरों के बीच में अपने दोनों हाथों को दबा लिया था, उसकी आँखों में हवस से भरी लाल डोरी उभर आई थी। तारिक ने फ़रीद को एक कुटिल मुस्कान के साथ देखने के बाद एक बार फिर नागा साधुओं की ओर देखा, जो नदी के किनारे मंत्र जप रहे थे। जैसे-जैसे भस्म आरती अपने समापन की ओर जा रही थी, नागाओं और अफ़ग़ानों को अपनी जीत सुनिश्चित लग रही थी। अफ़ग़ान जासूस उठकर जीत की उत्सुकता के साथ सुबह का इंतज़ार करने के लिए और अपने सूबेदार को अपनी आँखों देखी बताने के लिए वहाँ से नज़दीक ही तत्काल लगे शिविर की ओर चल पड़े। वे वहाँ से कुछ दूर ही बढ़े होंगे कि उस जगह पर, जहाँ वे दोनों लेट कर नागाओं पर नज़र रखे हुए थे, ज़मीन में दबी हुई चार आँखें झिलमिला उठीं, वे आँखें मज़बूत से मज़बूत दिल को भी डरा देने में सक्षम थीं। वे उन नागाओं की आँखें थीं, जो उन दोनों अफ़ग़ान जासूसों के बगल में एक कीचड़ में दबे हुए थे, जिनकी आँखें तो बंद थीं, लेकिन उनके कान खुले हुए थे। रात के अंधेरे में मिट्टी के रंग में रंगे उनके चहरे और ज़मीन के अंदर पूरी तरह से दफ़न उनके शरीर ने उन दोनों अफ़ग़ानों को यह बिलकुल भी आभास नहीं होने दिया था कि कोई उनकी बातें सुन रहा है। जब तारिक और फ़रीद यह सोचते हुए कि गोकुल आसानी से जीता जा सकता है, चले गए, तब कीचड़ में दफ़न वे दोनों नागा साधु

बाहर निकल कर अजा की ओर चल पड़े। कीचड़ में लिपटे उनके चेहरों के बीच उनकी सफ़ेद आँखें अंधेरे में चमक रही थीं।

रात का अंधेरा अरुणोदय की पहली किरण के धरती पर पड़ने के साथ ही पूरी तरह छँट चुका था, लेकिन सूर्य की पहली किरण के साथ ही अफ़ग़ान सैनिकों की एक टोली ने गाँव में अपना पहला क़दम रखा था। उस समय उन अफ़ग़ान लुटेरों के मन में एक अजीब क़िस्म की हनक थी, आँखों में एक अलग क़िस्म की जीत का नशा था, लेकिन जैसे-जैसे वे गाँव के अंदर घुसते जा रहे थे, गोकुल सुनसान होता चला जा रहा रहा था, फिर उन्हें एहसास हुआ कि गाँव में कोई नहीं है। सड़कें, जो आम दिनों में लोगों की भीड़ से भरी होती थीं, वे अब भूतों सी ख़ामोशी से गूँज रही थीं। हवा की हल्की ठंडक और आसमान में चमकती भोर की लाली उस वीरान गाँव की प्राचीन युग की एक अद्भुत तसवीर पेश कर रही थी। सरदार ख़ान के सैनिक, क़त्लेआम मचाने को तैयार नंगी तलवारों के साथ, ख़ामोशी से गोकुल में घुसे। उनके घोड़ों की टापें, जो पथरीली सड़कों पर टक-टक की धीमी आवाज़ के साथ चल रही थीं, सुनसान पड़े उस गाँव की ख़ामोशी में एक रहस्य घोल रही थीं। लकड़ी के बड़े-बड़े पहियों वाली बैलगाड़ियों की लंबी कतारें, लूट के ख़ज़ाने को वहाँ से ले जाने के लिए मंदिर से कुछ दूर तैयार खड़ी थीं। हर गाड़ी और वाहन पर झंडे के रूप में अहमद शाह अब्दाली का वह प्रतीक लगा था, जिसे डर और ख़ौफ़ के रूप में पूरी दुनिया जानती रही थी।

अफ़ग़ान सैनिक हैरत से उस वीरान पड़े गाँव को देख रहे थे। सुबह की मंद-मंद बहती हवा में ठंड के साथ-साथ तनाव भी घुलता जा रहा था, जिसमें घोड़ों के पैरों की ठक-ठक और बैलों के साँसों की खरखर्राहट डर का एक भयावह माहौल तैयार कर रही थी। अफ़ग़ान सैनिक चलते-चलते गोकुल के बीचों-बीच स्थित महान काली मंदिर तक पहुँचे, लेकिन उन्हें बेहद आश्चर्य हुआ। उन्होंने मंदिर में सुबह के पहले प्रार्थना करने वालों की भरमार की उम्मीद की थी, ख़ासकर एक प्रमुख उत्सव के बाद, जो नागा साधुओं ने भोर के समय शुक्ल पक्ष के अवसर पर किया था, लेकिन वहाँ तो कोई भी नहीं था। उस दिव्य मंदिर का परकोटा बिलकुल ख़ाली था, तभी अफ़ग़ान सैनिकों के कानों तक मंत्र उच्चारण करती हुई एक आवाज़

गूँजती हुई पहुँची, जो मंदिर के अंदर से आ रही थी। आवाज़ सुनकर कुछ अफ़ग़ान सैनिक नीचे उतरे और सावधानी से मंदिर के मुख्यद्वार की ओर बढ़े। मंदिर के गर्भगृह के अंदर, तेल के दिए जल रहे थे, जो माँ काली की मूर्ति पर सजे सोने के मूल्यवान आभूषणों में एक विशेष चमक भर रहे थे। ऐसा लग रहा था, जैसे वे ख़ुद ही उन अफ़ग़ान लुटेरों के हाथों चुराए जाने के प्रयास करने के लिए प्रतीक्षा कर रहे हों... 'लगता है, वे मूर्ख रात के उत्सव के बाद अब तक सोए हुए हैं, उन्हें कहाँ पता होगा कि हम आने वाले हैं...?' एक अफ़ग़ान सैनिक ने चारों ओर अपनी नज़रों को फेरते हुए अपने साथी से धीरे से कहा। उसके साथी ने मंदिर के ख़ज़ाने को देखकर मन ही मन झूमते हुए मुस्कुरा कर कहा... 'चलो, सबसे पहले इन सभी सोने को इकट्ठा करते हैं, गाँव वाले मरने का कुछ देर इंतज़ार तो कर ही सकते हैं...।' इतना कहकर वे दोनों अफ़ग़ान सैनिक देवी की मूर्ति के पास जाने के लिए गर्भगृह के द्वार तक पहुँच चुके थे कि तभी उनके कानों में मंदिर के प्रांगण में बिछी हुई चट्टानी ज़मीन पर तलवार की नोंक के टकराने की आवाज़ आई। अफ़ग़ानी सैनिकों ने चौंकते हुए पीछे देखा... विशालकाय शरीर वाला नागा नारायण, हाथ में तलवार लिए उन अफ़ग़ान सैनिकों को घूर रहा था और अपनी तलवार की नोक को फ़र्श पर लगातार एक आवाज़ के साथ रगड़ रहा था। अफ़ग़ान सैनिक कुछ समझ पाते, इससे पहले ही उन्होंने देखा मंदिर की चारदीवारी के ऊपर चारों ओर नागा साधु खड़े थे। उनके हाथों में उनकी तलवारें और उनके पारंपरिक हथियार चमक रहे थे। उनकी जटाएँ बिखरी हुई थीं। उनका पूरा शरीर भस्म से नहाया हुआ था, उनकी आँखें लाल थीं, जैसे उनमें ख़ून उतर आया हो। नागा, उस क्षण साधु नहीं, बल्कि यमदूत लग रहे थे। अफ़ग़ान सैनिकों ने आभूषणों को लूटने के लालच में अपने हथियार मंदिर के गर्भगृह के बाहर मंदिर के प्रांगण की सीढ़ी के पास छोड़ दिए थे, ताकि देवी की मूर्ति से उनके सोने के गहने उतारने के लिए अपने दोनों हाथों का इस्तेमाल कर सकें, हालाँकि अब परिस्थिति कुछ ऐसी थी कि सैनिकों की नज़रें उनके शस्त्रों पर थीं और नागाओं की नज़रें उन पर, तभी मंदिर के अंदर से पुजारी ने बिजली की भाँति गर्जन करते हुए कहा... 'बलि की प्रक्रिया का शुभारंभ किया जाए...' और फिर उसने ज़ोर-ज़ोर से मंत्र पढ़ना शुरू किया...

ॐ क्रीं कालिकायै नमः स्वाहा।

(हम देवी काली को अपना नमस्कार प्रस्तुत करते हैं, हमारा बलिदान आपको प्रिय हो।)

''नागा साधुओं का नेता अजा, जिसकी चाल में निर्भयता और एक विशेष प्रकार का अल्ड़पन था, जिसकी आँखें शांत थीं, लेकिन अक्सर किसी गहरे रहस्य के साये में डूबी हुई होती थीं, उसने अफ़ग़ान सैनिकों की तरफ़ अपना पहला क़दम बढ़ाया और किसी मदमस्त हाथी की तरह चलते हुए उसने अपनी मुट्ठी में ली हुई भस्म को अपने शरीर पर उड़ा दिया, जिसके कारण एक धुँध उसके रहस्यमयी व्यक्तित्व के चारों तरफ़ फैल गई और जब तक अफ़ग़ानों को कुछ समझ आता, उसने उन आक्रमणकारियों पर हमला बोल दिया और बिजली की गति से एक अफ़ग़ान सैनिक के पास पहुँचते हुए उसका सिर काट दिया, जो माँ काली के गले से सोने का हार उतारने की कोशिश कर रहा था। गर्दन कटते ही उसका धड़, ज़मीन पर गिर कर फड़फड़ाने लगा, जबकि उसकी गर्दन माँ काली के पैरों के नीचे जा लगी। मंदिर के गर्भ गृह में रक्त की धारा बह चली थी, ऐसा लग रहा था, जैसे अजा ने देवी के चरणों में दुष्टों के रक्त से रक्ताभिषेक किया हो...

तभी पुजारी ने ज़ोर से चिल्लाते हुए कहा... 'बलि की प्रक्रिया संपन्न हुई...।' पुजारी ने इतना कहकर अपनी पूजा आरंभ की और इधर, नागा साधुओं का उन आतंकियों के साथ युद्ध आरंभ हो चुका था, जो बेवजह बेगुनाह लोगों की सभ्यता और संस्कृति को उजाड़ते आए थे। पुजारी का माँ काली के चंडी रूप को समर्पित मंत्र, मंदिर की दीवारों से टकराकर गूँजते हुए नागा योद्धाओं के रक्त में घुलता जा रहा था। संघर्ष के दौरान कुछ नागा साधु पुजारी की रक्षा में खड़े थे, तो कुछ नागा नारायण के नेतृत्व में अफ़ग़ान सैनिकों को उनके हथियारों तक पहुँचने से रोक रहे थे, तभी दो अफ़ग़ान सैनिक नारायण की ओर झपट पड़े, लेकिन नारायण ने अपनी ताक़तवर भुजाओं के दम पर उन्हें हवा में उछालते हुए दीवार के ऊपर दे मारा और हवा की गति से उसने एक अफ़ग़ान सैनिक की ओर अपना बेहद वज़नदार भाला फेंका। भाला उस अफ़ग़ान सैनिक के आर-पार होता हुआ दीवार में धँस गया और वह अफ़ग़ान सैनिक भाले के सहारे दीवार पर लटक

गया, फिर अगले ही पल बिना एक क्षण गँवाए नारायण ने हवा में कूदते हुए अपने घुटने से दूसरे सैनिक की छाती पर एक ज़बरदस्त वार किया और वह अफ़ग़ान सैनिक भी वहीं लुढ़क गया। नारायण के पराक्रम को देखते हुए इस बार दस से अधिक अफ़ग़ान सैनिकों ने पूरे जोश और गुस्से में नारायण के ऊपर धावा बोला, लेकिन वे नारायण के पास जाकर उसके ऊपर हमला कर पाते, उससे पहले ही नारायण, ज़मीन पर गोल-गोल कलाबाज़ियाँ खाते हुए उनके पीछे जा निकला और अपनी एक ज़ोरदार टक्कर से उसने सभी सैनिकों को वहीं चारों खाने चित कर दिया। जिस बहादुरी और फुर्ती के साथ अपने विशालकाय शरीर से नारायण युद्ध कर रहा था, ऐसा लग रहा था जैसे स्वयं हनुमान युद्ध भूमि में उतर आए हों, जबकि, इधर, अजा इस बात को सुनिश्चित करना चाहता था कि पुजारी द्वारा की जा रही पूजा बंद न हो, इसलिए जब भी कोई अफ़ग़ान सैनिक मंदिर के गर्भगृह की ओर जाने की कोशिश करता, अजा एक झटके में उसको मौत के घाट उतार देता था। इसी बीच, अफ़ग़ानों का एक दल, जिसमें पाँच-छह लोग थे, अजा की ओर लपका, लेकिन वे जब तक अजा के पास पहुँच पाते, उनका सामना अजा से पहले शंभूजी से हुआ और उन्होंने मल्लयुद्ध और कल्लरीपट्टु जैसी अन्य शारीरिक युद्ध कलाओं का उपयोग करते हुए उन पाँचों अफ़ग़ान सैनिकों को देखते ही देखते धूल चटा दी, हालाँकि अभी वे इन सभी सैनिकों से निपट ही रहे थे कि उन्होंने देखा, दस और अफ़ग़ान सैनिकों ने गोल घेरा बनाकर अजा को चारों ओर से घेर लिया है और उसके ऊपर लगातार हमला कर रहे हैं, लेकिन अजा उनसे निपटने के लिए पहले से तैयार था, उसने वहीं पास पड़ी अपनी ढाल को ज़मीन से उठाया और उनके लगातार हो रहे हमले को अपनी ढाल पर रोकते हुए उलटे दुश्मनों पर हमले करने लगा, लेकिन अफ़ग़ान सैनिक, अजा पर आक्रमण करते हुए उसके क़रीब आने लगे। जब अधिराज ने देखा कि अजा पर एक साथ दस दुश्मन हमलावर हैं, तब वह भी अजा के साथ जा मिला और अब अजा और अधिराज दोनों मिलकर अफ़ग़ान सैनिकों का मुक़ाबला कर रहे थे। उनके दुश्मन की ओर बढ़ते प्रत्येक क़दम के साथ दुश्मन दल का एक-एक सैनिक मर कर गिरता जा रहा था और हर मौत अपनी पिछली मौत से अलग थी और क्रूर थी। उन्होंने किसी का गला काट दिया, तो किसी का पूरा शरीर एक झटके में काट कर दो भागों में बाँट दिया, किसी को जला दिया, तो

किसी की गर्दन मरोड़ कर उसकी जिह्वा खींचकर बाहर निकाल कर उसको मौत दे दी , क्योंकि उन अफ़ग़ान सैनिकों में से कुछ ने देवी-देवताओं के बारे में अपशब्द कहे थे, और यह बात नागा जानते थे। देखते ही देखते कुछ ही क्षणों में नागा साधु, अफ़ग़ान सैनिकों की लाशों के ढेर के बीच खड़े थे। उनकी आँखें देवी के प्रति उनके प्रेम से भरी हुई आग से जल रही थीं। एक के बाद एक, सिर्फ़ पंद्रह नागा साधुओं ने पंचानवे अफ़ग़ान सैनिकों में से नब्बे सैनिकों को उनकी क़ब्रों में भेज दिया था, जबकि इधर पूरे युद्ध के दौरान मंदिर के गर्भगृह में पुजारी द्वारा जपे जा रहे मंत्रों के उच्चारण की आख़िरी ध्वनि, आख़िरी अफ़ग़ान सैनिक के वध के साथ ही गूँज उठी थी और पुजारी गर्भगृह से बाहर निकल आया था। उसने देखा, पाँच अफ़ग़ान सैनिक नागा साधुओं के सामने घुटनों के बल गिड़गिड़ाते हुए, जान बख़्श देने के लिए क्षमा याचना कर रहे थे। उनकी नज़रें निर्ममता से मृत्यु के घाट उतारे गए अपने साथियों पर टिकी हुई थीं। कुछ देर के बाद उन पाँचों अफ़ग़ान सैनिकों को अजा के कहने पर मंदिर के प्रांगण से बाहर निकाल कर मंदिर के बाहर बरगद के उस पेड़ के नीचे ले जाया गया, जो सदियों से वहाँ खड़ा था और न जाने कितनी ही अनगिनत घटनाओं का साक्षी रहा था, न जाने कितनी ही वीरता की गाथाएँ उसने प्रत्यक्ष रूप से देखीं और महसूस की थीं, न जाने कितनी ही दर्द भरी चीखों और बर्बरताओं का वह गवाह रहा था और आज एक बार फिर वह पेड़ एक और घटना का साक्षी बनने जा रहा था।''

''बरगद के उस पेड़ के नीचे बड़ी संख्या में नागा साधु खड़े थे, जिनके भस्म और रक्त से लिपटे शरीर और उनके व्यक्तित्व के तेज से उन पाँचों अफ़ग़ान सैनिकों की हालत ख़राब थी। इन अफ़ग़ान सैनिकों के लिए, नागा साधुओं की अकल्पनीय शक्ति और संख्या चकित कर देने वाली थी, क्योंकि उन्होंने गोकुल के रूप में एक ऐसे गाँव को चुना था, जिसे लूटना बेहद आसान होने वाला था, लेकिन नागा साधुओं के बल और युद्ध करने की क्षमता ने उन्हें अंदर तक हिला कर रख दिया था। जिस तरह से उनका मुक़ाबला नागा योद्धाओं से हुआ था, उन्होंने इसकी ज़रा भी कल्पना नहीं की थी। उन पाँच जीवित सैनिकों में तारिक और फ़रीद भी थे, जिन्हें जान-बूझ कर अब तक जीवित रखा गया था। पिछली रात की उनकी बातचीत को सुनने वाला नागा साधु उनके पास आया और तारिक द्वारा बोले हर

एक शब्द को ठीक वैसे ही दोहराया, जिस अंदाज़ में उन दोनों ने कहा था। उस नागा ने तारिक की नक़ल करते हुए कहा... 'उन मूर्खों को देखो! हम युद्ध की तैयारी में लगे हैं और उन्हें राख से खेलने से फ़ुर्सत नहीं है। कल जो इन नंगे, आवारा बंजारों की हालत होने वाली है, उसे सोचकर ही मुझे अभी से हँसी आ रही है, जो... कल इन नंगों के साथ होगा, इतिहास उसे नंगी मौत के नाम से जानेगा...।' यह कहकर नागा ज़ोर से हँसा और हँसते हुए उसने अपने शरीर को हिलाते हुए तारिक के मोटे शरीर की नक़ल उतारी और फिर उसने अचानक गंभीर होते होते हुए एक बार फिर तारिक के ही लहज़े में उसके शब्दों को दोहराते हुए कहा... 'अगर उनकी क़िस्मत ठीक रही, तो वे हमारे आक्रमण से पहले ही इस गाँव से चले जाएँगे...।' इतना कहकर वह नागा उन दोनों को खा जाने वाली नज़रों से घूरने लगा।

तारिक और फ़रीद नागा की बात सुनकर हैरान थे, क्योंकि उन्हें अच्छे से पता था कि कल रात जहाँ से वे नागा साधुओं को छुप कर देख रहे थे, वहाँ उनके अलावा और कोई नहीं था, फिर ये नागा उनकी बातों को एकदम ठीक-ठीक उसी रूप में कैसे दोहरा रहा है, जैसे उन्होंने कहा था।

ख़ैर, पाँचों अफ़ग़ान सैनिक, नागा साधुओं के सामने बिना शस्त्र बँधे हुए खड़े थे, तभी उनमें से एक सैनिक ने नागा साधुओं को हिक़ारत भरी नज़रों से देखते हुए चिल्लाकर कहा... 'तुम बेवकूफ़, हैवानी लोग हमारे कुछ सैनिकों को मारकर क्या समझते हो, तुमने सरदार ख़ान को चुनौती दे दी है, सरदार ख़ान तुम सभी नंगे हरामख़ोरों को कच्चा चबा जाएगा और याद रखना, जब ऐसा हो रहा होगा, तब तुम्हारा ये पत्थरों का भगवान तुम्हें बचाने नहीं आएगा...।' इतना कहकर वह नफ़रत से नागा साधुओं को घूरते हुए मुस्कुराया। कुछ पल तक वहाँ सन्नाटा पसरा था, लेकिन अगले कुछ क्षण बाद, अजा ने बेहद शांत चित्त से अपनी तलवार को पकड़ा और एक ही झटके में निर्ममता से उस सैनिक के दो टुकड़े कर दिए और बाक़ी बचे हुए सैनिकों की ओर मुड़ते हुए कहा... 'और किसी को कोई धमकी देनी हो या हमारे धर्म को लेकर अशिष्ट बातें कहनी हो या सरदार ख़ान के नाम के नाम से हमें डराना हो, तो मेरी तलवार उसकी बातें सुन रही है...।' इतना कहकर अजा ने उन बाक़ी बचे हुए अफ़ग़ानों को एक-एक कर देखा, बाक़ी बचे अफ़ग़ान सैनिक अपने साथी का अंजाम देख चुके थे, इसलिए चुप रहे, तब अजा ने अपने साथी साधुओं की ओर मुड़ते हुए कहा... 'मैंने

फ़ैसला किया है कि हमें इन चार सैनिकों को ज़िंदा वापस भेजना होगा ताकि...,' अजा आगे कुछ कह पाता, उससे पहले ही नारायण गुस्से के कारण लगभग अपने पैरों पर उछल पड़ा और बोला... 'अजा! तुम क्षमा करना चाहते हो? जिन्होंने हमारे लोगों के साथ इतनी क्रूरता की है, हमारे धार्मिक स्थलों को अपवित्र किया है, हमारे शहरों को लूटा है...,' यह कहते-कहते नारायण की आँखों में आँसू की बूंदें तैर गई थीं और पूरा शरीर गुस्से के कारण काँपने लगा था। अजा ने नारायण की ओर देखा और उसके कंधे पर सहानुभूतिपूर्वक हाथ रखते हुए कहा... 'नारायण!! उन्हें देखो, वे अनुभवी योद्धा नहीं हैं। वे युवा लड़के हैं, जो मजहबी पागलपन के नशे में ख़तरे के सामने धकेले गए हैं, वे अभी मरने के लिए बहुत छोटे हैं...,' ऐसा कहकर, अजा, नारायण की ओर देखते हुए यह समझने की कोशिश कर रहा था कि उसे उसकी बातें समझ आईं या नहीं। उसने देखा, नारायण अब भी गुस्से में था और उसने कहा... 'तुम, इन्हें मजहबी पागलपन के नशे में फँसे हुए युवा लड़के कह रहे हो, लेकिन अगर आज इन्हें मौक़ा मिलता तो ये बिना रहम किए, हमारे मंदिरों को लूटते, हमारी हिंदू बहनों और माताओं का बलात्कार करते और ऐसा करते समय...,' जैसे ही नारायण आगे और कुछ कहता कि मठाधीश ने शांतिपूर्वक अजा की बातों का समर्थन करने के साथ-साथ नारायण को समझाते हुए कहा... 'नारायण, हमें अजा के निर्णय पर विश्वास करना चाहिए, वह जो कुछ भी कर रहा है, अपने परम ज्ञान और चिंतन के बाद किसी लक्ष्य को ध्यान में रखकर ही कर रहा है...।' मठाधीश के ऐसा कहते ही 'नारायण ने अजा के निर्णय से सहमत न होने के बावजूद इस बहस को आगे नहीं बढ़ाने का निर्णय किया, जिसके बाद अजा ने उन चारों सैनिकों को, जिनमें तारिक और फ़रीद भी थे, उन्हें आदेश दिया कि वे अपने साथियों की लाशों को उन्हीं बैलगाड़ियों और घोड़ों पर लादकर ले जाएँ, जिन पर वे गोकुल के मंदिरों से लूटे जाने वाले ख़ज़ाने को भरकर ले जाने के उद्देश्य से आए थे ।

कुछ ही देर में अफ़ग़ान सैनिकों की लाशें बैलगाड़ियों और घोड़ों पर लादी जा चुकी थीं और बचे हुए चारों अफ़ग़ान सैनिक उन्हें लेकर वहाँ से आगे बढ़ गए थे। नागा साधु अब भी उसी बरगद के पेड़ के नीचे खड़े होकर अफ़ग़ान सैनिकों की लाशों से भरी बैलगाड़ियों को देख रहे थे, लेकिन उनके कुछ दूर जाते ही कुछ नागा साधुओं को गहरी चिंता ने आ घेरा,

जिनमें से एक नारायण भी था, जो एक बार फिर अपनी चिंताओं को व्यक्त करने के लिए अजा की ओर बढ़ा। उसकी आँखें अजा को ढूँढ रही थीं, जबकि अजा उस बरगद की मज़बूत और फैली जड़ों के पास बैठा था और वहाँ की मिट्टी से अफ़ग़ान सैनिकों के ख़ून से सनी अपने तलवार को साफ़ कर रहा था, तभी उसके कानों में नारायण की चिंता से बुझी हुई आवाज़ आई... 'हम आने वाले समय में जितनी बड़ी फ़ौज का सामना करने वाले है, उसे लेकर हमें तैयार रहना चाहिए...!'

नारायण की बात सुनकर भी अजा के भाव में कुछ ज़्यादा बदलाव नहीं हुआ था, अपनी तलवार को साफ़ करते हुए बड़ी ही गंभीरता से नारायण की ओर देखकर उसने कहा। उसकी आवाज़ स्थिर और शांत थी। 'नारायण, दुश्मन की फ़ौज चाहे जितनी भी बड़ी हो, हम कौन होते हैं उसके बारे में सोचने वाले, हम लोगों ने तो कब का अपनी आत्मा का पिंड दान कर दिया है, अब बाक़ी उसके ऊपर चढ़े इस वस्त्र में कब तक रहना है, इसका फ़ैसला उसे ही करने दो...,' अजा ने अपने होंठों पर एक अल्हड़ सी मुस्कुराहट लिए हुए और अपने शरीर को स्पर्श करते हुए कहा।

'लेकिन अजा, तुमने उन सैनिकों को सरदार ख़ान को चेतावनी देने के लिए भेजा है, और अब हमें बिना हथियार के इस भारी सेना का सामना करना है, यह कैसे होगा, हम बिना हथियार उनसे कैसे लड़ेंगे...?' नारायण की बातों में अब भी चिंता थी। अजा ने नारायण की आँखों में झाँका और बिना कोई भाव-भंगिमा बनाए वहाँ उपस्थित प्रत्येक नागा को संबोधित करते हुए बोलना शुरू किया... 'अफ़ग़ानों ने गोकुल पर हमला किया, क्योंकि यहाँ कई मंदिर हैं, लेकिन उन्होंने मंदिरों के अर्थ को ग़लत समझा! हमारे मंदिरों में सिर्फ़ सोने और चाँदी नहीं होते, बल्कि अनेक देवी-देवता भी होते हैं और हमारे उन्हीं आराध्यों के हाथों में घातक हथियार भी होते हैं। हमारे देवी-देवताओं के दिव्य हथियार सिर्फ़ शोभा के लिए नहीं होते हैं, बल्कि ये हमारी शक्ति का प्रमाण हैं। भगवान शिव का त्रिशूल सृष्टि, संरक्षण और विनाश का प्रतीक है, तो भगवान विष्णु का चक्र समय के अनंत चक्र का प्रतीक है, माँ दुर्गा की तलवार ज्ञान और शक्ति का प्रतीक है, जबकि देवी काली क्रोध का प्रतिनिधित्व करती हैं। ये हथियार हज़ारों वर्षों से देवी-देवताओं के आशीर्वाद से दिव्य हो चुके हैं। इन्हें ग्रहण करके नागा साधुओं की सेना कितनी भी विकराल फ़ौज के सामने उतर सकती

है। आपको क्या लगता है कि दुश्मन की फ़ौज हमारे सामने कितने समय तक टिकी रह सकती है...?' इतना कहकर अजा ने नागा साधुओं की ओर देखा, जो उसे बड़े ही ध्यानपूर्वक सुन रहे थे। अजा ने अपनी बात को आगे बढ़ाते हुए कहा... 'सरदार ख़ान गोकुल पर हमला करना चाहता हैं, क्योंकि यहाँ बहुत से मंदिर हैं, तो इन मंदिरों में ही जाइए और श्रद्धा से अपने देवी-देवताओं से हथियार उधार लेकर उनका आशीर्वाद लीजिए और तैयार हो जाइए एक अभूतपूर्व विजय के लिए...।' अजा ने जिस तरह से अपने संबोधन को सिंह की गर्जना की भाँति गरजते हुए कहा था, उससे पूरे नागा साधुओं की भुजाएँ एक बार फिर फड़कने लगी थीं। अधिराज ने अजा के सामने आदर और गर्व में सिर झुका दिया था। अब संपूर्ण नागा दल आने वाली चुनौतियों के लिए तैयार था, चाहे आने वाली चुनौतियाँ कितनी भी मुश्किल क्यूँ नहीं होने वाली थीं। अजा के संबोधन के बाद शंभूजी की जोश से लबरेज़ बातों ने सबके मन में रणभेरी बजा दी थी। उन्होंने नागा साधुओं के केंद्र में आते हुए कहा था... 'हमारी प्राथमिकता अब हो रहे युद्ध के लिए तैयार होना है, बस!!, सरदार ख़ान की ताक़त उसकी विशाल सेना हो सकती है, लेकिन हमारी ताक़त है, हमारा विश्वास!!, जो मिलता है हमें, हमारे शंकर से...।' शंभूजी के इतना कहते ही सारे नागा साधु एक साथ 'हर-हर महादेव' चिल्ला उठे। उनके जोश और आत्मविश्वास से वहाँ का पूरा माहौल ओत-प्रोत हो रहा था, जिसे अजा ने तब और भव्य रूप दे दिया था, जब उसने चिल्ला कर कहा था... 'अगर हम उचित रणनीति से युद्ध की तैयारी करें, तो मुझे पूरा भरोसा है कि दो दिनों में हम उनकी पूरी सेना से एक साथ निपट सकते हैं...।' अजा के इतना कहते ही नागाओं ने मानो युद्ध की रणभेरी बजा दी थी। वे पूरे जोश से तांडव नृत्य करने लगे थे। उन्हें देख कर लग रहा था, मानो स्वयंभू ख़ुद ही अपनी भूतों की टोली के साथ गोकुल में उतर आए हों। अजा अपने संबोधन के बाद मठाधीश से आशीर्वाद लेने उनके पास पहुँचा और अपना सिर उनके अभिवादन में झुका दिया। मठाधीश, अजा को आशीर्वाद देने के साथ, उसे गले से लगा बैठे थे। उन्हें अजा को नागा दल का नेता बनाए जाने के अपने फ़ैसले पर गर्व हो रहा था। मठाधीश को अजा के मन में आत्मविश्वास दिखाई दे रहा था। उन्होंने अजा की आँखों में देखते हुए कहा, 'मुझे तुम पर पूरा भरोसा है, अजा!! भगवान शिव सदैव तुम्हारी रक्षा और तुम्हारा

मार्गदर्शन करें...।' मठाधीश के इतना कहते ही अजा ने अगले आदेश का इंतज़ार कर रहे अपने बाक़ी साथियों की ओर देखकर कहा, 'प्रत्येक पवित्र अनुष्ठान भगवान गणेश के नाम से शुरू होता है, और हम युद्ध शुरू करने जा रहे हैं, आइए सभी मिलकर युद्ध के देवता, भगवान कार्तिकेय, भगवान शिव के बड़े बेटे और भगवान गणेश के बड़े भाई की प्रार्थना करें... 'हर-हर महादेव'...!' अजा के हर-हर महादेव की उद्घोष के साथ ही गोकुल 'हर हर महादेव' के उद्गार से गूँज उठा, परंतु जब 'हर-हर महादेव' का उद्घोष हो रहा था, तभी एक हाथी की चिंघाड़ उस 'हर-हर महादेव' के उद्घोष के साथ आ मिली, जिसने एक क्षण के लिए सभी नागा को चौंका दिया। ध्वनि की दिशा में देखते हुए, नागा साधुओं ने वनराज द्वारा दुलारी को शांत करते हुए पाया और उनके साथ गोलू भी था, जो चुप होने के बाद भी अपनी मीठी आवाज़ में चिंघाड़ते हुए दुलारी के चारों ओर चक्कर काट रहा था। नारायण सहित वे सभी, जिन्होंने वनराज को उनके पीछे आने से रोका था, उसे देख कर चौंक उठे। उन्हें उसके ऊपर क्रोध भी आ रहा था। इसी बीच, नारायण बोल उठा... 'हमने तो इसे यहाँ आने से रोका था, लेकिन यह फिर भी यहाँ आ गया? उसने चिढ़ते हुए कहा। अजा ने नारायण की आँखों में देखा और फिर वनराज की ओर मुड़ा। नारायण को पहले तो समझ नहीं आया कि अजा क्या बताना चाहता है, लेकिन जब उसने अजा के पास जाकर उसे आदरपूर्वक नमस्ते किया, तो नारायण को अपना जवाब मिल चुका था। उसके बाद अजा ने बेहद ही सम्मान के साथ वनराज से पूछा... 'तुम यहाँ क्या कर रहे हो? तुम्हें क्या चाहिए...?' अजा के इतने प्यार से पूछने पर नागा साधुओं से थोड़े भय में रहने वाला वनराज हिचकिचाते हुए बोला... 'हम बस मदद करना चाहते हैं। हम वचन देते हैं कि हमसे आप लोगों को कोई परेशानी नहीं होगी, हम आपके बहुत काम आएँगे।' यह कहते हुए वनराज के हाथ विनती के भाव में ख़ुद-ब-ख़ुद जुड़ गए थे।

वनराज के अनुरोध के बाद अजा ने कुछ देर सोचा, फिर मठाधीश और शंभूजी की ओर एक पल को देखा, जैसे कुछ पूछ रहा हो और फिर वनराज को देखते हुए कहा...'अगर मैं तुम्हें युद्ध में शामिल होने की इजाज़त देता हूँ, तो मैं ग़लत हो जाऊँगा, क्योंकि तुम हम में से नहीं हो, इसलिए मैं तुम्हें, हमारे उद्देश्य के लिए अपनी जान को ख़तरे में डालने की इजाज़त नहीं दे सकता और अगर मैं तुम्हें लोगों की सुरक्षा करने से रोकता हूँ, तो

वह नागाओं के संकल्प और हमारे धर्म के ख़िलाफ़ होगा। मैं तुम्हें युद्ध की तैयारी में मदद करने की अनुमति दूँगा, परंतु युद्ध शुरू होने से पहले ही तुम चले जाओगे, तुम्हें मुझे यह वचन देना होगा...,' अजा ने वनराज की आँखों में देखते हुए दृढ़ता से कहा। वनराज ने मुस्कुराते हुए अपने सिर को झुकाकर अजा की शर्तों को अपनी सहमति दी। उसके बाद अजा ने समूह की ओर मुड़ते हुए कहा, 'दो दिनों में, हमें अपने पहले युद्ध का सामना करना होगा। यह सिर्फ़ गोकुल की सुरक्षा के बारे में नहीं है, बल्कि हमारे अस्तित्व और पवित्र संस्कृति और उसके विश्वास के बारे में है। मैं चाहता हूँ कि हर एक व्यक्ति अपने समूह को एकत्रित करे, मानसिक और शारीरिक रूप से इस युद्ध के लिए तैयार रहे...।' अजा के इस कथन से सभी नागा साधु सहमत थे। आसमान एक बार फिर 'हर-हर महादेव' की गूँज से काँप उठा था। नागाओं की उस गर्जना में दुलारी और गोलू भी शामिल हो गए थे। गोलू, दुलारी के साथ अपनी सूँड को हवा में उठाकर मीठी आवाज़ में चिंघाड़ रहा था और साथ ही साथ अपनी माता के चारों ओर चक्कर भी लगा रहा था। नागा साधुओं का समूह एक ऐसे भीषण संग्राम को लड़ने के लिए तैयार हो रहा था, जो इतिहास के पन्नों में हमेशा के लिए अमर होने वाला था...।''

9

एक स्पष्ट संदेश

''हरिपुर महल के विशाल कक्ष में राजा वेदांत किसी गहरी सोच में डूबे हुए इधर-उधर टहल रहे थे। उनके पीछे, उनका सुनहरा सिंहासन ख़ाली था, जिस पर जलती हुई मशालों की रौशनी पड़ रही थी। मशालों की रौशनी पड़ने से सिंहासन में जड़ा हुआ रत्न अपनी अद्भुत चमक बिखेर रहा था, ऐसा लग रहा था कि वह हरिपुर के राजा का सिंहासन नहीं, बल्कि स्वर्ग के राजा इंद्र का इंद्रासन हो, जबकि महल की ऊँची छत और उसकी दीवारों पर की गई उत्कृष्ट नक़्क़ाशियाँ, बिना कहे ही अपने पुराने समय के समृद्ध इतिहास की कहानियाँ बयाँ कर रही थीं, लेकिन इस क्षण वर्तमान अनिश्चित लग रहा था। वेदांत का बूढ़ा मंत्री, जो कब से वेदांत को बिना कुछ बोले, चुपचाप इधर से उधर टहलते हुए देख रहा था, उसने अपने मौन को तोड़ते हुए कहा... 'महाराज, हमारे जासूसों से ख़बर मिली है कि सरदार ख़ान हरिपुर पर हमला करने वाला है और जैसे कि दूर देश से ख़बर भी आ रही है कि अफ़ग़ानों ने पहले ही रास्ते में छोटे शहरों और गाँवों में लूटपाट और हमला करना शुरू भी कर दिया है। मेरी तो यही राय है महाराज कि...,' बूढ़ा मंत्री आगे कुछ बोल पाता, उससे पहले ही वेदांत ने उस बूढ़े मंत्री पर डपटते हुए कहा... 'क्या लगता है आपको, ज़रा बताइए हम भी सुनना चाहते हैं...।' यह कहते-कहते वे मंत्री के बेहद क़रीब आ गए थे। बूढ़े मंत्री को, वेदांत के इस व्यवहार की बिलकुल भी उम्मीद नहीं थी, वह अंदर ही अंदर उसके व्यवहार से दुखी हो गया था, फिर भी उसने अपनी नज़रों को नीचे करते हुए कहा... 'मुझे लगता है कि हमें युद्ध के लिए तैयार रहना चाहिए...।' यह कहकर मंत्री चुप हो गया था, लेकिन वेदांत कुछ पल कुछ

सोचते हुए फिर से इधर-उधर टहलने लगे थे। उनके इधर-उधर बढ़ते क़दमों के साथ उसकी चिंता भी बढ़ती चली जा रही थी। उन्होंने सेनापति कृष्णा की ओर देखा और फिर कुछ पल देखने के बाद एक बार उसी चिंता के साथ इधर-उधर टहलने लगे।

'महाराज, अब जो हो गया, वह हो गया। हमारा धर्म अब हमारी सेना को एकजुट कर युद्ध की तैयारी करना है... मुझे पूरी उम्मीद है कि इस मुश्किल समय में हमारे पूर्वजों और शहीदों की आत्माएँ और आपके पिता के पुण्य कर्म हमारा मार्गदर्शन करेंगे...', सेनापति कृष्णा ने राजा वेदांत को साँत्वना देते हुए कहा, लेकिन सेनापति की बातों का भी वेदांत पर ज़्यादा असर नहीं हुआ, जबकि आने वाले युद्ध के बारे में सोच के ही उनकी साँसे भारी होती जा रही थीं। उन्होंने अचानक बुदबुदाते हुए कहा... 'सरदार ख़ान, जुगल किशोर के आदेश के ख़िलाफ़ नहीं जा सकता, ज़रूर कहीं कोई ग़लतफ़हमी हुई है...!' फिर उन्होंने ज़ोर से कहते हुए सेनापति कृष्णा को आदेश दिया... 'तुम तुरंत दो दूतों को सरदार ख़ान के पास भेजो, जुगल किशोर और हमारे बीच के समझौता पत्र के साथ,'...इतना कहकर वे फिर अपने आप से बोले...

'मुझे इस युद्ध को हर हाल में रोकना ही होगा...।' यह कहते हुए वेदांत उस विशाल कक्ष से निकल कर अपने निजी कमरे की ओर चल पड़े। उधर, सरदार ख़ान के शिविर में पूरे धूमधाम से विजयगढ़ पर जीत का जश्न मनाया जा रहा था। तंबुओं को हरे रंग के मजहबी झंडों से सजाया गया था, जहाँ ढोल की थाप, आसमान में ज़ोरदार शोर उत्पन्न कर रही थी। सारे अफ़ग़ान सैनिक कुछ ज़्यादा ही उत्साह में थे। मशालों की गर्म रौशनी में उनके चेहरे चमक रहे थे। जलते हुए अंगारों की बड़ी-बड़ी लपटें ऊपर की ओर उठ रही थीं। ताज़े फल और शराब की मिठास के साथ, आग की लपटों पर पकते ताज़े माँस की महक पूरे वातावरण में मादकता घोल रही थी। संगीतकार पारंपरिक धुनें बजा रहे थे। हर जगह जैसे आत्मतृप्ति का मेला लगा था, सैनिक गुटों में बैठ मंदिरों की लूट, लोगों की हत्या और महिलाओं के साथ बलात्कार की कहानियों को चटकारे ले लेकर एक-दूसरे को सुना रहे थे।

जबकि, ढलती रात के बीच इन सभी मनोरंजन और एशो-आराम से दूर सरदार ख़ान अपने तंबू में बैठा, गोकुल से अपने सैनिकों के लौटने का

इंतज़ार कर रहा था। मंदिरों से लूटे जाने वाले ख़ज़ाने के बारे में सोचकर ही, लालच के कारण उसकी आँखों में एक विशेष चमक आ गई थी। उसके अंतर्मन में बस एक ही भाव चल रहा था कि सैनिक कितना सोना और ख़ज़ाना लेकर आने वाले हैं... तभी एक प्रहरी दौड़कर आया और उसने घोषणा की कि... अफ़ग़ान सैनिक गोकुल से ख़ज़ाना लेकर आ गए हैं...। सरदार ख़ान अपने मन की ख़ुशी को और ज़्यादा देर छुपा नहीं सका और ख़ज़ाने का दीदार करने और सैनिकों के स्वागत के लिए तंबू के दरवाज़े की ओर बढ़ गया, लेकिन उसकी आँखें हैरानी से तब बड़ी होती चली गईं, जब उसने केवल चार सैनिकों को शिविर की ओर आते हुए देखा, जो पिटे-पिटे और थकी हालत में थे। उनके हाथ तो ख़ाली थे ही, वे काफ़ी भयभीत भी दिखाई दे रहे थे। उनकी उन बैलगाड़ियों और घोड़ों पर अफ़ग़ान सैनिकों की लाशें लदी हुई थीं, जिन पर गोकुल से लाए जाने वाले सोने और बेशक़ीमती आभूषण भरे होने की कल्पना की जा रही थी। सरदार ख़ान के अंतर्मन की ख़ुशी अचानक ही नफ़रत और गुस्से में बदल गई। उसकी आँखें गुस्से के कारण लाल हो चुकी थीं और फिर सिकुड़ कर छोटी हो गई थीं। उसने गुस्से में गरजते हुए पूछा... 'ये किसने किया?' वह इतनी ज़ोर से चीखा था कि उसकी आवाज़ पूरे शिविर में गूँज उठी थी। गोकुल में घटी उस घटना ने पूरी अफ़ग़ान फ़ौज के शौर्य को ललकार दिया था।

'नागा साधुओं के एक दल ने, जिनका नेतृत्व अजा नाम का एक नागा साधु कर रहा था...,' फ़रीद ने डरते-डरते कहा। फ़रीद के मुँह से इतना सुनते ही सरदार ख़ान ने एक लंबी साँस खींची और शिविर में उपस्थित सभी अफ़ग़ान सिपाहियों की ओर देखा। उसका विशालकाय शरीर ऐसा लग रहा था, जैसे और विशाल होकर चुनौती को स्वीकार कर रहा हो। उसने कुछ पल तक आसमान की ओर देखने के बाद झटके से फ़रीद की आँखों में देखते हुए पूछा...' बताओ! गोकुल में क्या हुआ था?' फ़रीद ने सरदार के पूछने पर हिचकिचाहट में बिना वक़्त गँवाए डरते-डरते कहना शुरू किया..., 'हमने उन्हें नासमझ और कमज़ोर समझा...।'

'आलमगीर, लेकिन गोकुल वैसा बिलकुल नहीं था, जैसा हमने सोचा था...,' यह कहकर फ़रीद रोने को हो गया था। उसकी आँखों में एक पल के लिए नागा साधुओं द्वारा क्रूरता से किए गए क़त्लेआम के सारे दृश्य घूम

गए थे, जबकि सरदार ख़ान का धैर्य कम हो रहा था। उसने चिल्लाते हुए कहा... ''साफ़-साफ़ बताओ और ज़रा खुल कर बताओ।' सरदार ख़ान के इतना कहते ही फ़रीद की हिम्मत और कुछ कहने की नहीं हो सकी, लेकिन तभी तारिक ने हड़बड़ाते हुए कहा... 'अजा!! नागा साधुओं का नेता है और उसी ने अपने कुछ साथियों के साथ हमारे ऊपर हमला कर दिया। हम कभी नहीं सोच सकते थे और न ही कभी मान सकते थे कि कोई इंसान इतना ख़तरनाक योद्धा हो सकता है। उसे युद्ध में इस्तेमाल की जा सकने वाली चालें पता थीं...।' तभी फ़रीद बीच में बोल पड़ा... 'इतना ही नहीं, बल्कि उसकी गति बिलकुल चीते जैसी थी, हम जब तक कुछ समझ पाते, वह तूफ़ान की तरह हमारे लोगों की लाशें गिराता चला गया। आप विश्वास नहीं करेंगे हुज़ूर, हमारे सौ लोगों को लगभग दस नागाओं ने मौत के घाट उतार दिया और वह भी महज़ कुछ मिनटों में...।' यह बोलते-बोलते फ़रीद के चेहरे का भाव कुछ इस तरह हो गया था, जैसे वह एक बार फिर उसी काली मंदिर में नागा साधुओं के बीच पहुँच गया हो। उसने आगे कहा... 'उनका हत्या करने का तरीक़ा कमाल का था, जैसे वे अपने हाथों में हथियार लिए हुए पैदा ही हुए हों...।' यह बयाँ करते-करते फ़रीद की आँखें बड़ी होती जा रही थीं, उसके चेहरे पर अपने साथियों को खोने का दुख कम, नागा साधुओं के पराक्रम का प्रभाव ज़्यादा था, लेकिन उसे जिस बात की ख़बर नहीं थी, वह यह थी कि वह जितना नागा साधुओं के युद्ध कौशल की व्याख्या करता जाता, सरदार ख़ान के अहंकार की दीवार की जड़ें हिलती हुई मालूम होतीं। सरदार ख़ान गुस्से से काँप रहा था, तभी तारिक ने आँखें बड़ी करके कहा... 'बात सिर्फ़ इतनी नहीं है हुज़ूर कि वे हथियारों से युद्ध कैसे कर रहे थे, बल्कि उनके बदन की ताक़त या अल्लाह!!, एकदम क़यामत थी! वे हमारे एक-एक सैनिक को तिनके की तरह हवा में उठा-उठा कर फेंक रहे थे। उनकी आँखों में एक आग थी, हुज़ूर!!... ,' फ़रीद ने धीमी आवाज़ में कहा और देखते-देखते उसका पूरा शरीर पसीने से भीग गया, तभी तारिक ने जोश में कहा... 'उनके जैसे और भी थे हुज़ूर। सब के हाथों में वैसे ही हथियार थे और वे उतने ही ताक़तवर थे... और... और...,' कहकर तारिक चुप हो गया।

'और क्या...?' तारिक को चुप होते देख सरदार ख़ान ने चिल्लाते हुए पूछा।

'वे हमारा इंतज़ार कर रहे हैं, हुज़ूर...,' तारिक ने सरदार ख़ान की आँखों में देखते हुए कहा। अफ़ग़ान सैनिकों के मुँह से नागाओं के शौर्य के बारे में सुनकर सरदार ख़ान अंदर तक हिल गया था, लेकिन फिर भी उसने अपनी बेचैनी को छुपाते हुए कहा, 'हमारी जीत के अभियान में इतने सारे अफ़ग़ान सैनिक जंग लड़ते हुए मारे गए और तुम लोग मेरे पास हार की ख़बर लेकर आए हो, वह भी इतनी सारी फ़तह के बाद!!, अपनी कायरता छुपाने के लिए तुमने उन नंगे कायरों का अच्छा बखान किया है, जिसका इनाम तो तुम लोगों को ज़रूर मिलना चाहिए...।' इतना कहकर सरदार ख़ान ने अपनी फ़ौज की ओर देखा। हारे हुए सैनिकों का सिर शर्म से झुका हुआ था। वे एक ऐसे युद्ध के गवाह थे, जिसके बारे में उन्होंने कल्पना तक नहीं की थी। जैसे ही सरदार ख़ान ने इन चारों को सज़ा देने के बारे में घोषणा करनी चाही... दो अजनबी आकर उसके सामने कुछ बोलने के लिए आदेश माँगने की मुद्रा में खड़े हो गए, उनके साथ सरदार ख़ान का सूबेदार भी था। सरदार ख़ान ने उन दोनों को देखा और सूबेदार से कहा...

'हाँ, बोलो क्या बात है...?' यह कहकर सरदार उन अजनबियों की ओर देखने लगा।

''हुज़ूर!' ये हरिपुर के दूत हैं, आपके लिए कोई संदेश लेकर आए हैं...,' सूबेदार ने कहा और चुपचाप सिर झुका कर खड़ा हो गया। हरिपुर से संदेश आने की बात सुनकर सरदार ख़ान के भाव अचानक ही बदल गए थे।

'ख़ुशामदीद!!,'... कहते हुए उसके चेहरे पर एक रहस्यमयी मुस्कान तैर गई थी। सरदार ख़ान, अपने सूबेदार सहित उन दोनों संदेशवाहकों के साथ अपने तंबू में आया और उसने उन संदेशवाहकों को शानदार सिंहासन-नुमा कुर्सी पर बैठने का इशारा किया, जो सरदार ख़ान के भव्य सिंहासन के सामने लगी हुई थी। दोनों संदेशवाहक कुर्सी पर बैठे ही थे कि तभी एक अफ़ग़ान नौकर भुने हुए माँस और शराब से भरे सोने का जग लेकर दौड़ता हुआ आया। माँस और शराब देखकर, बुजुर्ग संदेशवाहक ने शिष्टता से इंकार करते हुए कहा... 'हम शाकाहारी हैं, इसलिए इसे ग्रहण नहीं कर सकते...।' इतना सुनते ही सरदार ख़ान की भौंहें तन गई थीं, लेकिन उसने अपने होंठों पर बनावटी मुस्कान लाते हुए कहा... 'यह सिद्धांत है या आस्था

का मामला है... ?' यह पूछ कर सरदार ख़ान उस बुजुर्ग संदेशवाहक को हिक़ारत से देखने लगा।

'दोनों का मामला है!!' बुजुर्ग ने आत्मविश्वास से जवाब दिया।

सरदार ख़ान ने हँसते हुए कहा, 'ठीक है...,' इतना कहकर उसने उन दोनों संदेशवाहकों से पूछा... 'यहाँ आने का कारण?' इतना सुनते ही बुजुर्ग संदेशवाहक ने मोटे काग़ज़ी तह से बने, मुहर लगे हुए दस्तावेज़ को सावधानी से खोलते हुए उसे सरदार ख़ान के हाथों में दिया और कहा, 'हरिपुर के हमारे राजा वेदांत का एक संदेश है, हम उसे ही लेकर आए थे...।' सरदार ख़ान अब भी उस बुजुर्ग संदेशवाहक को घूर रहा था, लेकिन साथ ही उसने दस्तावेज़ भी ले लिया था। सरदार ख़ान का अंगूठा दस्तावेज़ पर लगी मुहर की सील को तोड़ते हुए अंदर लिखी लिखावट पर घूमने लगा था। जब उसकी नज़रें दस्तावेज़ के ऊपर घूमीं, तो पढ़ते हुए हर पंक्ति के साथ उसकी आँखें और भी छोटी होती चली गईं। लिखावट ठीक थी और मुहर भी साफ़ थी। इसका मतलब था कि अहमद शाह अब्दाली का चिह्न, जिसके तहत वेदांत और जुगल किशोर के बीच एक संधि ज़रूर की गई थी। संधि-पत्र पढ़ने के बाद सरदार ख़ान की कलाइयों का कसाव दस्तावेज़ पर बढ़ गया,जिसके कारण उसके किनारे सिकुड़ गए। दोनों संदेशवाहक, सरदार ख़ान के व्यवहार में आए परिवर्तन को ध्यानपूर्वक देख रहे थे। वहाँ उपस्थित सभी को उसकी प्रतिक्रिया का इंतज़ार था, हालाँकि, सरदार के कुछ कहने से पहले ही बुजुर्ग संदेशवाहक के साथ आए युवा संदेशवाहक ने एक और दस्तावेज़ निकाला और अपना गला साफ़ करते हुए गर्मजोशी से कहा... 'यह पत्र आपको स्वयं हरिपुर के राजा वेदांत ने शांति और समृद्धि के नाम पर आपसे अनुग्रह करते हुए लिखा है...।' यह कहते समय संदेशवाहक की आवाज़ में एक आत्मविश्वास की आभा थी। उसने सरदार की किसी प्रतिक्रिया के बग़ैर ही उस पत्र को पढ़ना शुरू किया... 'हरिपुर के राजा वेदांत, सरदार ख़ान को जीते हुए राज्यों और नगरों के लिए शुभकामनाएँ देते हैं। यह पत्र इसीलिए लिखा गया है कि हम सरदार ख़ान को यह याद दिलाना चाहतें हैं कि इस पत्र पर अफ़ग़ान साम्राज्य के महान बादशाह अहमद शाह अब्दाली की मुहर इस बात का प्रमाण है कि हरिपुर और अफ़ग़ान साम्राज्य का आपस में कोई बैर नहीं है, साथ ही पत्र में इस बात पर भी विशेष ज़ोर

दिया गया है कि दोनों राज्य एक-दूसरे की संप्रभुता और अखंडता पर किसी भी प्रकार का हस्तक्षेप नहीं करेंगे और इसका सम्मान करेंगे। अगर किसी ने इस संधि को तोड़ने की कोशिश की तो उसे स्वयं अहमद शाह अब्दाली की बातों का उल्लंघन माना जाएगा...।' पत्र को एक साँस में पढ़ने के बाद वह युवा संदेशवाह चुप हो गया, जबकि पत्र सुनने के बाद सरदार ख़ान कुछ देर तक चुप रहा। ऐसा लग रहा था, जैसे उसकी महत्वाकांक्षा को एक काग़ज़ के टुकड़े ने नकार दिया था।

वह अपनी पीठ को पीछे करके आरामदायक कुर्सी पर ध्यान की मुद्रा में बैठ गया और अपने अगले क़दम पर विचार करने लगा। सरदार ख़ान के अंदर उफ़ान मारती क्रोध की आँधी को उसके आस-पास खड़े सैनिक और सेवक महसूस कर रहे थे।

'क्या आपको इस पत्र में अपनी तरफ़ से कुछ और कहना है...?' सरदार ख़ान ने अपनी नफ़रत को अपने अंदर जज़्ब करते हुए उस युवा संदेशवाहक से पूछा। युवा संदेशवाहक ने अपने को संयमित रखने की कोशिश करते हुए ना में सर हिलाया और जैसे ही उसने बुजुर्ग संदेशवाहक की ओर एक नज़र देखा कि किसी चेतावनी के बिना सरदार ख़ान ने उस युवा संदेशवाहक पर हमला कर दिया और उसे एक ज़ोरदार धक्का देते हुए अपने एक सैनिक की ओर इशारा किया। इशारा पाते ही सैनिक ने सरदार ख़ान को माँस का एक बड़ा टुकड़ा पकड़ा दिया, जिसे वह कब से अपने हाथ में लिए हुए खड़ा था।

सरदार के होंठों पर वहशी मुस्कुराहट तैर गई और उसने देखते ही देखते उस युवा संदेशवाहक के जबड़े को दबा कर बड़े से जानवर के पैर के भुने हुए माँस का टुकड़ा पूरा का पूरा उसके कंठ में उतार दिया। वह युवा संदेशवाहक दर्द के मारे कराह रहा था, गले में माँस अटकने के कारण उसे साँस लेने में दिक़्क़त हो रही थी, उसकी आँखें बाहर आने को थीं, जबकि डर के मारे बैठे-बैठे काँप रहे बुजुर्ग संदेशवाहक ने सहमते हुए ही सही, सरदार ख़ान के उस कृत्य का विरोध किया, लेकिन जब सरदार ख़ान ने उस युवा संदेशवाहक को अपने चुंगल से आज़ाद किया, तब बुजुर्ग संदेशवाहक ने सरदार ख़ान से विनती के भाव में कहा, 'सरदार ख़ान, हम तो बस अपने राज्य के मामूली दूत हैं। हमारा काम है सिर्फ़ संदेश पहुँचाना, हमसे भला

आपको कैसा भय है। हम कभी किसी को नुक़सान भी नहीं पहुँचाते। हमें माफ़ कर दीजिए और हमें जाने दीजिए...,' लेकिन इस वक़्त सरदार ख़ान पर बुजुर्ग संदेशवाहक की बातों का कोई असर नहीं हो रहा था। वह कुछ भी सुनना नहीं चाहता था। उसने उस बुजुर्ग संदेशवाहक की ओर देखा, उसकी आँखों में एक वहशी चमक थी। उसने उस संदेशवाहक के हाथों से उस समझौते का पर्चा छीन लिया था, जिसने उसकी महत्वाकांक्षाओं को चुनौती दी थी और फिर गुस्से में बोला... 'जैसे कि इस समझौते के शब्द मुझे, तुम्हारे ज़रिए मिले हैं, तो मैं चाहता हूँ कि तुम अपने शब्द वापस लो...।' इतना कहकर उसने, उस बुजुर्ग संदेशवाहक को घूरा। संदेशवाहक कुछ समझ पाता कि उससे पहले ही सरदार ख़ान ने अपने सिपाहियों की मदद से उस बुजुर्ग संदेशवाहक के मुँह को खोलकर ज़बरदस्ती उसके गले में वह दस्तावेज़ पूरा का पूरा उतार दिया था। उस संदेशवाहक की आँखें बाहर निकल आईं, उसकी दर्दनाक चीख बाहर गूँज रहे मधुर संगीत की धुन में जैसे खो कर रह गई, फिर सरदार ख़ान ने पास की मेज़ से पतली गर्दन वाले एक सुराहीदार बर्तन को लिया, जिसमें तेल था और उसे बुजुर्ग संदेशवाहक के मुँह में अटके संधि-पत्र के ऊपर उड़ेल दिया और पास में रखे एक दीए से उसमे आग लगा दी। देखते ही देखते आग बुजुर्ग संदेशवाहक के गले से उतरती हुई फेफड़े को जलाती हुई पूरे शरीर में फैल चुकी थी। पूरा तंबू जल रहे इंसानी शरीर की गंध से भर गया। वहाँ खड़े बाक़ी अफ़ग़ान सैनिक और युवा संदेशवाहक डर के मारे चुप थे और अंतरात्मा को झकझोर कर रख देने वाले उस दृश्य को सुन्न होकर देख रहे थे। ऐसी क्रूरता उन्होंने पहली बार देखी थी। बुजुर्ग संदेशवाहक धू-धू कर जल रहा था और वहीं अपने सिंहासन पर बैठ कर सरदार ख़ान उसे देख रहा था। कुछ देर तक उसे देखते रहने के बाद उसने चिल्लाते हुए कहा, ...'कोई पर्चा, समझौता या राजा मेरे हुक़्म और ख़्वाहिश के रास्ते में नहीं आ सकता...।' सरदार ख़ान का क्रोध लगातार बढ़ता जा रहा था। उसके एक आदेश पर तारिक और फ़रीद सहित गोकुल में बचे हुए बाक़ी दो अफ़ग़ान सैनिकों को तंबू के अंदर खींच कर लाया गया। वे चारों भय से काँप रहे थे। उन्हें अपने सामने देखकर सरदार ख़ान ने गुस्से से काँपते हुए कहा... 'मैंने तुम्हें योद्धा बनाया था, है ना?, मैंने ही तुम्हें कपड़ा, खाना, और एक मकसद दिया था, है ना!, तुमने मुझे बदले में क्या दिया... हार और शर्म...!!' जिस आवेग में सरदार ख़ान यह

सब कह रहा था, उसकी आवाज़ चारों दिशाओं में गूँज रही थी और उसकी आँखें फ़रीद और तारिक को खा जाने वाली नज़रों से घूर रही थीं। तारिक और फ़रीद अपनी जान बचाने के लिए सरदार ख़ान के सामने गिड़गिड़ा रहे थे। उन्होंने डरते-डरते ज़मीन की ओर अपनी नज़रों को झुकाते हुए कहा, 'हमने नागा साधुओं को कमज़ोर माना और धोखा खा गए, बिना तैयारी के उन पर हमला करना हमारी सबसे बड़ी ग़लती थी, लेकिन अब अगली बार...।' फ़रीद इसके आगे कुछ बोलता, उससे पहले ही सरदार ख़ान ने अपने एक सैनिक को इशारा किया, जिसने अपनी तलवार के एक ही वार से फ़रीद को अपनी विनती पूरा किए बग़ैर दो भागों में बाँट दिया। एक के बाद एक, बाक़ी तीनों को भी ठीक उसकी तरह ही मौत के घाट उतार दिया गया। यह उनकी ग़लतियों का इनाम था। युवा संदेशवाहक अब भी डरा-सहमा, वहीं बैठकर बेबस आँखों से ख़ून और आग को एक साथ देख रहा था, जबकि उसके मुँह में अब भी माँस का बड़ा सा टुकड़ा फँसा हुआ था। तंबू का फ़र्श ख़ून से सना हुआ था। सरदार ख़ान ने अपने सूबेदारों और सैनिकों की ओर देखा और पूछा... 'क्या किसी से तुम्हें कोई संधि पत्र मिला है, जिस पर अफ़ग़ान बादशाह की मुहर लगी हो...?' सैनिकों ने तुरंत उसकी बात को समझते हुए ना में अपना सिर हिलाया। वहाँ उपस्थित हर कोई बस सरदार ख़ान की नज़र से बचने की कोशिश कर रहा था, ताकि उसके गुस्से का अगला शिकार न बन जाए। उसके बाद उसकी नज़र युवा संदेशवाहक पर पड़ी, जो डर के मारे वहीं कोने में सिमटकर बैठा हुआ काँप रहा था, उसे घूरते हुए सरदार ख़ान ने कहा, '...और तुम!!, क्या तुमने पहले ऐसा समझौता देखा है...?' यह कहते हुए सरदार ख़ान के होंठों पर एक वहशीपन वाली मुस्कुराहट तैर गई।

'न... नहीं ...!' संदेशवाहक ने डरते हुए कहा। सरदार ख़ान ने गहरी साँस लेते हुए अपनी साँसों को छोड़ा, अब वह शांत दिख रहा था, हालाँकि तंबू की हवा में अब भी जलते इंसान की गंध भरी हुई थी, लेकिन जो क्रूरता भरे कार्य उसने अभी-अभी किए थे, उसने उसके अंदर के राक्षस को एक संतोष दे दिया था। अब सबको पता था कि सरदार ख़ान के दरबार में हारने का मतलब क्या होता है। इस घटना ने सरदार ख़ान को एक ऐसे नेता के रूप में प्रतिष्ठित कर दिया था, जिसकी आज्ञा को ख़ुदा का आदेश मानने के साथ-साथ उससे डरना भी बहुत ज़रूरी था। युवा संदेशवाहक, जिसने

अभी-अभी दिल दहला देने वाली दरिंदगी देखी थी, उसने सरदार ख़ान की ओर देखा। सरदार ख़ान उसे पहले से ही घूर रहा था और कुछ देर तक उसे घूरते रहने के बाद उसने कहा, 'अपने राजा के पास वापस जाओ और उसे बताओ कि वह शायद मुझे शत्रु न माने, लेकिन मुझे दोस्त मानने की ग़लती भी न करे। मैं किसी का न तो नौकर हूँ और न ही उसका सहायक...।' इतना कहकर सरदार ख़ान अपने सिंहासन से उठा और जल रहे उस बुजुर्ग संदेशवाहक को एक ज़ोरदार लात मारी, जबकि युवा संदेशवाहक के... 'ज... ज... जी...' वाली सहमति के शब्द उसके मुँह के अंदर ही फँसे रह गए थे। वह जैसे ही तेज़ी से उठकर तंबू के बाहर जाने वाला था कि सरदार ख़ान की आवाज़ एक बार फिर उसके कानों तक आई... 'और उसे अच्छी तरह समझाओ कि ये दोस्ती, ये वादे-नाते और संधियाँ अन्यों को बाँध सकती हैं, मुझे नहीं...।' इतना कहकर सरदार ख़ान चुप हो गया। संदेशवाहक को तंबू से बाहर लाया गया और एक घोड़ा देते हुए अफ़ग़ान सैनिकों ने उसे हरिपुर की ओर विदा किया। सरदार ख़ान का ध्यान अब अपने सूबेदार की ओर गया और उसने पूछा... 'गोकुल में अब भी कितने नागा साधु हैं?'

'इन चार कायरों ने आपके सामने लाए जाने से पहले बताया था कि क़रीब 100 नागा साधु हैं,' सूबेदार ने जवाब दिया। सूबेदार का अनुमान सच के बहुत क़रीब था, क्योंकि नागाओं की कुल शक्ति , अजा सहित, 111 थी। इधर, गोकुल में अजा ने दृढ़ता से पूछा... 'ध्रुव, हमें बताओ, सरदार ख़ान के शिविर में तुम्हें क्या दिखा? उसके सैनिकों की कुल संख्या कितनी थी...?'

'उनकी संख्या हज़ारों में है...,' ध्रुव ने नफ़रत से गर्म होतीं साँसों को छोड़ते हुए जवाब दिया।''

10

गोकुल तैयार है

''गोकुल की धरती पर भोर की सुनहरी धूप एक बार फिर चमक उठी थी, परंतु यह कोई सामान्य सुबह नहीं थी। गाँव में जैसे हर ओर किसी विशेष प्रायोजन की तैयारी चल रही थी। नागा साधु विभिन्न मंदिरों से हथियारों को इकट्ठा करने में लगे थे। अधिराज ने शंख बजाकर विशेष तैयारी के लिए समूह को जुटाना शुरू किया। नागा साधुओं और अफ़ग़ान सैनिकों के बीच युद्ध की बात आग की तरह हर ओर फैल गई थी, जहाँ गोकुलवासियों ने भी नागा साधुओं का साथ देना शुरू कर दिया था। गाँव के किसान, अपने हसिये, कुदाल,कुल्हाड़ी जो कुछ उनके उपयोग में आता था,अब गाँव की सुरक्षा के लिए नागा साधुओं को दान कर रहे थे। वे सभी हथियार, जो सामान्य रूप से घास काटने के लिए रखे जाते थे, सूर्य की किरणों में युद्ध अस्त्र की भाँति चमक रहे थे और एक नए उद्देश्य के लिए तैयार हो रहे थे। गाँव के विभिन्न समाजों और समुदायों की महिलाएँ हथियारों की धार को और धारदार बनाने में जुटी थीं। उनके ज़ेहन में अब भी भय व्याप्त था।

इधर, शंभूजी सौम्यता के साथ गाँव में घूमते हुए चुपचाप वहाँ हो रही सारी गतिविधियों को देख रहे थे। वे जहाँ भी जाते, उनकी नज़रें स्थिति का जायज़ा लेतीं, यह समझने के लिए कि उनकी मदद की सबसे ज़्यादा ज़रूरत कहाँ है, इसी क्रम में एक जगह पर वे किसानों के एक दल के पास बैठकर उन्हें तीरों को सही कोण पर धार देने और तीर की सही लंबाई और वज़न के बारे में समझा रहे थे, ताकि वे अधिकतम दूरी तय कर सकें और अपने लक्ष्य को भेद सकें। वैसे ही उन्होंने एक और ग्रामीण की मदद, उसके भारी हथियारों और कृषि उपकरणों को केंद्र तक ले जाने में की।

उधर, साध्वियों के शिविर में ध्रुव घायल अवस्था से किसी तरह से दर्द से कराहते हुए उठकर बैठ गया। उसका ज़ख़्म अभी तक पूरी तरह ठीक नहीं हुआ था, फिर भी उसने शंभूजी को कुछ ही क़दम दूर देखकर, उनके पास जाने का साहस जुटाया। शंभूजी को बिना देखे ही पता था कि ध्रुव आ रहा है, इसलिए उन्होंने कहा... 'हमारा समृद्ध इतिहास अच्छाई और बुराई के बीच हमारे अंतहीन संघर्ष की कहानी कहता है, पुत्र। भले ही अभी तुम्हें पूरी तसवीर न दिखे, लेकिन याद रखना कि यह लड़ाई धर्म के प्रकाशस्रोत को बचाए रखने के लिए है, जो है हमारी संस्कृति, हमारे वेद और ग्रंथ...।' इतना कहकर शंभूजी ने ध्रुव से अपने पीछे आने को कहा। धीरे-धीरे क़दमों से चलते हुए वे दोनों अधिराज के पास पहुँचे, जिसने एक बड़े पीपल के पेड़ की छाया में एक बड़े कपड़े पर दिव्य हथियारों का एक बेहद ख़ूबसूरत और आकर्षक संग्रह सजाया हुआ था। जब वे वहाँ पहुँचे, तो शंभूजी ने सबसे पहले त्रिशूल उठाया, जिसकी तीनों नोक सूर्य की रौशनी में चमक रही थीं। त्रिशूल को स्पर्श करते क्षण शंभूजी की आँखों में गर्व की एक अद्भुत आभा थी। उन्होंने ध्रुव से कहा, 'मुझे तुम्हें यह बताने की आवश्यकता नहीं है कि यह महादेव शिव के त्रिशूल का ही एक रूप है, लेकिन जानने योग्य बात यह है कि त्रिशूल केवल एक हथियार नहीं है, बल्कि इसकी तीनों नोंक ...सृष्टि, संरक्षण और विनाश के संतुलन का प्रतिनिधित्व करती हैं। शिव के हाथों में, यह हमें अस्तित्व के चक्रीय स्वभाव, जीवन के सार और सब कुछ के आपस में जुड़े होने की याद दिलाता है। प्रारंभिक काल में, जब ब्रह्मांड अभी आकार ले रहा था, तब देवता और असुर हमेशा संघर्ष में रहते थे। अंततः, एक दिन बार-बार के इस आपसी संघर्ष को ख़त्म करने और अमृत प्राप्त करने के लिए, देवताओं और असुरों ने मिलकर क्षीरसागर का मंथन करने का निर्णय लिया। यह घटना समुद्र मंथन के नाम से हमारे ग्रंथों में काफ़ी प्रसिद्ध है...।' इतना कहकर शंभूजी ने ध्रुव की ओर देखा, जो उनकी बातों को बहुत ही ध्यानपूर्वक सुन रहा था। उसके बाद शंभूजी ने आगे कहना शुरू किया... 'समुद्र मंथन के लिए उन्होंने मंदराचल पर्वत को मथनी और वासुकि नाग को रस्सी के रूप में प्रयोग किया। मंथन के दौरान, कई दिव्य वस्तुएँ, प्राणी और विष उत्पन्न हुए। सबसे पहले निकला घातक विष, जिसे हलाहल कहा जाता है, उसके धुएँ ने सृष्टि को नष्ट करना शुरू कर दिया, जिसके प्रभाव से न तो देवता और न ही दानव दोनों में कोई भी

अछूते नहीं रह सके। सृष्टि के संभावित विनाश को देखते हुए देवताओं ने रक्षा के लिए भगवान शिव का आह्वान किया। महादेव आए भी और अथाह करुणा के सागर, भगवान शिव ने दुनिया को बचाने के लिए उस हलाहल विष को पी लिया, हालाँकि विष ने शिव को नुक़सान नहीं पहुँचाया, लेकिन उसने उनका गला नीला कर दिया। उसके बाद ही उन्हें *नीलकंठ* या *नीले गले वाले* के नाम से जाना जाता है।'

'लेकिन यह कहानी सिर्फ़ इतनी ही नहीं थी, बल्कि... विष की तीव्र ऊर्जा को निष्प्रभावी करने के लिए, शिव को एक अत्यंत शक्तिशाली हथियार की आवश्यकता थी। कहा जाता है कि ब्रह्मांड ने ख़ुद उनकी आवश्यकता को पहचानते हुए त्रिशूल को अपने तत्वों से गढ़ा। शिव को दिया गया त्रिशूल... सृष्टि, संरक्षण और विनाश-ब्रह्मांड के तीन कार्यों पर उनके नियंत्रण का प्रतीक है। उस पल से यह त्रिशूल, भगवान शिव का हिस्सा बन गया, जो उनकी ताक़त और ऊर्जा का प्रतीक है। यह उनके तीनों लोकों भौतिक, आध्यात्मिक, और अदृश्य... पर नियंत्रण का भी प्रतीक है। विभिन्न शास्त्रों में भगवान शिव को त्रिशूल का उपयोग करके ब्रह्मांड में संतुलन बहाल करने, बुराई को दूर भगाने और धर्म की रक्षा करने वाला बताया गया है...,।' इतना कहकर शंभूजी ने त्रिशूल को नीचे रख दिया। अब शंभूजी की उंगलियाँ एक धनुष की तनी हुई प्रत्यंचा को छूने लगी थीं, उन्होंने उसे उठाते हुए कहा... 'एक समय की बात है... प्राचीन मिथिला राज्य में, राजकुमारी सीता के लिए एक भव्य स्वयंवर आयोजित किया गया था। देशभर से आए राजकुमार और योद्धा उनके साथ विवाह करने का मौक़ा पाने के लिए इकट्ठा हुए थे। शर्त सरल, लेकिन कठिन थी कि..., जो भी वीर, भगवान शिव के पवित्र धनुष, शिव धनुष 'पिनाक' को उठा कर और उसकी प्रत्यंचा चढ़ा देगा, राजकुमारी सीता से उसी महारथी की शादी होगी। एक के बाद एक, शक्तिशाली राजकुमारों और योद्धाओं ने धनुष को उठाने का प्रयास किया, लेकिन वह टस से मस नहीं हुआ। यहाँ तक कि रावण ने भी कोशिश की, पर वह भी नाकाम रहा, फिर अयोध्या के राजकुमार और भगवान विष्णु के अवतार, भगवान राम, शालीनता से आगे बढ़े। अद्वितीय शक्ति के साथ, उन्होंने न केवल शिव धनुष को उठाया, बल्कि उसकी प्रत्यंचा को आसानी से चढ़ा भी दिया। भगवान राम के दिव्य स्पर्श से धनुष टूट गया, और उसकी धमाकेदार आवाज़ से जनकपुर का

पूरा सभा भवन हैरान रह गया। इस कारनामे ने जहाँ कई लोगों को चकित कर दिया, वहीं यह भगवान विष्णु के छठे अवतार और भगवान शिव के भक्त परशुराम को बहुत क्रोधित कर गया। वह शिव धनुष को पवित्र मानते थे, इसलिए उसके टूटने से बेहद नाराज़ हो गए। इस कृत्य को समझने के दृढ़ संकल्प के साथ, परशुराम, भगवान शिव के पवित्र निवास, कैलाश पर्वत पर गए और उन्होंने भगवान शिव से विनती करते हुए पूछा... 'एक नश्वर, राम, आपके दिव्य धनुष, शिव धनुष, को कैसे तोड़ सकता है...?' तब भगवान शिव ने उन्हें शांत भाव से समझाया कि ये घटनाएँ ब्रह्मांड की महान योजना के अनुसार घटी हैं, जो पहले से ही तय एक बहुत महान और ज़रूरी घटना क्रम का हिस्सा हैं। यह सुनकर परशुराम का गुस्सा ठंडा हो गया और उन्हें इस घटना का दिव्य स्वरूप समझ में आ गया। भगवान शिव, जो बेहद दयालु हैं, उन्होंने परशुराम के क्रोध को पूरी तरह शांत करने के लिए शुभकामना के रूप में उन्हें एक दिव्य धनुष भेंट किया, जिसका नाम था... विजय धनुष, जो भगवान शिव के आशीर्वाद और क्षमा का प्रतिनिधित्व करता था। परशुराम ने भगवान शिव के सामने कृतज्ञता के साथ विजया धनुष स्वीकार किया और देखते ही देखते दोनों दिव्य प्राणियों के बीच उत्पन्न तनाव की स्थिति सामंजस्य में बदल गई थी...।' इतना कहकर शंभूजी ने धनुष को उसके स्थान पर रखते हुए कहा... 'यह अद्भुत कहानी हिंदू इतिहास के गूढ़ और महान संबंधों को प्रकट करती है।' अब शंभूजी की उंगलियाँ सुदर्शन चक्र की ओर बढ़ीं और उन्होंने उसके बारे में बताते हुए कहा... 'यह हथियार, भगवान कृष्ण से जुड़ा है। कहा जाता है कि इसे विश्वकर्मा ने बनाया था। एक बार विश्वकर्मा ने सूर्य देव से उनकी तीव्रता और गर्मी को कम करने का अनुरोध किया, क्योंकि वह असहनीय हो रही थी। सूर्य, गर्मी को कम करने के लिए मान गए, तब विश्वकर्मा ने सूर्य की छूटी हुई सौर ऊर्जा का उपयोग करके कई दिव्य हथियार बनाए, उसमें से एक सुदर्शन चक्र भी था।'

'उन्होंने यह चक्र भगवान विष्णु को भेंट किया, भगवान विष्णु ने सुदर्शन चक्र को प्राप्त करने के बाद इसे अपना प्रमुख हथियार बना लिया और इसका उपयोग धर्म की स्थापना और अधर्म को नष्ट करने के लिए किया। माना जाता है कि यह चक्र शत्रुओं को नष्ट करने और बुराई को पूरी निपुणता और गति से समाप्त करने की शक्ति रखता है और अपने उद्देश्य को

पूरा करने के बाद हमेशा अपने स्वामी के पास लौट आता है। इसका प्रयोग, द्वापर युग में भगवान कृष्ण ने भी किया था, इसलिए क्योंकि वे भगवान विष्णु के अवतार हैं।' इतना कहकर शंभूजी ने भगवान कृष्ण को लेकर एक कहानी सुनाते हुए कहा, 'अब जो कहानी मैं तुम्हें सुनाने जा रहा हूँ... यह कहानी भगवान कृष्ण के जीवन में उनके द्वारा किए अनेक महान कार्यों में से एक है, जिससे इस दुनिया को उचित सीख मिली थी। इस प्रसंग में शिशुपाल का ज़िक्र है, जो चेदि राज्य का शासक था और भगवान कृष्ण का चचेरा भाई था, हालाँकि, प्रेम होने के बजाए, उनके बीच में द्वेष था और वह द्वेष इस वजह से था कि एक बार एक भविष्यवाणी हुई थी। भविष्यवाणी में कहा गया था कि शिशुपाल को भगवान कृष्ण के हाथों अपना अंत मिलेगा। शिशुपाल की माँ ने भगवान कृष्ण से अपने बेटे के अपराधों को माफ़ करने की विनती की। भगवान कृष्ण ने अपनी दयालुता में यह वादा किया कि वह शिशुपाल के अपराधों को माफ़ करेंगे, लेकिन केवल एक सीमा तक और ऐसा कहते हुए उन्होंने शिशुपाल की माँ से उसके सौ अपराध माफ़ करने का वादा किया। उसके बाद बीतते वक़्त में एक ऐसा दौर आया, जब महान राजसूय यज्ञ का आयोजन पांडव राजा युधिष्ठिर द्वारा किया गया। यज्ञ के दौरान, उन्होंने भगवान कृष्ण को प्रथम पूजा देने का निर्णय लिया, क्योंकि पांडव उन्हें सबसे प्रतिष्ठित और आदरणीय अतिथि मानते थे, परंतु पांडवों के इस निर्णय से शिशुपाल का गुस्सा और भी बढ़ गया। वैसे भी वह पहले से ही कृष्ण के प्रति दुश्मनी का भाव रखता था। द्वेष में उसने भगवान कृष्ण का अपमान करना शुरू किया, जिसमें उसने भगवान कृष्ण के प्रति कई अपमानजनक और अशिष्ट बातें कहीं। शिशुपाल, कृष्ण के प्रत्येक अपमान के साथ, अनजाने में ही अपनी ग़लतियों की उस सीमा तक पहुँचता गया, जिसका वचन भगवान कृष्ण ने उसकी माँ को दिया था। जैसे ही उसने अपनी सौवीं ग़लती की, भगवान कृष्ण की सहिष्णुता समाप्त हो गई, उसके बाद, श्रीकृष्ण ने सुदर्शन चक्र का आह्वान किया। उनके ऐसा करते ही अग्नि और ऊर्जा का प्रतिरूप वह चक्र वहाँ प्रकट हो गया, जो घूमता हुआ शिशुपाल की ओर बढ़ा और उसने एक झटके में उसके सिर को धड़ से अलग कर दिया। शिशुपाल का जीवन उस भविष्यवाणी के अनुसार समाप्त हो गया था, और इस दृश्य को देखकर संपूर्ण सभा आश्चर्यचकित रह गई थी। उसके बाद सुदर्शन चक्र, अपने कर्तव्य को पूरा करने के पश्चात, अपने स्वामी के पास

लौट गया। इस घटना ने सिर्फ़ सुदर्शन चक्र की शक्ति का प्रदर्शन ही नहीं किया, बल्कि भगवान कृष्ण के अत्यधिक सब्र और उनकी न्यायप्रियता को भी दर्शाया। उसके बाद भी भगवान कृष्ण ने कई राक्षसों, जैसे कि कंस, और जरासंध को अपने चक्र का उपयोग करके ही हराया था। भगवान नरसिंह ने राक्षस हिरण्यकशिपु को हराने के लिए भी इसी दिव्य चक्र का प्रयोग किया था, जो मनुष्य या पशु द्वारा नहीं मारा जा सकता था। भगवान विष्णु ने राहु, जयद्रथ और हयग्रीव जैसे राक्षसों को हराने के लिए अपने इसी सुदर्शन चक्र का प्रयोग किया था, लेकिन याद रखने योग्य बात यह भी है कि राक्षसों के सिर को उनके धड़ से अलग करने में सिर्फ़ ये चक्र ही सहायक नहीं हुआ है, बल्कि हमारी देवियों ने कई बार तलवार का भी इस्तेमाल किया है।'

यह कहते हुए शंभूजी ने एक तेज़-धार वाली घुमावदार कटार को छुआ, जिससे उन्हें थोड़ी सी ठंडक महसूस हुई थी, फिर उसके बाद उन्होंने कुछ पल रुककर और बेहद गंभीर आवाज़ में कहा... 'ये देवी दुर्गा का शस्त्र है, विशेष रूप से उनके काली और शक्ति अवतार में इस्तेमाल किया जाने वाला अस्त्र। तलवार दिव्य ज्ञान का प्रतीक भी मानी जाती है, जो अज्ञान को काट देती है। तुमने अगर कभी ग़ौर किया होगा, तो तुमने अवश्य देखा होगा कि माँ काली हमेशा किसी राक्षस के एक कटे हुए सिर को पकड़े होती हैं। उस कटे हुए सिर का मतलब है अहंकार, जो अनियंत्रित हो जाने पर हमें भटका सकता है। माँ काली हमें यह सिखाती है कि कभी-कभी, शांति और पवित्रता को खोजने के लिए, हमें अपने आंतरिक राक्षसों का सामना करना पड़ता है...।' इतना कहकर शंभूजी ने ध्रुव की ओर देखा, जो चकित होकर उनकी बातें सुन रहा था। उसे अब यह समझ आ चुका था कि शस्त्र का उपयोग सिर्फ़ युद्ध में हथियार के रूप में नहीं किया जाता, बल्कि जीवन के अर्थ को समझाते हुए ज्ञान के प्रतीक में भी इसका उपयोग किया जाता है। उसे यह भी समझ आ चुका था कि जो ये कहानियाँ शंभूजी ने उसे सुनाई थीं, वे सिर्फ़ युद्ध और विजय की नहीं थीं, बल्कि गुण, मूल्य और जीवन की गहरी सच्चाइयों को समझने के लिए भी थीं। उसी समय जब शंभूजी ध्रुव को अस्त्रों और देवताओं द्वारा किए गए महान कार्यों के बारे में बता रहे थे, तब वहीं पास में बैठे नारायण और अजा, अपने-अपने हथियारों में धार तेज़ कर रहे थे और साथ ही साथ युद्ध नीति पर भी चर्चा कर रहे थे, लेकिन वह सब करते रहने के बावजूद उनका ध्यान शंभूजी की बातों पर था, फिर

जब शंभूजी ने अपनी बातों पर विराम दिया, तब वे दोनों, शंभूजी की ओर देखकर मुस्कुराए, क्योंकि वे यह समझ चुके थे कि शंभूजी ने इन कहानियों के माध्यम से ध्रुव के दिल में धर्म की एक मज़बूत नींव रख दी थी, जो उस जैसे युवा दिलों के अंदर वर्षों तक जीवित रहेगी।

पहाड़ की तलहटी में नागा योद्धाओं की भीड़ लगातार काम कर रही थी। भारी पत्थरों को धकेलते रहने के कारण, उनकी माँसपेशियाँ तन गई थीं। उनके चेहरे पर पराक्रम की भावना तैर रही थी। वनराज भी अपने महान हाथी दुलारी की मदद से योगदान दे रहा था, जबकि छोटा गोलू अपनी माँ के साथ हर जगह बस चलता था। वह महान पशु, जिसकी सनसनी वाली आवाज़ पूरे घाटी में गूँजती थी, लकड़ी के बड़े टुकड़ों और सूखे घास के ढेरों को खींच कर ज़रूरत के अनुसार नागा साधुओं के पास ले जा रही थी। उसकी शक्ति और सहयोग युद्ध की तैयारियों में बेहद महत्त्वपूर्ण साबित हो रहे थे। गोकुल की ओर जाने वाले मुख्य मार्ग पर नागा साधुओं द्वारा युद्ध की तैयारी करने के कारण हलचल बढ़ गई थी, जहाँ हर बीतते वक़्त के साथ नागा अपने रक्षा कवच को और मज़बूत करते जा रहे थे। नागा योद्धाओं द्वारा बड़े-बड़े बंडलों के रूप में लाए गए घास के ढेर को गोकुल के मुख्य मार्ग पर ध्यानपूर्वक रखा जा रहा था। यह ऐसी-वैसी घास नहीं थी, बल्कि वे सबसे सूखी थी, जिसके साथ ज्वलनशील पदार्थ भी बर्तनों में भर कर लाए गए थे, जिसे नागा साधुओं ने अत्यंत सावधानी के साथ रास्ते पर रखी उस घास पर छिड़क दिया था, जिसकी तेज़ ख़ुशबू आस-पास की मिट्टी की गंध के साथ मिल गई थी।

धूप में वह ज्वलनशील तेल चमक रहा था और अपनी जलने की प्रवृत्ति को दिखाने के लिए व्याकुल था। इसी बीच, वनराज और कुछ नागा साधुओं ने लकड़ी के बड़े-बड़े लट्ठों से रास्ते को बंद कर दिया। उनकी मंशा दुश्मनों को उन रास्तों पर जाने के लिए मजबूर करना थी, जहाँ उन्होंने उनके लिए पहले से जाल बिछाए थे, जहाँ सरदार ख़ान की गोकुल की ओर आगे बढ़ती हुई सेना को इस बात का पता नहीं चलने वाला था और तब तक बहुत देर हो जाने वाली थी।

नागा लगभग अपनी पूरी तैयारी कर चुके थे और जैसे-जैसे उनकी तैयारियाँ समाप्त होती गईं, वहाँ की हवा में एक अद्भुत एकजुटता की भावना

घुल गई थी। नागा अपने दृढ़ संकल्प और अपनी अथक मेहनत के दम पर, किसी भी ख़तरे के ख़िलाफ़ अपने स्थान और अपने लोगों की रक्षा के लिए तैयार खड़े थे कि तभी मठाधीश द्वारा एक घोषणा हुई... मठाधीश चिल्ला कर सभी नागा साधुओं को संबोधित करते हुए कह रहे थे... 'हमारे सभी साथी एक जगह एकत्रित हो जाएँ। हमें एक प्रतियोगिता का आयोजन करना है...।' सभी नागा साधु उस आदेश को सुनने के साथ ही वहाँ यह देखने के लिए जमा हो गए कि ये प्रतियोगिता किस बारे में है। मठाधीश ने एक बार फिर कहा, 'यह प्रतियोगिता गति और सहनशीलता को लेकर है, जो हमें सबसे तेज़ नागा सैनिक को चुनने में मदद करेगी।'...इतना सुनते ही सभी नागा साधु पंक्ति में लगने लगे, तब मठाधीश ने उस प्रतियोगिता में भाग लेने से सभी वरिष्ठ, जैसे अजा, नारायण और शंभूजी जैसे नागाओं को रोक दिया, तब वनराज मासूम सी शक्ल बनाते हुए आगे आया, और पूछा कि क्या वह नागाओं के साथ प्रतिस्पर्धा कर सकता है? यह पूछने के साथ वनराज को उम्मीद थी कि मठाधीश उसे इस प्रतियोगिता के लिए आज्ञा दे देंगे, लेकिन मठाधीश ने *'न'* में सिर हिलाया और वनराज निराश हो गया। मठाधीश ने आगे कहना शुरू किया, 'जिन्हें योग्यता, आयु और शक्ति के आधार पर चुना गया है, उनके लिए यहाँ यह चुनौती है कि दूसरी ओर, आपके रास्ते को रोकने वाले अन्य नागा खड़े हैं, जो आपसे अनुभवी और शक्तिशाली हैं। उसके बाद आप जैसे ही आगे बढ़ेंगे, दूर से आप पर नक़ली तीरों से हमला किया जाएगा, जहाँ आपकी गति को, दूसरे नागाओं द्वारा शारीरिक शक्ति और नक़ली हथियारों से रोकने की कोशिश की जाएगी। इस दौड़ को जीतने के लिए आपको चौकन्ना रहना होगा और सजग भी, ताकि आप तीरों और रोकने वाले लोगों से बच सकें और अंत में जो भी अजा तक पहले पहुँच जाएगा, वही विजेता चुना जाएगा...।' अपने संबोधन को ख़त्म करने के बाद मठाधीश ने अजा की ओर देखा और यह समझते हुए उसे इस दौड़ का आयोजन करने का निर्देश दिया कि कठिन परिस्थितियों में गति कितनी महत्त्वपूर्ण होती है। प्रतियोगिता का आरंभ हो चुका था, हवा में हर ओर जैसे रोमांच घुल गया था। सत्तर युवा नागा साधु, अपनी-अपनी लंबी जटाओं को खुला छोड़कर दौड़ की शुरुआत करने वाली रेखा पर खड़े थे। उनमें से प्रत्येक एक अनुभवी योद्धा था, जो वर्षों के कठोर प्रशिक्षण और अनुशासन से परिपक्व हुआ था। अजा ने सख़्त, लेकिन हौसला बढ़ाने वाली

निगाहों से उन नागाओं की ओर देखा, जो एक दुर्गम और लंबी दौड़ लगाने के लिए तैयार थे। वह इस प्रतियोगिता के महत्त्व और ज़रूरत को जानता था और भविष्य में पड़ने वाले इसके प्रभाव को भी समझता था। कुछ क्षण के बाद, मठाधीश ने जैसे ही एक ज़ोरदार और स्पष्ट आवाज़ में दौड़ शुरू करने का संकेत दिया, वे सारे नागा साधु, जो एक साथ दौड़ने के लिए तैयार खड़े थे, मानो हवा में उड़ पड़े। उनके पैरों की धूल, उनकी गति के कारण हवा में एक धुँध का निर्माण कर रही थी। दौड़ कठिन अवश्य थी, लेकिन यह उनकी शक्ति की परीक्षा थी। यह उनके धैर्य की सच्ची परीक्षा थी। हवा की गति से दौड़ते हुए उन नागा साधुओं के लिए मार्ग ख़तरों से भरा हुआ था और असहनीय गर्मी ने नंगे पाँव दौड़ना और भी कठिन बना दिया था। इसके बावजूद, वे दृढ़ संकल्प के साथ दौड़ रहे थे, जैसे जंगल में अपने शिकार के पीछे चीता बिना शर्त दौड़ता है। वे दौड़ ही रहे थे कि उनके इस प्रतियोगिता को जानबूझ कर मुश्किल बनाने के लिए तीर-धनुष लेकर खड़े हुए कुछ नागा नक़ली तीरों से उन पर आक्रमण करने लगे, जिसके कारण कुछ नागा घायल हो गए और कई दौड़ के बीच में पड़ने वाली रुकावटों से गिर गए। गाँववासियों और वनराज को यह दृश्य दौड़ से अधिक युद्ध के समान प्रतीत हो रहा था। गर्मी के कारण ज़मीन पिघल रही थी, क्योंकि वे नंगे पाँव कई बाधाओं के बीच दौड़ रहे थे। उनके पैर मुश्किल से ज़मीन को छू रहे थे और उनकी साँसें उनके दिल की धड़कन के साथ तालमेल बैठा रही थीं। वे सिर्फ़ दौड़ नहीं रहे थे,बल्कि वे अपनी आंतरिक शक्ति और क्रोध को उजागर कर रहे थे। जैसे ही धूल बैठी, आख़िरी धावक ने भी अंतिम सीमा को पार कर लिया। अजा ने तीक्ष्ण दृष्टि और तेज़ क़दमों से स्थिति का निरीक्षण किया, उसके बाद अजा ने सबसे आगे दौड़ने वालों को पास से जाकर देखा। दस साधु उसके सामने खड़े थे, उनकी छाती तेज़ी से उठ-गिर रही थी, और उनकी आँखों में एक अनियंत्रित आग जल रही थी। तभी अजा ने गर्व से हुंकारते हुए कहा... 'तुम लोग सबसे तेज़ थे, जिन्होंने बाक़ी सबको पीछे छोड़ दिया, इसलिए तुम्हें चीता दस्ता के लिए चुना जाता है। तुम सिर्फ़ तेज़ नहीं हो, बल्कि नागा योद्धाओं की शक्ति और आत्मा भी तुम्हारे अंदर है। तुममें से तीन सबसे बेहतरीन हैं... नमः, भोला और शिवाय, क्योंकि तुमने निर्विवाद रूप से अपने लक्ष्य को प्राप्त किया है। याद रखना सही समय आने पर तुम्हें अवश्य बुलाया जाएगा।' इस तरह चीता

दस्ता बना, नागा साधुओं का एक ख़ास समूह, जो हवा की तरह तेज़ और तूफ़ान की तरह ख़तरनाक था।

तभी पर्वतारोही ने बीच में पूछा, ''व्हाय चीता...?'' तब उस रहस्यमयी नागा ने उसे समझाते हुए कहा, ''चीता सभी जानवरों में सबसे तेज़ होता है और इंसानों से तो वह लगभग 2.7 गुना तेज़ होता है और जब वह दौड़ना शुरू करता है, तो 120 किलोमीटर प्रति घंटे की रफ़्तार तक पहुँच सकता है। अपनी दौड़ के दौरान गति बढ़ाने की क्षमता ही जल्दी से शिकार को पकड़ने में चीते की मदद करती है...।'' इतना कहकर थोड़ा रोमांचित होते हुए उस नागा ने उस पर्वतारोही की ओर देखा, तब थॉमस ने हैरानी में एक बार फिर पूछा...बट व्हाइ दिस रेस?'' ...थॉमस के इतना पूछने पर नागा ने मुस्कराते हुए उससे कहा..., ''सब्र करो! समय बताएगा...'' यह कहकर वह नागा कुछ देर तक यूँ ही बिना कुछ कहे, बैठा हुआ, अपने आप में मुस्कुराता रहा। थॉमस को उस नागा के मुस्कुराने का कारण समझ नहीं आ रहा था। वह असहज होकर कुछ पूछता, उससे पहले ही झटके के साथ अपने सिर को उठाते हुए नागा ने कहा... ''जानते हो कहानी में आगे क्या हुआ ...?'' इतना कहकर वह नागा, उस पर्वतारोही को देखने लगा था। पर्वतारोही और असहज हो गया, लेकिन उसे आगे कहानी जाननी थी, इसलिए उसने कहा...''व्हाट?''

''वह युवा संदेशवाहक, जिसे सरदार ख़ान ने जिंदा छोड़ दिया था, सरदार ख़ान का भयावह संदेश लेकर राजा वेदांत को देने के लिए हरिपुर जा रहा था...।'' इतना कहकर नागा एक बार फिर शांत हो गया।

11

सैन्य अभियान

''सरदार ख़ान के शिविर से मौत के मुँह से बाल-बाल बच कर आने के बाद हरिपुर साम्राज्य का वह युवा संदेशवाहक आख़िरकार अपने राजा के महल पहुँच चुका था। हरिपुर के दरबार में, दो दरबारी सिपाहियों की मदद से उसे लाया गया। उसकी स्थिति बेहद दयनीय थी। वह बुरी तरह से घायल था और आंतरिक रूप से भी टूट चुका था। उसके कपड़े अब भी फटेहाल अवस्था में धूल से सने थे। सरदार ख़ान का वहशीपन उसने अपनी आँखों से देखा था, इससे उसके अंतर्मन में, जो गहरे घाव हुए थे, वे अब भी ताज़ा थे। संदेशवाहक ने काँपते शब्दों और टूटे हुए मनोभाव से वेदांत को सारी घटनाएँ कहनी शुरू कीं... संदेशवाहक आँखों से बहते आँसू की धारा के साथ सब कहता जा रहा था और वेदांत के अंतर्मन में, संदेशवाहक द्वारा बयाँ किए जा रहे सरदार ख़ान के दरिंदगी से भरे कारनामे, तसवीर बनकर उतरते जा रहे थे। उसकी उंगलियाँ सिंहासन के हत्थे पर बेचैनी से बज रही थीं। जैसे-जैसे संदेशवाहक अपनी आँखों देखी घटना को बताता जा रहा था, वहाँ का वातावरण तनाव से भारी हो रहा था।

जब वेदांत को लगा कि संदेशवाहक ने अपनी बात समाप्त कर ली है, तब उसने अपने सेनापति कृष्णा की ओर देखा, लेकिन संदेशवाहक के पास और भी कुछ कहने के लिए था, और उसने कहा... 'महाराज, मुझे आपको यह सूचित करना है कि सरदार की सेना को यहाँ पहुँचने से पहले एक युद्ध लड़ना है।' उसके इतना कहते ही हरिपुर साम्राज्य की राजसभा जैसे थम सी गई थी... वेदांत भी जैसे यह समझना चाहते थे कि संदेशवाहक क्या कहना चाहता है, इसलिए वे बिना कुछ कहे, उसे एक-टक घूरे जा रहे थे।

तब संदेशवाहक ने कहा... 'सरदार ख़ान की सेना गोकुल की ओर बढ़ रही है, जहाँ नागाओं का एक छोटा समूह उसका इंतज़ार कर रहा है और मेरा मानना है कि सरदार इस युद्ध में पूरी तरह से उन्हें पराजित करने के लिए प्रतिबद्ध है, जबकि नागा साधुओं का भारी जत्था गोकुल में मौजूद है और जब तक वह उन्हें हराने में सफल नहीं होता, नागा उनके निशाने पर होंगे।'

यह सुनकर वेदांत ने दुखी स्वर में कहा... 'काश, हम राजा मनोहर के साथ मिलकर अपनी सेनाएँ एक कर लेते, फिर हम आसानी से सरदार ख़ान को रोक सकते थे।'

'आपके पिता हमेशा एकजुटता में विश्वास रखते थे। वे कहते थे कि एकता हमारी ताक़त है और दुश्मनों के ख़िलाफ़ हमारी ढाल...,' हरिपुर के वृद्ध और अनुभवी सेनापति कृष्णा उनकी बात को अपना समर्थन देते हुए बोल पड़े। कृष्णा के इतना कहते ही वेदांत ने कृष्णा की ओर देखा और उनका चेहरा पश्चाताप से भर गया, फिर उन्होंने अफ़सोस व्यक्त करते हुए कृष्णा से विनम्रतापूर्वक कहा... 'मुझे पहले ही आपकी सलाह मान लेनी चाहिए थी, ना जाने मैं क्यूँ उस मक्कार जुगल किशोर की बातों में आ गया...।' अपने राजा को दुखी देखकर सेनापति कृष्णा ने उनकी हौसला अफ़ज़ाई करते हुए कहा... 'अब जो हो गया, सो हो गया महाराज। बुद्धिमान और पराक्रमी गुज़रे वक़्त के लिए आँसू नहीं बहाते!!, आप चिंता मत कीजिए, संयोगवश अब भी हमारे पास ऐसे सहयोगी हैं, जिनकी हमने उम्मीद नहीं की थी...।' यह कहते हुए कृष्णा के होंठों पर आत्मविश्वास की एक हल्की मुस्कान तैर गई थी, जिसे वेदांत तत्काल समझ नहीं पाए, और कृष्णा की ओर देखने लगे, तब कृष्णा ने कहा... 'महाराज!, गोकुल के नागा साधु सिर्फ़ साधारण संन्यासी नहीं हैं, बल्कि वे योद्धा हैं, जो अपनी भक्ति और अनुशासन के कारण अभेद्य किले की तरह दृढ़ हैं। उन्हें परास्त कर पाना अफ़ग़ानी आक्रांताओं के लिए इतना असान नहीं होगा।' कृष्णा ने यह गर्व से कहा था, तभी एक अन्य मंत्री ने भी कृष्णा की बातों पर सहमति जताते हुए कहा, 'हाँ, महाराज, मैंने भी उनकी बहादुरी और उनके अद्भुत युद्ध कौशल की अनेक कहानियाँ सुनी हैं। उनके नेता, अजा! की ख्याति दूर-दूर तक है। वे शायद सरदार ख़ान की सेना के ख़िलाफ हमारे युद्ध सहयोगी के रूप में बेहतरीन विकल्प हो सकते हैं।'

हरिपुर साम्राज्य के युवा राजा वेदांत अपने मंत्री और सेनापति की बात सुनकर आशा से भर गए थे। एक लंबी साँस खींचकर वे अपने सिंहासन से अपने सिर को टिकाते हुए ऊपर की ओर देखने लगे, फिर कुछ क्षण तक उसी अवस्था में रहने के बाद उन्होंने झटके से अपने मंत्री को देखते हुए पूछा... 'क्या नागा साधुओं की संख्या, सरदार ख़ान की सेना जितनी है...?' उनके इतना पूछते ही मंत्री ने कहा... 'शायद उतनी तो नहीं, लेकिन अगर हम उनकी सहायता करें, तो वे एक ज़बरदस्त शक्ति बन सकते हैं। उस पूरे क्षेत्र का उनका ज्ञान और उनकी गुरिल्ला युद्धकला, हमारे प्रशिक्षित सैनिकों के साथ मिलकर, इस युद्ध का रुख़ बदल सकती है...।' यह कहते हुए मंत्री ने वेदांत की ओर विश्वास के साथ देखा, जबकि मंत्री की बात को समझने के लिए वेदांत ने कुछ पल लिया, क्योंकि वे जानते थे कि नागा साधुओं के साथ गठबंधन असामान्य था, लेकिन मुश्किल समय में असामान्य उपाय ही कारगर होते हैं और यह सही भी था, क्योंकि इस असामान्य समय में असामान्य उपायों की ही ज़रूरत थी। कुछ क्षण सोचने के बाद, वेदांत ने नागा साधुओं के साथ गठबंधन करने का निर्णय लिया। उन्होंने अपने दरबारियों को चौंकाते हुए कहा कि वे सरदार ख़ान के आक्रमण का इंतज़ार करने के बजाय, पहले आक्रमण की नीति को अपनाएँगे। उन्होंने तुरंत अपने सेनापति को सेना के साथ, गोकुल की ओर कूच करने का आदेश दिया...जैसा कि उनके सेनापति कृष्णा ने सुझाव दिया था कि सबसे अच्छी संभावना गोकुल की मदद करने और आक्रमणकारी के ख़िलाफ़ एकजुट मोर्चा बनाने में है..., वेदांत ने उसी नीति का अनुसरण किया था।

उधर, हरे रंग के सैकड़ों अफ़ग़ानी झंडे-जिन पर सोने से कढ़ाई की हुई दो-धारी तलवार बनी थी-हवा में लहरा रहे थे, ऐसा लग रहा था, जैसे पुरातन काल के असुरों की सेना एक बार फिर जीवित हो उठी हो, और सारे दैवीय पुण्यों और संपूर्ण मानवता को निगलने के लिए बढ़ चली हो। सरदार ख़ान की विकराल सेना के गोकुल की ओर कूच करने से धरती काँप उठी थी। उनके एक साथ पड़ते क़दमों की गूँज मीलों दूर तक सुनाई दे रही थी, जैसे कोई लयबद्ध गर्जन हो। सैनिकों की चमकती हरी और काली वर्दियाँ, सुबह की धूप में चमक रही थीं, जिससे एक चमकती हुई, रौशनी उत्पन्न हो रही थी। प्रत्येक योद्धा ऐसा कवच पहने हुए था, जिसे न केवल

सुरक्षा के लिए, बल्कि डराने के उद्देश्य से भी बनाया गया था। उनके सिर के कवच पर दहाड़ते शेर की आकृति बनी हुई थी और उनकी ढालें अहमद शाह अब्दाली की शक्ति और विरासत की प्रतीक थीं। यह सिर्फ़ एक सेना नहीं थी, बल्कि सैनिकों का एक विशाल और चलता-फिरता क़िला था। घोड़ों और ऊँटों के साथ सेना एक ऐसे तूफ़ान की तरह आगे बढ़ रही थी कि उसके रास्ते में जो भी आता, वह या तो कुचल कर मार दिया जाता या निर्ममता से काटकर।

सारे सैनिक ख़ून के प्यासे थे और अपने हथियारों के साथ अनुशासन में चल रहे थे। रणघोष के नगाड़े उनकी यात्रा के दौरान गूँज रहे थे। झंडा उठाए हुए वे सैनिक जुलूस का नेतृत्व कर रहे थे, जिनके झंडे पर हरे रंग की पृष्ठभूमि में दहाड़ता हुआ शेर था। तने हुए धनुषों के साथ तीरंदाज़, आक्रामकता से फुफकारते घोड़ों के साथ घुड़सवार और पैदल सैनिक इस विशाल सेना का हिस्सा थे। भाले और तलवारें लिए हुए सभी सैनिक एक ही उद्देश्य से आगे बढ़ रहे थे कि गोकुल को सरदार ख़ान के अधीन करना है। उनके ऊपर शिकारी पक्षी मँडरा रहे थे, शायद इस विशाल सेना को देखकर और आगामी संघर्ष की आहट पाकर वे युद्ध के मैदान में कटे-फटे शवों को अपना निवाला बनाने के लिए आतुर थे। अफ़ग़ान सैनिक जिस भी गाँव से गुज़रते, वहाँ एक भयावह सन्नाटा छा जाता। ग्रामीण छुपकर भय और आश्चर्य से उन्हें देखते रहते। इस बीच, गोकुल में ख़बर आग की तरह फैल गई कि सरदार ख़ान की सेना आ रही है। अजा और नागा साधु तैयारी में जुट गए। वे जानते थे कि आने वाला युद्ध उन्हें अब तक की सबसे बड़ी परीक्षा में डालने वाला है। एक रोज़ पहले भले ही उन्होंने सरदार की थोड़ी सेना का सामना किया था, लेकिन अब उन्हें, उसकी पूरी ताक़त का सामना करना था। गाँव में तनाव ज़रूर बढ़ गया था, लेकिन गोकुल ने भी ख़ुद को आने वाले संघर्ष के लिए तैयार कर लिया था। मठाधीश ने सभी नागा साधुओं को आदेश दिया था, 'किसी भी नागरिक को नुक़सान न पहुँचे।' मठाधीश के इतना कहते ही, गोकुल से निवासियों को निकालने का काम शुरू हो गया था। लोग ज़रूरत का सामान और क़ीमती वस्तुएँ अपने साथ ले जा रहे थे और अपनी प्यारी भूमि को अलविदा कह रहे थे। महिलाएँ जहाँ विदाई में रो रही थीं, तो वहीं पड़ोसी अपने-अपने सामान का आदान-

प्रदान कर रहे थे, ताकि युद्ध के दौरान एक-दूसरे की मदद कर सकें। कई परिवार जाने से इंकार कर रहे थे और अपनी भूमि के लिए लड़ना चाहते थे।

'यह हमारी मातृभूमि है! कोई इसे ऐसे ही कैसे ले सकता है? हम यहाँ पैदा हुए हैं और यहीं मरेंगे। हम यहीं रहेंगे और अपने घरों के लिए आख़िरी साँस तक लड़ेंगे,' एक गोकुलवासी ने अपनी पत्नी और बच्चों को गले लगाते हुए कहा, लेकिन अजा, शंभूजी और मठाधीश ने गोकुल के सभी निवासियों को यह वादा करते हुए समझा लिया कि वे जल्द ही यहाँ लौट आएँगे...

नागा साधु जितनी जल्दी और जितना ज़्यादा हो सके, हथियार इकट्ठा कर रहे थे, ताकि इस महासंग्राम के लिए तैयार हो सकें, उसे लड़ सकें। इधर, नागा साधुओं की एक बड़ी संख्या युद्ध की तैयारी कर रही थी, जबकि उधर, उनमें से नागा साधुओं का एक दल महामृत्युंजय मंत्रों का जाप कर रहा था। हर ओर वीरता, बलिदान और संकल्प की भावना वातावरण में भरी हुई थी। इस हलचल में, अजा की शांत आवाज़ ने जैसे शोर में एक शांति सी घोल दी। जब उसने शंभूजी को बुलाया। शंभूजी अजा के पास गए और दोनों ने एकांत में कुछ महत्त्वपूर्ण बातें कीं। कोई नहीं जानता था कि वे किस बारे में बात कर रहे थे, जब अजा ने अपनी बातें ख़त्म कीं, तो शंभूजी ने सहमति में अपना सिर हिलाया और फिर कुछ देर बाद, शंभूजी को वृद्ध नागाओं के एक छोटे से समूह के साथ गाँव छोड़ते हुए देखा गया। समूह में शामिल गाँव के इन सभी वृद्ध नागाओं की कमर झुकी हुई थी। यह देखकर सभी नागा हैरान थे कि इस समय, जब नागा साधुओं को शंभूजी की सबसे ज़्यादा ज़रूरत थी, तब वे उन्हें छोड़कर कहाँ जा रहे थे।

'ये नागा कहाँ जा रहे हैं?... शंभूजी गाँव वालों के साथ क्यों जा रहे हैं?!!' कुछ नागा साधु अजा से पूछने के लिए आए।

'मैंने उन्हें यह करने के लिए कहा है। समूह के नागा वृद्ध हैं और यदि उनके साथ किसी शक्तिशाली इंसान को नहीं भेजा गया, तो उनकी जान भी जा सकती है और उनके साथ जाने के लिए शंभूजी से उपयुक्त मुझे कोई नहीं लगता...।' अजा के शब्द, नागा योद्धाओं के लिए आंतरिक निराशा और आघात की तरह थे, जो उनके हृदय में तीर की तरह चुभ रहे थे। नागा साधुओं ने अजा से आगे कुछ नहीं कहा और वे चुपचाप वहाँ से

चले गए। वनराज अभी भी दुलारी और गोलू के साथ गाँव वालों का सामान बैलगाड़ियों पर लादने में मदद कर रहा था। अजा उसके पास आया और बोला... 'वनराज! समय आ गया है, मेरे दोस्त, अब तुम भी गाँव वालों के साथ यहाँ से चले जाओ।'

यह सुनकर वनराज अत्यंत दुखी हो गया था, जबकि उसकी निराशा को देखकर अजा ने आगे कहा, 'तुमने बहुत मदद की है, वनराज। तुमने अपना कर्तव्य बख़ूबी निभाया है। तुम्हारा योगदान कभी भुलाया नहीं जाएगा, लेकिन अब समय आ गया है कि तुम गोकुल छोड़ दो।'

'लेकिन क्यों, अजा? मैं लड़ सकता हूँ। मैं कहीं नहीं जाऊँगा। मेरे पास अभी भी बहुत कुछ करने की क्षमता है, जो आपको वक़्त पर पता चल जाएगी, कृपया मुझे एक मौक़ा दे दो...,' वनराज ने अजा के सामने गुहार लगाते हुए कहा, लेकिन अजा अपने फ़ैसले पर दृढ़ था। उसने अपने शब्दों को सख़्ती के साथ बोला... 'मुझे पूरा भरोसा है कि तुम्हें अपना वह वादा भली-भाँति याद होगा, जो तुमने यहाँ आते समय किया था ...?' इतना कहकर अजा ने वनराज की आँखों में घूरा...

'हाँ, याद है, मैं गोकुल में रह सकता हूँ, लेकिन जब आप चाहो, तो मुझे छोड़ना होगा,' वनराज ने उदास चेहरे के साथ जवाब दिया। इधर, अजा और वनराज में बातें चल रही थीं और उधर, साध्वियों के शिविर में जहाँ, ध्रुव घायल था, वहाँ गाँव छोड़ने से पहले शंभूजी उससे मिलने पहुँचे, तो उन्होंने देखा, ध्रुव, नागाओं के साथ अफ़ग़ानों के ख़िलाफ़ युद्ध में शामिल होने को तैयार खड़ा था। यह देखकर शंभूजी को गर्व हुआ, फिर उन्होंने, ध्रुव के कंधे पर हाथ रखा और कहा... 'मुझे नहीं पता कि हम फिर मिलेंगे या नहीं, लेकिन मेरे दोस्त, मेरी तरफ़ से तुम्हारे लिए एक तोहफ़ा है, अब उठो और अपना फरसा उठाओ और संकल्प लो कि जब-जब धर्म को तुम्हारी ज़रूरत होगी, तुम लड़ोगे...,' शंभूजी ने ध्रुव को एक तीव्र फरसा सौंपते हुए कहा। शंभूजी के इतना कहते ही, ध्रुव सम्मान में झुका और उसने दोनों हाथों से तोहफ़ा स्वीकार किया। शंभूजी कुछ नागा बुजुर्गों के साथ गाँव छोड़कर जा चुके थे। शंभूजी के जाने की बात, नागाओं के बीच में जैसे आग की तरह फैल गई। नागाओं ने युद्ध की तैयारियों को रोक दिया, उनकी आँखें शंभूजी सहित उनके साथ जाते हुए समूह का पीछा करती रहीं, उनके चेहरों

पर आश्चर्य और क्रोध का मिश्रण था। कुछ इसे धोखा मान रहे थे, तो कुछ अजा की शंभूजी के प्रति प्रेम-प्रतिष्ठा के एहसान के रूप में देख रहे थे। धीरे-धीरे यह बात, सभी नागा साधुओं के अंदर विरोध का रूप लेने लगी, वहाँ का माहौल बेहद गंभीर और अशांत हो गया। कुछ नागा इस मुद्दे को अजा के सामने उठाने के लिए नारायण के पास गए। नारायण पहले से ही, अजा द्वारा लिए गए कुछ फ़ैसलों से असहमत था, उसने अजा के सामने जाते हुए उससे गुस्से में पूछा... 'अजा, तुमने शंभूजी को इस समय जाने को क्यूँ कहा?, जब हमें इस समय उनकी सबसे अधिक ज़रूरत है...?' अजा ने नारायण सहित सभी नागा साधुओं की ओर देखा, वह उनकी परेशानी को समझ सकता था। कुछ देर तक उन सभी नागा साधुओं के चेहरे के भावों को पढ़ते रहने के बाद, वह वहाँ से उठा और एक उच्च स्थान पर चढ़ा और सभी नागाओं के मन में शंभूजी के संदर्भ में उठ रहे प्रश्नों का उत्तर देते हुए बोला... 'भाइयों,' मैं तुम्हारी चिंताओं, तुम्हारे संदेहों को समझता हूँ, लेकिन इस क्षण केवल दो विकल्प हैं या तो तुम मुझ पर विश्वास करो और मेरे साथ लड़ो या तुम मुझ पर विश्वास न करते हुए, मेरे साथ मत लड़ो...।' इतना कहकर उसने नारायण की ओर देखा और कहा... 'अभी भी देर नहीं हुई है, और जहाँ तक रही मेरी बात, तो मुझे आप सभी पर पूरा यक़ीन है कि आप मेरा साथ देंगे, क्योंकि मेरे मन में इस समय युद्ध के अलावा और कुछ नहीं चल रहा है। अब निर्णय आपको करना है, याद रहे आपका जो भी निर्णय हो, मानव जगत के कल्याण के मद्देनज़र ही होना चाहिए ...।' यह कहकर अजा चुप हो गया, उसके बाद कुछ पल रुकते हुए उसने कहा ...क्योंकि, आपका जो भी फ़ैसला होगा, वह मेरे या शंभूजी के लिए नहीं, बल्कि आदिगुरु शंकरा सहित सारे नागा कुनबे के सम्मान के लिए होगा ...।' इतना सुनकर नागा साधुओं ने एक-दूसरे को देखा, उसके बाद मठाधीश ने कुछ क़दम आगे बढ़कर अजा से कहा, 'मैं तुम पर भरोसा करता हूँ, और मैं तुम्हारे साथ बिना किसी शर्त के खड़ा हूँ। मठाधीश के इतना कहने के साथ ही धीरे-धीरे सभी नागा साधुओं ने मठाधीश का समर्थन किया और अंततः उन सभी का ध्यान युद्ध पर केंद्रित हो गया। नागाओं की एकता एक बार फिर से मज़बूत हो गई थी, उसके बाद, जो भी चुनौतियाँ सामने थीं, उनका सामना करने के लिए वे तैयार थे। दूसरी ओर, सरदार ख़ान अपने विशाल घोड़े पर बैठ कर गोकुल को निहार

रहा था। गोकुल की सीमा पर कई हज़ार अफ़ग़ान सैनिक दिखाई दे रहे थे। युद्ध के लिए तैयार खड़े अफ़ग़ान सिपाहियों के नंगी तलवारों की चमक दूर से ही दिखाई पड़ रही थी, तभी अफ़ग़ान फ़ौज का एक सूबेदार तेज़ क़दमों से चलते हुए सरदार ख़ान के पास आया और सलाम करते हुए बोला... 'हुज़ूर, हमारे कुछ सैनिक अभी तक लौट कर नहीं आए हैं, वे भूमि की जाँच के लिए गए थे, लेकिन उनका कोई संकेत नहीं है...।' इतना सुनते ही सरदार ख़ान ने सूबेदार पर एक नज़र डाली, उसके होंठों पर हल्की सी मुस्कान तैर गई। उसने कहा... 'अपने चारों ओर देखो...।' यह कहते हुए उसने गर्व से उस विशाल सेना की ओर इशारा किया, जो जहाँ तक नज़र जा सकती थी, वहाँ तक फैली हुई थी।

'क्या तुम्हें सच में लगता है कि कुछ गुमशुदा सैनिकों से हमें कोई फ़र्क़ पड़ता है?'

'नहीं हुज़ूर...,' सूबेदार ने सिर झुकाते हुए कहा।

'तो चलो फिर, उन हिंदू सुअरों की...क्या चढ़ाते हैं, वो उनकी भाषा में क्या कहते हैं?... सरदार ख़ान ने अपने सूबेदार से पूछा।

'बलि!!, हुज़ूर...,' सूबेदार ने डरते-डरते कहा।

'हाँ... बलि चढ़ाते हैं...,' सरदार ख़ान ने अति आत्मविश्वास के अहंकार में कहा। उसके मन में, गोकुल पर विजय पहले ही निश्चित हो चुकी थी। हज़ारों पैरों की तालबद्ध करती हुई सरदार ख़ान की असीमित सेना के गोकुल के क़रीब पहुँचने के साथ ज़मीन थर्रा उठी। इस युद्ध की बाज़ी ऊँची थी, लेकिन सरदार का आत्मविश्वास भी जैसे अडिग था।

इस बीच, सरदार ख़ान की सेना के वे गुमशुदा सैनिक, जिन्हें एक दिन पहले गोकुल के आस-पास के क्षेत्रों का जायज़ा लेने के लिए भेजा गया था, जुगल किशोर के सामने खड़े थे और सरदार ख़ान के शिविर में, हरिपुर के संदेशवाहकों के साथ हुई घटनाओं का विवरण दे रहे थे। जुगल किशोर का चेहरा, जो सामान्यतः शांत और संयमित रहता था, जासूसों के हर शब्द के साथ और गंभीर होता जा रहा था। उसने अपनी मुट्ठियाँ भींच लीं, क्रोध के कारण उसके माथे की नसें उभर आईं थीं। उसका, सरदार ख़ान के साथ संबंध राजनैतिक था, जहाँ सरदार ख़ान बस उसके प्रभाव और उसकी शक्ति को और फैलाने का एक माध्यम मात्र था। एक लंबी चुप्पी के बाद,

उसने अपने भावों को जज़्ब करते हुए, ठंडी और नपी-तुली आवाज़ में कहा... 'सरदार ख़ान ने हद पार की है। उसके कार्य, हमारे सम्मान को अब धूमिल करने लगे हैं तथा युद्ध और कूटनीति के मूल सिद्धांतों का उल्लंघन कर रहे हैं।' इतना कहकर जुगल किशोर ने अपने माथे पर कुछ देर हाथ रख कर सोचा और फिर एक झटके के साथ उसने अपने मुख्य सेनानायक की ओर देखते हुए कहा... 'हम इस तरह के अपमान को अनदेखा नहीं कर सकते...।' यह कहकर उसने फिर उन सिपाहियों की ओर देखा, और कहा... 'सरदार जो भी कर रहा है, उसमें ना ही हम कमज़ोर दिख सकते हैं, ना उससे सहमत दिखने का जोखिम उठा सकते हैं, हालाँकि, यह अच्छा हुआ कि उसने हरिपुर जाने से पहले, उन ग़रीब नागाओं को मारने का निर्णय किया है। इससे हमें फ़ायदा होगा...।' इतना कहकर उसने एक लंबी साँस खींचते हुए फिर कहा... 'जब तक वह राजा वेदांत पर हमला करेगा, हमारे पास उससे पहले उसके पास पहुँचने का समय होगा,' ऐसा कहते-कहते ही जुगल किशोर जैसे किसी फ़ैसले पर पहुँच चुका था।

उसने अपने सेनापति की ओर देखते हुए आदेश दिया... 'हम तुरंत गोकुल की ओर कूच करेंगे और सरदार ख़ान को हरिपुर की ओर बढ़ने से रोकेंगे, सेना तैयार करो।'

जुगल किशोर के आदेश देते ही सेनापति ने उसे झुक कर सलाम किया और कहा... 'जैसी आपकी आज्ञा हुज़ूर...।' यह कहकर, जैसे ही सेनापति अपनी ताक़त को एकजुट करने के लिए चला, जुगल किशोर अब तक घटी, घटनाओं पर विचार करने लगा। समीकरण बदल रहे थे। ऐसा लग रहा था कि गोकुल कुछ महान शक्तियों के टकराव का केंद्र बनता जा रहा है, जिसके कारण पूरे क्षेत्र की तक़दीर बदलने वाली थी...

इधर, गोकुल में, अजा एक चट्टान पर बैठकर उस सँकरे रास्ते की ओर देख रहा था, जो गोकुल से दूर जाता था, जहाँ से शंभूजी, कुछ वृद्ध नागा और वनराज आदि गाँव के लोगों को किसी सुरक्षित जगह पर ले जा रहे थे। मशालों की रौशनी, रात की हवा के कारण अपने सबसे भव्य रूप में जल रही थी, और साथ ही हवा में लहराता भगवा झंडा उसके वेग के कारण फड़फड़ाते हुए, हवा के रुख़ को सहमति प्रदान कर रहा था। अजा को यूँ अकेले अपने-आप में खोए हुए देखकर अधिराज उसकी ओर चला और

उसके पास जाते हुए, उसने अजा के कंधे पर हाथ रखकर आत्मीयता से पूछा... 'खोए हुए लग रहे हो, क्या बात है? अगर तुम्हें आपत्ति न हो, तो मुझसे अपने दिल की बात साझा कर सकते हो...।' इतना कहकर अधिराज उसके बगल में बैठ गया था। मशालों की लौ अब भी दिखाई दे रही थी। अजा ने अधिराज की ओर देखा, जैसे वह उसके विश्वास को समझ रहा हो और उसके विश्वास का बोझ अपने कंधे पर उठाने के लिए तैयार हो रहा हो, फिर उसने अपनी नज़रों को दूसरी ओर फेर लिया और कुछ पल चुप रहने के बाद कहा... 'हाँ, मुझे दुख का अनुभव हो रहा है...।' इतना कहकर अजा ने एक छोटे से कंकड़ को उठा कर वहाँ से दूर फेंक दिया।

'कैसा दुख...?' अधिराज ने पूछा। अधिराज के इतना पूछते ही मानो अजा के अंदर का दयालु और भावुक इंसान उसकी आँखों में आँसू बनकर भीग उठा और बोला... 'कभी-कभी, एक व्यक्ति को मालूम होता है कि कोई भी उसके अंदर की बेचैनी को कम नहीं कर सकता या उसकी समस्याओं का समाधान नहीं कर सकता, लेकिन फिर भी वह सिर्फ़ किसी को अपनी बातें कहना चाहता है, ताकि उसे आराम मिल सके, जानते हो क्यों?'

'क्यों...?' अधिराज ने पूछा।

'क्योंकि, सिर्फ़ इस एहसास से ही कि कोई आपकी तकलीफ़ों को सुन कर ख़ुद तक ही रख लेगा, आत्मा को एहसास हो जाता है कि किसी ने उसका दुख बाँट लिया, उसका दुख साझा हुआ...।' यह कहकर अजा चुप हो गया, जबकि अजा का यह कोमल रूप अधिराज को बेहद आश्चर्यचकित कर रहा था। उसने हिम्मत करके और बड़ी ही आत्मीयता से अजा से कहा...

'मैं ख़ुद से तुम्हारे दुख को साझा करना चाहूँगा मित्र, यह मेरा सौभाग्य होगा...।' यह कहकर उसने अजा की ओर देखा, जो अंधेरे में कहीं दूर किसी शून्य में खोया था। उसे यूँ चुप देख अधिराज ने झेंपते हुए कहा... 'अगर तुम नहीं कहना चाहते, तो कोई बात नहीं, मैं समझ सकता हूँ...।' ऐसा कह कर अधिराज चुप हो गया और फिर कुछ देर तक दोनों के बीच ख़ामोशी छाई रही, तभी अधिराज तक अजा की ख़ामोशी को चीरती हुई आवाज़ आई... 'मैं धन्य हूँ कि मैं यहाँ पहुँचा और मुझे मेरे आराध्य भगवान

शिव की सेवा करने का सौभाग्य प्राप्त हुआ, लेकिन एक प्रश्न है, जिसके बारे में सोच कर मैं, यहाँ अपने इतने साथियों के बीच भी अकेला हो जाता हूँ, अधूरा हो जाता हूँ...।' यह कहते हुए उसने अधिराज की ओर देखकर कहा... 'कई बार इंसान अपने भीतर ही कई सवालों के जवाब ढूँढता है, जिसके करण वह अपने मन में हर क्षण एक लड़ाई लड़ता रहता है, और मेरी ख़ुद से लड़ाई इस बात को लेकर है कि... मैं कौन हूँ! किसका बेटा हूँ? मेरे शरीर में किसका रक्त है? किसका गौरव हूँ? किसका उद्धार हूँ? मैं नहीं चाहता कि इस प्रश्नों के बिना उत्तर जाने मैं मरूँ और इन्ही प्रश्नों के उत्तर जानने की इच्छा मुझे इस अमर दुनिया में वापस खींच लाए और मुझे मोक्ष से वंचित कर दे। मेरी उत्पत्ति का यह प्रश्न मुझे हमेशा से परेशान करता आया है, अधिराज। मैंने शंभूजी और मठाधीश से कई बार पूछा, लेकिन उनके पास भी इस प्रश्न का कोई उत्तर नहीं है। मैं इस दुनिया को उस पहचान के साथ छोड़ने के लिए तैयार हूँ, जिसे मैं अब गर्व से धारण करता हूँ, लेकिन उस पहचान के प्रश्न के साथ नहीं, जिसके साथ मैं इस पवित्र भूमि पर जन्मा था। मैं जानता हूँ कि मैं कौन हूँ, लेकिन मुझे यह नहीं पता कि मैं कहाँ से आया हूँ...।' इतना कहकर अजा भारी मन से कुछ पल के चुप होते हुए बोला...'और, मैं यह भी जानता हूँ कि तुम भी इसमें मेरी कोई मदद नहीं कर सकते, कोई नहीं कर सकता, लेकिन मैं आभारी हूँ कि तुमने मुझसे पूछा और मैं आख़िरी बार थोड़ा हल्का महसूस कर सका...।' इसके बाद अजा के चेहरे पर एक क्षणिक मुस्कान उभरी, जबकि अधिराज, उसके चेहरे के लगातार बदलते भावों को अपनी अनुभवी निगाहों से पढ़ने की कोशिश कर रहा था। अजा ने आसमान की ओर देखा, जैसे सितारों से उन्हीं प्रश्नों को पूछ रहा हो कि वह कौन है? और कहाँ से आया है... उस पल अधिराज, अपने आप को असहाय महसूस कर रहा था। उसके पास अजा के प्रश्नों के उत्तर नहीं थे। इसका उसे दुख हो रहा था। वह भी आसमान में अनगिनत तारों को निहारता हुआ यूँ ही अजा के पास बैठा रहा, फिर कुछ देर बाद, दोनों भारी मन से अपने मन में उठ रहे प्रश्नों के साथ अपने-अपने तय किए हुए स्थानों की ओर चल पड़े। रात अपनी गति से मंद-मंद चलती हुई ढल चुकी थी और सूरज के उगने के साथ ही हरिपुर का मैदान राजा वेदांत की विशाल सेना की परछाइयों से भर गया था। उनकी सेना में, बख़्तरबंद तथा पीतल और चाँदी के आभूषणों से सजे हुए हाथी, शाही ठाट

के साथ चल रहे थे, उनके दाँत चमक रहे थे। घुड़सवार दल का सुनहरा कवच चमक रहा था और जो पैदल सेना के साथ-साथ चल रहे थे। हरिपुर साम्राज्य के प्रतीक चिह्न से सजे झंडे, हवा में लहराते हुए सेना के साथ आगे बढ़ रहे थे, जो हरिपुर साम्राज्य की शक्ति और संकल्प का जीवंत प्रमाण थे। स्वयं राजा वेदांत सबसे आगे सवारी कर रहे थे। उन्होंने सुनहरे रंग का कवच धारण कर रखा था और उनके सिर का कवच सोने से बने कृत्रिम पंख से सुसज्जित था और जो उनके राजा होने का प्रमाण भी। उनके बगल में उनका अनुभवी और बहादुर सेनापति कृष्णा, घोड़े पर चल रहे थे। दोनों के बीच तात्कालिक परिस्थितियों पर विचार-विमर्श भी हो रहा था।

'नागा, सरदार ख़ान की सेना के सामने, हमारे बिना ज़्यादा देर टिक नहीं पाएँगे। उन्हें हमारी आवश्यकता हमसे अधिक है, इसलिए यह गठबंधन हमारे लिए सबसे उत्तम अवसर है महाराज। हमें जल्द से जल्द गोकुल पहुँचना होगा, क्योंकि सिर्फ़ हमारी एकजुटता ही अफ़ग़ानों को रोक सकती है और अगर हम इस बार भी चूक गए, तो हिंद की भगवा रंग की धरती, हरे रंग में रंग जाएगी...,' कृष्णा ने यह बात दृढ़तापूर्वक कही। वेदांत ने सेनापति कृष्णा की बात सुनकर सहमति में सिर हिलाया। हरिपुर की आगे बढ़ती हुई सेना, राज्य के लोगों में एक अलग ही उत्साह और आशा का संचार कर रही थी। उनके रास्ते में आने वाले गाँव और शहरों के लोग उनका उत्साहपूर्वक स्वागत कर रहे थे। हरिपुर साम्राज्य के लोगों ने, सरदार ख़ान की क्रूरता की कहानियाँ सुनी थीं, और अपने राजा को इस ख़तरे का सामना करने के लिए आगे बढ़ते देख, वे बहुत ख़ुश थे और जयकारा लगा रहे थे, लेकिन फिलहाल स्थिति कुछ ऐसी थी कि तीन दिशाओं से तीन सेनाएँ गोकुल की ओर बढ़ रही थीं, और केंद्र में सौ से भी कम नागा योद्धा थे, जिनकी संख्या शंभूजी और अन्य पुराने नागाओं के जाने के बाद और घट गई थी।''

فتح

12

पहली लहर

"गोकुल का भव्य और विशाल प्रांगण जल्द ही तीन अलग-अलग सेनाओं के युद्ध का मंच बनने वाला था, जहाँ प्रत्येक सेना अपने-अपने इरादे और अपने-अपने नेता के साथ जमा होने वाली थी। उत्तर से हरिपुर साम्राज्य के राजा वेदांत, युद्धभूमि से एक दिन की दूरी पर अपनी सेना के साथ गोकुल के लिए आगे बढ़ रहे थे। उनकी सेना अनुशासन और शक्ति का एक अद्भुत चित्र गढ़ रही थी। उनकी सेना, युद्ध के नगाड़ों की ताल पर मानो, क़दम-ताल मिलाती हुई चल रही थी। ध्वजवाहक, ऊँचे-ऊँचे झंडे थामे हुए थे, जो हवा में लहरा रहे थे और जो वेदांत के राज्य के प्रतीक को दर्शा रहे थे, जिनमें सुनहरी चमक बिखेरते सूर्य के बीचों-बीच एक बब्बर शेर का दहाड़ता हुआ चित्र था। पूरब से, एक और सेना गोकुल की ओर बढ़ रही थी और वह भी युद्धभूमि से एक दिन की दूरी पर ही थी। जुगल किशोर के नेतृत्व में, उसकी सेना, तेज़ी और उत्साह के साथ, अन्य सेनाओं के मुक़ाबले अधिक लंबी दूरी तय कर रही थी। सैनिकों के हर क़दम में उनका लक्ष्य स्पष्ट दिख रहा था। उनके झंडों पर एक उड़ते हुए बाज़ का चित्र था, जो उनकी शक्ति और स्वतंत्रता का प्रतीक था। इन दोनों सेनाओं के अलावा, एक ओर अहमद शाह अब्दाली की सेना थी, जो सरदार ख़ान के नेतृत्व में गोकुल की ओर बढ़ रही थी। गोकुल का भविष्य अनिश्चितताओं से घिरा हुआ था, लेकिन यह निश्चित था कि गोकुल की यह पवित्र भूमि, जल्द ही भीषण महासंघर्ष का एक महाकाव्य बनने वाली थी। एक ऐसा महाकाव्य, जिसका प्रत्येक शब्द अद्वितीय बहादुरी और धर्म के लिए रक्त से सने भीषण संग्राम का पर्याय होने वाला था।

तीन दिशाओं से आ रही सेनाओं का एक ही स्थान पर मिलना गोकुल के भाग्य को तय करने वाला था। सेनाएँ बहुत तेज़ी से आगे बढ़ रही थीं। सरदार ख़ान की सेना में छुपे जुगल किशोर के गुप्तचरों ने जाकर उसे आगाह करते हुए इस संघर्ष के महत्त्व को बहुत अच्छे से समझा दिया था, जिसके परिणामस्वरूप, जुगल किशोर किसी भी क़ीमत पर सरदार ख़ान को यह युद्ध जीतने नहीं देना चाहता था। वेदांत और जुगल किशोर एक ही गंतव्य की ओर अलग-अलग दिशाओं से बढ़ रहे थे, लेकिन उनके उद्देश्य एक ही थे। ऐसा लग रहा था कि उन दोनों की क़िस्मत उन्हें गोकुल की युद्धभूमि में लाकर आपस में जोड़ने वाली थी। युद्ध के नगाड़ों की दूर से आती आवाज़ और सेनाओं के गगनभेदी उद्घोष, ध्रुव के कानों तक भी पहुँचे। वह अब भी पूरी तरह स्वस्थ नहीं था और अपने उपचार के लिए साध्वियों के शिविर में ही था। बिस्तर पर लेटे हुए, उसने महसूस किया कि जैसे ज़मीन काँप रही थी। सैनिकों के एक साथ पड़ते क़दम-ताल और साथ ही, एक साथ चलते सैकड़ों घोड़ों के खुरों की आवाज़ उसे अपने गाँव के विनाश के दिन याद दिला रही थी, परंतु उस दिन और आज में यह फ़र्क़ था कि पिछली बार इन आवाज़ों ने उसे डरने के लिए मजबूर किया था, लेकिन आज यह आवाज़ उसे युद्ध के लिए आमंत्रित कर रही थी। उसके अंदर एक आग जल उठी, हर नगाड़े की धुन के साथ उसका उत्साह बढ़ रहा था। अस्त्र के रूप में शंभूजी द्वारा दिए हुए फरसे को पकड़ने के लिए वह आतुर था। ध्रुव, अजा और अन्य नागा योद्धाओं के साथ कंधे से कंधा मिलाकर युद्ध करने के लिए बेताब था। ध्रुव ने ख़ुद से संघर्ष करते हुए उठने की कोशिश की, उसकी नज़रें, एकटक युद्ध के मैदान की ओर ही टिकी हुई थीं। उसकी आँखों में बदले की आग जल रही थी, उसने ख़ुद से बुदबुदाते हुए कहा...'मुझे वहाँ होना चाहिए...।' इतना कहते हुए वह हाँफने लगा था, तभी ध्रुव के कंधे पर एक कोमल स्पर्श ने उसके उठ खड़े होने के प्रयासों को रोक दिया। उसने पीछे पलट कर देखा, तो श्यामा थीं, उपचार शिविर की सबसे पुरानी और अनुभवी साध्वी। उनका सिर मुँडा हुआ था और उनके नाख़ून असमान रूप से कटे हुए थे, क्योंकि वह बाहरी सुंदरता को कोई महत्त्व नहीं देती थीं। उनका चेहरा कठोर था और वर्षों की धूप से तपकर तांबे के रंग का हो चुका था, जिसके ऊपर गहरी झुर्रियाँ थीं, जो उनके ज्ञान और अनुभव की कहानियाँ सुनाती थीं। उनकी गहरी स्लेटी रंग की आँखें, मानो

सदियाँ देख चुकी थीं और हमेशा कुछ ढूँढती रहती थीं। उनकी आँखों में एक अविश्वसनीय गहराई थी, जिसका असर कुछ यूँ था कि मानो श्यामा किसी इंसान की ओर देखकर उसे नहीं, बल्कि सीधे उसकी आत्मा को देख लेती हों। प्राकृतिक रूप से उनके चेहरे पर एक अधिकार का भाव था। इस अवस्था में भी उनके हाथ मज़बूत थे और उभरी हुई नसें उनकी उम्र को दर्शा रहीं थीं। ये वही हाथ थे, जिन्होंने न जाने कितने लोगों को ठीक किया था और लड़ाइयों में भी हिस्सेदार रहे थे। वह एक चिकित्सक से ज़्यादा एक योद्धा लगती थीं... उन्होंने ध्रुव की आँखों में देखते हुए बेहद आत्मीयता से उसे लेटने का इशारा किया। उनकी आँखों में देखभाल और सख़्ती का मिला-जुला भाव था। उन्होंने थोड़े सख़्त और शिकायत भरे लहज़े में कहा, 'ध्रुव, हमने अजा से वादा किया है कि हम तुम्हें जीवित और सुरक्षित रखेंगे और युद्ध की किसी भी परिस्थिति को ध्यान में न रखते हुए, पहले तुम्हें स्वस्थ करेंगे, इसलिए अभी तुम्हारा उद्देश्य लड़ने जा रहे योद्धाओं से अलग है। तुम्हें युद्ध के बारे में न सोचते हुए पहले आराम करना चाहिए और ख़ुद को ठीक करने पर ध्यान केंद्रित करना चाहिए...।' इतना कहकर श्यामा, ध्रुव के लिए एक औषधीय घोल तैयार करने लगीं।

'लेकिन मेरा कर्तव्य वहाँ है!' ध्रुव ने उत्तेजित होकर कहा। उसकी आवाज़ में निराशा साफ़-साफ़ झलक रही थी। उसका दिल अपने साथियों के साथ युद्ध में शामिल होने की तीव्र इच्छा से भरा हुआ था। श्यामा के साथ एक और साध्वी, अद्यमा, जो स्वभाव में थोड़ी नरम थीं, उन्होंने कहा... 'अगर तुम अभी इस हालत में युद्ध में जाओगे, तो तुम ख़ुद के साथ ही अजा और सभी नागाओं को भी ख़तरे में डाल दोगे। जानते हो ना, एक कमज़ोर कड़ी पूरी सेना को कमज़ोर बना देती है, इसलिए सबसे पहले तुम्हें आज्ञा मानना और विश्वास करना सीखना होगा।' अद्यमा, श्यामा से उम्र में काफ़ी छोटी थीं। थोड़ी छोटी क़द-काठी की होने के बावजूद उनमें देवी काली की शक्ति जैसी एक दैवीय आभा थी। उनकी त्वचा उनके संन्यासी जीवन की कहानी कहती थी, जिसे उन्होंने तपती गर्मी में बिताया था। उनकी लंबी बिखरी हुई जटा थी और उनके चेहरे पर एक मधुर, मातृसुलभ मुस्कान थी। अद्यमा की बात सुनकर, ध्रुव की आँखों में आँसू उमड़ पड़े, जिन्हें वह रोकने की लाख कोशिश के बाद भी नहीं रोक पाया। अपने गाँव के बच्चों का बदला लेने की अपनी तीव्र इच्छा और साध्वियों द्वारा अजा से

किए गए वादे का सम्मान करने के बीच वह उलझ गया था। साध्वियों की बातें सही थीं, लेकिन दिल की इच्छाओं को अनदेखा करना बहुत कठिन था... तभी श्यामा ने ध्रुव के पास झुकते हुए, उसकी व्याकुल आत्मा को शांत करने की कोशिश करते हुए कहा... 'तुम्हारा समय आएगा, ध्रुव। हो सकता है कि आज तुम्हारे सामने यह युद्ध है, जिसमें तुम भाग लेने के लिए व्याकुल होकर भी भाग नहीं ले पा रहे हो, लेकिन भविष्य में ऐसे न जाने कितने संघर्ष होंगे, जिन्हें तुम्हारे मार्गदर्शन की आवश्यकता होगी, इसलिए आने वाले समय पर भरोसा रखो...।' यह कहकर श्यामा ने वह औषधीय घोल, उसे पिला दिया, जिसे उन्होंने ख़ुद तैयार किया था और फिर दोनों साध्वियाँ उसे आराम करने के लिए अकेला छोड़ कर कुटिया से बाहर चली गईं। युद्ध की रणभेरी भले ही दूर थी, लेकिन शिविर में अकेला लेटा हुआ, घायल ध्रुव, एक अलग ही तरह के युद्ध का सामना कर रहा था। यह धैर्य, समझ और भविष्य की आशा का युद्ध था... जिसके द्वंद में फँसी हुई उसकी अंतरात्मा ने जागते हुए, रात को दिन में बदलते देखा था।

अगली सुबह जैसे ही सूर्य की पहली किरण ने धरती पर दस्तक दी, नागा युद्ध के लिए तैयार खड़े थे, जिनके सामने सरदार ख़ान की विशाल सेना पहले से ही खड़ी युद्ध घोषणा का इंतज़ार कर रही थी। अजा अपने विशाल त्रिशूल के साथ खड़ा था, नारायण अपनी गदा के साथ और मठाधीश अपनी तलवार लिए हुए थे। ये तीनों महान योद्धा, अपनी नंग-धडंग और मस्त-मलंग सेना के साथ खड़े होकर और भी अधिक शक्तिशाली लग रहे थे और एक अति मनोहारी दृश्य प्रस्तुत कर रहे थे। गोकुल के बाहर के मैदान में, मौत जीवित प्राणियों के ऊपर मँडरा रही थी, जैसे काल के सबसे पसंदीदा खेल की प्रतीक्षा कर रही हो। सरदार ख़ान की सेना का एक सैनिक, चमकते हुए पीतल के ध्वनि ग्राह्य यंत्र *(माइक)* पकड़े हुए, आगे बढ़ा और उपहास *(मज़ाक़)* उड़ाने के क्रम में बोलना शुरू किया। उसकी आवाज़ घाटी में गूँज रही थी और वह नागा साधुओं को चेतावनी देते हुए बोला... 'इसे पहली नहीं, बल्कि अंतिम चेतावनी मानो और ख़ुद को हमारे हवाले कर दो, तुम्हें बख़्श दिया जाएगा, लेकिन...,' यह कहकर उस अफ़ग़ान सैनिक ने थोड़ी देर के लिए अपनी बातों पर विराम देते हुए कहा... 'लेकिन, अगर बात नहीं मानोगे, तो मार दिए जाओगे...।' अफ़ग़ान सैनिक की बात सुनकर अजा की आँखों में ख़ून उतर आया।

उसके होंठों पर कटाक्ष वाली एक भयानक मुस्कुराहट ऐसे तैर गई थी, मानो वह मन ही मन उस अफ़ग़ान सैनिक की बातों पर तरस खा रहा हो। उसने तत्काल प्रतिक्रिया देते हुए भगवा ध्वज को अपने सिर के ऊपर उठाया और फिर एक गहरी साँस खींचकर वह ज़ोर से चिल्लाया, 'हर-हर महादेव! ' क्रोधित शेर की दहाड़ की भाँति गर्जन करते उसके शब्द पहाड़ों में गूँज उठे। उसके पीछे अडिग पहाड़ की तरह खड़े अन्य नागा योद्धा भी उस नारे को दोहराने लगे। उनकी आवाज़ें एक गगनभेदी गर्जना में बदल गईं। उनकी 'हर हर महादेव!...की गूँज ने आसमान में गर्जना करते मेघ की भाँति पहाड़ों से टकराते हुए, दसों - दिशाओ को थर्रा दिया था। उनकी एकजुट आवाज़ों से ज़मीन काँप उठी थी, जिसके कारण युद्ध भूमि में एक अलग ही ऊर्जा का संचार हो रहा था। नागाओं की पहली पंक्ति में अधिराज अपने दाएँ हाथ में शंख लिए खड़ा था और जब उसने अपना शंख बजाया, तो उसकी गूँजती आवाज़ ने सुबह की धुंध को चीरते हुए सुनने वालों के रोंगटे खड़े कर दिए थे। दोनों तरफ़ के योद्धाओं के दिल तेज़ी से धड़कने लगे, वे इस भीषण संग्राम के लिए मन ही मन तैयार हो रहे थे। सरदार ख़ान ने अपनी आँखों को मींचते हुए देखा, पीछे से उगते सूरज के बीच, काली परछाई की तरह दूर से दिखते नागा किसी और दुनिया के प्राणी जैसे दिख रहे थे - भयंकर, रहस्यमयी और शक्तिशाली। सूर्य की तीक्ष्ण चमक के आगे उभरती हुई उनकी काली आकृतियों के कारण वे प्राचीन काल के शिकारी इंसानों की तरह लग रहे थे, जो अपने शिकार पर टूट पड़ने के लिए तैयार थे। एक बार फिर, नागा योद्धाओं की पंक्तियों से एक ज़ोरदार गर्जना उठी। यह आवाज़ सिर्फ़ कुछ सौ लोगों की ही नहीं थी, बल्कि इस शोर ने सरदार ख़ान की सेना के कई सैनिकों के दिलों में डर पैदा कर दिया था। अफ़ग़ानी सैनिकों ने अनेक युद्धों में असंख्य दुश्मनों का सामना किया था, लेकिन इस तरह का सामना उनका, पहले कभी नहीं हुआ था। नागा सिर्फ़ अपनी ज़मीन की रक्षा नहीं कर रहे थे। वे अपने धर्म के प्रति विश्वास और अपनी सबसे महान जीवन शैली के लिए लड़ रहे थे। उनके द्वारा की जाने वाली हर जयघोष और युद्ध की शुरुआत से पहले बजती रणभेरी की आवाज़, उनके दृढ़ संकल्प को और मज़बूत कर रही थी। सरदार ख़ान और उसके सेनापति को यह लगने लगा था कि ये लोग युद्ध की तैयारी नहीं कर रहे हैं, बल्कि काल के देवता की पूजा कर रहे हैं, और जो भी आगे बढ़ेगा, उसे मृत्यु,

प्रसाद रूप में मिलने वाली है...। इस सब के बीच अपने शानदार घोड़े पर बैठे सरदार ख़ान ने अपने मुख्य सेनापति की ओर देखा और पूछा, 'क्या उनकी संख्या के बारे में तुमने सही आकलन किया था? अफ़ग़ान सेना प्रमुख भी, नागाओं की एकता और उनके शक्ति के प्रदर्शन से चौंक गया था, इसलिए कुछ भी कहने से पहले वह हिचकिचाया और फिर बोला... 'लगता तो नहीं है...।' यह कहकर सेनापति ने अपना सिर झुका लिया था।

अरुणोदय की पहली किरण ने आकाश को केसरिया रंग में रंग दिया था और अभी सूर्य का पूर्ण रूप से पहाड़ के पीछे से उगना बाक़ी था। नागा योद्धा अब साफ़-साफ़ दिखाई देने लगे थे। सरदार ख़ान की तीखी नज़रें, अपने अफ़ग़ान तीरंदाज़ों की टुकड़ी पर गईं और उसके एक छोटे से इशारे पर, वे धनुष तानते हुए तुरंत अपनी स्थिति में आ गए और अपने नेता के आदेश का इंतज़ार करने लगे। बीतता हुआ हर एक क्षण, एक युग की तरह लग रहा था। तीरंदाज़ों की नज़रें नागाओं की दूर से दिखाई देतीं आकृतियों पर टिकी हुई थीं और वे मन ही मन उनकी दूरी का अंदाज़ा लगा रहे थे और हवा के रुख़ का जायज़ा ले रहे थे, तभी, एक गूँजती आवाज़ में, सेनापति चिल्लाया, 'निशाना साधो...!' उसके इतना कहते ही, अफ़ग़ान सैनिकों के धनुष, तीर सहित नागाओं की तरफ़ उठ गए, क्योंकि नागा, अफ़ग़ान सैनिकों के सामने वाली पहाड़ी पर खड़े थे। उसके बाद सेनापति चिल्लाया... 'खींचो...!' उसके इतना कहते ही अफ़ग़ान सैनिकों ने अपने तीर को अपने-अपने धनुष की प्रत्यंचा *(डोर)* पर चढ़ाकर खींचा।

उसके बाद सेनापति ज़ोर से चिल्लाया... 'छोड़ो!' उसके इतना कहते ही एक साथ असंख्य तीर हवा को चीरते हुए अपने लक्ष्य की बढ़ चले थे। हवा को चीरते हुए आगे बढ़ रहे हज़ारों तीर एक अद्भुत दृश्य पेश कर रहे थे, मानो युद्ध की बारात में शामिल होने से पहले मौत श्रंगार कर रही हो, हालाँकि तीर अपने लक्ष्यों के क़रीब पहुँचते, उससे पहले ही धरती के गुरुत्वाकर्षण ने अपना असर दिखा दिया। जिस ऊँची चट्टान पर नागा खड़े थे, वह एक प्राकृतिक ढाल के रूप में काम कर रही थी। तीर नागाओं को भेदने के बजाय, उनके सामने ज़मीन पर जाकर धँस गए, जिनमें से कुछ नरम मिट्टी में धँस गए, तो कुछ मज़बूत चट्टानों से टकराकर बेकार हो गए।... अफ़ग़ान सैनिकों के शक्ति प्रदर्शन के बाद अजा ने अपने हाथ में पहले से पकड़ रखे धनुष को उठाया और युद्ध शुरू करने से पहले पूरे जोश के

साथ अपने नागा साथियों को संबोधित करते हुए कहा... 'भाइयों, अपने चारों ओर देखो, यहाँ सिर्फ़ तुम्हें हम नागा साथियों के रूप में अपने वे भाई मिलेंगे, जिन्होंने तुम्हारी तरह ही कठिन रास्ता तय किया है। सबने एक जैसा ही प्रशिक्षण लिया है और एक जैसी ही कठिनाइयाँ झेली हैं, और आज हम सब यहाँ एक साथ खड़े भी हैं...।' ऐसा कहते हुए अजा थोड़ा भावुक ज़रूर हुआ था, लेकिन उसने अपने जोश को बिलकुल भी कम नहीं होने दिया और आगे बोला... 'हमने उस जीवन को अपनाया है, जो हमारे लिए चुना गया है। हमने सांसारिक सुखों का त्याग किया है, न ही किसी चीज से ऊब कर और न ही किसी चीज़ से दूर भाग जाने के लिए, बल्कि अपने दृढ़ आत्मबल को प्रमाणित करने के लिए, ईश्वर के क़रीब आने के लिए हमने सब कुछ त्यागा था... नागा साधु बनने की हमारी यात्रा के शुरुआती दिनों को याद करो। जिन दुर्गम भूभाग पर हमने यात्रा की, जिन पहाड़ों-पर्वतों पर हमने चढ़ाई की, जिन नदियों को हमने पार किया, वे केवल शारीरिक सहनशक्ति की परीक्षाएँ नहीं थीं, बल्कि हमारे आध्यात्मिक साहस की कसौटियाँ थीं। हिमालय की उन ठंडी रातों को याद करो, जब हमने एक क्षण के लिए बिना हिले-डुले ध्यान किया। दोपहर के उस असहनीय तपते सूरज को याद करो, जिसके नीचे हमने प्रशिक्षण लिया...।' यह कहते-कहते अजा की आँखें एक बार फिर युद्ध के रण में उतरे हुए योद्धा की भाँति जोश और उन्माद के मारे लाल हो गई थीं। उसने आगे कहा... 'हमने केवल अपने शरीर को ही नहीं, बल्कि अपनी आत्मा को भी जीवन के युद्ध क्षेत्रों के लिए तैयार किया।' उसने अपनी जटाओं को छूते हुए कहा,' हमारी जटाएँ सिर्फ़ त्याग का प्रतीक नहीं हैं, बल्कि वे हमारी धैर्य और प्रतिबद्धता की गाथाएँ हैं। प्रत्येक लट एक कहानी कहती है... सहनशक्ति की, भीतर और बाहर लड़ी गई लड़ाइयों की। हमारी जटाओं ने अधिकांश लोगों की तुलना में अधिक सूर्योदय और सूर्यास्त देखे हैं, और वे और भी कई देखने के लिए तैयार हैं...।' फिर उसने अपनी राख से लिपटी हुई देह पर हाथ फेरा और कहा... 'हम जो भस्म अपने शरीर पर लगाए बैठे हैं, यह ऐसी-वैसी किसी भी आग की नहीं है, यह हमारे अतीत का अवशेष है, परिवर्तन का सार है। यह हमें याद दिलाती है कि जैसे लकड़ी राख में बदल जाती है, हमारे भय और संकोच भी जलकर साहस में परिवर्तित हो सकते हैं। इस राख के साथ, हम अपनी दृढ़ता और विपत्तियों से उबरने की

क्षमता को अपने शरीर पर पहनते हैं, इसलिए आज हमें ऐसा युद्ध लड़ना है कि हमने जो त्याग किया है, वह आग बन कर दुश्मन को जला कर भस्म कर दे...।' इतना कहकर अजा ने अपनी बातों पर विराम दिया। अजा के एक-एक शब्द नागाओं में प्रेरणा का संचार कर रहे थे, उनका अंतर्मन क्रोध से भर गया था। अब अजा सहित सभी नागा, सरदार ख़ान की सेना पर पूर्ण रूप से कहर बनकर टूटने के लिए तैयार थे। उन्होंने सरदार ख़ान की सेना की ओर से किए गए तीरों के असफल आक्रमण को अपने आत्मविश्वास और युद्ध की शुरुआत की तरह लिया। वे अभी जहाँ खड़े थे, वह ज़मीन, नागा योद्धाओं के लिए सुरक्षा कवच की तरह काम कर रही थी।

'ये पागल साधु किसका इंतज़ार कर रहे हैं?' ...सरदार ख़ान ने अपने सेनापति से पूछा।

'कह नहीं सकता हुज़ूर!! ये कब क्या करते और क्या सोचते हैं, कोई नहीं जान सकता...,' सेनापति ने कहा। तभी एक तीर आसमान को चीरता हुआ सीधा आकर सरदार ख़ान के उस अंगरक्षक के सीने में धँस गया था, जिसने नागाओं को आत्मसमर्पण के लिए चेतावनी दी थी। ये तीर अजा के कमान से निकला था, जिसे सूरज की चमक के कारण सरदार ख़ान और उसकी सेना में से कोई भी आते हुए देख नहीं सका था।

युद्ध का आरंभ अब दोनों ओर से हो चुका था। अजा ने अपना हाथ उठाया और अपने नागा तीरंदाज़ों को संकेत दिया। उनके पास तीर-धनुष भले ही संख्या में कम थे, लेकिन वे सिर्फ़ हथियार नहीं थे, बल्कि नागा सैनिकों का ही हिस्सा थे। अजा के सांकेतिक आदेश के बाद, हर नागा तीरंदाज़ ने थोड़ी देर के लिए अपनी आँखों को बंद किया और धरती की धड़कन के साथ तालमेल बैठाकर गहरी साँस ली, और अपने चारों ओर की ऊर्जा को महसूस किया, फिर, अजा के आदेश पर, सभी ने अपने तीर छोड़ दिए। सरदार ख़ान के सैनिकों के भारी हमले के विपरीत, नागाओं ने सिर्फ़ अपने लक्ष्य को साधने पर ध्यान दिया। उनके पहले ही वार में अफ़ग़ान सैनिकों की शान में लहराता झंडा दो टुकड़े होकर गिर गया। नागा साधुओं का प्रत्येक तीर उनके इरादे और उनके अद्भुत कौशल की कहानी बयाँ करते हुए अपने सटीक निशाने पर लगा था। तीरों की सटीकता इतनी शानदार थी कि हर तीर ने एक अफ़ग़ान सैनिक को मार गिराया। जब तक अफ़ग़ान

सैनिक यह समझ पाते कि नागा योद्धा, सूरज की चमक का फ़ायदा उठाकर उन पर हमला कर रहे हैं, तब तक कई सैनिक मारे जा चुके थे। सरदार ख़ान का चेहरा गुस्से से तन गया।

'ढालें उठाओ!' वह चिल्लाया, उसकी आवाज़ युद्ध के मैदान में गूँज उठी। उसके पहले दस्ते के सैनिक जल्दी-जल्दी धातु और चमड़े से बनी ढालें उठाकर एक अभेद्य दीवार बनाते हुए आगे बढ़ने लगे। सरदार ख़ान का सेनापति, नागा तीरंदाज़ों के ख़तरे को भाँपते हुए चिल्लाया, 'आगे बढ़ो...!' जिसके बाद ढालों की ओट में अफ़ग़ानी सेना ने आगे बढ़ना शुरू किया, जिससे नागा साधुओं द्वारा छोड़े गए तीरों के लिए उनकी रक्षा को भेदना मुश्किल हो गया, हालाँकि नागाओं द्वारा लगातार की जा रही तीरों की बारिश का प्रभाव यह पड़ा कि ज़्यादातर तीर तो ढालों को नहीं भेद पाए, लेकिन कुछ तीर ढालों के कमज़ोर बिंदुओं को भेदते हुए अफ़ग़ान सैनिकों के सीने के आर-पार हो गए थे।

सरदार ख़ान की सेना, आसमान से बरसते तीरों से बचते हुए नागा योद्धाओं की ओर बढ़ रही थी, लेकिन जैसे ही वे कुछ दूर आगे बढ़े कि तभी पहली पंक्ति में खड़े सारे सैनिक डर के मारे एक साथ चिल्ला उठे... 'रुको! हमारे नीचे की ज़मीन धँस रही है...!' वे सैनिक अपने पीछे चल रहे हज़ारों सैनिकों को धँसती ज़मीन के ख़तरे से आगाह कर पाते, उससे पहले ही सैकड़ों सैनिक उस समतल दिखने वाली ज़मीन पर काफ़ी आगे बढ़ चुके थे और चेतावनी सुनकर कुछ कर पाने से पहले ही धरती ने उन्हें निगलना शुरू कर दिया था। अफ़ग़ान सैनिक, नागाओं द्वारा बनाए गए ऐसे गहरे गड्ढे में गिरते चले जा रहे थे, जो दूर से देखने पर सामान्य ज़मीन की तरह दिखाई पड़ रहा था, लेकिन असल में वह एक गहरी खाई था। अगर वे गड्ढे, केवल सामान्य से गड्ढे होते, तो भी अफ़ग़ान सैनिकों को उतनी क्षति नहीं पहुँचती, परंतु वे कोई सामान्य गड्ढे नहीं थे, बल्कि उन गड्ढों में अनगिनत भाले सीधे करके गाड़े गए थे, जो उन गड्ढों में गिरने वाले अफ़ग़ान सैनिकों के शरीर के आर-पार होते चले जा रहे थे। अफ़ग़ान सैनिकों की दर्द भरी चीखें हवा में गूँज उठी थीं।

अपने साथियों को बेमौत मरता देख कर, दूसरी पंक्ति के अफ़ग़ान सैनिक अपने बाक़ी साथियों को सतर्क करने के लिए चिल्लाए, लेकिन उनकी चिल्लाहट, ढालों, हथियारों और सैनिकों के एक साथ पड़ते पैरों की

लयबद्ध थाप में सुनाई ही नहीं पड़ रही थी। सैनिक भय से चीखते हुए छुपी हुई खाइयों में गिरते गए। भालों *(स्पीयर्स)* और लोहे की छड़ों की नुकीली नोक उनके शरीर को भेदती गईं, जबकि ऊपर से नागा तीरंदाज़ों का अब भी हमला जारी था और वे उन सभी को निशाना बना रहे थे, जो अपने पैरों के नीचे की ज़मीन देखने के लिए आकाश से अपनी नज़रें हटा रहे थे...

'मुझे ऊपर खींचो!' एक सैनिक ने विनती की।

'मेरी मदद करो,'... दूसरे ने कहा। ख़तरनाक गड्ढों के किनारों से हाथ बेताबी से बाहर निकल रहे थे, जिनसे ख़ून टपक रहा था, लेकिन इस परिस्थिति में न कोई मदद कर सकता था, न ही कोई मदद करने को तैयार था। सब के सब अपनी-अपनी जान बचाने में लगे हुए थे, परंतु इन सभी विपरीत परिस्थितियों के बीच भी अफ़ग़ान सेना की आगे बढ़ने की गति थमी नहीं। वे गड्ढों में गिरते गए और आगे बढ़ते गए, तभी अचानक, युद्धक्षेत्र के चारों ओर की चट्टानों से एक भयानक गड़गड़ाहट गूँजी। सैनिकों ने पहाड़ों की ओर देखा, और जो देखा उससे उनके होश उड़ गए। उन्होंने देखा, पहाड़ों की विशाल चट्टानें पहाड़ों से टूटकर बिजली की गति से नीचे लुढ़कती हुई चली आ रही थीं।

'चट्टानें! बचो!' ...एक अफ़ग़ान सैनिक चीख उठा, लेकिन चेतावनी बहुत देर से मिली थी। नागा योद्धाओं द्वारा जानबूझकर धकेली गई चट्टानें बचे हुए अफ़ग़ान सैनिकों को कुचलती हुई उनके ऊपर से गुज़र गईं, परिणामस्वरूप उनके कवच टूट गए, हड्डियाँ चकनाचूर हो गईं, और अफ़ग़ान सैनिकों के ऊपर से गुज़रते ही, अफ़ग़ान सैनिकों की दर्दनाक चीखें अचानक ही श्मशान जैसी शांति में बदल गईं। चट्टानों के गुज़रने के बाद युद्ध भूमि में उठा, मिट्टी का गुबार विनाश के उस दृश्य पर एक रहस्यमयी चादर चढ़ा रहा था। अफ़ग़ान सेना की आगे बढ़ती लयबद्ध यात्रा, जो कुछ समय पहले तक एक समान थी, अब डर के मारे चीखते-चिल्लाते तितर-बितर हो गई थी।

'पीछे हटो! पीछे हटो...!' कुछ सैनिक चिल्ला रहे थे, जबकि अन्य सैनिक अपने कुचले हुए और घायल साथियों की मदद करने की कोशिश कर रहे थे, जबकि कुछ सैनिक जो किसी तरह से नागाओं के काल के उस जाल को पार करने में सफल हुए थे, उन्होंने अपने पैरों के नीचे कुछ गीला महसूस किया, लेकिन यहाँ भी डर और जल्दबाजी में, उन्होंने ज्वलनशील

तेल से सराबोर घास को ओस की बूँद समझ लिया था। अभी वे कुछ समझ पाते कि तभी उन्हें धूल भरी धुँध के बीच, एक अकेली आकृति खड़ी दिखाई पड़ी। वह कोई और नहीं, बल्कि अजा था, जो अपने धनुष पर एक अग्नि-बाण लगाए हुए खड़ा था और उसने बिना किसी हिचकिचाहट के तीर को छोड़ दिया, जो आसमान में किसी जलते हुए उल्कापिंड की तरह उड़ा और जैसे ही वह तीर नीचे आया, उसने तेल में भीगी घास को जला दिया। आग तुरंत भड़क उठी। जो सैनिक खाइयों और चट्टानों से बच गए थे, अब उन्हें इस नई जलती हुई विपत्ति का सामना करना पड़ा। नारंगी और लाल रंग की लपटें क्रोधित होकर कई अफ़ग़ानी सैनिकों को अपने अंदर समेटे उछलने और नाचने लगीं। तकलीफ़ भरी दर्दनाक चीखें हवा में हर ओर से सुनाई पड़ रही थीं।

'मदद करो! पानी! ख़ुदा के लिए कोई मदद करो!' एक सैनिक चिल्लाया, जबकि एक अन्य सैनिक, जिसकी टाँग एक गिरे हुए साथी के शरीर के नीचे फँस गई थी, चिल्लाया... 'ख़ुदा के लिए मुझे यहाँ मत छोड़ो...!' आग की लपटें इतनी विकराल थीं कि दोनों विरोधी सेनाओं के बीच प्रलय की चमकती हुई दीवार जैसी खड़ी हो गई थीं। जलते हुए माँस, तेल और धातु की गंध हवा में भर गई, जिसके कारण साँस लेना मुश्किल हो गया था। सरदार ख़ान की शक्तिशाली सेना अब नागा योद्धाओं की अप्रत्याशित और कुशल रणनीतियों से घबराई हुई थी। बचे हुए वे अफ़ग़ान सैनिक, जो किसी तरह से नागाओं के बुने हुए नारकीय जाल से बचने में सफल हो गए थे, अब स्तब्ध खड़े थे। उनके सामने का युद्धक्षेत्र, जो कभी उनके निर्विरोध जीत का प्रतीक था, अब मौत और विनाश के भयावह नरक की तरह जल रहा था। तभी इस तबाही के बीच, दूर से कई नागाओं द्वारा एक साथ किए गए 'हर-हर महादेव' का जयघोष गूँज उठा... नागा युद्ध के मैदान में अपनी आज की जीत का उद्घोष करके अफ़ग़ानों के मनोबल को पूरी तरह ध्वस्त कर चुके थे और वैसे भी आज की जीत नागाओं के नाम ही थी, क्योंकि अफ़ग़ान खेमे में सरदार ख़ान ने अपने 250 अफ़ग़ान सैनिक खो दिए थे,जबकि अजा ने अपने एक भी योद्धा को नहीं खोया था। सूरज अब आकाश में ऊँचा चढ़ चुका था और युद्ध के मैदान को रौशन कर रहा था। युद्ध के निशानों से भरे उस मैदान में धुएँ से भरी आग, कटे-फटे हुए सैनिक और उनके कुचले हुए कवच आदि हर तरफ़ बिखरे हुए थे। सरदार ख़ान के चेहरे पर गहरी निराशा उभर आई थी,

क्योंकि युद्ध उसके पक्ष में नहीं जा रहा था। जिन नागाओं को पहले उसने कमज़ोर समझा था, वे एक प्रचंड शक्ति के रूप में उभर कर उसके सामने आए थे। हवा में धनुष की डोरियों के तड़कने की आवाज़ें, 'हर हर महादेव' के जयकारे और मरते हुए सैनिकों की चीखें गूँज रही थीं। इस अराजक समागम के बीच, एक तीर हवा को चीरता हुआ सरदार ख़ान के दिल की ओर बढ़ा। यह एक अद्भुत निशाना था, जो केवल एक महान तीरंदाज़ ही लगा सकता था। बिजली की गति से एक तीर को सरदार की ओर आता देख, सरदार के सबसे क़रीब के सैनिकों ने अपनी साँसें रोक ली थीं, समय जैसे थम सा गया था, लेकिन जैसे ही बिजली की गति से बढ़ता हुआ तीर सरदार के क़रीब पहुँचा, सरदार ने तीर को हवा में ही पकड़ लिया, ठीक अपने सीने से कुछ इंच पहले। उसकी आँखें क्रोध से जल रही थीं। उसने अजा की ओर देखा, जो दूर एक पहाड़ी पर अडिग खड़ा था। युद्धभूमि पर एक सन्नाटा छा गया। यहाँ दो नेता थे; अपने अविश्वसनीय कौशल और निडर संकल्प के साथ। यह केवल सेनाओं का युद्ध नहीं था, बल्कि इच्छाशक्ति की लड़ाई भी थी। दोनों पक्ष अब समझ गए थे कि यह सिर्फ़ ज़मीन या ख़ज़ाने के लिए लड़ी जा रही लड़ाई नहीं थी, बल्कि यह सम्मान, विरासत और अपनी प्रजा की आत्मा के लिए लड़ी जा रही लड़ाई थी।

*

सरदार ख़ान ने अपने हथियार को कसकर पकड़ा और अपनी पुतलियों को छोटी करते हुए, युद्ध के मैदान का निरीक्षण किया। उसे नागाओं की पूरी तरह चौंका देने वाली रणनीति ने हैरान कर दिया था। उसे इस बात का एहसास हो चला था कि नागाओं ने अपनी कुशल रणनीति और अद्भुत युद्ध कौशल से उसकी सेना को पीछे की ओर धकेल दिया है। इस युद्ध को जीतने के लिए उसे अब और अधिक चिंतन करने और अपनी सेना को एक बार फिर पुरजोर तरीक़े से संगठित करने की ज़रूरत थी। उधर, नागा योद्धाओं का जयघोष घाटी में गूँज रहा था, जो सरदार को याद दिला रहा था कि यह युद्ध अभी भी ख़त्म नहीं हुआ है... जबकि, उधर... जुगल किशोर और वेदांत की सेनाएँ, नागाओं की वीरता और सरदार ख़ान के शक्ति प्रदर्शन से अनजान,अब भी इस पवित्र भूमि की ओर बढ़ रही थीं।

فتح

13

दूसरी लहर

उस ठंडी गुफ़ा में, जहाँ रात गहराती जा रही थी, आग की गर्मी में बैठे नागा के मुँह से कहानी को सुन रहे थॉमस ने बेचैन होते हुए पूछा, ''*व्हाट हैपन्ड नेक्स्ट* ...?'' थॉमस के पूछने पर भी उस रहस्यमयी नागा के ऊपर कोई असर नहीं हुआ, क्योंकि वह नागा अचानक ही कहानी सुनाना छोड़कर ध्यान की मुद्रा में बैठ गया था, जबकि थॉमस को यह जानना था कि आगे क्या हुआ था। क़रीब आधे-घंटे तक उसी ध्यान मुद्रा में बैठे रहने के बाद, नागा ने अपनी कपड़े की गठरी से शंख निकाल कर ज़ोर से फूँका, शंख की आवाज़ पूरी घाटी में गूँज उठी थी।

''व्हाट वाज़ इट...?'' थॉमस ने नागा से थोड़ा चिढ़ते हुए पूछा।

''व्हाट?''नागा ने प्रश्न के बदले प्रश्न ही दोहराया।

''व्हाइ डिड यू सडन्ली स्टॉप टेलिंग द स्टोरी एंड स्टार्ट मेडिटेटिंग...? थॉमस ने पूछा।

''क्योंकि आज शुक्ल पक्ष की रात है और अभी मध्यरात्रि का समय है, लगता है तुमने आसमान में पूरा चाँद नहीं देखा...!'' नागा ने कहा।

''ओह सो सॉरी...!'' थॉमस ने माफ़ी माँगते हुए कहा।

''कोई बात नहीं!'' नागा ने कहा और फिर कुछ देर तक दोनों के बीच ख़ामोशी छाई रही।

''सरदार ख़ान ने हार नहीं मानी थी और उसके दूसरे दस्ते के सैनिक अपने सरदार की आज्ञा पाकर नागाओं के ऊपर टूट पड़े...।'' अचानक ही थॉमस के कानों में नागा की आवाज़ आई, जिसने कहानी को आगे सुनाना

शुरू कर दिया था, उसने आगे कहा... "लेकिन अफ़ग़ान सेना के दूसरे दस्ते के सैनिकों का सामना अजा और अन्य नागा योद्धाओं से हुआ। युद्ध भूमि में खुली हुई जटाओं और भस्म से लिपटे अपने अद्वितीय पराक्रम को प्रदर्शित कर रहे वे सभी नागा, मनुष्यों से अधिक भगवान शिव के अवतार वीरभद्र जैसे दिख रहे थे।"

वीरभद्र का नाम सुनते ही थॉमस ने नागा को बीच में रोक कर उलझन भरे स्वर में पूछा... "वीरभद्र अवतार! व्हाट्स दैट?" ...थॉमस के पूछते ही नागा ने कहा...

"सनातन धर्म के एक अत्यंत महत्त्वपूर्ण पुराण; शिव पुराण के अनुसार, भगवान शिव के अब तक उन्नीस अवतार हुए हैं, जिनमें से एक वीरभद्र भी था। एक ऐसा अवतार, जो भगवान शिव के क्रोध से उत्पन्न हुआ था। तब, जब भगवान शिव की पत्नी माता सती ने अपने पिता के द्वारा अपने पति भगवान शिव के अपमान के कारण आत्मदाह कर लिया था। वीरभद्र को सती की मृत्यु का बदला लेने और उनके पिता राजा दक्ष को दंडित करने के लिए भगवान शिव द्वारा बनाया गया था, जिसके बाद वीरभद्र ने एक महान यज्ञ के दौरान राजा दक्ष का सिर काट दिया। राजा दक्ष का सिर काटने के बाद वीरभद्र और अधिक उग्र होता जा रहा था, दुनिया ख़तरे में पड़ गई थी। अतः इसी विनाश को रोकने के लिए और वीरभद्र के क्रोध को शांत करने के लिए भगवान शिव ने तांडव नृत्य किया और फिर अपनी दिव्य शक्ति से दक्ष को बकरे के सिर के साथ दोबारा जीवित कर दिया। इस तरह भगवान शिव ने वीरभद्र के तांडव को समाप्त किया और संतुलन बहाल किया...," यह कहकर नागा मुस्कुराते हुए चुप हो गया।

"वाव!... आइ लाइक दिस, वीरभद्र...," थॉमस ने वीरभद्र के बारे में सुनकर रोमांचित होते हुए कहा। तब नागा ने कहा... "इस अकेले वीरभद्र को रोकने के लिए तो भगवान शिव स्वयं थे, परंतु गोकुल में सैकड़ों वीरभद्र थे और उन्हें रोकने के लिए वहाँ कोई शिव मौजूद नहीं था, जिसके कारण भीषण तांडव निश्चित था। युद्धभूमि में नागा योद्धा अपने त्रिशूलों, तलवारों, गदाओं और धनुषों के साथ अपने धर्म की रक्षा के लिए असाधारण पराक्रम और कौशल से लड़ रहे थे। दुश्मन के सामने उनकी आँखें, आदमखोर पशुओं की तरह चमक रही थीं।"

''युद्ध भूमि में गूँजते नारों की वह भयानक गगनभेदी ध्वनि विरोधी सैनिकों की रीढ़ की हड्डी में सिहरन पैदा कर रही थी। अफ़ग़ान सैनिकों में से कई तो अनगिनत लड़ाइयों के अनुभवी थे, लेकिन वे भी उस तीव्र युद्ध विद्या और पराक्रम के आगे मजबूर लग रहे थे और अपने अंदर डर महसूस कर रहे थे। उनके चेहरे, जो वैसे तो हमेशा जीत की निश्चितता के कारण शांत और भावहीन रहते थे, डर के मारे पसीने से तर-बतर थे और उनके सामने जो कुछ भी हो रहा था, वह उनके लिए किसी आश्चर्य से कम नहीं था। अफ़ग़ान सैनिकों में एक-दूसरे के बीच फुसफुसाहट चल पड़ी थी और वे असहजता और बेबसी से एक-दूसरे को देख रहे थे। उन्होंने अब तक नागा योद्धाओं के बारे में जो कथाएँ सुनी थीं, जिन्हें उन्होंने केवल कल्पना मात्र मानकर ख़ारिज कर दिया था, वे अब भयानक रूप से वास्तविक लग रही थीं।''

''नागा योद्धाओं का प्रत्येक क़दम कुछ इस कदर अपनी योजनाओं के अनुरूप और मज़बूत इरादों से भरा हुआ था कि उसकी आहट मात्र से ही दुश्मन का दिल काँप रहा था। नागा योद्धाओं की युद्ध नीतियाँ बिखरी हुई थीं, परंतु फिर भी उनके आपसी भाईचारे और उनकी एकता के कारण वे अपनी हर युद्ध नीति को बिलकुल सटीकता से लागू कर रहे थे, और ऐसा उनके वर्षों के अभ्यास और भाईचारे के कारण संभव हो पा रहा था, हालाँकि इतनी क्षति होने के बावजूद सरदार ख़ान के सैनिक अपने सरदार के हुक्म का पालन करने की पूरी कोशिश कर रहे थे और अपने अंदर के डर को दूर करने के लिए धीमी आवाज़ में कुरान की आयतें बुदबुदा रहे थे और अपने हथियारों को और कसकर पकड़ रहे थे, ताकि आने वाले संकट के लिए तैयार हो सकें। सामने खड़े नागा योद्धाओं के पराक्रम से उनका दिल और दिमाग़ बोझिल होता जा रहा था। वे अभी मानसिक रूप से नागाओं का सामना करने के लिए बिलकुल भी तैयार नहीं थे। उन्होंने यह कभी सोचा ही नहीं था कि उनके सैनिकों की पहली पंक्ति, जो लगभग पाँच सौ सैनिकों की थी, नागाओं के सामने डर के मारे इस तरह से घुटने टेक देगी और इतनी निर्ममता से मौत के घाट उतार दी जाएगी। यही सोच-सोच कर बाक़ी बचे सैनिकों की मनःस्थिति पेड़ की डालियों पर लगे उन सूखे पत्तों की तरह हो रही थी, जो नागाओं की एक दहाड़ से, भय के मारे मूर्छित होकर गिरने के लिए तैयार थे। दोपहर का सूरज माथे की सीध में चमक

रहा था, जिसके कारण तपती हुई ज़मीन से उठी रही लू की तरंगों के कारण दूर किसी पहाड़ की चोटी से देखने पर ऐसा लग रहा था, जैसे सरदार ख़ान की सेना चमचमाती लहरों के समुद्र पर चल रही हो। उनके दूसरे दल के सैनिक पूरी तरह से लयबद्ध होकर एक साथ आगे बढ़ रहे थे। उन सबों के कवच चमक रहे थे। ढाल उठे हुए थे और भाले आगे की ओर निकले हुए तैनात थे। वे किसी भी आक्रमण को रोकने के लिए बेहद मज़बूत, अभेद्य दीवार की तरह दिख रहे थे, लेकिन गोकुल के मंदिर की दीवारों को तोड़ने से पहले ही, उनका मनोबल तब टूट गया, जब कुछ छुपे हुए नागाओं द्वारा धकेले गए विशाल पत्थर लुढ़कते हुए आए और कुछ अफ़ग़ान सैनिकों को कुचल दिया और उनका रास्ता रोक दिया। अफ़ग़ानी दस्ते की दूसरी लहर, देखते-देखते दो हिस्सों में बँट गई थी। पहले हिस्से के सैनिकों को अब अपने ही मरे हुए साथियों की लाशों के बीच से कुछ इस तरह गुज़रना पड़ रहा था, जैसे वे जीते जी नरक में चल रहे हों। आगे बढ़ने के साथ ही अफ़ग़ान सैनिकों को पहले से तैयार खड़े नागा योद्धाओं के भीषण आक्रमण का सामना करना पड़ा, जबकि दूसरे हिस्से को उन पत्थरों की रुकावट को तोड़ने का रास्ता ढूँढना पड़ा, जो उन्हें अपने साथियों की मदद करने और साधुओं के ख़िलाफ़ एकजुट होने से रोक रहे थे। अफ़ग़ानों की लाशों की संख्या सैकड़ों में थी। कुछ के अंग ग़ायब थे, कुछ की चमड़ी लगभग जली हुई थी और कुछ के शरीर में तीर और भाले धँसे हुए थे। मर चुके अफ़ग़ान सैनिकों की आँखें, अपने जीवित बचे हुए साथियों को एक-टक देख रही थीं, जैसे नागाओं के सामने उनके ज़िंदा बने रहने का मज़ाक़ उड़ा रही हों। युद्ध भूमि का वह दृश्य सरदार की आसुरी सेना के लिए अत्यंत भयानक और डरावना था, फिर भी, उनके क़दम अब भी पूरी तरह से एक समान पड़ रहे थे, हर सैनिक ठीक वहीं था, जहाँ उसे होना चाहिए था और वे एक साथ अब भी बोल रहे थे, 'अल्लाह हो अकबर, 'अल्लाह हू अकबर'...! नागाओं का आक्रमण इसके विपरीत था। उनके पास पहले और दूसरे दस्ते के रूप में न कोई संरचना थी, न उनका कोई युद्ध नियम, बल्कि उनमें से कुछ बेतहाशा आगे दौड़ रहे थे, तो कुछ तेज़ी से किनारे होकर बच रहे थे, जबकि कुछ वहीं खड़े थे, बस दुश्मन का अपने पास आने का इंतज़ार कर रहे थे। अफ़ग़ान सैनिकों का एक साथ गूँजता स्वर नागाओं के मंत्रों की तुलना में धीमा लग रहा था, तभी अजा चिल्लाया... 'अब समय आ

गया है कि हम जिन मंदिरों की रक्षा करते हैं, जिन देवताओं की सेवा करते हैं, जिस महान सभ्यता के निर्माण के लिए हमारे पूर्वजों ने युगों-युगों तक तपस्या की थी, उस सभ्यता का क़र्ज़ उतारा जाए...।' इतना कहकर अपनी बात को विराम देते हुए अजा ज़ोर से चिल्लाया... 'आगे बढ़ो और दुश्मनों पर वज्र की तरह प्रहार करो और याद रखना देवता हमारे साथ हैं। वे असुर हैं, वे कुछ देर के लिए मज़बूत दिख सकते हैं, लेकिन कभी जीत नहीं सकते...।' अजा के इतना कहते ही नागा योद्धा आगे बढ़े। अजा के संबोधन ने नागाओं में अद्वितीय जोश और अफ़ग़ानों के प्रति आक्रोश भर दिया था... जिसका परिणाम यह हुआ कि प्रत्येक नागा साधु ने अकेले ही दस से अधिक अफ़ग़ान सैनिकों को मार गिराया। वे अपने एक वार में दुश्मन को उसकी तलवार और सुरक्षा कवच सहित काट डालते थे। उनके लिए कोई भी धातु बहुत कठोर नहीं थी। दुश्मनों पर नागाओं का लगातार घातक हमला समुद्र में तूफ़ान के कारण उठने वाली उन प्रचंड लहरों के समान था, जो ज़ोरदार प्रहार के साथ तट से टकराती हैं। युद्ध भूमि में युद्ध करते समय, नागा योद्धाओं में कभी ख़त्म न होने वाली ऊर्जा से भरा पागलपन दिख रहा था। वे सेंकड के भी आधे समय की गति से दुश्मन पर वार कर रहे थे। प्रत्येक नागा विनाश का एक बवंडर जैसा था, उनके हाथ इतनी तेज़ी से चल रहे थे कि वे नंगी आँखों से धुँधले दिख रहे थे।''

'' 'जो भी सामने आए, जिस तरह से सामने आए, उसका सिर्फ़ एक ही परिणाम होना चाहिए और वो है मौत! उनकी सुरक्षा दीवारें और हड्डियाँ तोड़ दो... आज उन्हें कोई चक्रव्यूह बचा नहीं सकेगा...!' अजा ने चिल्लाकर कहा और फिर अपनी तलवार को हवा में उछालते हुए तीन अफ़ग़ान सैनिकों को एक के बाद एक तेज़ी से काट डाला। सरदार ख़ान का चक्रव्यूह पलभर में टूट कर चकनाचूर हो चुका था। गाजर-मूली की तरह नागा अफ़ग़ान सेना को काटते चले जा रहे थे। नागाओं द्वारा इस भीषण नरसंहार को देखकर, सरदार ख़ान की सेना में भगदड़ मच चुकी थी, और इस अफ़रा-तफ़री के कारण कई सैनिक गिर पड़े, कुछ अपनी ही तलवारों से चोट लगने कारण घायल हो गए, तो कुछ इधर-उधर लाशों के बीच दब गए। युद्धभूमि में चीख-पुकार और हंगामे के बीच नारायण पसीने से चमकते और ख़ून से सने हुए अपने शरीर के साथ अलग खड़ा था। उसके हाथों में एक भारी गदा थी, जिसे उसने हनुमानजी की बड़ी-सी मूर्ति से

उधार ली थी, और जो एक असल शक्ति का प्रतीक थी। कुछ अफ़ग़ान सैनिक अपनी तलवारों के साथ उसकी ओर बढ़े। वे उसे अपनी संख्या बल से हराने की कोशिश में लगे थे। एक अफ़ग़ान सैनिक उसकी ओर झुका, लेकिन नारायण ने थोड़ा सा सरकते हुए गदा को पूरे वेग से घुमाकर उस अफ़ग़ान सैनिक के सिर पर दे मारा। गदा का अगला भारी भाग अफ़ग़ान सैनिक के सिर के कचव से ज़ोरदार ढंग से टकराया। इससे सुरक्षा कवच तो टूटा ही टूटा, वह अफ़ग़ान सैनिक भी हवा में उड़ कुछ दूर जाकर कर गिरा। एक और अफ़ग़ानी सैनिक हमला करने के लिए उसके पास दौड़ कर आया, लेकिन नारायण ने गदा का इस्तेमाल करके उसके पैरों को नीचे से उठा लिया। उसका एक साथी नारायण पर हमला करने के लिए, ऊपर से आया, जबकि एक और अफ़ग़ान सैनिक उसके नीचे से उसकी ओर बढ़ा। इस संघर्ष में नारायण ने गदा को घुमाते हुए एक ज़ोरदार वार से उन सैनिकों को ख़ुद से दूर फेंक दिया, जो दौड़कर कर उसके पास आए थे। उनका सिर टूट चुका था। उसके बाद नारायण ने बिजली की गति से ऊपर से और नीचे से आए उनके साथी पर वार किया, जिससे एक का मुँह टूट गया और दूसरे का सीना। नारायण ने अपनी गदा के प्रहार से एक साथ चार-चार अफ़ग़ानी सैनिकों को धराशायी कर दिया, लेकिन यह सिर्फ़ गदा की बात नहीं थी, बल्कि इसमें भगवान की असीम कृपा से अर्जित व्यक्तिगत क़ाबिलियत भी कूट-कूट कर भरी हुई थी। दुश्मन पर किए गए नारायण के हर प्रहार और बचाव में उसकी अद्भुत क्षमता का परिचय हो रहा था। जब नारायण का मृत्यु-नृत्य समाप्त हुआ, तो गिरे हुए सैनिकों का एक घेरा उसके चारों ओर बन चुका था, जो नागा साधुओं की शक्ति और उनके पवित्र हथियारों की महिमा का प्रमाण था। युद्ध भूमि में युद्ध के बीच, तलवारों और अन्य हथियारों की ध्वनि और योद्धाओं की उग्र चीखें गूँज रही थीं।''

'' 'जय भोलेनाथ!' अधिराज ने गर्जना की, हालाँकि उसमें अनुभव की जो कमी थी, उसे, उसने अत्यधिक जोश और गति से पूरा किया था। हाथ में खड्ग लेकर, वह अफ़ग़ान मोर्चे पर तूफ़ान की तरह टूट पड़ा। उसके हर क़दम के साथ, उसकी खड्ग, साँय-साँय की आवाज़ के साथ हवा में घूमती हुई रास्ते में आने वाले हर अफ़ग़ान सैनिक को दो भागों में काट कर रख देती थी।

इसी दौरान, तीन अफ़ग़ान सैनिकों ने अधिराज को घेरने की कोशिश की, लेकिन अफ़सोस उसने एक ही झटके में उन तीनों सैनिकों के सिर को अलग करके रख दिया था, जबकि, वहीं पास ही अजा ने अपने विशालकाय त्रिशूल को युद्ध कला में अपनी निपुणता को प्रदर्शित करते हुए हवा में लहराया और अफ़ग़ानों के एक समूह पर टूट पड़ा। उसके हर वार ने बख़्तरबंद सैनिकों के सुरक्षा कवच और उनके शरीर को ऐसे भेद कर रख दिया, जैसे गर्म चाकू मक्खन के आर-पार निकल जाता है। तभी एक दुश्मन सैनिक ने उसके पीछे से उस पर आक्रमण करने की कोशिश की, लेकिन बिना वक़्त गँवाए अजा ने घूमकर, त्रिशूल के भारी प्रहार से उसे ज़मीन पर पटक दिया, और अपने त्रिशूल को उसके सीने के आर-पार उतार दिया था। युद्ध मैदान के दूसरे छोर पर, मठाधीश, अपनी कुल्हाड़ी से क्रूरतापूर्वक दुश्मन का संहार कर रहे थे। 'शंभो शंकर'! की गर्जना के साथ, उन्होंने अपने फरसे को अपने सिर के ऊपर घुमाया और इतनी ताक़त से वार किया कि दो अफ़ग़ान सैनिकों के सिर एक ही झटके में काट दिए। जो सैनिक उनके क़रीब आने की कोशिश कर रहे थे, उन्हें अपने फरसे के एक ही झटके में घायल कर दिया, और उन्हें वहीं चीखता-चिल्लाता छोड़ कर अपने बाक़ी साथियों की मदद के लिए वहाँ से चल पड़े। उनके द्वारा घायल सैनिकों में से किसी के हाथ नहीं थे, तो किसी के पैर नहीं थे। वहाँ से कुछ ही दूरी पर, गदा युद्ध में निपुण नारायण अपने भारी हथियार के साथ दुश्मनों के बीच मौत का तांडव कर रहा था। उसकी गदा की धातु की चमक, उस पर लगे दुश्मनों के ख़ून के कारण धुँधली पड़ गई थी... दुश्मनों को मौत की नींद सुलाता नारायण हुँकार भरते हुए चिल्लाया... 'रुद्र का क्रोध हमारा मार्गदर्शन करता है...!' और फिर उसने गदा के प्रचंड वार से दुश्मन की छाती को कुचल दिया। नारायण के चारों ओर खड़े अफ़ग़ान सैनिकों के मुँह से ख़ून फूट पड़ा था, जबकि नारायण, उनके बीच ख़ून से नहाया हुआ उन्हें खा जाने वाली नज़रों से घूर रहा था। युद्धभूमि में चारों ओर, नागा साधु उत्साह, जोश और उन्माद से गर्जन कर रहे थे। उनका आपसी विश्वास, गहरा और अटूट था। हर एक नागा योद्धा एक-दूसरे के लिए लड़ भी रहा था और एक दूसरे की रक्षा भी कर रहा था। नागा योद्धा भीषण नरसंहार करते हुए आगे बढ़ रहे थे, जबकि अफ़ग़ान सैनिक, जो अपनी संख्या के बल पर आत्मविश्वास और कुछ ज़्यादा ही गर्व से भरे हुए थे, अब पीछे हट

रहे थे। नागा साधुओं की आक्रामकता ने उनके नापाक इरादे को चकनाचूर कर दिया था। अफ़ग़ान सैनिकों का आत्म-मनोबल पूरी तरह से टूट चुका था। नागा साधु, किसी दैवीय प्रकोप की तरह बिना रुके आगे बढ़ रहे थे। उस क्षण, ऐसा लगने लगा था कि यह दिन नागा साधुओं के युद्ध में दिखाए गए अभूतपूर्व पराक्रम के कारण भगवा रंग के परचम के रूप में याद किया जाने वाला था। जैसे ही सूरज के डूबने के बाद, शाम ने युद्धभूमि पर अपनी लंबी छाया डाली, यह स्पष्ट हो गया था कि उस भीषण संग्राम में, नागा साधुओं ने आज के दिन निर्णायक बढ़त हासिल कर ली थी। युद्ध विराम होने के बाद नागा योद्धा एक जगह इकट्ठा हुए। उनकी उत्साह से भरी हुई आवाज़ें जयघोष के नारे में गूँज उठी थीं... 'हर-हर महादेव' ...जय, जय महाकाल...।' "

14

ताज़ और राजकुमार

''पुराने समय में, सूरज डूबने के बाद शंख बजाने को दिनभर चले युद्ध के समाप्त होने की घोषणा माना जाता था, जो अगली सुबह के साथ फिर शुरू होता था। शाम के शंखनाद के बाद, दोनों पक्षों के सैनिक अंधेरे से पहले अपने मृत साथियों के शव उठाया करते थे और घायलों को सँभाला करते थे और फिर अपने-अपने शिविरों में जाकर उस दिन के युद्ध में हुई हार या जीत की समीक्षा करते थे, साथ ही अगले दिन होने वाले युद्ध के लिए रणनीति तैयार करते थे।

कुछ उसी तरह, पहले दिन के युद्ध के अंत में, अधिराज ने शंख बजाया। पूरे दिन से चली आ रही लड़ाई रुक गई, क्योंकि सूर्य अब अस्त होने वाला था। सैनिकों के लिए उनके घायल साथियों को सँभालने और मृतकों का उचित रीति-रिवाज़ के अनुसार दाह संस्कार करने का समय था, लेकिन इस युद्ध की स्थिति ऐसी थी कि नागा सैनिकों को झेलने के बाद सरदार ख़ान के सैनिक इतने डरे हुए थे कि उनमें अपने घायल साथियों की मदद करने तक का साहस शेष नहीं बचा था। अफ़ग़ान, नागा साधुओं की पहुँच से दूर, एक सुरक्षित दूरी पर खड़े थे और अपने साथियों को इलाज के अभाव में भीषण तकलीफ़ में मदद के लिए पुकारते और प्यास से मरते देख रहे थे, जबकि सूरज डूबने के बाद साँझ धीरे-धीरे रात में तब्दील हो रही थी और मृत और घायल सैनिकों को अपने अंधकार में समेटती जा रही थी। अंततः, नागा साधु आगे बढ़े, साँझ की धुँधली रौशनी में ख़ून से लथपथ उनका शरीर, युद्ध के घावों और दुश्मन के रक्त से नहाया हुआ, मृत्यु के देवता की तरह चमक रहा था। वे मृत अफ़ग़ान सैनिकों के शवों

के बीच घायल अफ़ग़ान सैनिकों को इकट्ठा करने लगे, जबकि जीवित और पूरी तरह से स्वस्थ अफ़ग़ान सैनिक युद्ध भूमि में उन नागाओं से एक सुरक्षित दूरी पर बेबस खड़े उन्हें देख रहे थे और यह सोच कर आश्चर्यचकित हो रहे थे कि वे नागा, घायल और मारे गए अफ़ग़ान सैनिकों के बीच क्या ढूँढ रहे हैं, जबकि कोई नागा योद्धा तो मरा भी नहीं है..., तभी दूर से एक युवा अफ़ग़ान सैनिक अपने साथी अफ़ग़ान सैनिकों को देख कर तकलीफ़ में चिल्लाया... 'या ख़ुदा... रहम...' उसकी टाँग उसके शरीर से कट कर अलग हो गई थी, डर से उसकी आँखें फूल गई थीं। एक दूसरे अफ़ग़ान सैनिक की दाईं बाजू कट कर अलग होने को थी, वह अपने बाएँ हाथ से अपने हाथ को पकड़ कर दर्दनाक आवाज़ में ज़ोर से चिल्लाया और बेहद तकलीफ़ में आसमान की ओर देखकर गिड़गिड़ाते हुए बोला... 'या अल्लाह रहम, या तो मुझे मार दे या मुझे बचा ले, लेकिन मुझे इस तरह यहाँ ज़िंदा मत छोड़ ...।' उस अफ़ग़ान सैनिक ने सिर्फ़ इतना कहा ही था कि तभी उसे अपने पैर पर बेहद मज़बूत पकड़ का अनुभव हुआ और उसके हलक से चीख निकल गई थी। आश्चर्य से मुँह खोले, खड़े होकर अफ़ग़ान सैनिकों ने देखा, नागा योद्धा मरे सूअर की तरह दो-दो घायल सैनिकों को अपने दोनों हाथों से खींचते हुए लिए चले जा रहे हैं। पथरीली मिट्टी से रगड़ते घायल अफ़ग़ान सैनिकों के शरीर में जिस दर्द की अनुभूति हो रही थी, उसकी वहाँ उपस्थित कोई भी जीवित इंसान कल्पना तक नहीं कर सकता था। उनके शरीर के ताज़ा घावों को चीरते छोटे-छोटे कंकड़-पत्थर, उनके शरीर के माँस को छीलकर कर बाहर कर दे रहे थे। उनकी तकलीफ़ भरी चीख पूरे वातावरण में एक अजीब सी मार्मिकता भरा माहौल पैदा कर रही थी। अफ़ग़ान सैनिकों की कमर में बँधे चाकू और तलवार धूल में घिसटते हुए निशान छोड़ते जा रहे थे। घायलों की चीखें, शीत में भीनी हुई शाम की हवाओं में लगातार गूँज रही थीं। हर तरफ़ डरावना माहौल था। जिन अफ़ग़ान सैनिकों को खींचा जा रहा था, उनकी भयग्रस्त आँखों ने देखा कि नारायण की आँखों में कोई दया नहीं थी। बस, उसका शरीर अफ़ग़ान सैनिकों के ख़ून और छोटे-छोटे माँस के टुकड़ों से पटा पड़ा था।

'डरो मत...,' उसने एक घिनौनी मुस्कान और उत्तेजक हँसी के साथ अफ़ग़ान सैनिकों की ओर देखते हुए कहा। 'तुम जल्द ही अपने मरे भाइयों

के पास पहुँच जाओगे, जबकि वहीं एक दूसरे नागा दल ने घायल अफ़ग़ान सैनिकों को अपने शिकंजे से बाँध कर खींचते हुए और खिल-खिला कर हँसते हुए बोला... 'आओ, आओ! चलो, भोजन करें!' 'बड़ी भूख लगी है, बहुत दिनों से कोई विदेशी माँस नहीं खाया। वैसे मृत शवों में वह स्वाद कहाँ होता है, जो जीवित इंसान के ताज़ा माँस को पकाकर खाने में होता है...,' उस नागा साधु के दूसरे साथी ने अपनी जीभ को चटपटाते हुए मज़ाक़ उड़ाने के अंदाज़ में चिल्लाते हुए कहा।

'जल्दी करो, इन्हें जल्दी से ले चलो। मैं भी और ज़्यादा देर तक भूखा नहीं सह सकता,' तभी दूसरी ओर एक और नागा चिल्लाया। बचे हुए अफ़ग़ान सैनिक जो युद्ध के दौरान ग़लती से बच गए थे, उन नागा योद्धाओं की बातें सुनकर भय में पीछे हट गए। उनके साथियों को इस तरह घसीटते हुए ले जाने और नागाओं के इस तरह अशुभ रूप में हँसने का दृश्य वास्तव में उन्हें अंदर तक तोड़ देने वाला था। बढ़ते अंधकार में वे सभी नागा, अफ़ग़ान खेमे की आँखों से ओझल होने से पहले, डरे हुए अफ़ग़ान सैनिकों की ओर अपनी आँखों में अजीब सी क्रूरता भरी मुस्कुराहट के साथ उन्हें घूरते हुए मुड़े और एक ज़ोरदार हँसी के साथ आगे बढ़ते-बढ़ते अंधेरे में ओझल हो गए, जबकि दूर से खड़े होकर और अपने साथियों को मौत के मुँह में खींचते जाते हुए देखकर अफ़ग़ान समझ गए थे कि उनके साथियों के साथ क्या होने वाला है। अफ़ग़ान सैनिकों के अनुसार, नागा योद्धा थके हुए नहीं लग रहे थे, इसके उलट वे भूखे और उत्सुक ज़्यादा लग रहे थे। अफ़ग़ान सैनिकों की आँखों के सामने घटती ये घटनाएँ उन्हें बहुत ज़्यादा डराने के लिए पर्याप्त थीं। वे सोचने लगे थे कि अगले दिन के युद्ध में, अगर वे घायल बच गए, तो संभवतः उनके साथ भी यही होने वाला है। आज का युद्ध समाप्त हो चुका था, लेकिन नागा साधुओं की बेरहमी से भरा वह भयंकर दृश्य अफ़ग़ान सैनिकों के दिमाग़ में छपा रह गया था।...'जैसे इन जंगलियों ने हमारे बाक़ी साथियों को मारा है, वैसे वे हमारे उन साथियों को भी तो मार सकते थे ना!, उन्हें ज़िंदा अपने साथ क्यों ले गए?' एक अफ़ग़ान सैनिक ने रोते हुए अपने दूसरे साथी से पूछा।

'मैंने सुना है कि वे जीवित इंसानों का कच्चा माँस खाते हैं,' दूसरे अफ़ग़ान सैनिक ने डरते हुए जवाब दिया।

'तभी तो वे मरते नहीं हैं,' तीसरा डर के मारे काँपती आवाज़ में फुसफुसाते हुए बोला और झट से आगे बोल पड़ा... 'तुम लोग मुझसे वादा करो कि कल की जंग में अगर तुम मुझे घायल और बेबस देखोगे, तो मुझे मार दोगे, मैं भी तुम्हारे साथ ऐसा ही करूँगा...,' उसकी बात सुनकर बाक़ी अफ़ग़ान सैनिक भी एक-दूसरे की ओर आपसी सहमति के लिए देखने लगे।

युद्ध के बाद बड़ी संख्या में नागा योद्धा उपचार के लिए शिविर में उमड़ पड़े थे, हालाँकि उनमें से कोई भी गंभीर रूप से घायल नहीं हुआ था। सभी के शरीर पर मामूली घाव थे, जिसका उनके ऊपर कोई भी प्रभाव नहीं था, बल्कि अफ़ग़ानों के विरुद्ध मिली जीत का उत्साह उनके चेहरे पर स्पष्ट रूप से झलक रहा था। साध्वियाँ उनके घावों की पट्टी करने में लगी हुई थीं। घायल ध्रुव वहाँ लेटे हुए बहादुर नागाओं को देख रहा था, तभी अजा झोंपड़ी में आया। सभी साधुओं की जाँच करने के बाद, वह ध्रुव के पास गया और उसके घावों का निरीक्षण किया और बोला... 'तुम लगभग ठीक हो गए हो, ध्रुव, जल्द ही, तुम हमारे साथ युद्ध में चलने के लिए तैयार हो जाओगे,' अजा ने अपने होंठों पर विश्वास भरी मुस्कान लिए कहा। अजा के आत्मविश्वास ने ध्रुव को भी यह उम्मीद दे दी थी कि वह जल्द ही नागा साधुओं के साथ लड़ाई में शामिल होने वाला है। उसने अजा को धन्यवाद दिया और फिर अपने बिस्तर पर लेट गया। पहले दिन की भीषण लड़ाई ख़त्म होने तथा ध्रुव और घायल नागा साधुओं की देखभाल करने के बाद, अजा उसी चट्टान पर बैठकर उस सँकरे रास्ते को निहार रहा था, जहाँ से शंभूजी, वनराज और अन्य, लोगों को गाँव से सुरक्षित बाहर ले गए थे। युद्ध के परिणाम के बारे में सोचते हुए उसकी नज़रें उस रास्ते पर टिकी हुई थीं। अधिराज ने दूर से एक बार फिर पिछली रात की तरह अजा को देखा, लेकिन इस बार उसने हस्तक्षेप न करने का निर्णय लिया और मठाधीश के पास चला गया, जो ध्यान में बैठे हुए थे। फिर अन्य साधुओं का, जो वहाँ उपस्थित थे उनसे आशीर्वाद प्राप्त कर आदरपूर्वक सिर झुकाते हुए, अधिराज, मठाधीश के पास ज़मीन पर बैठ गया। वहाँ कुछ देर तक शांति छाई रही, फिर अंततः अधिराज ने मठाधीश से अपनी बात शुरू की... 'अजा का युद्धक्षेत्र में पराक्रम देखने लायक़ था। उसमें अद्भुत नेतृत्व क्षमता है, आपका निर्णय सही था...,' यह कहते-कहते अधिराज के चेहरे पर गर्व की आभा तैर गई थी। मठाधीश भी मुस्कुरा उठे थे, तभी अधिराज ने

मठाधीश की आँखों में देखते हुए कहा, 'लेकिन जब वह अकेला होता है, तब वह एक अलग इंसान होता है...।' सिर्फ़ इतना कहने के बाद अधिराज रुक गया था, जिसे मठाधीश ने समझने का प्रयास करते हुए कहा... 'कहना क्या चाहते हो...?'

अधिराज ने कहा... 'ऐसा लगता है, जैसे वह हर क्षण किसी तकलीफ़ में होता है। ऐसा लगता है, जैसे वह किसी पहेली का जवाब हर-पल ढूँढता रहता है, अपने बारे में, अपनी जन्मजात पहचान के बारे में...।' अभी अधिराज अपनी बात पूरी कर पाता, उससे पहले ही मठाधीश ने कहा... 'क्या तुम एक कहानी सुनना चाहोगे, अधिराज?' इतना सुनते ही अधिराज ने उत्सुकता से अपना सिर हिलाया। उसे इस बात की उम्मीद थी कि आज वह अजा के अतीत के बारे में शायद कुछ जान पाएगा। मठाधीश ने कहना शुरू किया... 'क़रीब पैंतीस साल पहले, इस देव-भूमि के उत्तर में एक विशाल राज्य था, जिस पर एक युवा राजा ध्यानेंद्र शासन करते थे। एक दिन एक रहस्यमयी नागा साधु ने उस राज्य में प्रवेश किया। वह भटकने वाला साधु था, इसलिए उसने फटे-पुराने कपड़े पहन रखे थे, और उसकी लंबी जटाएँ पीछे लटक रही थीं। उस साधु की उम्र यही कोई चालीस वर्ष के आस-पास होगी। वह जब राजा ध्यानेंद्र के राज्य से गुज़र रहा था, तब उसने सैकड़ों मृत शरीर देखे, जिनका अंतिम संस्कार तक करने वाला कोई नहीं था। सैकड़ों अन्य पुरुष, महिलाएँ और बच्चे किसी अजीब बीमारी से पीड़ित थे। राज्य के लोग मानते थे कि यह किसी का श्राप है, लेकिन नागा साधु को पता था कि यह एक घातक महामारी है, जो राज्य में जंगल की आग की तरह फैल चुकी है। लोग एक के बाद एक दम तोड़ रहे थे, और कोई इलाज नहीं मिल पा रहा था। लोग अपने आपको और अपनों को बचाने के लिए कोई भी मूल्य चुकाने को तैयार थे, लेकिन जब उसका कोई इलाज ही नहीं था, तो कैसे बचते। एक के बाद एक शव लगातार श्मशान भूमि की ओर ले जाए जा रहे थे। पहले-पहल उस साधु को लगा कि इस राज्य के राजा को अपने लोगों के प्रति कोई सहानुभूति नहीं है, लेकिन जब उस साधु ने राज्य के लोगों से राजा के बारे में पूछा, तो उसे पता चला कि राजा ध्यानेंद्र एक प्रिय और अत्यधिक सम्मानित राजा थे और हमेशा अपने राज्य के भविष्य के बारे में चिंतित रहते थे। साधु समझ गया कि ईश्वर के द्वारा उस महान राजा की परीक्षा ली जा रही थी और देवता संसार को यह

सिखा रहे थे कि राजा भी असहाय हो सकते हैं, हालाँकि, राजा अपने लोगों की रक्षा के कर्तव्य में जी-जान से लगे हुए थे।'

'नागा साधु राजा के क़िले के दरवाज़े तक पहुँचा और राजा ध्यानेंद्र से मिलने की माँग की, लेकिन रक्षकों ने इंकार कर दिया। उनका कहना था कि उनके राजा ने अन्य राजाओं की तरह बहुविवाह नहीं किया है। अपनी रानी से वे अथाह प्रेम करते हैं, जो अभी गर्भवती हैं। इसलिए वे किसी भी बाहरी इंसान को महल में प्रवेश करने की अनुमति नहीं दे सकते। जब बहुत आग्रह करने पर भी द्वारपाल तैयार नहीं हुए, तब अंततः उस साधु ने उनसे कहा...'अपने राजा से कहो कि मैं उनके लोगों के लिए इस श्राप को तोड़ने और उसके राज्य को विनाश से बचाने के लिए आया हूँ। मुझे नौ आदमी चाहिए, जो यह सुनिश्चित करें कि मेरे यज्ञ के दौरान इलाज के लिए आवश्यक सामग्री की निरंतर आपूर्ति होती रहे।' यह संदेश राजा तक पहुँचाया गया और शीघ्र ही नागा की सभी माँगें पूरी कर दी गईं। महामारी की निराशा के बीच, उसने राज्य के बीचों-बीच एक यज्ञशाला का निर्माण कराया और यज्ञ आरंभ किया। वह एक अलौकिक लय पर झूमते हुए नृत्य करने लगा। उसके हाथ में उसका डमरू था। डमरू की ताल की गूँज पूरे राज्य में गूँजने लगी थी, जिससे लोगों का ध्यान आकर्षित हुआ। यज्ञ के चारों ओर उस नागा साधु का नृत्य मंत्रमुग्ध कर देने वाला दृश्य बनकर लोगों को अपनी ओर आकर्षित कर रहा था, जिससे कुछ पल के लिए ही सही, वे अपनी तकलीफ़ों को भूल चुके थे। नागा साधु, अपने शरीर को आश्चर्यजनक रूप से मोड़ रहा था, हालाँकि उसके द्वारा प्रदर्शित किया जा रहा वह नृत्य सबसे विलक्षण योग विद्या का एक रूप था, जिससे शायद वहाँ के लोग अनजान थे। उस नागा साधु की जटाएँ उसके चारों ओर घूम रही थीं। उसकी आँखें बंद थीं और वह प्राचीन संस्कृत मंत्रों का उच्चारण करते हुए दिव्य शक्तियों का आह्वान कर रहा था। अपने नृत्य के दौरान, वह नियमित रूप से उस राज्य के सैनिकों से कुछ जड़ी-बूटियाँ लेकर उन्हें अग्नि में डालता रहा। अगली सुबह, उसने लोगों से कहा कि वे हवन कुंड के जले हुए अवशेषों को राज्य के सभी कुएँ में घोल दें और उसे बीमारों को पिलाएँ। लोगों का मानना था कि नागा ने किसी प्रकार का अलौकिक जादू किया था। महामारी धीरे-धीरे समाप्त होने लगी। महामारी कम होने

लगी और लोग मरने बंद हो गए। राजा ध्यानेंद्र के विश्वासपात्र लोगों ने अपनी आँखों से यह चमत्कार देखा। उन्होंने राजा से जाकर बताया कि नागा अपने मंत्रों, दिव्य जड़ी-बूटियों और उपचारों से राज्य के लोगों को ठीक कर रहा है। जैसे-जैसे नागा की चमत्कारी उपस्थिति और उसके यज्ञ के बारे में ख़बर फैली, राजा ध्यानेंद्र अपने पीड़ित प्रजा पर उसके गहरे प्रभाव को नज़रअंदाज़ नहीं कर सके। एक-एक करके लोगों का दर्द दूर हो गया और कभी सुनसान रहीं गलियों में फिर से उम्मीद की किरणें जगने लगीं। जब नागा ने चमत्कारिक रूप से रोग को मिटा दिया और राज्य में आशा की एक नई लहर फैलाई, तो राजा ध्यानेंद्र ने व्यक्तिगत रूप से उससे मिलने का निश्चय किया। वह कृतज्ञता और प्रसन्नता से अभिभूत थे, जिससे उस रहस्यमयी साधु की असाधारण क्षमताओं के प्रति उनकी जिज्ञासा बढ़ गई थी। अतः वे अपने पूरे परिवार और मंत्रीगण सहित उस साधु से मिलने पहुँचे और उन्होंने अपनी गहरी कृतज्ञता व्यक्त करते हुए उस साधु से कहा, 'हे महान आत्मा! मेरे लोगों की जान बचाने के बदले आप जो चाहे माँग लें और उसे माँगने से पहले ही प्राप्त हुआ मानें...।' इतना कहने के बाद, राजा ने देखा, उस साधु के चेहरे पर एक रहस्यमयी मुस्कान फैल गई थी और वह कुछ देर तक राजा के चेहरे को एकटक घूरता हुआ मुस्कुराता रहा, उसकी मुस्कुराहट उसकी ख़ामोशी के साथ घुलकर, उसके चारों ओर के रहस्य को और बढ़ा रही थी, फिर उसने कुछ पल बाद कहा, 'मुझे कुछ नहीं चाहिए, राजन।' ''

'' 'यह राजा के लिए असामान्य बात थी कि साधु-महात्मा आए और कुछ भी न माँगे, इसलिए उन्होंने विशेष ज़ोर देकर कहा, 'मैं राजा हूँ और राजाओं को किसी का ऋणी नहीं होना चाहिए। यह मेरे लिए जीवनभर का बोझ होगा, जिसे मैं सहन नहीं कर सकता और मैं इस ऋण को चुकाए बिना मर भी नहीं सकता। मैं अपने लोगों के लिए जीता हूँ, और उनकी रक्षा के लिए मर भी सकता हूँ, इसलिए मैं आपसे वादा करता हूँ, जो कुछ भी आप माँगेंगे, वह आपका होगा, चाहे वह मेरा राज्य हो या मेरी जान। बस माँगें और मुझे इस ऋण से मुक्त करें।'

'राजा के इस आग्रह पर साधु कुछ क्षण के लिए फिर रुका, अपने उसी चिरपरिचित अंदाज़ में मुस्कुराकर कहा, 'इस समय तो मुझे कुछ नहीं

चाहिए राजन, लेकिन जब मुझे कुछ चाहिए होगा, तब मैं आपके पास अवश्य लौटूँगा। जब वह समय आए, तो अपने अभी के दिए हुए वचन को याद रखिएगा...।' इतना कहकर साधु चुप हो गया।

'आप निश्चिंत रहिए, मैं अपना वचन अवश्य पूरा करूँगा...,' राजा ध्यानेंद्र ने कहा।

''इसके बाद वह साधु उत्तर की ओर चला गया और राजा ध्यानेंद्र का राज्य फिर से समृद्धि की ओर बढ़ने लगा और नवजीवन से भर गया। कुछ समय बाद राजा ध्यानेंद्र एक स्वस्थ पुत्र के पिता बने। राजा की ख़ुशी का ठिकाना नहीं था। अब राज्य में उत्सव मनाने का समय था। उन्होंने ख़ुशी फैलाने के लिए राज्य में दान-पुण्य के कार्य शुरू किए और लोग ख़ुशी से झूम उठे। उत्सव के बीच वही नागा फिर लौट आया और राजा ध्यानेंद्र से मिलने की माँग की। उसे राजा के सामने प्रस्तुत किया गया। राजा अपने सिंहासन से उठे और नागा को गर्मजोशी से गले लगाया। उन्होंने उस साधु के पाँव अपने हाथों से धोए, उसे अपने सिंहासन पर बैठाया, ख़ुद उसके चरणों में बैठे और पूछा, 'आपने इतनी शुभ घड़ी में लौटने का निर्णय लिया है देवता, इसलिए मैं बहुत ख़ुश हूँ, क्योंकि आज मेरे राज्य को अगली पीढ़ी का राजा मिला है, मेरा पहला पुत्र। माँगिए आपको मुझसे क्या चाहिए... भगवन...?' राजा के चेहरे पर अपार ख़ुशी थी।

'आपका वचन,' नागा ने राजा की आँखों में देखते हुए बिना किसी भाव के कहा।

'एक योद्धा कभी अपने वचन को नहीं भूलता और मैं भी अपना वादा याद रखता हूँ। जो भी आप माँगेंगे, वह आपका होगा,' राजा ने मुस्कुराते हुए कहा और अपने हाथ साधु के सामने जोड़ दिए। साधु कुछ समय तक मौन रहा, क्योंकि वह जानता था कि उसकी माँग सुनकर यहाँ सब कुछ बदलने वाला था। राजा ध्यानेंद्र, उस साधु की ओर देखते हुए मुस्कुराते रहे और उसकी माँग का इंतज़ार करते रहे, कुछ देर बाद अपने मौन को तोड़ते हुए उस साधु ने कहा, 'मैं माँग करता हूँ कि आपका नवजात बच्चा और आप, इस राज्य को हमेशा के लिए छोड़ दें और मेरे साथ चलें...,' साधु के मुँह से इतना सुनते ही राजा के चेहरे से मुस्कान ग़ायब हो गई। दरबार में पूरी तरह से शांति छा गई, सभा के बदलते हुए माहौल और परिस्थिति को

देखकर, जिसका उसे पहले से ही अनुमान था, नागा ने रहस्यमयी तरीक़े से कहा, 'आपने कहा था कि आप मुझे अपना जीवन और राज्य भी दे सकते हैं, अब अपना वादा पूरा करें... राजन।' ''

''नागा की माँग ने एक क्षण के लिए सब कुछ रोक दिया, जिससे राज्य में रहस्य का माहौल बन गया था, क्योंकि लोग इस रहस्यमयी माँग का कारण समझने की कोशिश कर रहे थे। राजा ने अपने सभी विश्वासपात्र लोगों को दरबार छोड़ने का आदेश दिया। एक मिनट में, दरबार में केवल दो लोग रह गए, एक जो भिखारी जैसा दिखता था, लेकिन सिंहासन पर बैठा था...वह नागा साधु और दूसरा जो राजा जैसा दिखता था, लेकिन फ़र्श पर बैठा था... यानी, राजा ध्यानेंद्र। कुछ पल तक मानसिक मूर्छा में रहने के बाद राजा ध्यानेंद्र ने अपने आप को शांत करते हुए उस साधु से विनम्रता से पूछा... 'मैं अपने वचन का पालन करने के लिए बाध्य हूँ और मैं करूँगा, लेकिन मैं जानना चाहता हूँ कि आप मुझसे यह क्यों माँग रहे हैं?'

नागा ने उत्तर दिया, 'नागा धर्म के रक्षक हैं। वे कठोर प्रशिक्षण और अनुशासन का पालन करते हैं, लेकिन उनमें से कोई भी शासकों और राजाओं के रक्त संबंध से नहीं है। वे एक महान सेना हैं, लेकिन उनके पास कोई सेनापति नहीं है। मैं माँग करता हूँ कि आप उनका नेतृत्व करें और धर्म के शत्रुओं के ख़िलाफ़ इस सेना का विस्तार करें...।' यह कहकर वह नागा साधु चुप हो गया था।

'और मेरा बेटा क्यों...?' इस प्रश्न को पूछते समय राजा सच में बेहद मायूस थे, क्योंकि इसकी कल्पना उन्होंने सपने में भी नहीं की थी। राजा के इतना पूछने पर उस नागा ने कहा... 'आप बहादुर हैं ,फिर भी विनम्र, मज़बूत हैं, फिर त्यागी भी हैं, एक योद्धा हैं, जो पूजा करता है। आपके पास सेवक हैं, फिर भी आप लोगों की सेवा करना चाहते हैं। आपके अलावा आपका पुत्र ही आपका उत्तराधिकारी बन सकता है और कोई नहीं, 'लेकिन आप अपने बेटे को अगली पीढ़ी के नागा योद्धाओं के लिए तैयार कर सकते हैं...।' इतना कहकर वह नागा एक बार फिर मौन धारण कर चुका था, जबकि अपने वचन के अनुसार, राजा ध्यानेंद्र ने नागा की माँग को पूरा करने के लिए अपने राज्य को छोड़ने का दुखद निर्णय लिया। उन्होंने अपने दो सबसे विश्वासपात्र सेनापतियों को बुलाया और उन्हें राज्य और राजगद्दी

की सुरक्षा का दायित्व सौंपते हुए उनसे वचन लिया कि वे राज्य और प्रजा की रक्षा अपनी आख़िरी साँस तक करेंगे।

अगली सुबह, रानी और उनके सभी विश्वासपात्र लोगों ने उस श्राद्ध को देखा, जिसने एक योद्धा राजा को सदैव के लिए एक नागा योद्धा में परिवर्तित कर दिया।''

''व्हाट काइंड ऑफ़ रिचूअल इज़ दिस?'' थॉमस ने पूछा। थॉमस के पूछने पर नागा ने उसे समझाते हुए कहना शुरू किया, 'हर नागा साधु को जीवन और मृत्यु के सभी बंधनों को तोड़ने के लिए कई विधियों से गुज़रना पड़ता है, जहाँ उनके सभी पुराने संबंध तोड़े जाते हैं, चाहे वे मृतकों से हों या जीवितों से, उनकी अतीत की यादें और वर्तमान और भविष्य के लिए सँजोए हुए सपने भी मिटा दिए जाते हैं और नियमों के अनुसार राजा ध्यानेंद्र के वस्त्र और मुकुट हटा दिए गए, उनके सभी गहनों एवं राजसी वस्त्रों को उतरवाकर एक बड़े प्याले में रखा गया और उनके सिर के बाल मुँड़वाते हुए उनसे कहा गया कि वे अपने परिवार के हर जीवित इंसान का अंतिम संस्कार करें। दरअसल, यह संस्कार उस इंसान का नहीं था, जो जीवित था, बल्कि उस रिश्ते का था, जो राजा और उस इंसान के बीच था, चाहे वह किसी जीवित इंसान के साथ हो या किसी मृत इंसान के साथ। राजा ने अपने दो महीने के बेटे का भी अंतिम संस्कार किया, जो उस साधु के आँचल में अपनी माँ के लिए रो रहा था। उसके बाद राजा ने अपनी प्यारी रानी का अंतिम संस्कार स्वयं अपने हाथों से किया, जिनका अपने पति और पुत्र को खोने के गम में रो-रोकर बुरा हाल था। रानी बिलकुल भी नहीं चाहती थीं कि राजा उस नागा की बात को मानें, लेकिन राजा अपने क्षत्रिय धर्म पर क़ायम थे। और अंत में राजा को ख़ुद के अंतिम संस्कार का आदेश दिया गया, ताकि वे इस सांसारिक जीवन में अपना मरण स्थापित कर सकें और सुनिश्चित कर सकें कि उनका कोई संबंध उनके शारीरिक जीवन के साथ न रहे । राजा ध्यानेंद्र के लिए अब अपने राज्य को त्यागने का समय आ गया था, जहाँ उसका नवजन्मा बेटा उनके साथ था और नागा की बाँहों में पड़ा हुआ अपनी माँ के लिए रो रहा था। जब तीनों राज्य से निकलने लगे, तब रानी ने अपने बेटे के माथे को रो कर चूमते हुए राजा से कहा, 'मैं न सही मेरा बेटा कम से कम अपने पिता के साथ जहाँ भी रहेगा,वहाँ पूरे जीवन

भर के लिए होगा...।' यह कहकर रानी दहाड़े मार-मार कर रोने लगी थीं। इस पर राजा ने रानी के पैरों की ओर अपनी नज़रों को झुकाकर कहा... 'और मैं अपने जीवन से बढ़कर इसकी रक्षा करूँगा, यह मेरा वचन है...।' राजा ध्यानेंद्र ने रानी को वादा किया ही था कि इस बात को सुनकर उनके पास खड़े उस नागा साधु ने राजा को उनके नाम से बुलाते हुए, जो कुछ भी कहा या यूँ कहें कि जो कुछ भी उसने माँगा, वह उसके पिछले अनुरोध से भी कहीं अधिक बेरहम था। नागा ने कहा, 'ध्यानेंद्र! अब आपका इस शिशु के साथ कोई संबंध नहीं है। यह अब अनाथ है, इसका न कोई पिता है और न ही ये किसी का पुत्र। यह अब संपूर्ण नागा समुदाय की धरोहर है और उनकी पहचान है। रही बात आपकी तो आप किसी भी स्थिति में जब यह बड़ा हो जाए, तो अपना सही नाम और पहचान इसे नहीं बताएँगे, न ही नागाओं के समाज में किसी को। आपका नाता मुझसे है, और आप हमारे साथ एक नागा के रूप में जुड़ रहे हैं और वह भी बिना किसी अस्तित्व के...।' ऐसा कहते-कहते उस नागा की निगाहें थोड़ी कठोर हो गई थीं।''

'' 'जैसी आपकी आज्ञा!' ध्यानेंद्र ने कहा। उन्हें यह समझ आ गया था कि वे अब एक राजा, एक पति या किसी के पिता नहीं थे, बल्कि सिर्फ़ एक नागा थे; एक नागा साधु, जिसका देवताओं की सेवा करने और धर्म की रक्षा करने के अलावा और कोई कर्तव्य नहीं है। उसके बाद राजा ध्यानेंद्र उस नागा साधु और नवजन्मे शिशु के साथ अपने राज्य से पूरब की ओर चले गए, जबकि रानी वहीं घंटों तक खड़ी-खड़ी रोती रहीं...।' इतना कहकर मठाधीश ने अपनी कहानी को समाप्त करते हुए अधिराज की ओर देखा, जो इस कहानी को बेहद ध्यान से सुनते हुए भी किसी सोच में डूबा हुआ दिखाई पड़ रहा था।

मठाधीश ने उससे पूछा... 'क्या हुआ? क्या सोच रहे हो...?'

'यही की पूरे पैंतीस वर्ष पहले की इस कहानी का अजा के मन में उठ रहें प्रश्नों से क्या लेना देना...,' अधिराज ने चिंता में डूबे हुए ही कहा।

तब मठाधीश, अधिराज की आँखों में देखते हुए मुस्कुराए और सीधा और साधारण लहज़े में जवाब दिया... 'अधिराज! राजा, ध्यानेंद्र जब नागा साधुओं के शिविर पहुँचे, तब उनका नाम पड़ा शंभूजी...।' इतना कहकर मठाधीश कुछ पल के लिए रुके, जबकि अधिराज की आँखें आश्चर्य से

बड़ी होती चली गई थीं, तब उसने मठाधीश से आश्चर्य में पूछा, 'लेकिन ये... ये... बात आपने मुझे क्यूँ बताई...?' अधिराज के इतना पूछते ही मठाधीश ने कहा... 'क्योंकि तुम अजा के अतीत के सवालों का जवाब चाहते थे...।' ऐसा कहकर मठाधीश ने कुछ पल तक आसमान की ओर देखा और फिर कहा ... 'और वह राजकुमार वही है, जिसे तुम लोग अजा के रूप में जानते हो...।' इतना सुनते ही अधिराज का दिल ज़ोरों से धड़कने लगा। ऐसा लगा, जैसे उसका सिर घूमने लगा हो, लेकिन फिर भी उसने अपने आप को सँभालते हुए मठाधीश से पूछा... 'और आपको यह सब कैसे पता है...?' उसके इतना पूछते ही मठाधीश ज़ोरों से हँसे और कहा 'मैं अब लगभग पचहत्तर वर्ष का हूँ। राजा ध्यानेंद्र के राज्य में पैंतीस साल पहले आने वाला नागा कितनी उम्र का था? गणित लगाओ...,' इतना कहकर मठाधीश मुस्कुराने लगे थे।''

'' 'आपने यह कहानी आज, पैंतीस साल बाद क्यों बताई?' अधिराज ने गंभीर होते हुए पूछा। वह अब यह जान चुका था कि राजा ध्यानेंद्र से एक नागा के रूप में उन्हें और उनके नवजन्मे शिशु को माँगने वाला वह नागा कोई और नहीं, बल्कि स्वयं मठाधीश ही थे। अधिराज द्वारा एक बार फिर पूछे गए प्रश्न का जवाब देते हुए मठाधीश ने कहा... 'क्योंकि कल हमारा आख़िरी दिन हो सकता है, और अजा की सच्चाई का बोझ मुझ पर भी था, हालाँकि शंभूजी से थोड़ा कम भारी था।' इतना कहकर मठाधीश वहाँ से उठ खड़े हुए और उन्होंने कहा, 'मुझे अब उन घायल अफ़ग़ान सैनिकों के पास जाना है, इससे पहले कि वे मर जाएँ।' मठाधीश,अधिराज को हैरान छोड़ कर वहाँ से जाने लगे, तब अधिराज ने हैरानी में चिल्लाते हुए मठाधीश से पूछा, 'लेकिन फिर भी आपने इस कहानी को सुनाने के लिए मुझ पर भरोसा क्यों किया...?'

मठाधीश रुके, अधिराज की ओर देखा और कहा, 'क्योंकि मुझे पता है कि तुम कौन हो!'

मठाधीश की नज़र और ख़ुलासे से अधिराज यह सोचकर स्तब्ध था, कि मठाधीश को उसकी असली पहचान कैसे पता चली, लेकिन उसने इस बार उस बूढ़े साधु से और सवाल न करने का फ़ैसला किया, हालाँकि अधिराज स्तब्ध-सा चुपचाप खड़ा मठाधीश को जाते हुए देख रहा था।

तभी कुछ दूर आगे बढ़ने के बाद मठाधीश ने अचानक अधिराज की ओर मुड़ते हुए ज़ोर से कहा, 'धन्यवाद, अधिराज! या जो भी तुम्हारा नाम है, इस युद्ध का हिस्सा बनने के लिए। हमारे मरने के बाद भी हमारे धर्म को जीवित रखना...।' मठाधीश की बातें सुनकर अधिराज ने मुस्कुराते हुए उस अत्यंत बुद्धिमान वृद्ध नागा को नमन किया और फिर पीछे मुड़कर अफ़गान सैनिकों की ओर चल दिया।''

''इधर, अफ़ग़ान सैनिकों के शिविर में सरदार ख़ान अपने तंबू के अंदर अकेले दीये की मद्धिम रौशनी के बीच बैठा हुआ था। दीए की काँपती सी लौ तंबू के अंदर मरणशीलता वाली भयावह दृश्य उत्पन्न कर रही थी। सरदार ख़ान गहरी सोच में डूबा हुआ था, उसकी आँखें बंद थीं और युद्ध के दौरान नागा साधुओं के हाथों बेमौत मारे गए अफ़ग़ान सैनिकों की चीखें और नागाओं की विजय की गर्जना उसके कानों में गूँज रही थी। तंबू में उसके सेनापतियों एवं सूबेदारों की धीमी-धीमी बातें चल रही थीं। शिविर का वातावरण तनावपूर्ण और उदास था, जो सैनिकों की मानसिक स्थिति को दर्शा रहा था। युद्ध मैदान में हुए मौत के उस तांडव, ख़ासकर नागा साधुओं द्वारा अपने साथी सैनिकों को घसीटते हुए ले जाने के उस डरावने दृश्य ने उनके अंतर्मन को डरा कर रख दिया था। सरदार ख़ान अभी अपनी आँखें बंद किए हुए चुपचाप विचारों में खोया हुआ था कि उसके कानों में उसके मुख्य सेनानायक की आवाज़ आई... 'हमारे सैनिकों का मनोबल टूट रहा है...,' इतना कहकर वह चुप हो गया था, जबकि सरदार जस का तस बैठा हुआ था कि इस बार सेनानायक ने अपनी आवाज़ पर ज़ोर देते हुए कहा, 'कई लोग नागा साधुओं से जुड़े डरावने क़िस्सों की बातें कर रहे हैं, हुज़ूर! वे डर में फुसफुसा रहे हैं कि वे नागा नरभक्षी हैं। अपने दुश्मनों के जिस्म के हिस्से को खाकर और उनका ख़ून पीकर जिन्न जैसी रूहानी ताक़तें प्राप्त करते हैं। हमारे सैनिक उन नागाओं द्वारा अपने साथियों को घसीटे जाते हुए देखकर और उनकी भयानक आँखों में ख़ौफ़नाक ख़ुशी देखकर बेहद डर गए हैं, हुज़ूर...।' इतना कहकर सेनानायक चुप हो गया और सरदार के कुछ कहने का इंतज़ार करने लगा। कुछ देर बाद सरदार ख़ान ने झटके के साथ अपनी आँखों को खोलते हुए अपने सबसे विश्वसनीय सूबेदार की ओर मुड़ते हुए पूछा, 'ज़फ़र, तोपें कब पहुँचेंगी?'

'वे कल सुबह की पहली रौशनी से पहले हमारे पास होंगी। पहाड़ी रास्तों के कारण उन्हें पहुँचने में ज़रा देरी हो रही है... ज़फ़र ने उत्तर दिया। ज़फ़र के इतना कहते ही सरदार की आँखों में दुष्टता भरी चमक तैर गई थी। उसने मुस्कुराते हुए कहा, 'बहुत अच्छा! कल तोपों के साथ हम उन हरामख़ोरों पर हमला करेंगे, कल पता चलेगा कि डर किसे कहते हैं...!' सरदार ख़ान जोश के मारे अपने सिंहासन से उठ खड़ा हुआ और उन्माद में चिल्लाते हुए उसने कहा...

'कल का दृश्य एक अद्भुत दृश्य होगा: या अल्लाह तोपों के धुएँ से अंधेरा हो चुके आसमान और उनकी गड़गड़ाहट से काँपती धरती के नीचे मैं कल उन जानवरों को ज़िंदा दफ़न करूँगा और उन सुअरों की लाशों के ढेर पर बैठ कर मैं मग़रिब *(पाँच वक़्त की नमाज़ों में सूरज ढलने के बाद की नमाज़)* की नमाज़ अदा करूँगा... गोकुल कल मेरे सामने झुकेगा।' सरदार ख़ान ने चिल्ला कर कहते हुए अपनी बातों को विराम दिया। कल के विनाश की कल्पना से सरदार ख़ान की आँखें उन्माद में चमक रही थीं, लेकिन जैसे ही रात गहराई, शिविर में अफ़ग़ान सैनिकों के बीच फुसफुसाहटें जंगल की आग की तरह फैल गईं और नागा साधुओं की कहानियाँ और भी डरावनी होती चली गईं, जिससे सैनिकों में भय और विस्मय का मिश्रण और पैदा हो गया था... जबकि, उधर वेदांत और उसकी सेना गोकुल के काफ़ी नज़दीक आ चुकी थी। उनके सेनापति कृष्णा 2500 सैनिकों, 100 हाथियों, 100 घोड़ों और दस चलत तोपों के दल का नेतृत्व कर रहे थे। जुगल किशोर भी अपनी सेना के साथ गोकुल की तरफ़ बढ़ता चला जा रहा था और बढ़ती चली जा रही थी गहरी रात की परछाइयाँ, जिसकी अगली सुबह इंतज़ार कर रही थी, एक भीषण संग्राम का...।''

15

युद्ध के क़ैदी

"...लेकिन अगली सुबह सरदार ख़ान के शिविर में कुछ ऐसा हुआ, जिसकी कल्पना किसी ने नहीं की थी। सुबह होने वाली थी और सरदार ख़ान तथा उसके सूबेदार तोपों के आने की बेसब्री से प्रतीक्षा कर रहे थे, तभी एक युवा सैनिक, जो धूल-मिट्टी से सना हुआ था और हाँफ रहा था, अचानक सरदार ख़ान के तंबू में घुस आया और बेचैनी में खड़े होकर, कुछ कहने के लिए सरदार ख़ान के आदेश का इंतज़ार करने लगा। कुछ देर तक वहीं खड़े रहने के बाद जैसे ही उसे बोलने के लिए कहा गया, तो उसने कहा... 'सभी सैनिक जिन्हें नागा साधुओं ने पकड़ा था..., वे वापस आ गए हैं...!' उसकी बातों में हैरानगी की भावना ज़्यादा घुली हुई थी। उसकी बात सुनकर तंबू के अंदर एक अजीब सी ख़ामोशी छा गई, जैसे उस तंबू के अंदर स्थित हवाओं को भी इस बात पर विश्वास नहीं हो रहा हो, तभी कुछ देर बाद ख़ामोशी को तोड़ते हुए ज़फ़र ने पूछा... 'वे कहाँ हैं?'

उस सैनिक ने इशारा किया, फिर रास्ता दिखाने के लिए आगे बढ़ गया। ज़फ़र ने देखा, लौटे हुए सैनिकों के चारों ओर अफ़ग़ान सैनिकों की भीड़ जमा हो गई थी, हालाँकि लौट कर आए हुए सैनिक डरे हुए लग रहे थे, लेकिन सुरक्षित थे। उनके घाव सफ़ेद और भगवा पट्टियों से ढके हुए थे। ज़फ़र धीरे-धीरे क़दमों से चलता हुआ, उन सैनिकों के पास गया और उनसे पूछा...'बताओ! उन्होंने तुम्हारे साथ क्या किया?' ...ज़फ़र की बात सुनकर, वापस लौटे हुए सैनिकों में से एक ने राहत से भरी आँखों के साथ ज़फ़र की ओर देखकर कहा, 'उन्होंने कुछ नहीं किया। उन्होंने हमारे

घावों का इलाज किया, हमें खाना दिया, पानी दिया और सुबह होते ही हमें रिहा कर दिया...।' यह सुनकर शिविर में सभी लोग हैरान रह गए। यह अप्रत्याशित दया उन अफ़वाहों के बिलकुल विपरीत थी, जो उन्होंने नागाओं के बारे में सुनी थीं। सरदार की सेना का मनोबल, जो पहले से ही कमज़ोर था, अब एकदम गिरने की कगार पर था। तभी, सरदार ख़ान तेज़ी से चलता हुआ वहाँ पहुँचा और उन वापस लौटे सैनिकों की ओर बिना ध्यान दिए हुए और कड़कती हुई आवाज़ में ज़फ़र से पूछा... 'तोपें आ गई हैं?'

'हाँ हुज़ूर...!!' ज़फ़र ने सरदार ख़ान से कहा। इतना सुनते ही सरदार ने ऊपर आसमान की ओर देखा, उसका चेहरा सख़्त हो चला था, आँखें सुर्ख होकर छोटी हो चली थीं और उसने गंभीर आवाज़ में उत्तर दिया, 'बहुत अच्छा, उन्हें तुरंत तैनात करो, मुझे किसी भी सूरतेहाल में इस पागलपन का अंत करना है...।' सरदार की बात सुनकर ज़फ़र ने सिर हिलाकर सहमति जताई और स्थिति की गंभीरता को समझते हुए कहा... 'हम एक घंटे में तैयार हो जाएँगे...।' ज़फ़र के इतना कहते ही सरदार ख़ान एक बार फिर अपने आंतरिक उन्माद से भर गया। उसने अंदर ही अंदर ख़ुश होते हुए ख़ुद से कहा... 'वे हरामख़ोर, हमारी तोपों से होने वाली तबाही की कल्पना भी नहीं कर सकते। देखना, अचानक होने वाले इस हमले से हमें ही फ़ायदा होने वाला है...।' यह कहकर वह मन-ही मन हँसा और वहाँ से अपने तंबू की ओर चल दिया... चलते-चलते सरदार ख़ान ख़ुद से कह रहा था कि नागाओं ने ऐसे हमले की कल्पना भी नहीं की होगी...। सरदार की मनः स्थिति से ज़फ़र भली-भाँति वाक़िफ़ था। वह किसी भी हालत में नागाओं का सर्वनाश करना चाहता था, ताकि सरदार ख़ान को उसकी पहले जैसी हैसियत फिर से वापस दिला सके। उसने गरजते हुए अपने सूबेदारों से कहा... 'युद्ध की तैयारी करो।'

ज़फ़र के इतना कहते ही शिविर में भगदड़ सी मच गई थी। उस सुबह कतार में खड़ी बीस तोपें गोकुल में तबाही मचाने को तैयार थीं। प्रत्येक तोप की सुरक्षा में कई सैनिक तैनात थे, जिनमें से कई पहले से ही घायल थे। सारी तोपें अपनी सही जगह और सही दिशा में खड़ी थीं, जहाँ प्रत्येक गोला एक खोखले लोहे का गोला था, जिसमें बारूद भरा गया था, और उन बारूद भरे गोलों को आग की एक छोटी सी चिंगारी के संपर्क में आने

की बस देर थी, फिर एक धमाका और सामने मौजूद हर एक चीज़ का अंत तय था।

अजा, नागा योद्धाओं के बीच खड़ा था, कल के युद्ध से अभी भी उनके घाव ताज़ा थे। नागा साधुओं का बाक़ी समूह उसके चारों ओर खड़ा था। उनकी अंतरात्मा युद्ध के लिए हुँकार भर रही थी, लेकिन आगे क्या होने वाला है, इससे वे बिलकुल अनजान थे। युद्ध का पहला दिन नागा साधुओं के लिए एकतरफ़ा जीत की तरह था, कोई घायल नहीं हुआ था, जबकि सरदार ख़ान की सेना को भारी क्षति पहुँची थी, जिसके बदले सरदार ख़ान हर एक नागा साधु की मौत चाहता था और साथ ही गोकुल को पूरी तरह ज़मींदोज़ करना भी। इस बार सरदार ख़ान गोकुल को श्मशान में बदलने के लिए पूरी तैयारी के साथ आया था। उसकी तोपों के निशाने पर गोकुल की छोटी-बड़ी झोंपड़ियाँ, भवन और पवित्र मंदिर थे। तोपों की मौजूदगी में अफ़ग़ान शिविर में हर किसी का उत्साह सातवें आसमान पर था। सभी अफ़ग़ान सैनिक, सरदार ख़ान के आदेश का इंतज़ार कर रहे थे। उनमें से कई वे सैनिक भी थे, जो नागा शिविर से लौट कर आए थे।

अपने ज़ख़्मों पर सफ़ेद और केसरिया रंग की पट्टी लपेटे, वे सभी घायल अफ़ग़ान सैनिक, अपने हमवतन दस्ते में जहाँ-तहाँ बिखरे हुए खड़े थे। उनका दिल ज़ोरों से धड़क रहा था। सैनिक तोपों के बैरल को गीले कपड़ों के टुकड़े से साफ़ कर रहे थे, ताकि कोई बचा हुआ निशान न रह जाए, तभी ज़फ़र की आवाज़ अफ़ग़ान दस्ते में गूँज उठी...'गोला भरो,' ज़फ़र के इतना कहते ही तोपों के गोले बारूद से भरे जाने लगे, जिसके बाद उन्हें बैरल में भरा गया।

'निशाना लगाओ...,' ज़फ़र के चिल्लाते ही अफ़ग़ान सैनिक निशाना लेने लगे, और तोप को जलाने के लिए बारूद को बैरल के अंदर एक छेद के माध्यम से रख दिया गया।

'गोला दागने के तोपें तैयार हैं हुज़ूर!!,' एक सैनिक ने चिल्लाते हुए ज़फ़र से कहा। उसके इतना कहते ही, ऐसा लग रहा था जैसे समय थम गया हो। एक डरावनी ख़ामोशी हर ओर फैल गई थी।

'चलाओ...!' ज़फ़र का आदेश पाते ही एक अफ़ग़ान सैनिक ने तोप के बैरल से लटक रही डोरी में आग लगा दी, जो सीधे अंदर बारूद भरे

गोले से जुड़ी हुई थी। एक के बाद एक बीसों तोपों की डोरियों में आग लगाई गई, जिससे एक साथ बीस बारूद भरे बम के गोले कान के पर्दे फाड़ डालने वाली आवाज़ के साथ तोपों से छूट पड़े... फिर क्या था एक साथ बीस बम के गोलों के धमाकेदार विस्फोट ने गाँव को थर्रा दिया था। मज़बूत घरों की दीवारें भी उस विनाशकारी विस्फोट के कारण सूखी रोटी की तरह टूट गईं। मंदिर, आशा और भक्ति के प्रतीक, इन्हें भी वक़्त नहीं मिला और वे भी धराशायी हो गए, पवित्र मूर्तियाँ खंडित हो गईं।''

''इस अप्रत्याशित और प्राणघातक हमले से नागा अवाक से खड़े थे। इसके बारे में उन्होंने न तो कभी सोचा था और न ही कुछ ऐसा देखा था, जबकि सरदार ख़ान के मन में कब से जल रही गोकुल की तसवीर सच का रूप धारण कर चुकी थी। गोकुल की तबाही का यह प्रलयंकारी स्वरूप सरदार ख़ान के मन को इतना सुख दे रहा था कि वह अपने अंदर उठ रहे उन्माद की लहरों को रोक नहीं सका और ख़ुशी के मारे पागलों की तरह हँसने लगा। तोपों के धमाके से दहलती ज़मीन और कान के पर्दे फाड़ डालने वाली उसकी आवाज़ के बीच एक ओर जहाँ सरदार ख़ान की पागलों की तरह हँसने की आवाज़ सुनाई पड़ रही थी, तो वहीं दूसरी तरफ़ अचानक इस प्रलयंकारी हमले के बीच, इससे बचने के लिए, नागा साधुओं को संबोधित करती एक आवाज़ आ रही थी, जहाँ अजा ने चिल्लाते हुए कहा..., 'स्वयं को छुपा लो! और जितना हो सके, उतना फैल जाओ, तभी हम सुरक्षित रह सकते हैं, नहीं तो अगर एक साथ खड़े रहे, तो सभी मारे जाएँगे...।' अजा इतना कहकर अपने स्थान से दूसरी तरफ़ जाने के लिए उछला ही था कि तभी तोप का एक गोला आकर, दुर्भाग्यवश उस पत्थर से जा टकराया, जिसके पीछे पाँच नागा साधु छुपे थे। क्षणभर में ही उन पाँचों नागाओं के शरीर के परखच्चे उड़ गए। यह देख कर अजा और मठाधीश निराश और बेहाल होकर अपने पाँच भाइयों की मौत का दृश्य देखते रह गए। ये पहली ज़िंदगियां थीं, जो नागाओं की ओर से हार गईं थीं, लेकिन दुर्भाग्य से अंतिम नहीं थीं। सूर्य ऊँचा होते ही, नागाओं ने देखा, लगातार हो रहे धमाकों के कारण गोकुल का आसमान विनाशकारी धुएँ से भर गया था। नागा साधु अपने ही ख़ून से लथपथ थे। वे पवित्र योद्धा यह मानते थे कि ज़मीन उनकी आँखों के सामने अपवित्र की जा रही है। गोकुल से होकर गुज़रती यमुना, जो पहले साफ़ थी और धरती पर नीले आसमान की पवित्र

छाया जैसी लगती थी, अब मिट्टी और ख़ून से मिली हुई थी। हरे-भरे और लहलहाते खेत, जिनमें खड़ी फसलें अब काटे जाने को तैयार थीं, जलकर बंजर भूमि में तब्दील हो गए थे। घायल लोगों की दर्दनाक चीखें, धुएँ और इस भगदड़ भरे माहौल में हर ओर गूँज रही थीं। मंदिरों में रखे पवित्र ग्रंथ जलकर अब राख में बदल गए थे, और गोकुल के अंदर सदियों से गाए जाने वाले प्रेम और मानवता के गीत इन धमाकों के कारण हमेशा-हमेशा के लिए मौन हो गए थे। घायलों का इलाज कर रहे चिकित्सा शिविर भी नहीं बच पाए थे। कई झोंपड़ियों और तंबुओं में आग लग गई थी, जबकि कुछ झोंपड़ियों पर बम के गोलों का सीधा आघात हुआ था और वे मिट्टी में मिल गईं। देवी के रूप में घायलों की सेवा कर रहीं साध्वियों का बेहद बुरा अंत हुआ।''

''भीषण कोहराम के बाद जब बमबारी रुकी, तो अजा ने नागा योद्धाओं को इकट्ठा किया। उसका ध्यान अब आक्रामक हमला करने से, ज़्यादा जीवन बचाने पर परिवर्तित हो गया था।

घायलों के उपचार के लिए औषधियाँ और कपड़े की पट्टियाँ पर्याप्त नहीं बची थीं। जो नागा बम के फटते गोले का शिकार हुए थे, वे दर्द से कराह रहे थे, लेकिन वे अपनी ज़मीन की रक्षा के लिए अब भी खड़े थे, भले ही यह उनकी जान की क़ीमत पर हो। कुछ समय बाद, जब आसमान में छाया धूल का बवंडर साफ़ हुआ, तो विनाश की असली तसवीर सबके आँखों के सामने थी... गोकुल, जो आध्यात्मिकता और शांति का प्रतीक था, अब एक निर्दय हमले के ज़ख़्म को ढो रहा था। नागा ख़ून से लथपथ थे, मंदिर ध्वस्त थे, बस्तियाँ उजड़ चुकी थीं, सड़कों पर गहरे-गहरे गड्ढे बने हुए थे... और जो नागा और साध्वी इस हमले में मारे गए थे, उनकी क्षत-विक्षत लाशें हर तरफ़ बिखरीं हुई थीं। इस भयंकर तबाही को देख कर अजा सहित उसके तमाम नागा साथियों का आत्मबल जैसे चूर-चूर हो चुका था, लेकिन उनके मन में क्रोध की अग्नि अपने प्रचंड वेग से जल रही थी।''

''राजा वेदांत अभी भी गोकुल से आधे दिन की दूरी पर थे। अजा, मठाधीश के पास दौड़ कर आया और आँखों में आँसू लिए हुए क्रोध और विनती के मिले-जुले भाव से बोला... 'यह हमारे अगले क़दम का समय है! उन्हें दौड़ने का आदेश दें...।'

'जैसा तुम कहो, अजा, तुमने सही कहा यही समय है...।' यह कहते हुए मठाधीश ने अपनी सहमति व्यक्त की और नागा साधुओं के दल की तरफ़ तेज़ क़दमों से चल पड़े। मठाधीश ने युद्ध शुरू होने से पहले आयोजित एक दोस्ताना दौड़ के माध्यम से पहचाने गए चीता दस्ते के तीन सबसे तेज़ धावकों, नमः, भोला और शिवाय को बुलाया, जो मठाधीश के बुलाते ही पास आकर उनके सामने खड़े हो गए और उनके आदेश की प्रतीक्षा करने लगे। कुछ क्षण के लिए मठाधीश की निगाहें उन तीनों पर ठहर गईं और मठाधीश ने बेहद कोमल और आत्मीय भाव से उन तीनों को प्रणाम करते हुए कहा, 'जाओ मित्र, भगवान शिव से किए गए वादे को पूरा करो...।' मठाधीश के इतना कहते ही, युवा नागाओं ने मठाधीश के चरणों को छुआ और विदा ली, फिर तीनों युवा नागा किसी लंबी दौड़ की शुरुआत करने की स्थिति में आ गए और झुककर तैयार हो गए, उनके सिर नीचे थे और निगाहें सामने की ओर, लेकिन इस बार तीनों के लिए आपस में हार-जीत की कोई बाज़ी नहीं थी, बल्कि केवल दौड़ना था और बहुत तेज़ दौड़ना था। मठाधीश ने उस विलक्षण दौड़ की प्रतियोगिता शुरू करने का आदेश देते हुए गंभीर स्वर में कहा, 'नमः... भोला... शिवाय... दौड़ो!' और युवा नागा चीखते हुए सरदार की विशाल सेना की ओर दौड़ पड़े। सरदार ख़ान की सेना अपनी आँखों पर विश्वास नहीं कर पाई, जब उन्होंने तीन युवा नागाओं को बिजली की गति से उनकी ओर दौड़ते देखा। उनके हाथों में कोई हथियार नहीं था और न ही उनके मुँह से कोई युद्धघोष निकल रहा था, बल्कि उनकी नज़रें लगातार अफ़ग़ान सेना के दस्ते ही ओर थीं, जैसे वे अफ़ग़ान सैनिकों की विशाल भीड़ में कुछ ढूँढ रहे हों। सरदार ख़ान सहित किसी भी अफ़ग़ानी को यह समझ नहीं आ रहा था कि वे इस तरह से क्यूँ उनकी ओर दौड़ते चले आ रहे हैं। सरदार ख़ान, तीनों के दुस्साहस पर हैरान होकर बड़बड़ाया, 'पागलपन की हद है, नंगे मूर्ख! कहीं के...।' इतना कहकर सरदार ख़ान ने चिल्लाते हुए आदेश दिया, 'तीरंदाज़ों! तैयार रहो!' सरदार ख़ान के इतना कहते ही तीरंदाज़ों ने एक साथ सारे तीर हवा में छोड़ दिए। जैसे ही तीर आकाश में उड़ने लगे, धावकों ने एक-दूसरे की ओर देखा और ऐसा लगा, जैसे उन्होंने अपनी गति को और बढ़ा दिया हो, अचानक वे पहले से दोगुनी गति से दौड़ने लगे। तीर एक के बाद एक ज़मीन पर गिर रहे थे और नागा धावक दौड़ रहे थे, तभी एक-एक तीर उन

तीनों के शरीर में आ धँसा, जिसके कारण उनकी गति धीमी पड़ गई। तीर का ज़हर उनके शरीर में फैलता जा रहा था और वे दुश्मन की ओर अपनी अंतिम गति से दौड़ते हुए कुछ ढूँढ रहे थे। उनका अंतर्मन अपने उन नागा साथियों की मौत का क़र्ज़ महसूस कर रहा था, जो कुछ ही मिनट पहले तोपों की बमबारी में चिथड़े-चिथड़े होकर मारे गए थे। तभी तीन युवा नागा साधु में से, नमः को आख़िरकार वह मिल गया, जिसे वह खोज रहा था और वह अपने साथियों की ओर देखकर चिल्लाया, 'मुझे एक मिल गया।' भोला और शिवाय, दूसरे दो युवा नागाओं ने एक के बाद एक जवाब दिया, 'हमने भी कुछ को देखे हैं, वे वहाँ तीसरी पंक्ति के बीच में खड़े हैं...'

जब वे एक दूसरे से चिल्ला कर बातें कर रहे थे, तब उनकी आवाज़ सरदार ख़ान को साफ़-साफ़ सुनाई पड़ रही थी, क्योंकि अब वे दुश्मन की सेना के काफ़ी क़रीब थे। सरदार ख़ान और उनके सूबेदार अब भी यह सोच रहे थे कि ये तीन युवा नागा क्यों आत्महत्या करने के लिए बेचैन हैं... सरदार और उसके सूबेदार भले ही यह नहीं समझ पा रहे हों कि वे तीनों नागा क्यों उनकी ओर दौड़ते चले आ रहे थे, लेकिन सारे नागाओं को पता था कि उनके ये तीनों युवा नागा क्यों अपने प्राणों की बाज़ी लगा रहे थे। दरअसल, उनके लक्ष्य, उसी सुबह सरदार ख़ान के पास वापस भेजे गए घायल सैनिक थे और उन्हें आसानी से पहचाना जा सकता था, क्योंकि प्रत्येक घायल सैनिक के ज़ख़्मों पर एक विशेष केसरिया और सफ़ेद रंग की पट्टी बाँधी गई थी, जो उन्हें, उनके अपने हरे और काले रंग में से अलग करती थी। तीरों से छलनी होकर ख़ून से सने होने और लगातार इतनी तेज़ गति से दौड़ने के बाद, इतने थके-हारे होने के बाद भी नागा साधु एक-दूसरे को देखकर मुस्कुराए थे। उनके शरीर में फैलता तीर का ज़हर उनकी साँसों को समाप्त कर दे, इससे पहले वे उन घायल अफ़ग़ानी सैनिकों की आँखों में देखते हुए, एक साथ चिल्लाए, जो नागाओं द्वारा ज़िंदा वापस भेजे गए थे... 'हर-हर महादेव!' ''

'' 'हर-हर महादेव' की चीख उन अफ़ग़ान सैनिकों के कानों तक पहुँचते ही उन्होंने अचानक अपने ही साथियों पर धावा बोल दिया। अपने ही साथियों द्वारा अचानक हमले से सरदार की सेना में भगदड़ मच गई। 'हर-हर महादेव' सुनने के बाद उन अफ़ग़ान सैनिकों की आँखें बड़ी हो

गई थीं और वे बिना पलक झपकाए, लगातार शून्य में देखते हुए अपने साथियों को मौत के घाट उतारते जा रहे थे, तभी उनमें से एक सैनिक तोप की ओर बढ़ चला और उसने रास्ते में आचनक ही एक सैनिक के हाथ से ज्वलनशील पदार्थ लेते हुए अपने शरीर में आग लगा ली और एक तोप के पास जाकर उसने अपने सिर को तोप के मुँह में घुसेड़ दिया। और फिर एक दूसरे अफ़ग़ान सैनिक ने आकर तोप की डोर को जला दिया, जो अंदर बारूद से जुड़ी हुई थी। देखते-ही देखते तोप एक ज़बरदस्त धमाके के साथ फटी और बाक़ी घायल सैनिक, जो सफ़ेद कपड़े लपेटे हुए थे, एक-एक कर अपने सिर को तोप के मुँह में घुसेड़ते हुए उसे ध्वस्त करने लगे।

अचानक हुए इस हमले को देखकर सरदार आश्चर्य में चिल्लाया, 'नामुरादों अपनी सही जगह पर जाओ और मुक़ाबला करो!' लेकिन नुक़सान तो पहले ही हो चुका था। जब तक अफ़ग़ानी सेना सँभलती, नागा योद्धाओं ने अफ़ग़ान धनुर्धारियों की एक सीध में खड़ी पंक्तियों को तोड़ते हुए और तीरों की बौछार कर दी और देखते ही देखते कई अफ़ग़ान सैनिक मार दिए। कुछ ही समय में, सरदार ख़ान की सेना पर अंदर और बाहर से हमला हुआ और नागाओं ने उसकी सभी योजनाओं की बखिया उधेड़ कर रख दी और सभी रणनीतियों को ध्वस्त कर दिया। अफ़ग़ान सेना आज के युद्ध के लिए, सभी प्रकार से सोच कर और रणनीति तैयार करके आई थी, लेकिन जो अभी घटा था या घट रहा था, इसकी उन्होंने कल्पना तक नहीं की थी। अब आलम यह था कि उन्हें यह समझ ही नहीं आ रहा था कि अपना ध्यान कहाँ केंद्रित करें, क्योंकि इस समय उनके ऊपर अपने सैनिकों और विरोधी सैनिकों, दोनों की ओर से हमला किया जा रहा था। सरदार ख़ान की सेना में अफ़रा-तफ़री का माहौल था। सरदार ख़ान कुछ समझता, उससे पहले ही एक नागा साधु उसके रथ तक पहुँचा और सीधे उसके सामने खड़ा हो गया। अफ़ग़ान सेना की ओर देखकर दौड़ने वाले तीन नागाओं में से बचा हुआ आख़िरी नागा सरदार ख़ान को देखकर हँसा और ज़ोर से चिल्लाया... 'हर-हर महादेव...।' ''

''ह्वाइ डिड द अफ़ग़ान्स स्टार्ट एटैकिंग ऑन देअर ओन आफ़्टर हियरिंग... हर-हर महादेव...,'' पर्वतारोही ने उस नागा से हैरान होते हुए पूछा। जिस पहेली को सारी अफ़ग़ान सेना सहित, सरदार ख़ान भी जानना

चाहता था, उस पहेली का जवाब देते हुए नागा ने कहा... ''तोपों के गरजने से एक दिन पहले हुए संघर्ष में नागा योद्धाओं को, घायल अफ़ग़ान सैनिकों को इकट्ठा करने का आदेश मठाधीश ने ही दिया था, इसलिए, अधिराज के साथ अजा के बारे में बातचीत के बाद जब मठाधीश ने कहा था कि अब अफ़ग़ान सैनिकों को उससे मिलना है, तो इसका कुछ और मतलब था...।'' वह रहस्यमयी नागा आगे कुछ और कहता, इससे पहले ही थॉमस बोल पड़ा... ''व्हाट?''

''यही कि अफ़ग़ान सैनिकों के पास पहुँचकर मठाधीश ने उन तीस अफ़ग़ान सैनिकों को चुना, जो उतने घायल नहीं थे और कल के युद्ध के लिए एक बार फिर तैयार हो सकते थे। उसके बाद अजा, इन सैनिकों को नागा साधुओं के पास ले गया और उनके घावों पर पट्टियाँ बाँधी गईं, फिर उन तीस सैनिकों को मठाधीश की कुटिया में ले जाया गया, जहाँ मठाधीश ने अपनी रहस्यमयी शक्तियों से उन्हें सम्मोहित कर दिया, और उसके बाद मठाधीश ने धीरे से उनके कान में कहा था...' तुम तब उन अफ़ग़ानी सैनिकों यानी अपने साथियों पर हमला करोगे, जब तुम्हारे कानों में 'हर-हर महादेव' की पवित्र ध्वनि सुनाई पड़ेगी...। उसके बाद सुबह होते ही उन्हें उनके शिविर में भेज दिया गया। उसके बाद तुम्हें सब पता है...,'' कहकर नागा चुप हो गया।

''ओह यस, यू टोल्ड मी, द मठाधीश ऑलरेडी हैड पावर टू हिप्नोटाइज़...,'' थॉमस ने रोमांचित होते हुए कहा। थॉमस की बातें सुनकर नागा मुस्कुराया और आगे की कहानी जानने की उसकी जिज्ञासा पर विराम लगाते हुए कहना शुरू किया, '' नागा साधुओं के पराक्रम ने सरदार ख़ान की सेना को एक बार फिर पीछे धकेल दिया था। अफ़ग़ान सेना का आत्मबल एक बार फिर धराशायी हो चुका था, जबकि नागा साधुओं के चेहरे पर जीत चमक थी, हालाँकि उनका अंतर्मन अपने शहीद साथियों के लिए अंदर ही अंदर रो रहा था, जिनमें कुछ साध्वियाँ और अनेक नागा योद्धाओं के साथ-साथ वे तीन युवा साधु, नमः, भोला और शिवाय शामिल थे, जिन्होंने दौड़ते हुए जाकर सम्मोहित अफ़ग़ानों को जगाने के लिए अपने प्राण न्यौछावर कर दिए थे, परंतु सभी बाधाओं के बावजूद, नागाओं ने एक और दिन के लिए अपनी ज़मीन पर क़ब्ज़ा बनाए रखा था। आज भी हज़ारों अफ़ग़ान सैनिकों

का नागाओं ने संहार किया था। उनकी तोपें लगभग नष्ट हो चुकी थीं। जो बची थीं, उनके पास कोई गोला-बारूद नहीं था। अफ़ग़ानों को आज भी भारी नुक़सान हुआ था, परंतु साथ ही साथ गोकुल, जो कभी एक जीवंत गाँव था और हँसी-ख़ुशी के साथ जीवन की उमंगों से भरा हुआ था, अब दर्द, राख और धधकती आग का नरक बन गया था। घरों और मंदिरों के खंडहर, गोकुल पर किए गए हमले के मूक गवाह थे। साँझ के गोधूलि के प्रहर में जलते हुए उन खंडहरों से उठते धुएँ की लहरें आकाश की ओर उठ रही थीं और अपने साथ जलती लकड़ी और दुख की गंध को लिए चली जा रही थीं। दिनभर, तोपों की गगनभेदी आवाज़ से दहलने के बाद गोकुल भयानक सन्नाटे भरे आँगन में छिन्न-भिन्न खड़ा था।''

''रात हो चुकी थी और आज की जीत से ज़्यादा अपने साथियों को खोने का गम नागा योद्धाओं को परेशान कर रहा था। आत्मघाती हमले में बची हुईं साध्वियाँ पूरे अंतःकरण से अपने साथियों की सेवा में लगी हुईं थीं। सफ़ेद कपड़ों में लिपटी, वे आशा की किरणें बन गईं थीं और घायल नागाओं के उपचार के लिए अथक परिश्रम कर रही थीं। उनके हाथ ख़ून और औषधीय जड़ी-बूटियों से भरे हुए थे। उनकी आँखों में पीड़ा स्पष्ट थी, लेकिन घायलों की मदद करने का उनका संकल्प और भी मज़बूत था। एक अस्थायी शिविर बनाया गया था, जहाँ घायल नागा चटाइयों पर लेटे थे। जड़ी-बूटियों और औषधियों का इस्तेमाल कर, उनके घावों का इलाज साध्वियों द्वारा किया जा रहा था। हर ओर एक उदासी भरी शांति थी, केवल कभी-कभी घायल नागाओं के दर्द की कराहट ही उस शोकपूर्ण सन्नाटे को चीरती हुई चारों ओर गूँज उठती थी। वहाँ से कुछ दूरी पर , एक बड़े बरगद के पेड़ की छाया के नीचे, अजा और मठाधीश गहन चर्चा में लगे हुए थे, उनके चेहरे पर चिंता की लकीरें साफ़-साफ़ दिख रही थीं।''

'' 'हमने बहुत से साथियों को खो दिया है,' मठाधीश ने दुखी मन से अजा से कहा।

'लेकिन उन्होंने व्यर्थ में प्राण नहीं दिए...,' अजा ने मठाधीश की बातों का जवाब देते हुए और उन्हें मनोबल प्रदान करते हुए कहा। अजा की बात सुनकर मठाधीश कुछ देर तक चुप रहे और फिर एक लंबी साँस खींचकर अजा से कहा... 'हमारे साथियों को तुम्हारी ज़रूरत है अजा! और

ज़रूरत है, किसी ऐसी योजना की, जिससे हम सरदार ख़ान को हमेशा के लिए रोक सकें। नहीं तो हर रोज़ ख़त्म होकर अगली सुबह शुरू हो जाती इस लड़ाई को हम बहुत दिन तक नहीं झेल पाएँगे...।' यह कहते-कहते मठाधीश एक क्षण के लिए चुप हुए और फिर उन्होंने कहा... 'उनकी हज़ार जानों से ज़्यादा, हमारी एक जान क़ीमती है...।' इतना कहकर मठाधीश चुप हो गए। मठाधीश की चिंता व्यर्थ नहीं थी। अजा भी उनके कहने के अर्थ को भली-भाँति जानता था। 'मुझे उम्मीद है कि मदद समय पर पहुँचेगी,' अजा ने गंभीरतापूर्वक उत्तर दिया था। दूसरी ओर अफ़ग़ान शिविर में अपने तंबू के अंदर सरदार ख़ान अपने सेनापति और उनके सूबेदारों के बीच खड़ा था और तंबू के बाहर उसकी विशाल सेना खड़ी थी। सब के चेहरे पर क्रोध और बदले की भावना थी। सरदार के तंबू के अंदर मेज़ पर गोकुल के पूरे क्षेत्र का नक़्शा फैला हुआ था, जिसके ऊपर युद्ध योजना के दौरान बने हुए निशान और सांकेतिक टिप्पणियाँ भरी हुई थीं। सैन्य शिविर के बाहर घायल अफ़ग़ान सैनिकों की चीखों भरा शोर, उस विनाश की याद दिला रहा था, जिसे आज उन्होंने सहा था। अफ़ग़ान सैनिकों के शिविर में हर-तरफ़ दर्द और तकलीफ़ भरी चीख पुकार मची हुई थी, तभी सरदार का सेनापति जफ़र उसके तंबू के अंदर आया, और कहा... 'मैंने आपके आदेशानुसार संख्या का पता लगा लिया है...।' इतना कहकर वह चुपचाप खड़ा हो गया। वह दो दिन से लगातार लड़ते रहने के कारण थका हुआ लग रहा था, परंतु फिर भी वह सरदार ख़ान के कुछ कहने का इंतज़ार कर रहा था। सरदार ख़ान ने उसकी ओर देखा और उसे आगे बोलने का इशारा किया।

ज़फ़र ने गहरी साँस ली और कहा... 'हमारे 4000 सैनिकों में से अब केवल 2300 ही युद्ध के लिए तैयार हैं। हमारे घुड़सवार और ऊँट सवार सुरक्षित हैं और युद्धभूमि में प्रवेश के लिए तैयार हैं। हमने कई तोपें खो दी हैं। सौभाग्य से, कुछ की मरम्मत की जा सकती है और वे कुछ घंटों में तैयार हो जाएँगी...।' इतना कहकर ज़फ़र चुप हो गया, जबकि यह सुनकर सरदार ख़ान बैठे-बैठे ही पीछे की ओर झुका, तब तक ज़फ़र आगे झुकते हुए अपना कान आगे बढ़ा चुका था। सरदार ख़ान ने निराशा में धीरे से कहा... 'सिर्फ़ दो दिनों में इतना नुक़सान...,' हालाँकि उसकी दृष्टि अब भी नक़्शे पर टिकी हुई थी। फिर अचानक उसने अपनी नज़रों को नक़्शे से

हटाते हुए बेचैन होकर कहा... 'मानना पड़ेगा, मैंने इन नग्न घुमंतुओं को कम आँका था। मुझे कभी उम्मीद नहीं थी कि इन नग्न, जंगली हरामख़ोरों में युद्ध की इतनी प्रतिभा होगी। उनकी रणनीतियाँ, जंग के बारे में उनका ज्ञान, इस सब ने मुझे हैरानी में डाल दिया है...।' इतना कहकर अचानक उसने, घोड़े और ऊँट की रेजिमेंट के सूबेदारों को संबोधित करते हुए कहा... 'तुम! कल तुम लोग आक्रमण का नेतृत्व करोगे। मैंने सोचा था कि इन नागाओं का अंत पहले घंटे में ही हो जाएगा, लेकिन अब हम युद्ध के तीसरे दिन में हैं और अभी भी उनका सामना कर ही रहे हैं...।' यह कहते-कहते सरदार ख़ान अंदर ही अंदर गुस्से से भर गया था और फिर उसने कहा... 'यह कल ख़त्म हो जाना चाहिए, चाहे जैसे भी हो कल, किसी भी सूरतेहाल में यह जंग ख़त्म हो जानी चाहिए, उन्हें कुचल दो...!' इतना कहकर सरदार ख़ान गुस्से के कारण ज़ोर से चिल्लाया।

'हुज़ूर आप बिलकुल भी चिंता न करें, कल इस संसार से उनका नामोनिशान मिटा दिया जाएगा...' सूबेदार ने सरदार से डरते-डरते कहा।''

''इधर, आधी रात के ढलते हुए पहर में, हरिपुर के राजा वेदांत गोकुल के बाहरी इलाक़े में एक चट्टान पर पहुँच गए थे, जहाँ से गोकुल में घटी परिस्थितियों का आकलन अच्छे से किया जा सकता था। वेदांत एक ऐसी जगह पर थे, जहाँ से युद्ध का मैदान, चाँदनी रात में साफ़-साफ़ दिखाई दे रहा था... युद्ध के मैदान में गोकुल के घरों और पवित्र मंदिरों के जलते हुए मलबे, विनाश की गाथा को चीख-चीख कर बयाँ कर रहे थे। वेदांत को कुछ समझ नहीं आया कि आख़िर वहाँ हुआ क्या था, इसलिए वे सुबह की प्रतीक्षा में, अपने सैनिकों द्वारा तत्काल बनाए शिविर में चले गए। अफ़ग़ान और नागाओं के अलावा एक और विशाल सेना, गोकुल के दरवाज़े पर पहुँच कर युद्ध का इंतज़ार कर रही थी, जबकि जुगल किशोर और उनकी सेना अभी भी गोकुल की ओर बढ़ रहे थे, हालाँकि वे बिना रुके आगे बढ़ रहे थे, फिर भी अभी कुछ घंटों की दूरी पर थे। गोकुल में, अजा और उनके साथी नागा साधुओं द्वारा अपने शहीद साथियों की आत्मा की शांति के लिए उनका अंतिम संस्कार किया गया, और उसके बाद भस्म आरती का आयोजन किया गया। आज नागा साधुओं के खेमे में अत्यंत शोक का वातावरण था, क्योंकि एक ही दिन में अजा के साधुओं का एक

चौथाई हिस्सा मारा गया था। अंतिम संस्कार के बाद जैसे ही जलते हुए नागा साधुओं का शरीर राख में बदला और रौशनी फीकी पड़ी, वहाँ एक गहरा सन्नाटा छा गया। जैसे ही रौशनी धीरे-धीरे अंधकार में समाई, नागाओं ने अपना संकल्प लिया और उन्होंने अपने साथियों की भस्म (राख) को अपने शरीर पर लगा लिया और मंत्रों का जाप किया। हर गुज़रते क्षण के साथ, उनका धर्म को बचाने का संकल्प और भी मज़बूत और ठोस होता जा रहा था।''

16

अंतिम लड़ाई

"उस रात आकाश कभी इतना अंधकार से भरा नहीं लगा था। कोई नहीं जानता था कि दोनों ओर की सेनाएँ रात को रोकने के लिए जाग रही हैं या सुबह होने का इंतज़ार कर रही हैं, जो ज़्यादा तबाही लाने वाली थी। सूरज की पहली किरण आसमान को सात अन्य रंगों में रंग रही थी, परंतु उन्हें आसमान में सिर्फ़ और सिर्फ़ लाल रंग दिखाई दे रहा था। ध्रुव, गोकुल की सीमा पर खड़ा था और जले-उजड़े गाँव को देख रहा था। वह गाँव, जो कभी ख़ुशहाल था, आज एक युद्धस्थल बन गया था और लुटा-पिटा, थका-हारा मौत की एक और लहर का सामना करने की तैयारी कर रहा था। नागा अगले दिन के लिए तैयार थे। उन्होंने शरीर को अपने ही भाइयों की राख में लपेट रखा था। ध्रुव ने देखा, एक आकृति उन खंडहरों में से बाहर निकली और नागाओं के शिविर की ओर बढ़ने लगी। पहले तो ध्रुव सतर्क हुआ, लेकिन जब उसने देखा कि वह आकृति कोई और नहीं, बल्कि स्वयं अजा है, तो वह आश्चर्यचकित रह गया। उसने देखा शिविर की ओर बढ़ते अजा का चेहरा कठोर था, लेकिन उसकी आँखों में एक अजीब प्रकार की कोमलता थी। पास आते हुए उसने ध्रुव को देखकर कहा... 'ध्रुव, मुझे लगता है कि अब तुम अपने दायित्व को निभाने के लिए स्वस्थ हो, बाक़ी, जो थोड़ा बहुत तुम्हारा पूरी तरह स्वस्थ होना रह गया है, उसे समय भर देगा...।' इतना कहकर अजा अपने सिर को झुका कर चुपचाप उसकी ओर बढ़ने लगा। ध्रुव को समझ नहीं आया था कि आख़िरकार अजा कहना क्या चाहता है, क्योंकि उसका दायित्व उसे तो क्या, पूरे नागा दल को पता था कि आज ध्रुव युद्ध में भाग लेने वाला था, फिर इस बात को अलग

से कहने की अजा को क्या ज़रूरत थी। ध्रुव ने अजा द्वारा कही हुई बात को समझने के लिए उससे पूछा... 'मैं समझा नहीं अजा, तुम कहना क्या चाहते हो...?' इतना कहकर ध्रुव उलझन में अजा की ओर देखने लगा। अजा, ध्रुव की बात का जवाब देता, उससे पहले वह उसके पास आ चुका था। अजा ने उसकी ओर देखकर सीधे-सीधे शब्दों में कहा... 'अब तुम्हें जाना चाहिए।' ''

''इतना सुनते ही ध्रुव को मानो बिजली का झटका लगा हो। वह क़रीब दो क़दम पीछे हटते हुए हल्के गुस्से में बोला... 'मैं कहीं नहीं जाऊँगा। मैं डरपोक नहीं हूँ। अगर मैं शहीद भी हुआ, तो तुम लोगों के साथ, इसी युद्ध भूमि में उन आतंकियों का सीना फाड़ते हुए मरना चाहूँगा...।' इतना कहकर उसने अजा की ओर देखा, जो जलती युद्ध भूमि की ओर ऐसे देख रहा था, जैसे उसने ध्रुव को लेकर अपना अंतिम फ़ैसला सुना दिया हो..., अजा को चुप खड़ा देखकर ध्रुव का आत्मबल डोलने लगा, जिसके बाद उसने अजा के सामने विनती के स्वर में उसे समझाते हुए कहा... 'हम एक महान युद्ध के निर्णायक मोड़ पर हैं, मुझे ज़रूरत के समय में इसमें भाग लेने से वंचित मत करो...।' यह कहकर ध्रुव आशाभरी नज़रों से अजा की ओर देखता रहा। कुछ क्षण बाद अजा ने ध्रुव की ओर देखा, गहरी साँस ली और उत्तर दिया, 'मृत्यु कभी कोई संग्राम या युद्ध नहीं जीतती। युद्ध जीवित लोग जीतते हैं। यह लड़ाई सिर्फ़ शुरुआत है, ध्रुव!, इतनी छोटी शुरुआत कि जब इतिहास लिखा जाएगा, तो शायद इसे एक पंक्ति भी न मिले...।' ऐसा कहकर उसने युद्ध भूमि की ओर इशारा किया और कहा... 'यहाँ मरना तो आसान है, लेकिन उस मौत का क्या फ़ायदा, ध्रुव! मरना ही है,तो अपने अंत के साथ किसी बुरी शक्ति का पूर्ण रूप से अंत तो करो! दो-चार अफ़ग़ानियों को युद्ध भूमि में समाप्त करके क्या होने वाला है, क्योंकि वे यहाँ जीने नहीं, मरने ही आए हैं। वे तुम्हारी ज़मीन पर खड़े हैं, ध्रुव!, जहाँ तुम्हें जीवित रहना है और तुम्हें जीवित रहने के लिए, उनका मरण अति आवश्यक है...।' इतना कहकर अजा ने उसकी आँखों में देखा। ध्रुव उसकी ओर एकटक देख रहा था, शायद वह अजा की बातों का मतलब समझने की कोशिश कर रहा था। ध्रुव कुछ कहता, उससे पहले ही अजा ने उससे कहा... 'नागा योद्धाओं के दल का मुखिया होने के नाते, मैं तुम्हें जीवित रहने और हिमालय की ओर जाने का आदेश देता हूँ, ताकि तुम

दूसरों को यहाँ क्या हुआ था, इसके बारे में जागरूक कर सको। हिमालय में नागाओं के पास ऐसी शक्तियाँ और ज्ञान हैं, जो भविष्य में हमारे रास्ते में आने वाले आक्रमणकारियों की लहरों को रोक सकते हैं और अब वे ही इस अनैतिक ग़ंदगी के ख़िलाफ़ हमारी एकमात्र आशा हैं...।' अजा इतना कहकर युद्ध भूमि की ओर एक बार फिर देखने लगा, जबकि ध्रुव, अजा के शब्दों पर कुछ क्षण विचार कर रहा था। इस दौरान उसकी उंगलियाँ उसकी गर्दन के चारों ओर माला के मनकों को घुमा रही थीं, फिर उसने कहा,... 'तो आप चाहते हैं कि मैं जाऊँ और उनकी मदद माँगूँ...?' ध्रुव के इतना कहते ही अजा ने सहमति में अपना सिर हिलाते हुए कहा... 'हाँ, तुम यहाँ मरते हुए नागाओं और हिमालय में ध्यानमग्न नागाओं के बीच एक पुल हो। आज से तुम्हारा यह मुख्य काम है कि यहाँ जो भी घट रहा है, जितना जल्दी हो सके, उन तक इन सारी घटनाओं की आँखों देखी सुनाओ। तुम एक शिक्षक हो और तुम्हारे पास वह क्षमता है। तुम भारतवर्ष के सभी नागा योद्धाओं को एकजुट कर सकते हो, जिसके बाद हमारे पास, अहमद शाह अब्दाली और उसकी सेना को हराने के लिए, उनके बराबर की संख्या और शक्ति होगी...।' इतना कहकर अजा मुस्कुराया और कहा...' यह युद्ध अभी शुरू हुआ है ध्रुव! और सदियों तक चलता रहेगा, आने वाले समय में हमारे दुश्मन और बढ़ेंगे और किसी अपवित्र महामारी की तरह हम पर आक्रमण करेंगे... और यह मान कर चलना कि उसका इलाज, सिर्फ़ हम ही होंगे। कई सभ्यताएँ नष्ट हो जाएँगी, तो न जाने कितने धर्म परिवर्तन होंगे। आज यह लड़ाई युद्धभूमि में लड़ी जा रही है, आने वाले समय हिंदू धर्म के ख़िलाफ़ इन विधर्मियों की लड़ाई शारीरिक और मानसिक दोनों होगी... हममें से जो कमज़ोर होगा, वह परिवर्तित हो जाएगा और जो बचेगा, वह होगा त्रिमूर्ति, त्रिशूल और मंदिर...।' ऐसा कहकर अजा ने बड़ी ही आत्मीयता से ध्रुव की ओर देखा और जोश के साथ उसके कंधे पर हाथ रखते हुए कहा... 'यदि तुम एक सच्चे सैनिक बनना चाहते हो, तो आदेश लेना और दी गई ज़िम्मेदारी को किसी भी क़ीमत पर पूरा करना सीखो, हालाँकि वह क़ीमत तुम्हारे जीवन की नहीं होनी चाहिए, पर हाँ, उस व्यक्ति का ज़ीवन जरूर होनी चाहिए, जो तुम्हारे रास्ते में तुम्हारा दुश्मन बन कर आए। तुम्हारी चोटों के बावजूद गोकुल तक की तुम्हारी यात्रा ने मुझे तुम्हारे लक्ष्यों के प्रति तुम्हारी निष्ठा के स्तर का एहसास कराया था। तुम अच्छी

तरह बोलते हो, और जैसा कि मैंने पहले ही कहा है कि तुम एक शिक्षक भी थे और तुम लिख सकते हो, साथ ही तुम युवा और मज़बूत भी हो, इसलिए इस कार्य के लिए तुमसे उपयुक्त इंसान और कोई नहीं हो सकता। मैं तुम्हें तुम्हारे कर्तव्यों से अलग नहीं कर रहा हूँ। मैं सिर्फ़ तुम्हें इस लड़ाई, तुम्हारे जीवन और तुम्हारी मृत्यु से भी बड़ा एक उद्देश्य दे रहा हूँ...अब जाओ, मेरे दोस्त! हिमालय में नागा तुम्हारी प्रतीक्षा कर रहे हैं...।' इतना कहकर अजा ने अपनी बात ख़त्म की और आज ध्रुव को अपने महान उद्देश्य का एहसास हुआ। उसे हिमालय में जाना था... उसने अजा की ओर दृढ़ संकल्प से देखा और कहा... 'मैं तुम्हें निराश नहीं करूँगा, महान अजा। मैं यह सब दुनिया को बताऊँगा और साथ ही मैं सभी नागाओं को उन सफ़ेद पहाड़ों की कंदराओं से इस लाल भूमि तक लेकर आऊँगा...।' इतना कहते-कहते ध्रुव के शब्दों में एक अनजाने आवेग का प्रवाह होने लगा, जबकि अजा की आँखें भावुकता के कारण भर आई थीं और उसने ध्रुव को गले लगाते हुआ कहा... 'याद रखना, अगर तुम असफल होते हो, तो कई पीढ़ियाँ जन्म लेने से पहले ही मारी जाएँगी। हमारे देवी-देवताओं को झूठ और पाखंड की धारणा बता कर ख़त्म कर दिया जाएगा और हमारी सभ्यता अन्य सभ्यताओं की तरह ही इस तरह मिटा दी जाएगी, जैसे कभी अस्तित्व में थी ही नहीं। तुम्हारा जीवित रहना अब तुम्हारे धर्म के जीवित रहने या ख़त्म होने का निर्णय करेगा, मित्र अब जाओ। तुम्हारा हर क्षण महत्त्वपूर्ण है। शिव तुम्हारे साथ हैं, ध्रुव। हमारे साथियों को खोजो, उन्हें गोकुल में क्या हुआ और आगे क्या होने वाला है, यह बताओ...।' अजा ने अपने अंतिम वाक्य पर ज़ोर देते हुए कहा, जिसके जवाब में ध्रुव ने अंतिम बार सिर हिलाया और नम आँखों से हिमालय की ऊँची चोटियों की ओर नागाओं की आशाएँ और उनकी तक़दीर अपने साथ लिए निकल पड़ा।''

''इस बीच, सरदार ख़ान के तंबू में उगते सूरज की किरणों से हल्की रौशनी हो रही थी। जब वह अपने तंबू से बाहर निकला, तो 2300 अफ़ग़ान सैनिकों, 100 ऊँटों और 200 घोड़ों को अपने आदेश की प्रतीक्षा में खड़ा पाया, जो आज के युद्ध में भाग लेने के लिए तैयार थे। दो दिनों के युद्ध और इतने नरसंहार के बाद भी उसके पास नागाओं के मुक़ाबले में काफ़ी विशाल सेना थी। एक नज़र अपनी सेना को देखने के बाद, उसने उन्हें संबोधित

करते हुए कहना शुरू किया... 'अल्लाह के बेटों! मैंने सोचा था कि हम कुछ ही घंटों में इस जंग को जीत लेंगे, लेकिन वे नागा, अपनी इतनी कम संख्या के बावजूद अब भी खड़े हैं। आज, हम पूरी ताक़त से आगे बढ़ेंगे और ऐसा क़त्लेआम मचाएँगे कि उनकी रूहें भी डर के मारे हिंदू होकर पैदा नहीं होना चाहेंगी। आज हम ये सब हमेशा- हमेशा के लिए ख़त्म कर देंगे!' इसके बाद सरदार ख़ान ने ज़ोर से चिल्लाते हुए कहा... 'नारा-ए-तकबीर!'

सारी अफ़ग़ानी सेना एक साथ चिल्ला उठी... 'अल्लाह-हू-अकबर...!!' सरदार ख़ान की इस हुँकार ने एक बार फिर उनके मनोबल को बढ़ा दिया। उसके बाद सरदार ख़ान के होंठों पर अहंकार भरी मुस्कुराहट तैर गई और उसने आदेश देते हुए कहा... 'हमारे पास जितने भी सैनिक हैं, उन सबको युद्ध के मैदान में उतारो। मैं चाहता हूँ कि ऊँटों को अंतिम पंक्ति में रखा जाए, बाक़ी की बची हुई तोपों के साथ, ताकि आज सारे नागाओं को ख़त्म करने के बाद, हमारे सैनिकों द्वारा क़ब्ज़े में लिए गए गोकुल के सारे बहुमूल्य सोने-चाँदी और रत्न को लेकर जाने के लिए वे महफ़ूज़ रहें...। इतना कहकर उसने अपने सैनिकों की ओर देखकर पागलों की भाँति ज़ोर से चिल्लाते हुए कहा... 'लेकिन हाँ याद रहे... गले में पहने हार के साथ उस इंसान का पूरा सिर भी होना चाहिए, कलाई में पहने कंगन के साथ उस इंसान का हाथ भी होना चाहिए और पाँव में पहने पायल के साथ उस इंसान पूरा पैर होना चाहिए...।' सरदार ख़ान के इतना कहते ही, वहाँ उपस्थित सारे अफ़ग़ान सैनिक पागलों की तरह चिल्लाने लगे... जबकि जवाब में ज़फ़र ने 'जी, सरदार,' कहते हुए अपनी सहमति प्रकट की।

उधर, युद्ध एक बार फिर आरंभ होने वाला था और इधर, ध्रुव को विदा करने के बाद, अजा और मठाधीश आमने-सामने बैठे हुए आज के युद्ध को लेकर गहन चिंतन कर रहे थे।

अजा ने गहरी साँस लेते हुए कहा, जबकि उसके शब्द बोझिल थे और उसका चेहरा चिंताग्रस्त था... 'महामानव, दो दिनों के बाद, हमारे केवल तिरेसठ नागा योद्धा ही युद्ध में भाग लेने के क़ाबिल हैं...।' अजा की बातें सुनकर मठाधीश ने इस ख़बर पर चिंतन करने के लिए अपनी आँखें थोड़ी देर के लिए बंद कर लीं... और कुछ पल कुछ सोचने के बाद उन्होंने अजा से कहा... 'हमारे दिलों में हज़ारों नागाओं की आत्मा बसती है,

अजा!, जहाँ हर नागा अपनी आस्था और ताक़त के साथ, एक पूर्ण शक्ति के रूप में हमारे अंदर रहता है। तुम चिंता मत करो, वह घड़ी आ गई है, जब आज एक-एक नागा तिरेसठ नागा के रूप में और उतनी ही शक्तियों के साथ युद्ध के मैदान में उतरेगा...।' मठाधीश की बातें सुनकर अजा के चेहरे पर एक दिव्य मुस्कुराहट तैर गई, जिसे देखकर, मठाधीश भी मुस्कुरा उठे। दोनों की मुस्कुराहट हँसी में तब्दील हो गई। ऐसा लग रहा था, जैसे वे आज युद्ध के विषय में किसी बात को लेकर सुनिश्चित हो गए हों, फिर अचानक हँसना छोड़कर, मठाधीश ने अजा की आँखों में गहराई से देखा और बेहद गंभीर स्वर में कहा, 'जानते हो अजा! हमारा कर्तव्य है, अपनी भूमि और अपने धर्म की रक्षा करना। हम में से हर एक का यही भाग्य है, जिसे हमें किसी भी परिस्थिति में पूरा करना है...।' मठाधीश की बातों से प्रेरित होकर अजा उत्साह के साथ खड़ा हुआ और कहा... 'तो चलिए अपनी नियति के लिए तैयार होते हैं। हम अपने बाक़ी बचे साथियों को इकट्ठा करेंगे और आज एक ऐसा युद्ध लड़ेंगे कि हमारे आदि गुरु शंकर को हम पर बेहद गर्व होगा...।' इतना कहकर दोनों नेता अपने साथी नागाओं की ओर बढ़ चले थे।''

''वे सारे नागा जो आज के युद्ध में भाग लेने वाले थे, गोल घेरा बनाकर खड़े थे और अजा उनके बीच खड़ा था। उन सभी के चेहरों पर युद्ध के दौरान लगे घावों के निशान थे, लेकिन उनकी आँखों में पराक्रम की ज्वाला अब भी जल रही थी। अजा ने कुछ कहने से पहले एक क्षण लिया, गहरी साँस ली, और फिर समूह को संबोधित करते हुए पूरे जोश में कहना शुरू किया... 'आप सभी के शरीर पर लिपटी भस्म इस बात का संकेत है कि हमारे जो साथी पंचतत्व में विलीन हो गए हैं, वे अब भी हमारे साथ हैं और हमारे साथ अपने धर्म के लिए लड़ रहे हैं। जिन्होंने इस धर्मयुद्ध में अपने प्राण त्याग दिए, उनके बलिदानों को याद करते हुए उनका ऋण चुकाने का समय आ गया है...।' इसके बाद अजा ने एक-एक कर सभी तिरेसठ नागा साधुओं की ओर देखा और फिर कहा... 'परसों जब हम लड़े थे, तो इस पवित्र भूमि गोकुल और सनातन धर्म के लिए लड़े थे। कल, जब हम युद्ध के मैदान में उतरे थे, तो हम अखंड भारतवर्ष और सनातन धर्म के लिए लड़े थे ... और आज जब हम युद्ध में उतरेंगे, तो संपूर्ण मानवता और सनातन धर्म के लिए लड़ेंगे...।' अजा के इतना कहते

ही सारे नागा साधुओं ने एक बार फिर हुँकार भरी, जबकि अधिराज द्वारा किया गया शंखनाद पूरे ब्रह्मांड में गूँज उठा।... अपने साथियों के अभिवादन को स्वीकार करने के बाद अजा ने पूरे आवेग में शेर की भाँति दहाड़ते हुए कहा... 'अब समय आ गया है कि हम इस युद्ध को समाप्त करें और अपने भाइयों और धर्म के लिए बदला लें।' 'अपनी गर्दन के चारों ओर रुद्राक्ष की माला को देखो', अजा ने अपनी गर्दन की माला को छूते हुए कहा... 'यह सिर्फ़ सजावट नहीं है, बल्कि ध्यान का प्रतीक है, हमारी भक्ति का चिह्न है। इसका हर दाना हमें हमारे द्वारा की गई प्रार्थनाओं, ध्यानों और हमारी मानसिक गहराइयों की याद दिलाता है...।' उसने ऊँची आवाज़ में कहा, 'और हमारे नंगे शरीर बिना कवच के कमज़ोर लग सकते हैं, लेकिन हम मज़बूत हैं। हमें किसी कवच की कोई आवश्यकता नहीं है, क्योंकि हमारी आत्मा ही हमारी ढाल है। हमारा नंगापन ही हमारा साहस है। हमारे बारे में जगज़ाहिर है कि हम किसी भी चीज़ से नहीं डरते, क्योंकि हमारे पास खोने को कुछ भी नहीं है। मेरे प्यारे साथियों, आज हम एक निर्णायक पल के चरमबिंदु पर खड़े हैं। हमारी भूमि, हमारा धर्म, और हमारे लोगों के ऋण को चुकाने का समय आ गया है और जैसा कि हम हमेशा करते आए हैं, हम ऋण अवश्य चुकाएँगे। हमें सबसे कठिन परिस्थितियों और सबसे कठिन चुनौतियों के लिए सबसे कठिन परिस्थितियों और सबसे कठिन चुनौतियों की ओर से बनाया गया है... याद रखना, हम सिर्फ़ योद्धा नहीं हैं, बल्कि हम शिव के क्रोध के स्वरूप भी हैं।' "

" 'जब हम आगे बढ़ते हैं, तो यह जान लें कि हम इस युद्ध में जीत की आशा के साथ नहीं जा रहे हैं, बल्कि हम जानते हैं कि जीत हमारी ही होगी। दुनिया हमें देखे और जाने कि हम नागा योद्धा, बस साधु नहीं हैं, बल्कि हम इस पवित्र भूमि की आत्मा भी हैं और उस अद्भुत आत्मा के प्रहरी भी हम ही हैं...।' यह कहते हुए अजा के चेहरे पर गर्व से ओत-प्रोत एक दिव्य मुस्कान तैर गई... जिसके बाद उसने दहाड़ते हुए कहा...' अब रण में उतरने का समय आ गया है, भाइयों... हमारे, हर क़दम के साथ, पृथ्वी कंपन करेगी। हर मंत्र के साथ, हम अपने दुश्मनों की चीख को दबा देंगे, और अपने अस्त्र के हर प्रहार के साथ, उन्हें मौत की नींद सुलाते हुए आने वाले भविष्य का निर्माण करेंगे...।' इसके बाद 'हर-हर महादेव' ...के उद्घोष के साथ अजा के नेतृत्व में सारे नागा युद्ध भूमि की ओर चल पड़े।

आज हवा, एक अलग ही उत्साह से भरी हुई थी। ज़मीन भी अजा के शब्दों के साथ, ऐसे तालमेल कर रही थी, जैसे आगे होने वाले युद्ध के लिए उन्हें तैयार कर रही हो। युद्ध भूमि की ओर हर क्षण बढ़ते नागाओं के मन में –संदेह से निश्चय तक तथा भय से जीवन के अंत तक धर्म के लिए, लिए गए प्रण तक, सारी भावनाएँ एक साथ उमड़ रही थीं, लेकिन एक भावना जो सबसे ऊपर थी, वह थी उनकी एकता। नागा साधु, आगे आने वाली किसी भी चुनौती का सामना करने के लिए एकजुट थे।''

''देखते ही देखते आज तीसरे दिन भी दोनों सेनाएँ एक दूसरे के आमने–सामने थीं, जहाँ एक तरफ़ सरदार ख़ान की विशाल सेना खड़ी थी, तो दूसरी ओर उनके ख़िलाफ़ तिरेसठ, निर्भीक – निडर नागा साधु खड़े थे, और उसी क्षण उस युद्ध भूमि में एक तीसरा मोर्चा भी मौजूद था, जो दूर पहाड़ की चोटी पर, राजा वेदांत के नेतृत्व में अपने सेनापति कृष्णा और 2500 सैनिकों के साथ खड़ा इस युद्ध को ग़ौर से देख रहा था। जिस भीषण तबाही को वेदांत और कृष्णा रात में नहीं देख पाए थे, उसे उन्होंने दिन में देखा था और वे नष्ट हो चुके स्थलों को चुपचाप ध्यान से देख रहे थे, जिनमें गोले–बारूद के फटने के परिणामस्वरूप जले हुए ज़्यादातर घर और मंदिर थे। हरिपुर के धर्मात्मा सेनापति उन हृदय विदारक दृश्यों को देख कर रो रहे थे और अंततः उन्होंने रोते हुए तकलीफ़ में कहा...' महाराज, हमें किसी भी हाल में सरदार ख़ान को जीतने नहीं देना चाहिए। हमें अफ़ग़ानों से इस तबाही का प्रतिशोध लेना चाहिए। ये मंदिर, जो सदियों से हमारे धर्म और संस्कृति की पहचान रहे हैं, उन्हें किस दरिंदगी के साथ उन राक्षसों ने जलाकर राख कर दिया है। कोई भी इतना निर्दयी कैसे हो सकता है...?' यह कहते–कहते सेनापति कृष्णा क्रोध से भर गए। कृष्णा की बातों को सुनकर, राजा वेदांत ने स्थिति का मूल्यांकन किया और फिर कहा... 'वह कौन सी जगह है?' उन्होंने गोकुल से थोड़ी दूर खुली जगह की ओर इशारा किया।''

'' 'वह नागाओं का पवित्र मठ है... लगता है, अब वह भी क्षतिग्रस्त हो चुका है...' यह कहते हुए सेनापति कृष्णा बेहद दुखी हो गए और फिर उन्होंने बेचैन होते हुए राजा वेदांत से कहा... 'महाराज, हमें ज़्यादा सोच–विचार न करते हुए उनकी सहायता करनी चाहिए...!' कृष्णा, नागाओं की

मदद करने को लेकर दो बार अपने राजा से आग्रह कर चुके थे, लेकिन इस बार वेदांत ने कहा... 'रुको, कृष्णा, उचित समय का इंतज़ार करो, मैं फ़ैसला अवश्य लूँगा...।' फिर उसके बाद, उन्होंने दीवार की तरह अडिग खड़े नागाओं को देख कर धीरे से कहा... 'मुझे लगता है कि यह अभी ख़त्म नहीं हुआ है, मेरे आदेश तक, सैनिकों को तैयार रखो।'

'जैसा आप कहें, महाराज,' कृष्णा ने अपने राजा की आज्ञा को मानते हुए कहा, जबकि वेदांत की नज़रें एकटक नागाओं को देख रही थीं। दूसरी ओर से जुगल किशोर अपनी सेना के साथ गोकुल की ओर बढ़ता चला आ रहा था।''

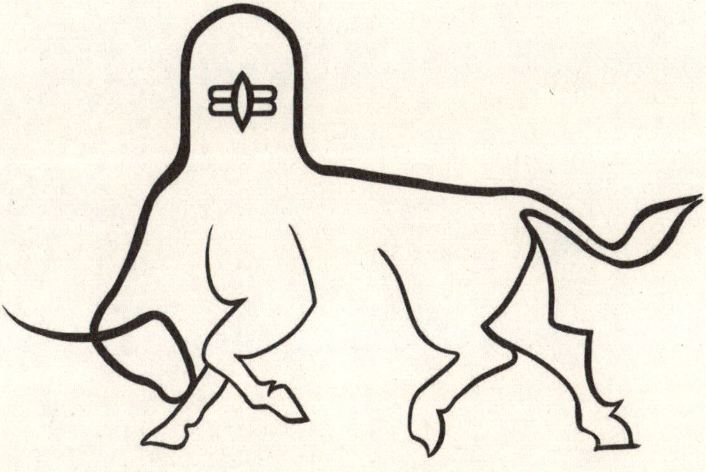

17

नंदी का अवतरण

''गोकुल की युद्ध भूमि अजा और सरदार ख़ान के बीच भीषण युद्ध के लिए एक बार फिर तैयार हो चुकी थी। भोर का चमकता सूरज, आसमान में अपने उचित स्थान की ओर बढ़ चला था, तभी युद्ध के मैदान में रणभेरी गूँज उठी... सरदार ख़ान की सेना की 200 घुड़सवारों वाली टुकड़ी के युद्ध में दाख़िल होते ही गोकुल की धरती उनके घोड़ों की टापों की गड़गड़ाहट से थर्रा उठी। उनके भाले की चमकती हुई ख़ूनी नोक दुश्मन के आर-पार जाने को बेताब थीं। अफ़ग़ान सैनिकों की आँखों में ख़ून की प्यास साफ़-साफ़ दिखाई पड़ रही थी, जबकि सामने खड़े नागाओं का नेतृत्व अजा कर रहा था। उसके चेहरे पर अपने मृतसाथियों की पवित्र राख लगी हुई थी। दुश्मन खेमे की हर कमज़ोर कड़ी का पता लगाने के लिए उसकी आँखें लगातार उनके ऊपर जमी हुई थीं। उसके बगल में, मठाधीश, अधिराज और नारायण खड़े थे।

तभी मेघ की भाँति गरजते हुए अजा ने युद्ध आरंभ किया, जिसके साथ सारे नागा शिव के भूतगण की तरह दुश्मनों के रक्त को पीने के लिए उनकी तरफ़ दौड़ पड़े। विशाल अफ़ग़ान घुड़सवारों के बीच कुछ ही क्षणों में अजा और उसके नागा योद्धाओं ने कोहराम मचा दिया। अधिराज और नारायण फ़ुर्ती से घोड़ों के बीच से होकर निकलते हुए, उनके वार करने से पहले ही उनके सिर को उनके धड़ से अलग करते चले जा रहे थे, जबकि मठाधीश ने अपने खड्ग के प्रहार से अफ़ग़ान घुड़सवार टुकड़ी के उस बलिष्ठ सूबेदार को दो हिस्सों में चीर कर रख दिया था, जो अजा की ओर बढ़ रहा था। हथियारों के आपस में टकराने की गूँज युद्धभूमि में फैल गई

थी और एक ताल उत्पन्न कर रही थी... हर एक वार से कटती गर्दनों और चीखते योद्धाओं के बीच आपस में टकराते हथियार ऐसी ध्वनि उत्पन्न कर रहे थे, मानो इस युद्ध भूमि के धड़कते दिल की आवाज़ हो। हवा में ख़ून, पसीना और बारूद की ताज़ी गंध एक बार फिर तेज़ी से फैलने लगी। नागा एक-एक कर काल के गाल में समाते जा रहे थे, लेकिन वे अपने साथ दर्जनों अफ़ग़ान सैनिकों को भी मृत्यु दे रहे थे। एक नागा, जिसने अपने भाले से दुश्मन को उसके घोड़े सहित भेदता हुआ मौत के घाट उतारा ही था कि तभी अचानक एक ख़ंजर उसकी पीठ में आ धँसा और वह युद्ध भूमि में गिर पड़ा। वह फिर भी उठने की कोशिश कर रहा था कि तभी साँय-साँय की आवाज़ के साथ दुश्मन की तलवार ने उसकी गर्दन को उसके धड़ से अलग कर दिया। एक अन्य नागा, जिसका खड्ग एक आधे चाँद की आकृति की तरह था, उससे, उसने न जाने कितने ही दुश्मनों के सिर काट डाले थे और तब तक अफ़ग़ानों के बीच आतंक का पर्याय बना रहा, जब तक कि कई दुश्मनों ने एक साथ मिलकर उस पर आक्रमण नहीं किया और उसे मृत्यु नहीं दे दी, जबकि दो और नागा, जो क्रमशः कुल्हाड़ी और तलवार के साथ, दुश्मनों का नरसंहार करते जा रहे थे, उन्हें भी अफ़ग़ान सैनिकों की भीड़ ने मौत के घाट उतार दिया। अफ़ग़ान सैनिक एक बार फिर भीषण नरसंहार का शिकार हो रहे थे, लेकिन साथ ही नागाओं की संख्या भी घटती जा रही थी, जबकि कुछ नागा इस युद्ध में बुरी तरह घायल हो गए थे। घायलों का इलाज कर रही साध्वियों को यह बात अच्छे से पता थी कि नागाओं के शरीर पर लगे घावों के कटने के निशान मामूली नहीं थे, बल्कि गंभीर रूप से प्राणघातक थे। वे जानती थीं कि घायल नागाओं को बचाया नहीं जा सकता। जैसे-जैसे युद्ध आगे बढ़ता जा रहा था, तोपों की आवाज़ युद्ध भूमि में एक बार फिर गूँजने लगी थी। गरजती तोपों के हर विस्फोट के साथ, धरती काँप रही थी। बमों के विस्फोट के कारण, पहले से युद्ध भूमि में युद्ध के कारण छाया हुआ धुँध और अधिक गहरा होता चला गया था।''

''हर गुज़रते पल के साथ, नागाओं के लिए स्थिति और अधिक विकट होती जा रही थी। यहाँ तक कि अद्वितीय पराक्रम और अद्भुत युद्ध कौशल होने के बावजूद अजा, नागाओं के ऊपर गहराती हुई पराजय की काली छाया को महसूस कर सकता था। युद्ध के मैदान में दुश्मन को लगातार मारते-काटते रहने के बावजूद अजा को ऐसा महसूस हो रहा था

जैसे, दुश्मनों की संख्या कम होने का नाम ही नहीं ले रही है। ऐसा लग रहा था कि जैसे ही दो दुश्मन मर रहे हैं, उनकी जगह दो और ले रहे हैं। सरदार ख़ान की उस विशाल घुड़सवार टुकड़ी के बीच, लगातार गूँजती तोपों की भयानक आवाज़ें युद्ध भूमि में एक बेहद डरावना दृश्य प्रस्तुत कर रही थीं।''

''इधर, पहाड़ की चोटी से युद्ध पर गिद्धदृष्टि जमाए बैठे वेदांत देख सकते थे कि नागा साधुओं का जोश, सरदार ख़ान की विशाल घुड़सवार टुकड़ी के आगे बोझिल होकर बिखरने वाला था। नागाओं के हर वीरतापूर्ण प्रहार का सामना दो, तीन, यहाँ तक कि चार आतंकियों से हो रहा था। गोकुल के पवित्र रक्षक, घोड़े पर सवार आसुरी सेना द्वारा निगले जाने की कगार पर थे। सरदार ख़ान मन ही मन इस बात से आश्वस्त हो चुका था कि पिछले दो दिनों में उसने जो कुछ खोया था, उसके बदले में वह आज इन सभी नागाओं की जान लेने वाला था। उसकी आँखों में जीत की चमक साफ़-साफ़ दिखाई पड़ रही थी, जबकि हरिपुर के सेनाध्यक्ष कृष्णा ने, नागाओं की स्थिति को देखते हुए, वेदांत के सामने लगभग गिड़गिराते हुए कहा... 'महाराज, यदि हमने अभी हस्तक्षेप नहीं किया, तो नागा साधु हमारी आँखों के सामने बेमौत मारे जाएँगे और हम कुछ नहीं कर पाएँगे...,' फिर उसके बाद कृष्णा ने अपने युवा और अनुभवहीन राजा को समझाते हुए अपनी आवाज़ पर ज़ोर डाल कर कहा... 'ज़रा ग़ौर से देखिए महाराज! उन धर्मरक्षकों की बहादुरी अविश्वसनीय है, लेकिन वे संख्या में कम और थके हुए हैं, अगर उन्हें हमारा साथ मिल जाए, तो हम उन राक्षसों को बुरी तरह परास्त कर सकते हैं...।' इतना कहकर कृष्णा चुप होकर अपने राजा की ओर उम्मीद के साथ देखने लगे, जबकि वेदांत अब भी युद्ध भूमि में चल रहे उस युद्ध को ग़ौर से देख रहे थे। उन्होंने अपने सेनापति की ओर देखा, कोई भी फ़ैसला लिए जाने के लिए, वे हाँ या ना की स्थिति में उलझे हुए थे, लेकिन फिर भी उनकी मनःस्थिति अपने सेनापति की विनती को मानने की ओर ज़्यादा झुकी हुई दिख रही थी। वेदांत कोई फ़ैसला लेते, उससे पहले ही युद्ध भूमि का परिदृश्य अचानक बदलने लगा था। युद्ध भूमि में एक-दूसरे पर चलते प्राणघातक हथियार अचानक रुक गए थे, क्योंकि अफ़ग़ान घुड़सवार टुकड़ी और अपने प्राण हथेली पर लेकर युद्ध करते नागाओं ने पैरों के नीचे धरती को काँपते हुए महसूस किया। सब कुछ जैसे थम गया था। वेदांत ने युद्ध भूमि से कुछ दूरी पर धूल भरे बादल उठते देखे, जो युद्ध भूमि की

ओर बढ़ते चले जा रहे थे। सरदार ख़ान से लेकर अजा तक सब की निगाहें युद्धभूमि की ओर बढ़ते चले आ रहे धूल के उस बादल पर टिकी हुई थीं कि तभी उसमें से एक रहस्यमयी आकृति उभरी!, 'एक नागा साधु की आकृति, जो त्रिशूल थामे था और एक भव्य विशाल बैल पर सवार था, जो किसी दैविक दृश्य से कम नहीं था। बैल, अपने विशाल क़द, चमकती सफ़ेद खाल और उग्र आँखों के साथ, युद्धभूमि पर जैसे एक देवदूत की तरह प्रकट हुआ था। युद्ध भूमि में वह बैल, भगवान शिव के विश्वसनीय वाहन नंदी की तरह प्रतीत हो रहा था। उस क्षण ऐसा महसूस हो रहा था, जैसे धर्मग्रंथ जीवंत हो उठे हों और नंदी पुनर्जन्म लेकर धरती पर युद्ध का नेतृत्व करने के लिए आया हो। उस बैल के बड़े-बड़े सींग, जो अर्धचंद्राकार थे, सूर्य के प्रकाश में चमक रहे थे। उसके खुरों की धमक एक विशेष ध्वनि पैदा कर रही थी, जो युद्ध में बजाई जाने वाली रणभेरी की तरह सुनाई दे रही थी। बैलों को देखकर अफ़ग़ानों की घुड़सवार टुकड़ी भयभीत हो उठी और सरदार ख़ान आश्चर्य से भर गया, जबकि अजा सहित सभी नागा योद्धा मुस्कुरा रहे थे, क्योंकि उन्होंने शंभूजी को उस महान जानवर पर कालों के काल महाकाल की तरह विराजमान देखा था। शंभूजी का शरीर पवित्र राख से अलंकृत था, उनकी जटाएँ नदी की तरह उनके पीछे से लहरा रही थीं और उनका दिव्य त्रिशूल, दुश्मन की ओर तना हुआ था।''

''शंभूजी को देखकर, युद्ध भूमि में निराशा की ओर बढ़ रहे नागा योद्धाओं को बहुत हिम्मत और बल मिला। शंभूजी के पीछे, दस नागा साधु और थे, जो अपने-अपने नंदी पर सवार थे। वे सभी एक साथ ऐसे लग रहे थे, जैसे एक नहीं, बल्कि कई भगवान शिव, त्रिशूल धारण किए हुए कई नंदियों पर सवार होकर युद्ध भूमि में तांडव मचाने के लिए बढ़ते चले जा रहे हों।''

''मठाधीश ने अजा की ओर देखा और समझ गए कि क्यों अजा ने कहा था कि उन्हें उम्मीद है कि मदद सही समय पर आएगी और हुआ भी बिलकुल ऐसा ही। अब यह लड़ाई ग्यारह नंदी और सामने खड़े सौ से अधिक अफ़ग़ान घुड़सवारों के बीच की लड़ाई थी।

शंभूजी को पहले कायर और गद्दार कहने का दुख नारायण की आँखों में साफ़-साफ़ दिख रहा था। उसका चेहरा आत्मग्लानि से भर उठा था।

देखते-ही-देखते कुछ समय पहले तक युद्ध में कमज़ोर पड़ रहे नागा योद्धा एक बार फिर नए आत्मबल के साथ उस महारण में उठ खड़े हुए। अब यह युद्ध अपने उस मोड़ पर खड़ा था, जहाँ से इतिहास अपनी क़लम लेकर किसी महासंग्राम की गाथा लिखने चल पड़ता है। मुजीब, वह सेनापति, जो कभी सरदार ख़ान का सबसे विश्वसनीय सहयोगी था, अब इस महान युद्ध में चकित होकर दर्शक बन कर खड़ा था। उसके कानों में बार-बार एक ही आवाज़ सुनाई पड़ रही थी, जब काशी में दिल दहला देने वाले क़त्लेआम के बाद उसने मंदिर के गर्भगगृह में नंदी पर सवार होकर शिव भक्तों का उपहास उड़ाया था और फिर उस मंदिर के शिवलिंग को नष्ट करने पर उस मंदिर के वृद्ध पुजारी ने उसे चेतावनी देते हुए चिल्लाकर रोते हुए कहा था... 'अपने उस ख़ुदा को याद कर ले पापी, क्योंकि मुझे पूर्ण विश्वास है कि एक दिन भगवान शिव अपने नंदी पर सवार होकर आएँगे और तुझे दंड देंगे, तब तुम्हें इस रात की और मेरी इस बात की याद अवश्य आएगी।' पुजारी की बात सही साबित हो रही थी। युद्ध भूमि, नागा साधुओं और उनके नंदियों के वज़न से काँप रही थी, जहाँ मुजीब के लिए दुर्भाग्य यह था कि वह नंदी पर सवार नागाओं के क्रोध का सामना करने वाला पहला व्यक्ति बना। सबसे पहले उसे शंभूजी के बैल ने ज़ोरदार टक्कर मारते हुए हवा में उछाल दिया, फिर कुछ अन्य बैलों ने उसे रौंद दिया। बैलों के वज़न से उसके शरीर की सारी हड्डी चरमरा उठी थीं और अंत में निर्मम होते बैलों के झुंड के आख़िरी बैल ने अपने दोनों सींग मुजीब के पेट में घुसा दिए और उसे ऊँचा उठाकर हवा में लहरा दिया और यह अफ़ग़ान सैनिकों के लिए एक चेतावनी थी कि उनके रास्ते में आने वाले सैनिकों का अंजाम भी कुछ ऐसा ही होने वाला था।''

''वेदांत और उनके सेनापति ने एक-दूसरे की ओर देखा। वेदांत के चेहरे पर विस्मय और राहत की मिश्रित भावना थी। अपने चेहरे पर हल्की सी मुस्कान लिए हुए उन्होंने अपने सेनापति कृष्णा की ओर देखकर हुए कहा... 'हम थोड़ी देर और प्रतीक्षा करेंगे...।' यह कहते हुए वेदांत की नज़रें एक बार फिर युद्ध भूमि की ओर टिक गई थीं।''

''क्षणभर के लिए, संपूर्ण युद्धक्षेत्र जैसे ठहर गया था। सभी निगाहें अचानक पहुँचे नंदी पर सवार इन साधुओं पर थीं। उनके इस अप्रत्याशित

आगमन ने युद्ध भूमि में आतंक का पर्याय बन चुकी सरदार ख़ान की घुड़सवार टुकड़ी को भी डरा दिया था। इन आतंकियों के चेहरे पर हताशा साफ़-साफ़ दिख रही थी, हालाँकि घोड़े, फुर्तीले तथा तेज़ होने के साथ-साथ हमेशा से युद्ध में बहादुर योद्धा रहे हैं, लेकिन फिलहाल इन बैलों की ताक़त के सामने वे कमज़ोर लग रहे थे। घोड़ों की आँखें डर से चौड़ी हो गई थीं। उनके नथुने फड़कने लगे थे, क्योंकि उन्होंने इन प्राचीन जानवरों में मौजूद इनकी आदिम शक्ति को महसूस कर लिया था। युद्ध भूमि में बैल, शक्तिशाली और स्थिर प्रतीत हो रहे थे और साथ ही घोड़ों और उनके सवारों के डर ने उन्हें और अधिक आक्रामक बना दिया था।''

''बैलों के तीव्र आक्रमण ने युद्ध भूमि में अफ़रा-तफ़री का माहौल खड़ा कर दिया। अफ़ग़ान सैनिकों के घोड़े डर के मारे इधर-उधर भागने लगे। लाख कोशिशों और लगातार चलते चाबुक की मार भी उन्हें सही दिशा की ओर नहीं ले जा पा रही थी। उनके सवार नियंत्रण खोते जा रहे थे। बैलों और घोड़ों के इस महा-मुक़ाबले ने युद्ध का रुख़ ही बदल दिया था, जिससे जीत की संभावनाएँ अब नागा साधुओं के पक्ष में जाती दिख रही थीं। कारण था शंभूजी और उनके साथियों का युद्ध भूमि में अचानक प्रवेश, जो युद्ध में निर्णायक भूमिका निभा रहा था। उनकी शक्ति और वीरता ने न केवल नागा साधुओं को नई ऊर्जा दी, बल्कि दुश्मन की सेना में भय और भ्रम भी फैला दिया। युद्धक्षेत्र अब उन वीर साधुओं का प्रतीक बन गया था, जो अपने विश्वास और साहस से एक नया इतिहास रचने को थे। अफ़ग़ान सैनिक अपने बिगड़ते हालात को नियंत्रित करने के लिए संघर्ष कर रहे थे, लेकिन कोई फ़ायदा नहीं हुआ। बैलों पर सवार नागा साधु आगे बढ़ते चले जा रहे थे। बैल अपने सींगों के प्रहार और टक्कर से घोड़ों को तिनके की तरह उछाल रहे थे, जिसका फ़ायदा उनके ऊपर सवार नागाओं को मिल रहा था। जैसे ही अफ़ग़ान घुड़सवार अपने घोड़े से नीचे गिरता, नागा अपने भाले को उसके सीने के आर-पार कर देते।''

''युद्ध भूमि में हर ओर मौत का तांडव मचा था। युद्ध भूमि के बीचों-बीच अफ़ग़ान सैनिकों की मौत के रूप में तहलका मचाते बैलों के ऊपर सवार नागा, यमदूत की भाँति अफ़ग़ान सैनिकों के प्राण हरते हुए, सरदार ख़ान की ओर बढ़ते चले जा रहे थे, जहाँ बैलों के सींग अफ़ग़ानी ढालों

और कवचों को भेद रहे थे, जबकि उनके ऊपर विराजमान नागा, अपने एक भाले में दो-दो सैनिकों को हवा में लहराते हुए मौत का खेल-खेल रहे थे। शंभूजी की नंदी पर सवार सेना का प्रलय देखकर अजा, मठाधीश, अधिराज, और नारायण के शरीर में लहू, जोश के मारे बिजली बन के दौड़ने लगा था। उनके सीने कसकर वज्र के समान कठोर हो चुके थे, उनकी मुट्ठियाँ एक बार फिर अपने-अपने हथियारों पर कस चुकी थीं और जलती हुई आँखों से वे एक बार फिर अफ़ग़ान सेना पर टूट पड़े। अपने हर एक प्रहार से अफ़ग़ान सैनिकों के सिर को उनके धड़ से अलग करते वे नागा, सिंह की भाँति दहाड़ रहे थे। सरदार ख़ान का चेहरा देखने लायक़ था, जब उसकी घुड़सवार टुकड़ी देखते ही देखते घट कर आधी हो चुकी थी, हालाँकि युद्ध अभी भी समाप्त नहीं हुआ था। वे अफ़ग़ानी असुर, जिनकी गिनती हज़ारों में थी, लगातार मरते रहने के बाद भी बैलों पर सवार नागाओं पर आक्रामक थे। कुछ देर बार उन्होंने एक बार फिर अपने आप को एकत्रित करते हुए , बैलों को चारों ओर से घेरना आरंभ किया। बैलों के चारों ओर गोल-गोल घूमती घुड़सवार टुकड़ी अपने भाले से नागाओं और बैलों पर हमले करने लगी, जबकि दूर खड़ी पैदल सेना ने तीरों से उनके ऊपर हमला करना शुरू किया, साथ ही वे अपनी तलवारों की तेज़ धार से बैलों के पैरों पर ज़ोरदार हमले कर रहे थे।''

''तलवार, भालों और तीरों से वार करते अफ़ग़ान सैनिक अपने मंसूबे में कामयाब होते दिखने लगे थे, तभी एक अफ़ग़ान सैनिक ने तलवार के अपने ज़बरदस्त वार से एक बैल के आगे के दोनों पैरों को एक साथ काट डाला। कुछ मिनट ही बीते थे कि देखते ही देखते ग्यारह में से दस और बैल जमीन पर धराशायी होकर गिर पड़े, हालाँकि यह सब अचानक नहीं हुआ था। लगातार होते हमलों को झेलते-झलेते बैल बुरी तरह घायल हो चुके थे। अफ़ग़ानों ने अपनी ज़बरदस्त मोर्चाबंदी से उन्हें उनके अंजाम तक पहुँचा दिया था। जो नागा अपने बैलों को खोने के बाद ज़मीन पर खड़े होकर युद्ध कर रहे थे, वे अफ़ग़ानी घुड़सवारों की क्रूरता के आगे बहुत देर तक खड़े नहीं रह सके और युद्ध भूमि में बचे हुए नागा सैनिकों ने उनकी कटी हुई गर्दन को हवा में उछलते देखा। शंभूजी ने अपनी बची हुई ताक़त को इकट्ठा किया और नागाओं के बचे हुए समूह के साथ जा मिले। अजा, मठाधीश,

अधिराज और नारायण सहित अन्य नागाओं ने उनका खुले दिल और संपूर्ण अंतर्मन से स्वागत किया था। शंभूजी सहित बचे हुए नागाओं की संख्या अब तिरेसठ से घट कर सत्ताईस रह गई थी, जबकि सामने अब भी एक विशाल नरभक्षी सेना मौजूद थी। चार चालू तोपों के साथ-साथ, हज़ार से अधिक पैदल सेना के अलावा, ऊँटों पर सवार सेना अब भी सलामत थी। नागा योद्धाओं ने एक दूसरे को देखा और अब भी सामने खड़ी उस विशाल सेना को देखते हुए अपने अंदर उपस्थित तमाम इच्छा शक्ति और बल को समेट कर युद्ध के लिए तैयार हो गए, जबकि अफ़ग़ान सेना अपने-आप को संगठित करते हुए, बिना रुके हमलों को अंजाम देने के लिए आगे बढ़ गई थी, क्योंकि वे जल्द से जल्द इस युद्ध को ख़त्म कर देना चाहते थे। तोपों को सुरक्षित रखते हुए, सैकड़ों ऊँट आगे बढ़े, जिसका सामना महज़ सत्ताईस की संख्या में तैयार खड़े नागा करने वाले थे। उनकी आँखें अब भी वीरता से चमक रही थीं। हथियारों पर उनकी कलाइयों की पकड़ अब भी उतनी ही मज़बूत थी और दुश्मन को धूल चटा देने का उनका संकल्प अब भी उनकी आँखों में चमक रहा था।''

''सेनापति कृष्णा की नज़र लगातार उन बहादुर नागा साधुओं पर बनी हुई थी। अफ़ग़ान सैनिकों को उनकी ओर बढ़ते देखकर बेचैन होते हुए एक बार फिर उन्होंने अपने राजा से कहा... 'महाराज!, 'अब युद्ध में शामिल होकर नागाओं की मदद करने का समय आ गया है। अफ़ग़ान जिस इरादे से पवित्र नागा योद्धाओं की ओर बढ़ रहे हैं, हम उनके मंसूबे को अपनी जीत में बदल सकते हैं ...!' कृष्णा की बातें सुनकर राजा वेदांत ने आँखें सिकोड़ीं और उन दो दलों के बीच की दूरी का अंदाज़ा लिया, जो युद्ध भूमि में एक दूसरे के सामने खड़े थे और कुछ देर देखते रहने के बाद उन्होंने कहा... 'सरदार ख़ान की सेना अब भी बड़ी है, सेनापति, हालाँकि मैं नागा योद्धाओं के पराक्रम की प्रशंसा करता हूँ, लेकिन फिर भी हमें रणनीतिक रूप से सोचना चाहिए...।' यह कहते हुए वेदांत ने कृष्णा की ओर देखा।

'लेकिन, महाराज...।' कृष्णा अपनी बात कहते, उससे पहले ही वेदांत ने अपनी आवाज़ को ऊँची करते हुए कहा... 'उन्हें देखिए! वे सैनिक नहीं हैं और उनका कोई साम्राज्य नहीं है, जिसे वे बचाना चाहते हों। यह अब किसी शहर के ऊपर जीत या अपने भय को व्याप्त करने के लिए किए जाने वाले युद्ध का मामला नहीं रह गया है, बल्कि यह युद्ध,

इज़्ज़त और धर्म के लिए किया जाने वाला एक युद्ध बन गया है...।' इतना कहकर वेदांत ने एक बार फिर युद्ध भूमि की ओर देखते हुए कहा... 'मैंने इन नागाओं की शक्ति को देखा है, सेनापति!, अभी थोड़ा और सब्र रखिए। थोड़ी देर में पता चल जाएगा कि बचे हुए ये 27 नागा युद्ध भूमि पर और कितना पराक्रम दिखा सकते हैं। अगर वे सरदार ख़ान की फ़ौज को थोड़ा और कमज़ोर करने में कामयाब हुए, तो हमारी जीत की संभावना और अधिक होगी और हमारा नुक़सान भी कम होगा...।' यह कहकर वेदांत, ख़ुद के फ़ैसले पर अंहकार से मुस्कुराए।

'यह अन्याय है...', सेनापति कृष्णा ने वेदांत से चिल्लाते हुए कहा।

'नहीं! यह युद्ध है! हमारे के लिए अपने सैनिकों की जान मूर्खों की तरह गँवा देना अन्याय होगा, हम उचित समय पर युद्ध में शामिल होंगे...।' वेदांत ने कृष्णा के क्रोध को नज़रअंदाज़ करते हुए कहा, हालाँकि अब कृष्णा अपने राजा से पूरी तरह असहमत थे, परंतु उन्होंने अपने मूर्ख राजा से झगड़ना उचित नहीं समझा, क्योंकि वह अच्छे से जानते थे कि वेदांत कोई बात बस एक बार कह देते थे और अपने फ़ैसले पर अडिग रहते थे। उन्होंने आगे कुछ न कहते हुए बस इतना कहा... 'इस विषम परिस्थिति में भगवान विष्णु उनके साथ हों...!' इतना कहते हुए वे भावुक हो गए।

राजा वेदांत ने इसे सुना और मुस्कुराते हुए कहा, 'लेकिन वे तो शिव भक्त हैं!'

'श्री हरि विष्णु कभी भी शिव के लिए पीछे नहीं हटे और न ही विष्णु भक्त, वेदांत...!' क्रोध में सेनापति कृष्णा ने अपने राजा को उनका नाम लेते हुए समझाया, जो वेदांत को एकदम से चौंका गया, लेकिन वेदांत कुछ कह पाते, उससे पहले ही कृष्णा अपने घोड़े से उतरे और दूसरे सूबेदार को नेतृत्व सँभालने के लिए आदेश दिया और कहा, 'मैं तुम्हें इस सेना का नेतृत्व सर्वोत्तम वफ़ादारी के साथ करने की आज्ञा देता हूँ, अपनी प्रजा और अपने राजा की रक्षा का दायित्व सँभालो मित्र। आज से तुम्हारी मृत्यु तक राजा वेदांत तुम्हारे स्वामी हैं...।' यह कहते हुए कृष्णा ने अपना मुकुट उस सूबेदार को सौंप दिया था, जो आश्चर्यचकित होकर वहाँ अचानक जो भी हुआ था, उसे समझने की कोशिश कर रहा था। तभी वेदांत चिल्लाए... 'तुम कौन होते हो, यह फ़ैसला करने वाले कि तुम क्या करोगे...? मुझे

धोखा देने के ज़ुर्म में मैं राजद्रोह के लिए तुम्हारा सिर काट दूँगा...।' वेदांत की बातें सुनकर कृष्णा ने कुछ पल के लिए अपनी सेना की ओर देखा और फिर गंभीर स्वर में बोले... 'नहीं, वेदांत! तुम ऐसा नहीं कर सकते, क्योंकि अपने कर्तव्यों से मैं उस दिन ही मुक्त हो चुका था, जिस दिन मेरे पूज्य महाराज यानी तुम्हारे पिता स्वर्ग सिधार गए थे। अब मेरे ऊपर किसी भी प्रकार के वचन और कर्तव्यों का कोई भी बोझ नहीं है। तुम्हारे पिता की जलती हुई चिता के साथ ही, मेरे अपने कर्तव्यों के प्रति लिए गए वचन भी जल गए थे। तब से मैं मुक्त हूँ, हालाँकि मैंने अपने राज्य और अपने राजा के पुत्र के प्रति अपना प्रेम दिखाया और उनके साथ दृढ़ता से खड़ा रहा, लेकिन जब तुमने राजा मनोहर को धोखा दिया, तो मैं टूट गया था, और अब मैं शिव भक्तों को अपनी जान हथेली पर रखकर लड़ते हुए देखते रहने के तुम्हारे कायरता भरे फ़ैसले का बोझ उठाने में असमर्थ हूँ। तुम मुझे मारना चाहते हो? ठीक है, बेटा! मैं ख़ुद भी मरना चाहता हूँ, लेकिन यहाँ नहीं, वहाँ...।' इतना कहकर उन्होंने अपने हाथ से युद्ध भूमि की ओर इशारा किया था और एक लंबी साँस खींचकर छोड़ते हुए कहा... 'जहाँ पुण्यता से भरी मौत निश्चित है, लेकिन जान लो कि मैं मरने से पहले कम से कम तीस लोगों को ज़रूर ले जाऊँगा...लेकिन मैं तुम्हें अंतिम बार सही चुनाव करने का एक मौक़ा देता हूँ कि तुम यह अच्छे से तय कर लो कि वे तीस लोग किसके होने चाहिए? सरदार ख़ान के या तुम्हारे...!' इसके बाद कृष्णा पहाड़ी से नीचे युद्ध भूमि की ओर बढ़ने लगे थे। वेदांत, क्रोध से काँपते हुए कृष्णा को जाते हुए देख रहे थे, फिर उन्होंने झटके से अपने नए सेनापति को देखा, जो सिर झुकाए खड़ा था।''

''वेदांत को यह समझ आ चुका था कि यदि वे कृष्णा के ख़िलाफ़ अपने सैनिकों को आगे बढ़ने के लिए आदेश देते, तो उनकी सेना उनके ख़िलाफ़ बगावत कर सकती थी, क्योंकि सेना पर कृष्णा अच्छा प्रभाव रखते थे। कुछ क्षण के बाद कृष्णा पीछे पलटे और मुस्कुराते हुए बोले, 'मुझे मरने के बाद, अपने राजा यानी तुम्हारे पिता, और मेरे भगवान, श्री विष्णु, दोनों के सामने अपना चेहरा दिखाना है, बेटा! तुम्हारे पिता एक अच्छे राजा थे और मैंने उनकी सेवा करने में गौरव महसूस किया। मैं उनका ऋणी हूँ। जब तुम मरोगे, तो अपने नए सेनापति को भी ऐसा कहने का मौक़ा देना, तब शायद मेरा विष्णु भी तुम्हारे साथ हो...।' इतना कहकर उस बहादुर

बुजुर्ग ने अपने शरीर पर धारण किए गए हरिपुर के प्रतीकात्मक कवच को उतार कर रास्ते में रख दिया और गर्व से अपने कर्तव्यों का निर्वाह करने के लिए धर्म की राह पर चल पड़े। वह युद्ध भूमि की ओर आगे बढ़ते हुए 'हरि ओम् तत् सत्!' मंत्र का जाप करते चले जा रहे थे। एक विष्णु का पूजक, शिव भक्तों के लिए मौत से टकराने जा रहा था।''

''व्हाट इज़ हरि ओम् तत् सत्?'' थॉमस ने पूछा। रहस्यमयी नागा ने उसे समझाते हुए कहा...

''भारतीय प्राचीन शास्त्रों में, विश्व को हरि मंत्र से प्रतिष्ठित किया गया है, जो भगवान विष्णु का ही एक उपनाम है। वे संसार के पालक हैं और त्रिमूर्ति में भी शामिल है, जिसमें भगवान शिव, विनाशक, और भगवान ब्रह्मा, रचनाकर्ता के रूप में जाने जाते हैं। 'हरि ओम तत् सत' का अर्थ है, वह सत्य, जिसे कुछ हम और आप... अपनी आँखों से देखते हैं, तो कुछ हमारी आँखों के परे है, हालाँकि वे दोनों एक जैसे हैं...।'' थॉमस उस नागा द्वारा कहे जा रहे अनकही क़िस्सों से विस्मित था... तभी आगे कहानी को बढ़ाते हुए नागा ने कहना शुरू किया...

''मठाधीश, अजा, शंभूजी, नारायण, अधिराज और बाक़ी शेष नागा साधु अपने सामने आती तबाही का सामना करने के लिए तैयार थे, जबकि कृष्णा उन सबमें शामिल होने के लिए उनकी ओर दौड़ते चले जा रहे थे। सरदार ख़ान बचे हुए, थोड़े से नागाओं के अंत का इंतज़ार कर रहा था। राजा वेदांत, क्रोध में जलते हुए कृष्णा को नागाओं की ओर बढ़ते हुए देख रहा थे। तभी युद्ध भूमि में, धरती को थर्राती हुई सी आवाज़ गूँज उठी। एक पल को ऐसा लगा, जैसे सैकड़ों चट्टानें कुछ सेकेंड के अंतराल पर धरती से टकराते हुए युद्ध भूमि की ओर बढ़ती चली आ रही थीं। वे आवाज़ें इतनी ज़ोरदार थीं कि युद्ध भूमि में खड़े हर एक आदमी के शरीर का अंग-अंग हर सेकेंड के अंतराल पर काँप उठता था, और उनके हृदय की गति रुक जाती थी। ये आवाज़ें कहाँ से आ रही थीं, इन्हें कौन उत्पन्न कर रहा था, कोई नहीं समझ पा रहा था... सभी चिंतित थे। अचानक उत्पन्न इस असाधारण शोर ने सबको आश्चर्य में डाल दिया।''

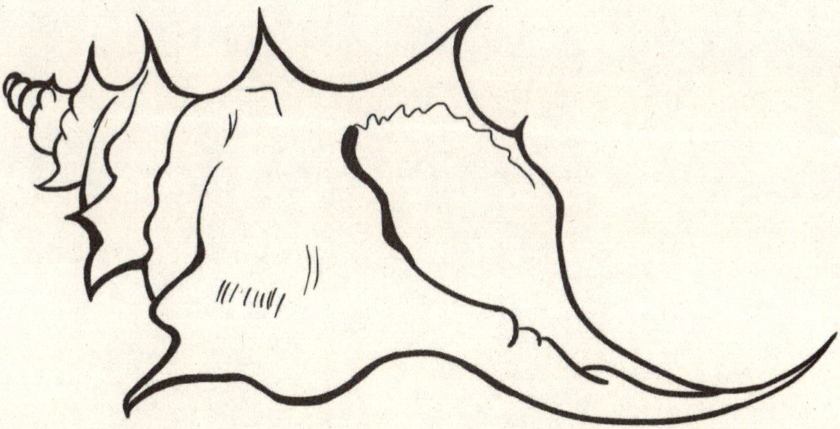

18

गणेश और वासुकि

''व्हाट वाज़ दैट पाउन्डिंग दैट लेफ़्ट एव्रीबॉडी कन्फ्यूज़्ड?...'' पर्वतारोही थॉमस ने बलिदान और भाईचारे की सच्ची कहानी में खोए हुए उत्सुकता से पूछा... उस रहस्यमयी नागा ने पर्वतारोही की ओर देखा, मुस्कराया और जवाब दिया... ''कुछ विशाल जीव, अपने विशालकाय शरीर के साथ सूर्य की रौशनी में चमकते हुए, एक साथ युद्धभूमि की ओर आगे बढ़ रहे थे...।'' इतना कहकर नागा, थॉमस की ओर देखकर मुस्कुराया। थॉमस, नागा की मुस्कुराहट के रहस्य को समझने की कोशिश कर रहा था और कुछ क्षण बाद उसने उत्तेजना में चिल्लाते हुए कहा...''आई न्यू ही वाज़ कमिंग... आई न्यू...।'' यह कहते-कहते ख़ुशी के मारे उस अँग्रेज़ की आँखों से आँसू की कुछ बूँदे छलक उठी थीं और हँसते हुए उसने नागा की ओर देखा। नागा ने आगे कहना आरंभ किया... ''हाथियों की कुल संख्या नौ थी, जहाँ उनके चमकते हुए हाथी दाँत और ख़ूबसूरती से लहराती सूँडों के साथ, एक ऐसा दृश्य प्रस्तुत कर रहे थे, जो इतना भव्य था कि किसी सपने जैसा लग रहा था। वे सभी साथ चलते हुए अपने प्रत्येक भारी क़दम के साथ धूल का तूफ़ान पैदा कर रहे थे, जबकि उनकी चिंघाड़ती हुई आवाज़ें, मानो जंगल का कोई गीत प्रस्तुत कर रहीं थीं । बचे हुए नागा साधु, अपनी गर्दन को मोड़कर, वहाँ क्या हो रहा था, इसे समझने की कोशिश कर रहे थे, और कुछ ऐसी ही स्थिति अफ़ग़ानों की भी थी। युद्ध के मैदान में एक पल के लिए सब कुछ थम गया था। अजा सहित नागाओं की आँखें आश्चर्य और हैरानी से तब फैलती चली गईं, जब उन्होंने देखा... उन हाथियों के झुंड में सबसे आगे वनराज था, जो दुलारी के ऊपर बैठा

था, उसके पिछले हिस्से पर वैसे ही झोले लटके हुए थे, जैसे पहले लटके हुए थे। उसके साथ एक विशाल हाथी था, जिसका आकार इतना बड़ा था कि उसे देखकर ही लोगों की रीढ़ की हड्डी में कंपकंपी दौड़ जाती थी और उसके ठीक पीछे, उसी आकार के सात और विशाल हाथी अपने पैरों से दुश्मन को कुचलने के लिए युद्ध भूमि की ओर बढ़ते चले आ रहे थे, और उन सब के बीच नन्हा हाथी गोलू, जो आकार में बहुत छोटा था, हाथियों के समूह के साथ उत्साहपूर्वक दौड़ रहा था।''

अजा जानता था कि वनराज ने अपने वचन को तोड़ा है, लेकिन साथ ही वह यह भी जानता था कि युद्ध के इस क्षण में वनराज का आना कोई सैन्य सहायता नहीं, बल्कि किसी दिव्य हस्तक्षेप जैसा था। दृश्य स्पष्ट था: वनराज, अपने शाही क़द और प्रभावशाली उपस्थिति के साथ, और दुलारी, अपने विशाल रूप और युवा ऊर्जा के साथ, सूँड उठाए और कान फड़फड़ाते हुए, भगवान गणेश की छवि प्रस्तुत कर रहे थे...।''

''यू मीन लॉर्ड शिवाज़ सन, लॉर्ड गणेश, द एलिफैन्ट हेडेड गॉड?'' थॉमस ने उत्सुकता से पूछा।

''हाँ, भगवान गणेश, जो विघ्नहर्ता और बुद्धि के रक्षक के रूप में भारतवर्ष के अंदर सदियों से पूजे जाते हैं और जो जीवन के हर महत्त्वपूर्ण कार्य की सफलता के लिए अपना आशीर्वाद देते हैं,''...नागा ने उत्तर दिया और आगे बोला... ''धीरे-धीरे वे विशालकाय हाथी और पास आते जा रहे थे, जिससे उनका विशाल आकार, और अधिक भयावह लग रहा था। उन हाथियों में प्रत्येक हाथी के एक पैर का आकार पाँच इंसानों के बराबर था, और जब उनके पैर ज़मीन पर पड़ते थे, तो उनके प्रत्येक क़दम से धरती काँप जाती थी।''

''युद्ध के मैदान में दोनों तरफ़ के सैनिक रुक गए, कुछ आश्चर्य में, तो कुछ भय में, क्योंकि ये सिर्फ़ हाथी नहीं थे, बल्कि चलते-फिरते पहाड़ थे, और जैसे ही उन्होंने युद्ध के मैदान में प्रवेश किया, सरदार ख़ान की मज़बूत दिखती सेना के बीच कोहराम मच गया, क्योंकि उन हाथियों ने किसी अभेद्य किले की तरह दिख रही सरदार ख़ान की सेना को कुचलना शुरू कर दिया। वे अफ़ग़ान सेना और नागा साधुओं के बीच में चीन की दीवार की भाँति खड़े थे। घोड़े जो इतने विशाल जानवर को देखने के आदी

नहीं थे, डर के मारे अपने ऊपर बैठे घुड़सवारों के लाख लगाम खींचने के बावजूद, उन्हें लेकर उलटी दिशा में ही भागने लगे थे। तोप चलाने वाले सैनिक ठिठक कर रुक गए थे, क्योंकि वे यह तय नहीं कर पा रहे थे कि निशाना कहाँ लगाना है। इसी बीच, अजा ने वनराज को देखा और उससे पूछा, हालाँकि अब उसकी आँखों में आदेश या किसी भी प्रकार के क्रोध की कोई भावना नहीं थी, हाँ, परंतु वह वनराज के लिए चिंतित ज़रूर था... उसने पूछा...'तुमने ऐसा क्यों किया?' यहाँ वापस क्यों आए...? वनराज ने अजा के प्रश्नों का शब्दिक रूप से कोई जवाब नहीं दिया, बस उसके होंठों पर एक बड़ी सी आत्मिक सुख वाली मुस्कुराहट तैर गई, लेकिन उसकी आँखों में शरारत और किसी दृढ़ निश्चय की भावना साफ़-साफ़ झलक रही थी, मानो वह बिना कुछ कहे ही कह रहा हो... 'मैं भला कैसे पीछे हट सकता था...?' कुछ क्षण के बाद अजा ने वनराज को गले से लगा लिया था। वनराज के होंठों पर आत्मीयता भरी मुस्कुराहट थी और उसकी आँखों से वात्सल्य भरी आँसुओं की धारा बह चली थी, अधिराज और बाक़ी सभी नागा साधु दोनों को दूर से देख रहे थे और इस दुख की घड़ी में भी उनके चेहरे पर आत्मिक ख़ुशी की लहर साफ़-साफ़ दिखाई पड़ रही थी और उनके टूटते आत्मबल को एक बार फिर बल मिला था। नारायण, जो हमेशा से वनराज पर संदेह करता था, आत्मग्लानि से भर उठा था। वनराज के प्रति अपने ख़राब व्यवहार को याद करते ही उसके मन का पश्चाताप उसकी आँखों से आँसू बनकर बह निकला था और उसने दौड़ते हुए जाकर वनराज को गले लगा लिया। आख़िरकार, नारायण की आँखों में सम्मान और अजा की स्वीकृति पाकर वनराज भावनाओं से अभिभूत हो गया और अजा कुछ कहता, उससे पहले ही दुश्मनों पर टूट पड़ा। अपने साथ आए हाथियों को हमला करने का आदेश देते हुए उसकी आवाज़ युद्धभूमि में मचे-चीख पुकार के बीच गूँज उठी थी।

वनराज का आदेश युद्ध की नींव, नियम और रणनीतियों को हिला देने वाला प्रतीत हो रहा था।

दूर से देख रहे अजा ने वनराज की लापरवाही को पहचान लिया। अनुभवी योद्धा समझ सकता था कि वनराज के पास शेर का दिल था, लेकिन सैनिक का प्रशिक्षण नहीं।

'वनराज! नहीं!' अजा, वनराज को रोकता, उससे पहले ही वनराज, अफ़ग़ान सैनिकों की विशाल भीड़ के बीच पहुँच चुका था और अजा की चेतावनी, युद्ध के शोर में डूब गई थी।''

''वे विशाल प्राणी अपने सामने पड़ने वाले हर एक लक्ष्य को ध्वस्त करने के लिए अद्वितीय उत्साह के साथ आगे बढ़ रहे थे। दो हाथियों ने सीधे तोपों पर हमला किया, जहाँ उनकी रक्षा में खड़े सैनिक अपनी ज़मीन और तोपों की रक्षा के लिए असहाय लग रहे थे। सरदार ख़ान भी हाथियों को तोपों के साथ खेलते हुए, उन्हें ठोकरें मार-मार कर चकनाचूर करते हुए, बेबसी से बस देख सकता था। जो तोपें अफ़ग़ान फ़ौज के लिए अंतिम हथियार के रूप में तुरुप के पत्ते की तरह थीं, अब वे ज़मींदोज़ होकर मिट्टी में मिल चुकी थीं। अफ़ग़ान सैनिक, जिन्होंने आज के युद्ध की शुरुआत एक अनुशासित संगठन के रूप में की थी, अब वे उन विशाल हाथियों के पैरों के नीचे आने के डर से तितर-बितर होकर इधर-उधर भाग रहे थे, जबकि कितनों को हथियों ने अपने पैरों के नीचे कुचल कर रौंद डाला था, तो न जाने कितने उनके पैरों की ठोकरें खाकर, अपने शरीर की टूटी हुई हड्डियों के साथ रेंगते-घिसटते प्राण बचाने के लिए कहीं छुपने का स्थान ढूँढ रहे थे। युद्ध भूमि से लगातार हाथियों के पैरों के नीचे आने से अफ़ग़ान सैनिकों के शरीर की हड्डियों के टूटने की आवाज़ के साथ-साथ उनके सिर के फटने की आवाज़ भी गूँज रही थी, अब तक युद्ध भूमि से आती लोहे के हथियारों के टकराने की टन्न, खट तथा शरीर के कटने की खच्च की आवाज़ पर इन निर्मम आवाज़ों ने अपना आधिपत्य स्थापित कर लिया था। गजराज, युद्ध भूमि में मानवता के लिए नहीं लड़ रहे थे, क्योंकि वे इंसान नहीं थे, लेकिन हाँ, उनकी लड़ाई उन इंसानों और उस धर्म के प्रेम से अभिभूत होकर अवश्य थी, जिन्होंने, उन्हें भगवान का दर्जा दिया था।''

''तभी अपनी बिखरती शक्ति और अपने सैनिकों को संगठित करने का निर्णय एक बार फिर सरदार ख़ान के सेनापति ज़फ़र ने किया, जबकि इधर, राजा वेदांत के पूर्व सेनाध्यक्ष, कृष्णा, बिना अपना परिचय दिए हुए या बिना अनुमति माँगे, चुपचाप आकर अजा और शंभूजी के बगल में खड़े हो गए। कुछ देर पहले तक शक्तिशाली दिख रही सरदार की सेना अब हार के कगार पर थी। समय के चक्र ने एक बार फिर अपने पहिये को घुमा

दिया था और इस युद्ध क्षेत्र में हार और जीत की परिभाषा ही बदल गई थी। भगवान गणेश के प्रतीक उन हाथियों और वनराज ने अपने पराक्रम से युद्ध के रुख़ को नागाओं की ओर मोड़ कर रख दिया था।''

''इस बार वनराज ने दुलारी को सरदार ख़ान के क़रीब चलने को कहा। सब जानते थे, दुलारी और वनराज एक दूसरे के पूरक थे, जहाँ वनराज की चाह होती थी, वही दुलारी की राह होती थी। वनराज का इशारा पाते ही दुलारी अफ़ग़ान सैनिकों की भीड़ को चीरती हुई, बीच में अपने लश्करों से घिरे सरदार ख़ान की ओर चल पड़ी। अफ़ग़ान सैनिक उन्हें रोकने की कोशिश करने लगे, उन्होंने तीरों और भालों से हमला करना शुरू कर दिया, लेकिन अपने ऊपर लगातार होते हमलों के बीच भी दुलारी, तकलीफ़ों को सहती और गुस्से में चिंघाड़ती हुई अपने लक्ष्य की तरफ़ बढ़ती चली जा रही थी, तब तक अफ़ग़ान सेनापति ज़फ़र अपने बिखरे हुए सैनिकों को एकजुट कर चुका था। उसने आकर बड़े ही योजनाबद्ध तरीक़े से दुलारी और वनराज को घेर लिया, उसे अच्छे से पता था कि अगर वनराज ख़त्म तो हाथियों का आतंक ख़त्म, क्योंकि फिर हाथियों को आदेश देने वाला कोई नहीं रह जाएगा। ज़फ़र के इरादे को देखते हुए वनराज को समझ आ चुका था कि युद्ध की घड़ी में यह उसके पराक्रम का निर्णायक क्षण था। उसने दुलारी की पीठ पर लटकते और हिलते-डुलते उन बोरों से एक साथ जुड़ी एक पतली सफ़ेद रस्सी को अपने दाएँ हाथ से ज़ोर से पकड़ लिया था। ज़फ़र के सैनिक अब दुलारी सहित वनराज पर निशाना लगा रहे थे, लेकिन वनराज उनके वार से बचता हुआ, हाथ में उस डोर को पकड़े हुए आगे बढ़ता रहा, जबकि इधर नागा अपनी लड़ाई लड़ रहे थे, उन्होंने हाथियों के आगमन के बाद से अफ़ग़ान सैनिकों की संख्या को बहुत तेज़ी से कम करना शुरू कर दिया था। अफ़ग़ान सैनिक उन विशालकाय हाथियों पर, दूर से ही ज़हर से बुझे तीर और भाले से हमला कर रहे थे, जिनमें से कुछ तीर और भाले हाथियों को लगते हुए उन्हें घायल कर रहे थे, तो कुछ उन्हें नहीं लग रहे थे। घायल होने के बावजूद वे हाथी रुकना तो दूर की बात है, वे और अधिक क्रोधित होकर अफ़ग़ान सैनिकों को रौंद रहे थे। मौत के इस तांडव को देख कर अफ़ग़ान सेना अब हताशा की ओर बढ़ रही थी। इन सबके बीच सबसे ख़ास बात यह थी कि हाथियों के वे झुंड

न केवल सैनिकों पर हमला कर रहे थे, बल्कि दुलारी के नन्हे गोलू की भी रक्षा कर रहे थे। वह छोटा बच्चा, जिसे इस परिस्थिति में भी गजराजों द्वारा सुरक्षित रखा जा रहा था, सभी तीरों, तलवारों और अफ़ग़ानों की क्रूरता से दूर। गोलू, अपने छोटे पैरों और सूँड के साथ, अपनी माँ दुलारी और अन्य हाथियों को तीरों से घायल होते हुए और हर क़दम के साथ निश्चित मृत्यु की ओर बढ़ते हुए देखकर डर और दर्द में था। आख़िरकार, वे विशाल जीव उन असुरों की सेना के बीच में थे, चारों ओर से घिरे हुए, जैसे अभिमन्यु कौरवों के बीच घिरा था। यह उनका अंतिम संघर्ष था। लगातार लड़ते रहने और ज़हर बुझे तीरों और भालों से घायल होने के कारण,एक-एक करके वे दिव्य हाथी गिरने लगे, लेकिन हर एक ने गिरने से पहले और गिरने के बाद भी सैकड़ों अफ़ग़ानी सैनिकों की हड्डियाँ तोड़ दीं। इस सबके बीच, गोलू ने अपने पैरों को अपने एक मरे हुए साथी *(हाथी)* के विशाल शरीर के नीचे फँसा पाया, जो उसके पास ही गिर गया था, जबकि वह उसे पूरे युद्ध के दौरान बचाने की कोशिश कर रहा था। तुरंत ही, बचे हुए कुछ अन्य हाथी गोलू के पास आ गए और उसे घेर लिया, हालाँकि वे गोलू के पैरों को बाहर नहीं निकाल पाए, लेकिन उसे सुरक्षित और छुपा कर रखने के लिए एक घेरा बना लिया। कुछ ही समय में, गोलू अपने आस-पास पाँच मरे हुए हाथियों के बीच सुरक्षित था। उसे अपनी सुरक्षा में घेर कर खड़े हाथियों ने मृत्यु को स्वीकार किया, लेकिन उसे छोड़ कर नहीं गए। अब गोलू अपनी माँ और वनराज को बहादुरी से लड़ते हुए देख पा रहा था, जो अपने जीवन की अंतिम साँसों को समेट कर युद्धभूमि में दुश्मन का मुक़ाबला कर रहे थे। दुश्मन की तलवारें उनकी ओर बढ़ती हुईं, उनके शरीर को फाड़ती चली जा रही थीं, तभी, ज़फ़र द्वारा छोड़ा गया एक तीर उड़ता हुआ आया और वनराज के फेफड़े को फाड़ता हुआ, उसके शरीर को पार कर गया। अब वनराज और दुलारी दोनों ही बुरी तरह से घायल होकर ख़ून से लथपथ थे... वनराज के शरीर में, एक तीर उसके शरीर को चीरता हुआ, उसके फेफड़े में अटका हुआ था कि तभी एक और तीर उसकी जाँघ में आ धँसा... 'चलो देखें, तो ज़रा, यह आख़िरी बचा हुआ हाथी और उसका सवार, अपनी जान बचाने की कोशिश करते हुए कैसे भागते हैं, और कहाँ तक भागते हैं...?' ज़फ़र ने अपने आस-पास के सैनिकों की ओर देखते हुए क्रूरता भरी मुस्कान के साथ कहा।''

''धीरे-धीरे होश खोते हुए, वनराज की आँखें दुश्मन की सेना के बीच दौड़ीं और उसके सेनापति पर जाकर ठहर गईं। दुलारी की पीठ पर अपने बचपन के सबसे पसंदीदा स्थान पर बैठा हुआ, वनराज, उसके दोनों कानों के बीच, उसके मस्तक पर पेट के बल टेढ़ा होकर लेट गया, क्योंकि तीर अब भी उसके सीने में धँसा हुआ था और उसके शरीर से लगातार बहते ख़ून के साथ उसकी ज़िंदगी भी बहती चली जा रही थी, हालाँकि वनराज अपनी उस सफ़ेद डोर को अपने दाएँ हाथ में पकड़े हुए था, जो अब दुलारी के शरीर से बहते ख़ून के कारण लाल हो चुका था। अपने जीवन की अंतिम साँसों को गिन रहे वनराज ने अपने हँसमुख स्वभाव के विपरीत धीमी आवाज़ में हाँफते हुए कहा, 'दुलारी, अब तुम्हें पता है कहाँ जाना है...!' जाने से पहले दुलारी ने अंतिम बार अपने बच्चे को मुड़कर देखा। उसने देखा, उसके साथियों ने अपनी जान देकर गोलू की रक्षा की थी। उसने अपने मरे हुए साथियों के बीच, अपने बच्चे की आँखों में देखा, जो उसकी ओर अपनी सूँड को उठाए, अपनी माँ की ओर एकटक देख रहा था। दुलारी की आँखों से आँसू की धारा बह चली, और उसने अपने अंदर बचे शेष प्राण को समेट कर वनराज के आदेश के अनुसार अपना क़दम बढ़ा दिया था।''

''अजा, शंभूजी और मठाधीश, असहाय होकर वनराज और दुलारी को दुश्मनों की ओर बढ़ते देख रहे थे, जबकि नारायण अपनी गदा लेकर वनराज की ओर दौड़ पड़ा था, हर उस अफ़ग़ान सैनिक को कुचलता और काटता हुआ, जो वनराज और उसके बीच में आ रहा था। अपनी अंतिम साँसों को गिनते हुए दुलारी और वनराज अफ़ग़ान सेना के विशाल खेमे में पहुँच गए थे, इससे पहले कि नारायण उन तक पहुँच पाता, दुलारी घायल होकर गिर पड़ी, और वनराज अपने घावों से बहुत ख़ून बहने के कारण, मूर्छित होकर वहीं लुढ़क गया, जबकि दुलारी अत्यधिक दर्द में होने के कारण बिलकुल शांत पड़ गई थी। वनराज की आँखें बंद थीं, लेकिन, फिर भी उसने दुलारी के शरीर से बँधी हुई उन बोरियों से जुड़ी रस्सी को पकड़ रखा था। ज़फ़र सहित, अफ़ग़ान सैनिक उनके पास आ गए। दुलारी हिलने-डुलने में असमर्थ थी, लेकिन दुश्मनों को देख रही थी, जो वनराज और उसे, घेर कर खड़े थे, जैसे लकड़बग्घे शिकार को घेर कर खड़े रहते हैं। उसने अपनी सूँड हिलाकर बेहोश वनराज को बचाने की कोशिश की,

लेकिन तीन सैनिकों ने उसकी सूँड को मज़बूती से पकड़ लिया और चौथे अफ़ग़ान सैनिक ने उसकी सूँड को पूरी तरह से काट दिया, उसे उसके चेहरे से अलग कर दिया था। असहनीय दर्द के कारण उसकी चीख, वनराज को होश में ले आई, जबकि दुलारी ने पीड़ा के कारण अपने प्राण को त्याग दिए। उसकी सूँड, उसके शरीर से बिलकुल अलग थी। दुलारी और वनराज को बड़ी संख्या में घेर कर खड़े अफ़ग़ान सैनिकों को लगा कि दुलारी की मौत के बाद वनराज भी मरने ही वाला है। अफ़ग़ानी सैनिक, वनराज को मरता हुआ देख कर उन्माद में हँसने लगे थे, लेकिन वनराज द्वारा खेली जाने वाली आख़िरी बाज़ी अभी बाक़ी थी। अचानक, उसने दुलारी की पीठ पर बँधे बोरों की गाँठें खींचीं और वे खुल गईं। भीड़ लगाकर उसे चारों ओर से देख कर ख़ुशी के मारे हँस रहे अफ़ग़ान सैनिक कुछ समझ पाते, उससे पहले ही, दुलारी की पीठ पर बँधे बोरियों से विषैले साँपों की एक ऐसी बाढ़ निकली, जो हर दिशा में तेज़ी से गिरगिट की तरह फिसल रहे थे। युद्ध में नंदी और गणेश के बाद अब नागराज वासुकि अपनी भागीदारी देने वाले थे...।'' यह कहकर नागा ने संतोष से बाहर की ओर देखा था, गुफ़ा के बाहर आसमान में अरुणोदय की हल्की-हल्की लालिमा दिख रही थी, भोर होने को थी और आसमान आज कुछ साफ़ था।

''वासुकि?'' थॉमस ने उलझन से पूछा। उसे लगा कि नागा ने अभी-अभी शामिल हुए साँपों के बारे में कहा है, फिर वासुकि कौन है!

''जिस साँप को दुनिया मेरे शिव के गले में देखती है, वह वासुकि हैं,'' रहस्यमयी नागा ने गर्व से जवाब दिया।

''द सेम स्नेक दैट लॉर्ड विष्णु ले अपोन...?'' थॉमस ने अंदाज़ा लगाते हुए पूछा।

''नहीं! वे शेषनाग हैं! हर चार युगों के अंत और अगले चक्र की शुरुआत से पहले प्रलय आता है-हिंदू दर्शन के अनुसार, जिसे तुमने शायद सुना भी हो कि प्रलय के बाद, जो कुछ भी बचता है, वह अगले युगों के अगले चक्र में नवजीवन की शुरुआत के इस्तेमाल के लिए लाया जाया जाता है। हिंदी में शेष का मतलब है; बचा हुआ, और नाग का मतलब साँप। शेषनाग वे साँप हैं, जो प्रलय के बाद भी बचते हैं और अगले युग में प्रवेश करते हैं। शेषनाग साँपों के राजा हैं, जो हमेशा भगवान विष्णु की सेवा

में रहते हैं। प्राचीन हिंदू शास्त्रों के अनुसार, शेषनाग अपने अनेक फनों पर ब्रह्मांड के सभी ग्रहों को धारण करते हैं और अपने सभी मुखों से भगवान विष्णु की स्तुति में विष्णु पुराण का निरंतर गान करते हैं। उन्हें कभी-कभी अनंत शेष भी कहा जाता है, जिसका अर्थ है अंतहीन शेष। कहा जाता है कि जब शेषनाग अपनी कुंडली खोलते हैं, तो समय आगे बढ़ता है और सृष्टि की रचना होती है, और जब वे अपनी कुंडली में वापस लिपटते हैं, तो ब्रह्मांड का अस्तित्व समाप्त हो जाता है।''

''भगवान विष्णु को शेष नाग पर विश्राम करते हुए चित्रित किया जाता है, जहाँ वे अपनी सहधर्मिणी, देवी लक्ष्मी के साथ होते हैं। शेषनाग कभी भी भगवान विष्णु के पास से नहीं हटते, और कहा जाता है कि वे भगवान विष्णु के साथ, मानव अवतार में पृथ्वी पर भी कई बार आ चुके हैं... जैसे त्रेता युग में लक्ष्मण के रूप में, जो भगवान विष्णु के अवतार राम के छोटे भाई थे, और द्वापर युग में भगवान विष्णु के अवतार कृष्ण के भाई बलराम के रूप में, जो उनके बड़े भाई थे...,'' नागा अपनी बात कह ही रहा था कि तभी एक और युवा नागा साधु ने गुफ़ा में कुछ सूखी लकड़ी और खाने के कुछ सामान के साथ प्रवेश किया। थॉमस उसे देख कर डर गया। ''डरो मत, यह मेरा शिष्य है...'', थॉमस के कुछ कहने से पहले ही नागा ने उसके मन के अंदर उठ रहे भय के बवंडर को शांत करते हुए कहा। उस युवा नागा ने, इस नागा को नमस्कार किया और लकड़ी और खाने को वहीं रख कर, गुफ़ा से बाहर चला गया और बर्फ़ में बैठ गया। थॉमस की निगाहें उस युवक पर जमी हुई थीं। उसे यूँ बर्फ़ में बैठा देखकर उसने इस रहस्यमयी से हैरान होते हुए पूछा, ''इट्स फ्रीजिंग आउटसाइड, ह्वाइ ही इज़ सिटिंग देयर...?''

''वह ऐसा ही करता है...।'' रहस्यमयी नागा ने अपने शिष्य की ओर देखते हुए, थॉमस से मुस्कुरा कर कहा, लेकिन थॉमस की निगाहें अब भी उस नागा पर जमी हुई थीं, तभी उसने कहानी सुना रहे नागा से जल्दबाजी में पूछा... 'आई विल आस्क यू लेटर अबाउट द ऑरिजिन ऑफ़ वासुकि एंड शेषनाग एंड व्हाट द युगाज आर, बट फ़ॉर मी नाउ, आई हैव टू नो अबाउट अजा एंड द रीमेनिंग नागाज़ अगेन्स्ट सरदार खान एंड द अदर अफगान्स...।' एक अजीब सी मुस्कुराहट के साथ पहले अपने शिष्य और फिर थॉमस को घूरने के बाद नागा ने आगे कहना शुरू किया...

"उन थैलों से साँपों का झुंड ऐसे बाहर निकल रहा था, जैसे बाँध टूटने पर पानी का सैलाब फूट पड़ता है। वे बिना रुके, हर दिशा में फैल गए। जो भी उनके रास्ते में आ रहा था, वे उन्हें डँसते चले जा रहे थे। उनकी फुफकारों से पूरा माहौल गूँज उठा। यह उस विनाश का डरावना संगीत था, जो वे साथ लेकर आए थे। हर साँप पहले से ज़्यादा तेज़ी से और अपने ज़हरीले इरादों के साथ हमला कर रहा था। एक बार फिर अफ़ग़ान सैनिकों के बीच हड़कंप मच गया। लोग भयभीत होकर इधर-उधर भागने लगे, जबकि कई लोग इन विषैले साँपों के काटने से अपनी जान गँवा बैठे। यह दृश्य बेहद भयानक और डराने वाला था।"

"दुलारी और सभी अन्य हाथियों की मृत्यु के बाद, युद्धभूमि पर कुछ क्षण के लिए शांति छा गई थी। यह शांति इन महान योद्धाओं के बलिदान को समर्पित थी, जो इन्होंने अपने नेता वनराज के आदेश पर दिया था। नारायण रास्ते में पड़ने वाले अफ़ग़ान सैनिकों को मारता-काटता, वनराज के पास उसकी मदद के लिए पहुँचा, मगर वहाँ पहुँचते ही उसका दिल भारी हो गया... ख़ून से बुरी तरह लथपथ और अपनी आख़िरी साँस लेते हुए, वनराज ने नारायण की ओर देखा, उसकी आँखें तकलीफ़ से बुझी हुई थीं।

वनराज मुस्कुराया और नारायण से बोला... 'किसी कारणवश, तुमने मुझे गोकुल में साथ नहीं आने दिया था, कोई बात नहीं, लेकिन क्या अब मुझे अपनी अगली यात्रा पर आने की अनुमति दोगे...?' वनराज के इतना कहते ही, नारायण की आँखों में आँसू आए और उसने फूट-फूट कर रोते हुए कहा... 'हाँ! मित्र, मैं अपनी अगली यात्रा पर तुम्हें अवश्य साथ लेकर चलूँगा, मेरा वादा है, मैं तुम पर अपनी जान जितना भरोसा करता हूँ, भाई...।' यह कहते हुए नारायण ने झुककर, वनराज के माथे पर प्यार से अपना हाथ रखा... 'शिव तुम्हें अनंत शांति की ओर प्रेरित करें...।' नारायण के इतना कहते ही वनराज ने हमेशा-हमेशा के लिए अपनी आँखें बंद कर लीं, और नारायण एक-टक उसे देखता रहा। तभी साँय-साँय की आवाज़ के साथ नारायण का कटा हुआ सिर युद्धक्षेत्र में कुछ दूर जा गिरा। सरदार ख़ान ने नारायण का सिर धड़ से अलग कर दिया था, इसके साथ ही उसकी नंगी तलवार पहली बार एक नागा के रक्त से रंगी हुई थी।

जबकि वहीं से कुछ दूरी पर, पहाड़ के शीर्ष से वेदांत और उनके नए सेनापति ने इस मार्मिक दृश्य को देखा, सरदार ख़ान, नारायण का सिर उसकी जटाओं से पकड़े ऊपर उठाए खड़ा था और क्रूरता और वहशीपन से अजा और उसके साथ बाक़ी बचे नागाओं की ओर देख रहा था, जिनकी संख्या नारायण के मरने के बाद, बीस से भी कम रह गई थी और जो अब भी दो या तीन सौ के क़रीब बचे हुए अफ़ग़ानों के विरुद्ध खड़े थे। जहाँ कृष्णा के पेट से ख़ून बह रहा था, तो वहीं शंभूजी के सीने और अजा के पैर और कंधे से, जबकि मठाधीश का सिर बुरी तरह लहूलुहान था।

नागाओं को इतनी कम संख्या में और घायल देखकर, सरदार ख़ान राक्षस की तरह हँसा और उसकी आवाज़ पूरी भूमि में गूँज उठी। उसकी हँसी में उत्साह कम और जीत की घोषणा की भावना अधिक थी और उसने उपहास उड़ाते हुए कहा, 'मेरे पास तुम्हारी संख्या से अधिक उंगलियाँ हैं और उसके बाद हँसते हुए उसने अपनी उंगलियों को गिनना शुरू किया... 1,2,3,4,5,6,7, लेकिन वह 7 के बाद आगे की गिनती कर पाता, उससे पहले ही एक महिला की आवाज़ में आगे की गिनती उस युद्ध भूमि के बीच गूँज उठ थी...' 8,9,10,11,12,13,14,15,16,17,18...।' यह आवाज़ सुनकर सरदार ख़ान ने हँसना बंद कर दिया और आवाज़ की दिशा में देखने लगा। आवाज़, अजा और बचे हुए नागाओं के पीछे से आ रही थी। कुछ पल के बाद सरदार ख़ान ने माँ भगवती काली को देखा, जो हाथों में खड्ग लिए उसे ख़ूनी निगाहों से घूर रही थीं। श्यामा और अद्यमा सहित और दो साध्वियाँ बचे हुए और गंभीर रूप से चोटिल नागाओं के साथ शामिल हो गईं थीं। घायल नागाओं में दो नागा ऐसे भी थे, जिन्होंने युद्ध भूमि में अपने दोनों पैर खो दिए थे, परंतु अब भी युद्ध भूमि में अडिग थे। सभी नागा भगवा वस्त्र में थे, जो ख़ून के छींटों से और अधिक गाढ़ा हो गया था। सभी नागा और साध्वियाँ, सरदार ख़ान पर उससे भी ज़ोर से हँस रहे थे, जितना ज़ोर से सरदार ख़ान अजा और बाक़ी साधुओं पर हँसा था। साध्वियों की आँखें पूर्ण रूप से खुली हुई थीं और क्रोध से लाल थीं, बिलकुल माँ काली की तरह। उन्होंने अपने हाथ में खड्ग धारण किया हुआ था और अपनी लंबी जीभ बाहर निकाल ली थी, जैसे कि अफ़ग़ान सेना की मर्दानगी का मज़ाक़ उड़ा रहीं हों। साध्वियों को देखकर बाक़ी

बचे हुए अफ़ग़ानी सैनिकों का मनोबल चकनाचूर हो गया। थोड़ी देर बाद सभी साध्वियों ने हँसना बंद कर दिया और श्यामा, *(गंजे सिर वाली सबसे वरिष्ठ साध्वी)* ने कहा, 'तुम्हारी मुट्ठी में हम कभी नहीं समा सकते, मूर्ख। तुम हज़ारों में थे, फिर हमारे महज़ 111 योद्धाओं ने तुम्हें सैकड़ों में बदल दिया है, उसके बाद भी हम यहाँ खड़े हैं...।' यह कहती हुई वह अफ़ग़ान सैनिकों का उपहास उड़ाती हुई हँस पड़ीं। उनके साथ शंभूजी, मठाधीश, अधिराज, अजा और सभी खड़े और रेंगते हुए नागा भी हँस पड़े, जिससे बाक़ी बचे अफ़ग़ान सैनिकों का बचा हुआ मनोबल भी टूट कर चकनाचूर हो गया। उनके चेहरे के भाव यह सबित कर रहे थे कि नागा योद्धा वास्तव में अजेय हैं। नागाओं और साध्वियों की अफ़ग़ानी सूबेदारों की मूर्खता और अज्ञानता की मज़ाक़ उड़ाती हुई हँसी और सरदार ख़ान की ख़ामोशी, दोनों ही नागाओं की श्रेष्ठता को स्वीकार करने जैसी थी। सरदार ख़ान के चेहरे पर हार साफ़-साफ़ दिख रही थी, जिसमें काली और शिव के भक्तों की हँसी, उसमें बढ़ोतरी करने के साथ-साथ, उसकी हार को सत्यापित भी कर रही थी।''

''जबकि इसके इतर, राजा वेदांत के नए सेनापति ने ज़ोर देकर कहा, 'महाराज! युद्धभूमि हमारे लिए तैयार है, सरदार के बाक़ी लोग टूटे मनोबल के साथ बिखरे हुए खड़े हैं, यही सही समय है अफ़ग़ानों को ख़त्म करने का...।' अपने सेनापति की बात मानते हुए और इसी समय को हमले के लिए उचित मानकर वेदांत आदेश देने ही वाले थे कि तभी उसकी नज़र युद्ध भूमि के पीछे से उठती धूल भरी आँधी पर पड़ी, जो आसमान में बवंडर बना रही थी। ऊँचाई पर खड़े वेदांत ने देखा, जुगल किशोर और उनकी हज़ारों की सेना युद्ध भूमि की ओर तेज़ी से बढ़ती चली आ रही थी। अपनी हार और अपने टूटे हुए आत्मविश्वास के साथ सरदार ख़ान, घोड़ों और सैनिकों के लयबद्ध होकर चलने की आवाज़ को सुनकर, देखने के लिए पीछे मुड़ा। वह क्रोध में था, लेकिन जैसे ही उसने देखा कि अफ़ग़ानी बादशाहत के निशानों वाले हवा में लहराते झंडों के साथ जुगल किशोर द्वारा लाई गई हज़ारों की मज़बूत सेना उसके पीछे से युद्ध भूमि की ओर बढ़ती चली आ रही है, तो वह ज़ोरों से हँसा और उसके साथ ही हर बचे हुए अफ़ग़ानी सूबेदार और सैनिक भी हँसे। कुछ देर तक अपनी अचानक बढ़ी ताक़त

के नशे में हँसते रहने के बाद सरदार ख़ान ने कहा, 'तुमने सोचा कि तुमने हज़ारों को मार दिया और गोकुल को बचा लिया! हम कभी समाप्त नहीं होते। हम हर दिन हज़ारों में जन्म लेते हैं अल्लाह के न्यामत में अपना सिर कटाने के लिए, इस दुनिया को काफ़िरों से आज़ाद कराने के लिए, इस्लाम को दुनिया पर क़ाबिज़ करने के लिए, मेरे पीछे देखो! मेरे पास ख़र्च करने के लिए हज़ारों और हैं, लेकिन मैं उनका इस्तेमाल तुम्हारे और अधिक लोगों को मारने के लिए करूँगा...।' उधर, जुगल किशोर को अचानक युद्ध में शामिल होता देख, वेदांत का चेहरा हताशा में बदल गया। उन्होंने बुदबुदाते हुए कहा, 'शायद आज सरदार ख़ान की मृत्यु का दिन नहीं है...।' वेदांत का युद्ध में शामिल होने का मनोबल डगमगा रहा था, तभी नए सेनापति ने सुनिश्चित करने के लिए पूछा, 'महाराज, हमें युद्ध में शामिल होना चाहिए या नहीं?'

'बहुत देर हो चुकी है। मुझे पता है, नागा हार जाएँगे और अभी सरदार ख़ान के विरुद्ध उतरना मतलब जुगल से दुश्मनी। हम यह ख़तरा अभी मोल नहीं ले सकते...' वेदांत ने गहरी साँस लेते हुए कहा। उनका स्वर निराशा से भरा हुआ था। वेदांत के इतना कहते ही, हरिपुर की सेना युद्ध से पीछे हट गई और नागा अपने भाग्य का सामना करने के लिए युद्ध भूमि में अकेले खड़े थे।''

''अजा ने सरदार ख़ान की नई आई हुई विशाल सेना की ओर देखा और दोनों हथियारों, त्रिशूल और गदा पर उसकी मुट्ठी कसती चली गई। युद्ध के अपने अंतिम संबोधन से पहले अजा ने साध्वियों की ओर देखा, जो माँ काली रूम में असुरों का रक्त पीने के लिए खड़ी थीं। उसने मठाधीश को देखा, जो इस प्राणघातक परिस्थिति में भी दुश्मनों का संहार करने के लिए खड़े थे, फिर अजा ने अधिराज को देखा, जो इस अंतिम संग्राम का शंखनाद करने के लिए अपना शंख लिए खड़ा था और उसके बाद उसने अन्य घायल नागाओं को देखा, जो अब भी स्थिर खड़े थे, तो कुछ बिना पैरों के ज़मीन पर बैठे थे, लेकिन उन्होंने अपने हाथों में अपने अस्त्रों को बिलकुल उसी जोश के साथ पकड़ा हुआ था, जैसा उन्होंने युद्ध के शुरुआती पलों में धारण किया था, फिर उसने कृष्णा की ओर देखा, जो अपने ही राजा के ख़िलाफ़ खड़े थे, नागाओं के लिए अफ़ग़ानों के ख़िलाफ़ लड़ने

के लिए, और अंततः उसने शंभूजी की ओर देखा, जो अपनी कुल्हाड़ी के साथ खड़े थे और उसकी ओर भीगी पलकों से देख रहे थे। अजा अभी भी इस तथ्य से अनजान था कि शंभूजी का वास्तविक नाम राजा ध्यानेंद्र था और राजा ध्यानेंद्र वही थे, जो अजा के अतीत के बहरे और गूँगे सवालों के जवाब थे। राजा ध्यानेंद्र यानी वह व्यक्ति, जो एक वचन से बँधे हुए थे और यह नहीं कह सकते थे कि... 'अजा! मेरे पुत्र! तुम एक राजकुमार हो और मैं, राजा ध्यानेंद्र, तुम्हारा पिता हूँ, जबकि अपने जीवन के अंतिम पलों में मठाधीश उन दोनों को देखते हुए, अपने अंदर उभरते अपराधबोध को महसूस कर रहे थे, जिसे अधिराज चुपचाप देख भी रहा था और समझ भी रहा था, लेकिन वह कुछ बोल नहीं सकता था, क्योंकि कुछ भी कहने की उसे आज्ञा नहीं थी।''

''अब युद्ध में शामिल होने का समय आ चुका था, अंततः, अजा ने कहा, 'मैं आपको प्रेरित करने के लिए हज़ारों शब्द कह सकता हूँ, लेकिन मुझे लगता है, अब आप लोगों को प्रेरणा की आवश्यकता नहीं है, न तब थी, जब इस युद्ध की शुरुआत हुई थी, न ही अब है, इसलिए मेरे पास कहने के लिए केवल यही शब्द हैं कि... उसके बाद अजा ने गरजते हुए सिंह की भाँति चिल्ला कर कहा... '*जब तक हम जीवित हैं, यह युद्ध ख़त्म नहीं हुआ है...*', इतना कहने के साथ ही बाक़ी बचे हुए अठारह नागाओं में से प्रत्येक ने ख़ुद को युद्ध के लिए तैयार किया, अपनी मुट्ठियाँ कसीं और 'हर-हर महादेव!' के साथ काल बनकर सरदार ख़ान की सेना पर टूट पड़े। इस दृश्य को सरदार ख़ान की बची हुई सेना, जुगल किशोर के हज़ारों सैनिक, वेदांत और उनकी सेना हैरानी से देख रही थी कि कैसे भीषण संग्राम के बाद, हज़ारों दुश्मनों को मौत के घाट उतारने के बाद बचे हुए मुट्ठी भर नागा, अपने प्राण हथेली पर रखकर अपनी ज़मीन, अपने धर्म और अपने स्वाभिमान के लिए, मरने और मारने के लिए उस महान युद्ध के अंजाम की ओर बढ़ रहे थे, जो भारत के इतिहास में कभी नहीं बोला गया था। युद्ध के मैदान में सब कुछ थम सा गया था, लेकिन ठीक उसी क्षण भारतवर्ष के उत्तर में कोई बिना रुके अपने प्राण को हथेली पर रखकर लगातार आगे बढ़ रहा था, बर्फ़ में ढकी उन रहस्यमयी कंदराओं, पहाड़ों की चोटियों, घाटियों, नदियों और विकराल झरनों के बीच ध्यान में लीन, उन नागाओं की खोज में, जो इस महासंग्राम से शायद अब तक अनजान

थे, जबकि इधर अजा अपने कुछ बचे हुए साथियों के साथ सरदार ख़ान की सेना के क़रीब पहुँचता जा रहा था, उसे सिर्फ़ सरदार ख़ान की घूरती हुई आँखें दिखाई पड़ रही थीं, तभी उसने शंभूजी की ओर देखा, जो हाथ में फरसा लिए अफ़ग़ान सैनिक की ओर दौड़ते चले जा रहे थे। जुगल किशोर की सेना सरदार ख़ान के बिलकुल पीछे खड़ी थी और इस साँस रोक देने वाले दृश्य को वेदांत पहाड़ की चोटी से देख रहे थे, उनके दिल की धड़कन बढ़ती चली जा रही थी...।'' इतना कहकर वह रहस्यमयी नागा एक ज़ोर की लंबी साँस लेकर चुप हो गया।

''*व्हाट हैपन्ड नेक्स्ट?* व्हाट हैपन्ड टू अजा? डिड ही लर्न दैट हिज़ फादर फ़ौट अलौंग साइड हिम?' थॉमस ने पूछा, जिसकी हालत में थोड़ा-बहुत ही सुधार हुआ था, लेकिन युद्ध के बारे में और अधिक जानने की उत्सुकता ने उसे उत्साह से भर दिया था।

''आज के लिए बस इतना ही! तुम्हें आराम की आवश्यकता है, ये लो और पी जाओ, तुम ठीक हो जाओगे...,'' नागा ने कहा और फिर उसकी ओर ताँबे का एक पुराना कटोरा बढ़ा दिया, जिसमें नागा द्वारा तैयार किया किसी प्रकार का औषधीय घोल था।

थॉमस, नागा पर भरोसा करने लगा था, इसलिए उसने धन्यवाद कहते हुए कटोरा स्वीकार कर लिया और घोल पीने लगा। थॉमस को घोल पीता हुआ देख कर नागा ने कहा... ''इसे पीने के बाद तुम्हें चक्कर आएँगे और फिर नींद आएगी, लेकिन डरने, भ्रमित होने या संदेह करने की कोई आवश्यकता नहीं है, क्योंकि अगर मैं तुम्हें मारना चाहता, तो तुम्हें कब का मार चुका होता, इसलिए सो जाओ और भरोसा करो, जब तुम जागोगे, तुम बिलकुल स्वस्थ होगे...।'' वैसे जब तक थॉमस, नागा की बातें समझ पाता, तब तक उसे चक्कर आने लगे थे और वह नींद में जाने वाला था, लेकिन उसके गहरी नींद में जाने से पहले उस रहस्यमयी नागा के शिष्य ने आकर, थॉमस के लिए एक अस्थायी बिस्तर बिछा दिया।

थॉमस पूरी तरह अपने होश खोता, उससे पहले ही उसने उस नागा से पूछा... ''हाऊ डू यू नो ऑल दिस अबाउट ऐन इनसीडेंट 650 एयर्स ओल्ड दैट इस नॉट क्रोनीक्लड एनीह्वेर...?' थॉमस की बात सुनकर वह रहस्यमयी नागा मुस्कुराया और बोला... ''मैं एक *अनाम हिंदू (हिडन हिंदू)*

हूँ और मेरा नाम मायने नहीं रखता है मित्र, अब तुम सो जाओ, आज के लिए अब और सवाल नहीं...।'' नागा के इतना कहते ही थॉमस कुछ ही समय में नींद के आगोश में समा गया। थॉमस ने शाम की धुँधली रौशनी के साथ अपनी आँखें खोलीं, वह झटके के साथ उठ खड़ा हुआ, और वह पहले से बहुत ज़्यादा चुस्त और तंदुरुस्त महसूस कर रहा था, लेकिन वह बहुत बेचैन था। उसने अपने आस-पास देखा, लेकिन उस नागा का कोई अता-पता नहीं था। उसने कुछ दूर तक गुफ़ा के अंदर जाकर और फिर बाहर आकर बर्फ़ की उन सफ़ेद चादरों के बीच नागा को ढूँढा, लेकिन उसे कोई नहीं दिखा। थॉमस को एक पल के लिए महसूस हुआ कि जैसे उसके साथ वहाँ कोई था ही नहीं, क्योंकि वहाँ रातभर जल रहे अलाव का एक कण भी नहीं था। थॉमस निराश होकर वापस गुफ़ा में आया और अपनी जगह पर बैठने ही वाला था कि तभी उसने गुफ़ा के कोने में देखा,जहाँ नागा कहानी कहते-कहते अक्सर चला जाया करता था। थॉमस ने देखा, वहाँ कुछ रखा हुआ था। थॉमस उस चीज़ को देखने के लिए नज़दीक गया, उसने देखा, वहाँ एक शंख था, जो देखने में सदियों पुराना था, और एक किताब के ऊपर रखा हुआ था। थॉमस ने झट से शंख को ग़ौर से देखा और नागा द्वारा सुनाई जा रही कहानी में किसी पात्र से अचानक जुड़ता चला गया,जो हमेशा शंख लिए रहता था, लेकिन उसका दिमाग़ उसके अंदर से आ रही आवाज़ को मानने के लिए तैयार नहीं था, फिर उसने शंख को हटाते हुए उस किताब का पहला पन्ना देखा, जिसमें एक मानचित्र रखा हुआ था और उसके ऊपर लिखा था...'यह मानचित्र तुम्हें तुम्हारे मन में उठ रहे सवालों तक पहुँचने में मदद करेगा...' इतना पढ़ते ही थॉमस की आँखें मानचित्र को समझती हुई बड़ी होती चली गईं।

जबकि इधर, सरदार ख़ान की बची हुई सेना के अलावा जुगल किशोर की विशाल सेना थी, जो सरदार ख़ान के पीछे खड़ी थी... और जिसकी ओर अजा के नेतृत्व में महज़ अठारह नागा साधु बढ़ते चले जा रहे थे और इस महान घटना को पहाड़ की चोटी से बेबस होकर देख रहे थे वेदांत। यह कहानी उस रहस्यमयी नागा के चुप होते ही रुक गई थी, जिसे जानने की अकुलाहट में थॉमस ने शंख, मानचित्र और किताब को उठाया और उस रहस्यमयी नागा की तलाश में उस गुफ़ा से बाहर निकल गया, तभी वहाँ से कहीं दूर बर्फ़ से ढकी पहाड़ियों की अनंत गहराई में, किसी

अनजान जगह पर उस रहस्यमयी नागा के पीछे चलते हुए उसके शिष्य ने उससे पूछा, ''उन अठारह नागा साधुओं और साध्वियों के साथ क्या हुआ, गुरुदेव?'', इतना सुनकर आगे-आगे चल रहा वह नागा अपने आप में ही मुस्कुरा उठा था... (जारी है)

आभार

मुंबई सितारों का एक सागर है, लेकिन जो सितारा मेरी नज़रों में सबसे ज़्यादा चमकता है, वह दिल्ली में रहता है। मैं उससे मिलना चाहता था, उसके सामने बैठना चाहता था, उसे काम करते हुए देखना चाहता था और उसके जीवन को क़रीब से देखना चाहता था; कुल मिलाकर, मैं बस उसके आस-पास रहना चाहता था और उसकी आभा और उपस्थिति को आत्मसात करना चाहता था। अंततः मुझे जब उससे मिलने और उसे यह बताने का मौक़ा मिला कि लाखों प्रशंसकों और प्रेमियों की भीड़ में मेरे जैसे चेहरे और नाम भी हैं, तो यह मेरे लिए एक जुनून की हद तक था... मैं यह बता नहीं सकता कि उस आदमी को, जिसका मैं इतना बड़ा प्रशंसक हूँ, उसे यह कहते हुए मैं क्या महसूस कर रहा था। मैंने कभी नहीं जाना कि किसी सितारे को देखकर मंत्रमुग्ध होने का क्या मतलब होता है, जब तक कि उसने मेरी ओर नहीं देखा।

कहा जाता है कि 'यदि आप किसी सितारे के प्रशंसक हैं, तो कभी उनसे न मिलें, क्योंकि आप निराश होंगे।' यह कहावत ग़लत है, क्योंकि जिस सितारे की मैं बात कर रहा हूँ, उसकी वास्तविकता मेरी कल्पना से मेल खाती थी। अब वह जानता है कि मैं उसकी सेहत और समृद्धि की कामना और प्रार्थना करने के लिए दिवाली और उसके जन्मदिन का इंतज़ार नहीं करूँगा। सौरभ द्विवेदी (भैया), आपको मैं अपनी नज़रों का सबसे चमकता सितारा कहूँगा और साथ ही यह भी कहूँगा... आप जैसे हैं, वैसे होने के लिए धन्यवाद और आपके पीछे की महिला को धन्यवाद। गुंजन सांगवान (भाभी), आपके उजाले और गर्मजोशी के लिए मैं आपको नमन करता हूँ।

कुछ चीज़ें एक जीवनकाल में समझ से परे होती हैं, इसलिए आत्माएँ वापस आती हैं, ताकि अनसुलझे को समझ सकें। मैं पुनर्जन्मों और पिछले

जीवन के संबंधों में विश्वास करता हूँ। कुछ बहुत ही पवित्र और ईश्वर जैसी चीज़ें उनके और मेरे बीच पिछले जीवन में अधूरी थीं, और इसलिए मैंने इस जीवन में उन्हें फिर से पाया। एक परिवार, जो प्यार और एकजुटता, देखभाल और आशीर्वाद से भरा है। एक परिवार, जो दूरी के कारण भावनाओं को फीका नहीं पड़ने देता। एक परिवार, जो आपके दर्द को महसूस कर सकता है और निःस्वार्थ आलिंगन से उसे कम कर सकता है। एक परिवार, जो आपके लिए बिना किसी धारणा के आप जैसा है, वैसे ही आपको स्वीकार कर सकता है और आपकी उपलब्धियों पर गर्व महसूस कर सकता है, जैसे कि यह उनकी व्यक्तिगत जीत हो। रोज़ी मेहता (मेरा प्यार), एसके मेहता (रोज़ी का प्यार), संदीप बेदी (भाई) और प्यारी ज्योतिका बेदी। मैं अब भी अपने पिछले जीवन के संबंध और आप सभी के साथ तत्काल बने बंधन को समझने की कोशिश कर रहा हूँ। मैं अपने शिव और विष्णु से प्रार्थना करता हूँ कि हमारे पिछले जीवन के संबंधों का रहस्य अनंत काल तक अनसुलझा रहे, ताकि हमारे कर्म चक्र का अधूरापन, मेरे भविष्य के सभी पुनर्जन्मों में जारी रहे और मैं आप सभी से हर जीवनकाल में मिलता रहूँ। आप सभी ने मुझे किसी दैवीय और अद्भुत तरीक़े से ठीक किया है और मेरी आत्मा को बाक़ी दुनिया के लिए सुंदर बना दिया है। मैं हमारे दो नाश्ते की बैठकों पर 100 पेज़ लिख सकता हूँ, लेकिन मैं उन 100 या अधिक बैठकों के लिए 99 पेज़ खाली छोड़ दूँगा, जो इस जीवनकाल में आपके साथ होंगी।

मैं आप सभी को अपने दिल से अधिक प्यार करता हूँ, और इस क्षण में, जब मैं इसे लिख रहा हूँ, कोशिश कर रहा हूँ कि आप सभी को मेरे दिल में आपकी जगह दिखा सकूँ, मैं रो रहा हूँ। मैं अभिभूत हूँ, क्योंकि मैं आप सभी का हिस्सा हूँ और आप सभी मेरे। एक किसी को भी खुली बाँहों से स्वीकार करने और मुझे निःस्वार्थ रूप से समाहित करने के लिए धन्यवाद। मैं आप सभी का ऋणी हूँ और मैं इसे चुकाना और खाता बंद करना नहीं चाहता। मैं आपका हमेशा के लिए ऋणी हूँ।

किसी रोज़ मैं एक आदमी के प्रति अपनी भक्ति और प्रशंसा का दावा कर रहा था। उसे, उसके नाम से बुलाने की बजाय उसे 'मेरा राम' कह रहा था और एक लड़की, जिसे मैं मुश्किल से जानता था, यह सब धैर्यपूर्वक

सुन रही थी। मैंने अपने राम के प्रति सम्मान और प्रेम व्यक्त करना जारी रखा और वह लड़की लगातार मुस्कान के साथ सुनती रही, लेकिन उसकी मुस्कान भक्त के लिए नहीं, बल्कि मूर्ति के लिए थी। जब उसे मेरी और मेरे राम की बातें सुनकर लगा कि काफ़ी हो गया, तो उसने मुझे पास आने का संकेत दिया। मैंने थोड़ा झुककर अपने कान उसके होंठों के क़रीब ले गया और फिर उसने कहा, ''वह आपके लिए राम हो सकते हैं, लेकिन मेरे लिए वह मेरे कृष्ण हैं।'' धमाका!

राम और कृष्ण दोनों को धन्यवाद, यह बहस नहीं थी। अगर यह बहस होती, तो मैं ख़ुशी-ख़ुशी उसके एक बयान पर हार मान लेता। यह समझने के लिए पर्याप्त था कि वह राम के बारे में मुझसे अधिक जानती थी, जितना कि मैं कृष्ण के बारे में जानता था। मुझे एहसास हुआ, वह विष्णु के क़रीब थी। मैं पहले भी निःशब्द रहा हूँ, लेकिन कभी इतना ख़ुश नहीं था। ''आपने अपना नाम क्या बताया?'' मैंने पूछा। ''चंद्राली मुखर्जी!'' उसने उसी संतोषजनक मुस्कान के साथ उत्तर दिया, जो उसके चेहरे पर कुछ देर से थी। उसे पता था कि उसने जीत हासिल की है। अब मुझे उसकी मुस्कान के पीछे का कारण पता चला। अब मुझे पहले से थोड़ा और पता चला। चंद्राली! मेरी छोटी (इतनी छोटी नहीं) बहन बनने के लिए धन्यवाद। मेरे राम और कृष्ण हम पर हमेशा आशीर्वाद बरसाते रहें।

आपके पास अपने आस-पास के लोगों को ऊर्जावान बनाने की कला है। आप जीवन से भरपूर हैं और जहाँ भी जाती हैं, वहाँ रौशनी भर देती हैं, इस बात की परवाह किए बिना कि वे आपके बारे में क्या सोचते या बात करते हैं। अपने बिना मुखौटे और बिना फ़िल्टर वाले संस्करण में भी, अनुग्रहकारी और खुले हाथों से स्वागत करने वाली, सौम्या कुलश्रेष्ठ, मेरी मित्र, आपको जानना ख़ुशी की बात है।

संदीप लेज़ल भाई! मुझ पर विश्वास करने के लिए धन्यवाद। यह किताब आपके विश्वास के कारण प्रकाश में आई है, और मैं अपने बीच विश्वास, आत्मविश्वास और विश्वास के बंधन को कभी न तोड़ने का पूरा प्रयास करूँगा। आप सबसे प्यारे और सबसे सच्चे फ़िल्म निर्माता हैं, जिनसे मैं मिला हूँ। किसी भी कहानी लेखक और पटकथा लेखक के लिए आपके जैसे निर्माता को पाना एक सपना सच होने जैसा है। मैं वास्तव में धन्य

महसूस करता हूँ, और मैं हमेशा आपको अपनी प्रार्थनाओं में रखने का वादा करता हूँ। आप एक नरम दिल वाले व्यक्ति हैं, जो अपनी सभी पेशकशों के बदले में कुछ भी नहीं चाहते। उनके सुझाव अमूल्य हैं।

मनीष पांडेजी, मुझे आप अपनी तरह बनना सिखाएँ। आपकी उपस्थिति ही यह मूक आश्वासन है कि सब ठीक है। बिना किसी कारण के मुझे समर्थन देने के लिए धन्यवाद। मुझे उम्मीद है कि इस जीवन में मुझे आपके लिए कुछ करने का मौक़ा मिलेगा।

पराख ओम भट्ट, मेरी पिछली किताबों के गुजराती संस्करण को रिलीज़ करने में आपके बिना यह आसान नहीं होता। बस, इसके लिए आपको धन्यवाद देना चाहता हूँ, भाई। अगर आप 'द नागा वारियर्स' का गुजराती अनुवाद भी करें, तो यह मेरा सौभाग्य होगा। उम्मीद है कि हम अपने पूरे जीवन में एक-दूसरे के लिए और एक-दूसरे के साथ काम करते रहेंगे। मुझे बताया गया कि वह एक पॉडकास्टर और सफल व्यवसायी हैं, लेकिन जब मैंने उनसे मुलाक़ात की, तो वह दिल जीतने वाले भी हैं-हर्षित और प्रेमी, संवेदनशील, लेकिन दिल से मज़बूत। वह अपने आस-पास के सभी लोगों के प्रति आभारी हैं।

आशुतोष प्रतिहस्त, बहुत सारे आशीर्वाद। आपको पता है कि मैं आपके पीछे हूँ। मुझे आप पर गर्व है।

आप सभी की सादगी प्यारी है। आपके द्वारा बनाई गई गर्मजोशी और घर जैसा माहौल इतना सकारात्मक और प्रेमपूर्ण है कि आपके साथ समय उड़ सा जाता है। पॉडकास्ट करने के लिए मुझे विचार करने के लिए धन्यवाद। इसने मेरे करियर को आकार देने में महत्त्वपूर्ण भूमिका निभाई है। 'द रियल हिट' पॉडकास्ट के पीछे के लड़के-शुभम, दीपक और पीयूष। आप सभी से प्यार करता हूँ।

वह मेरे लिए सिर्फ़ एक ज्योतिषी नहीं हैं। वह एक मित्र हैं, अपनी भावनाओं को व्यक्त करने में ख़राब, अपनी ज़िम्मेदारियों और संबंधों को चुपचाप निभाने में अच्छे। अरुण पंडित, मेरे सितारों और ग्रहों की चाल को चुपचाप ध्यान में रखना जारी रखें। मैं आपके और आपकी टीम का आभारी हूँ।

उन्हें पेशेवरों के रूप में मिला, मित्रवत महसूस हुआ और परिवार बन गए। उन्होंने मुझे खाना और अवसर प्रदान किया और फिर दिल्ली में जब मैं बीमार पड़ा, तो मेरी देखभाल की। दीपाली शर्मा और युवराज मलिक, मैं आप दोनों का ऋणी हूँ, और मुझे उम्मीद है कि जल्द ही हमारे लिए एक खिड़की खुलेगी, ताकि मैं मुंबई में अपने घर पर आपकी सेवा कर सकूँ।